SHE IS THE
MAIN
CHARACTER

她是主角

SHE IS THE
MAIN
CHARACTER

热到
昏厥

著

广东旅游出版社
GUANGDONG TRAVEL & TOURISM PRESS

中国·广州

窗外兀自飘落的点点白雪都被她自动忽略，
此时她的眼里、她的世界里，什么都没有，
只有一个唐寒秋——

专程赶来为她过生日的唐寒秋。

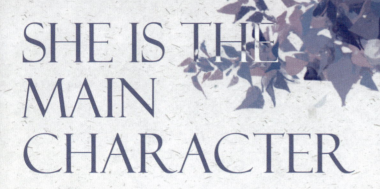

SHE IS THE MAIN CHARACTER

CONTENTS

目录

第一章

人生重启

[01]

黑云压城，电闪雷鸣，不一会儿就下起了滂沱大雨。

雨滴发了狠地砸在唐寒秋的脸上，刺骨的寒风掠过肌肤，带起一个个鸡皮疙瘩，却冷不过她眼底的寒意。

她的手正掐着另一个女人细长的脖颈，凶狠地将对方禁锢在自己身边，背对着那令人胆战心惊的十八层楼高的高空。

狂风怒号，她能清晰地感知到游走在脊梁骨上的阵阵凉意，心也渐渐凉了下去。

被她掐在手里的女人叫俞如冰，是国际巨星，是这个世界的宠儿，按电视剧的说法，俞如冰就是头顶女主角光环的人。

漂亮、善良、好运，并且被身边所有的男人迷恋。

其中自然也包括其他女人的倾慕对象——男主角裴云立。

唐寒秋和裴云立青梅竹马，她对他可谓爱入骨髓，可偏偏天公不作美，让裴云立爱上了俞如冰。

这份爱很顽强，哪怕他和唐寒秋结婚了也不曾放下，婚后还时常顶着个"已婚人士"的身份，以爱情的名义去招惹俞如冰。

唐寒秋的嫉妒、怨恨因此达到了顶峰，黑化进度百分之百。唐寒秋开始处处为难俞如冰，甚至把她绑上十八层高楼，不惜一切代价也要毁了她。

简直就是在用生命表达对裴云立的爱，为他失智为他狂，为他哐哐撞大墙，现在还准备为他违法乱纪泪对监狱的高墙。

如果能给她一次机会，让她自己选择，她一定会毫不犹豫地把裴云立踹开，让他有多远滚多远，永远都别靠近自己。

——他这个男主角算个啥！

她好好一个商业巨鳄之女，家世好，相貌好，脑子也很正常，会看上裴云立这个婚后出轨、毫无担当，除了脸以外一无是处的蠢男人？！

——是的，她会。

她的确看上了，他那张该死的脸！

但准确来说，是她的身体看上了，她的灵魂并没有。

她也想不明白这是什么逆科学的事情，她的身体就像是被一只无形的大手操控着，整个人就是一具傀儡躯壳，而她的灵魂就是被塞在这个躯壳里的观众。并且只有她，整个世界只有她被控制着。

因为只有她的头顶有一个象征束缚的银色锁链符号，这还是她在照镜子的时候发现的。

她每天都头顶银色锁链，冷静又被逼无奈地旁观着一切，看自己"喜欢"上一个蠢男人，每天都上演着丧心病狂的失智现场。

唐寒秋：我真的受不了了，放过我，谢谢。

然而她的手现在正非常老实地掐在俞如冰的脖子上，生生将对方掐得面色通红，几乎要喘不过气来。

她自小就练一些防身健体的功夫，体质和力量都不是俞如冰这个娇弱女主角能比的，所以她真的可能会活生生地把俞如冰的脖子掐断，然后上社会新闻头条，最后铁窗泪。

唐寒秋忍不住在心里叹了口气，教养全被这个傀儡躯壳击碎，她只能暗暗骂一句脏话！

她真的不想为了一个蠢男人去杀人！

唐寒秋的灵魂激烈地挣扎起来，发出无声的呐喊，一瞬间好像有什么东西"咔"的一下裂开了，她手上的力道缓缓一松，人也跟着一愣。

俞如冰趁势脱身，裴云立见状连忙上前，警惕地推了唐寒秋一把，把俞如冰拥进怀里，护着她退回安全区。

唐寒秋踩着高跟鞋，发愣时被突然一推，一时没站稳加上狂风扑面，不小心跌跪在边缘，突然直面十八层楼高的高空，登时倒吸了一口凉气，只觉得四肢都不受控制地发寒。

她只要稍稍往前，就是死，就是结束——结束这该死又无助的傀儡人生。

奇异的撕扯感乍然凶猛地翻涌上来，一半想让她退回去，一半想让她往前跳下去。

那股力量，从来就没有想过放弃控制她，只是不知道刚刚为什么失灵了，让她这个"观众"钻了个空子。

俞如冰在身后劝她："唐小姐，危险，快回来……"

裴云立心疼又不满地道："如冰我知道你一向心善，但对于这样的女人，你没必要关心她。"

俞如冰轻咳两声，继续道："唐小姐，你的人生还可以更美好，不要毁在今天，快下来吧。"

唐寒秋看着那令人恐惧的高空，忽然扯动唇角，露出一个笑容。

对，她的人生还可以更美好。

不过……是从今天开始。

她闭上眼，在那股力量卷土重来彻底控制她之前，不带一丝犹豫地纵身一跃。

狂风呼呼大作，从她的身边擦过，但她的心却得到了前所未有的平静。

直到她听见那一声——"你真是个不听话的娃娃。"

她猛然睁开了眼。

风雨俱定，额角乍然传来一阵莫名的疼痛，让唐寒秋深感不适地皱了皱眉头。

一道关切的声音从旁边传了过来："小姐你有没有事？要不要我叫医生？！"

唐寒秋眨动眼睛，僵硬地转动脑袋循声看去，就看见一个身量高大、儒雅随和的中年男人正一脸愁色地看着自己——唐家的司机东伯。

一个完整的、会呼吸的、有血有肉有温度的东伯就站在她的面前。

唐寒秋惊愕地看了他一会儿，转而去打量周遭的环境。她的动作好像被放慢了，做什么都慢吞吞的，带着一股不敢相信的迟滞感。

天色湛蓝，干净得连一片云朵都没有，清风从远处徐徐吹来，脆嫩的柳叶不住地摇曳，日光从那交错的叶间穿过洒下，照在她的眼皮上，刺得她眼睛发疼，不得已收回了视线。

周围稀稀拉拉地站着些人，怀里抱着书，脸上都带着涉世不深的青涩感，或困惑，或好奇，或鄙夷地投来目光，有的还拿着手机在偷偷地拍他们。

没有狂风也没有暴雨，更没有奇怪的、冰冷的女音——你真是个不听话的娃娃。

一时间，她的问题多如海中波涛，一个接着一个地奔涌而来，就快要将她淹没。

不听话的娃娃？那是什么？那道声音又是谁的？我真的在被人操控着吗？那现在又是怎么回事？我是已经死了还是在做梦？

唐寒秋顿时陷入了死寂般的沉默中，然后抬起手放在发疼的额角处，用力往下一按！

"嗞——"真的疼，不是梦！

她如梦初醒地翻过手掌来回细看，不敢相信地微微抬起手，再轻轻放下，随心所欲地挑动十指。

她居然能控制自己的身体了……

她飞快地反应过来，立马从小巧精致的手提包里掏出手机往自己头顶上一照——

没了！银色锁链没有了！

东伯见她一副傻愣愣的模样，心里头更加担忧了。

小姐不会是撞傻了吧？！

他试探性地喊了一声："小姐？"

唐寒秋唰一下抬起眼看他，目光里带着遮掩不住的狂喜，而后才慢慢平静下去，冲他微微一笑："东伯放心，我没事，不要担心。"

东伯犹犹豫豫地指着她发红的额角："可您的……

"老爷夫人知道了是会担心的……"

她正要摆摆手说没事，就看见东伯猛然扭头看向另一边，面上维系着礼仪风度，但口气里多有不善："您这样推人实在是太失礼了！"

熟悉的声音随之响起："东伯，请你搞清楚，是她打人在先！"他又转过脸来厉声质问她："唐寒秋，你说清楚，为什么动手打人！"

唐寒秋听这对话，依稀产生了些熟悉感，好像在哪里听过，但她一时半会想不起来，也没有深想，因为她一听见这个声音就浑身不舒服，眼中的狂喜也都消散得一干二净，一股冰霜之意攀附而上。

她扭脸看去，果然看见了裘云立那张熟悉的脸，以及瑟缩在他身后两眼泪汪汪、清丽娇弱得犹如风中小白花的人——俞如冰。

越过裘云立宽厚的肩膀，唐寒秋能清晰地看见俞如冰脸上清晰的红印，再对上她惊惧不安又茫然的大眼睛，唐寒秋不由得一怔，额角又开始隐隐作痛，记忆如潮水般汹涌而至。

她想起来了，这是她和俞如冰初次见面的情景。

前几天她刚从国外回来，就得知过几天要和自己订婚的"心爱的男人"和戏剧学院的大四学生俞如冰走得很近。

醋意大发的唐寒秋立马气冲冲地来到这里粗暴地打了她一巴掌，然后质问她为什么要横刀夺爱，又骂她不学好要当第三者。

裘云立为爱袒护俞如冰，还毫不留情、丝毫没有绅士风度地用力推了她一把，导致她一时不慎一头撞在柳树上，头疼了好几天，也让她嫉妒心起，从此怎么看这朵小白花怎么不顺眼。

这里说是一切荒唐事情发生的开始也不为过。

唐寒秋眉头皱得更紧了，没有回答裘云立的话，甚至可以说理都没理他，一心一意地思考怎么向无辜的俞如冰道歉才好。

少见地被对自己热情洋溢的唐寒秋当空气看，裘云立略感不习惯和不舒服，从小被众星捧月的他不喜欢这种被人忽视的感觉，英朗的面容上浮起一丝不快，沉声又喊了一遍她的名字："唐寒秋！"

唐寒秋冷声道："麻烦裘先生安静点。"

裴先生？！裴云立微微一愣。他能清晰地从这三个字里感知到一股前所未有的疏离和陌生，完全不像是从前那个对他爱到狂热、把他奉为天神的女人会说出来的话。

她莫不是在换个方式吸引他的注意力？

呵，没用的，他现在已经有喜欢的女人了。

裴云立面色慢慢地黑了下去："唐寒秋，哪怕你这样，我也不会喜欢你。"

唐寒秋突然不高兴地"啧"了一声，缓缓抬起眼皮，眼神阴沉冰冷地盯着他，气场瞬间强大起来，再配上她艳丽的面庞，仿佛高高在上、不可侵犯的女王。

她哪样了？谁要他喜欢了？

她冷漠地看着他："裴先生请不要误会，我已经不喜欢你了，请你以后都离我远点。

"否则……后果自负。"

裴云立和俞如冰默契地愣了一下，就连东伯都多看了她几眼，觉得自家小姐好像变了不少——变清醒了。

而在裴云立眼里，这只是她会越来越疯狂的征兆。他对她半点信任都没有，在他心里，她只是万千疯狂爱着他的女人当中家世最为显赫的那一个罢了。

裴云立坚定地认为，她不会放弃爱他，只会用尽方法来夺得他的欢心、夺得他的注意力。就像现在这样，不过是口头说说罢了，过几天的订婚宴会她还是会乖乖出席，并一定会为了取悦他而盛装打扮。无聊又无用的招数。

裴云立仿佛看穿她所有高傲那般："不用刻意说这些话来吸引我的注意力，然后再依靠订婚困住我。我不会喜欢你的，订婚我也一定会说服我爸妈取消的。"

他虽然和她是青梅竹马，但一点也不喜欢她，答应订婚也是迫于父母的压力，因为她身后有那条凶狠精明的商业巨鳄以及那令人垂涎三尺的人脉与资源。

没有任何一个商人会拒绝资本的到来，包括他的父亲，能在演艺界呼风唤雨的风霆娱乐的创始人裴海宁。

唐寒秋自然也懂这层关系，但要让裴云立去说服裴海宁？

唐寒秋在心里呵了一声。

他但凡有这个能耐说服裴海宁取消订婚，就不会和她结婚，也不用在没离婚的情况下打着爱情的名号去招惹俞如冰了！

还把她家鳄鱼老唐给气病了！

唐寒秋毫不客气地吐槽："等你说服？我不如看猪上树，那个还靠谱点。"

裴云立的脸唰一下就黑了。

唐寒秋云淡风轻地拿起手机，利落地按开通讯录点中某个号码，将手机放在耳边，等接通后，表情瞬间变得温柔了起来，先开口喊了一声"爸"，紧接着又道："我要取消和裴云立的订婚。立刻，马上。"

她顿了一下，重复了一遍电话那头的问题："为什么？"

她扫了一眼裴云立，又兴味索然地收回视线，嘴角一勾。

"当然是为了您的身体健康。"

身体十分健康的唐父一头雾水。

[02]

唐寒秋面带笑容切断了电话，转而看向惊愕不已的裴云立，波澜不惊地道："现在，裴先生可以毫无后顾之忧地离我远点了。"

裴云立被这突如其来的退婚操作给整蒙了，好半天都没回过神来。

唐寒秋见他一副呆愣愣的样子，干脆跨步上前，突然抬手一把抓住了他的西装领带，手腕上青筋暴起，朝旁边猛一用力，就像丢垃圾那样随意地把他往裴家司机六叔怀里丢去："滚远点。"

然后她又以迅雷不及掩耳之势抓住了柔弱小白花俞如冰的手，双目炯炯地看着对方。

俞如冰此时穿着干净整洁的白衬衫和牛仔裤，高高扎起的马尾散发着洗发露淡雅的清香，清丽动人的脸庞上只涂着一层淡淡的妆粉，整个人清新娇弱，带着青涩的蓬勃朝气。

她白净如瓷的脸庞上赫然印着一个鲜红的巴掌印，久久不消，足见下手有多重。

"对不起。"唐寒秋毫不迟疑，直接认错。

俞如冰瑟瑟发抖，一副弱小可怜小白兔见了凶猛大老虎的样子。

唐寒秋：这是不小心打出了心理阴影吗？

唐寒秋立马松开了她，后退几步，突然喊了一声："东伯。"

俞如冰慌忙看了她一眼，不知道她又要做出什么骚操作，立即不安地转动脑袋，下意识朝裴云立投去求救的目光。

接着就听见唐寒秋说："站中间去，传话。"

俞如冰转头的动作一顿，头上缓缓冒出一个问号……

东伯恭恭敬敬地应了一声："好的，小姐。"然后迈开大步，就像一座雄伟的高山横亘在二人之间。

裴云立被六叔扶稳了，霍然回身，正要再冲上前来保护爱情，下一秒就被唐寒秋冷冷的一眼冻住了脚步。

她与生俱来的高傲气场无尽蔓延开来，瞬间提高了八百米。她微微扬起下巴，露出线条精致优美的下颌线，就像俯瞰芸芸众生的尊贵女王。一个裴云立从未见过的女王。

唐寒秋懒得多给他一眼，转眼又看向俞如冰。

俞如冰在她的印象之中一直很无辜、很好，也很惨。

俞如冰是因为被裘云立看上了，才被她敌对的，所以她觉得对方很无辜，而且现在的俞如冰还没喜欢上裘云立，被打真的冤枉。后来，俞如冰哪怕是不小心沦陷在裘云立的温柔里，也会因为他不能解除婚约而刻意跟他保持距离，没有像裘云立那样为爱昏了头，不管不顾。所以唐寒秋觉得她好。

但惨就惨在，她被裘云立强迫占有了，就因为她和别的男星有绯闻，和别的男人交往想重新开始。

打着爱情的名号强行夺走女人的第一次，裘云立真的是个烂人！

他能成为这个世界的男主角，唐寒秋觉得如果不是老天爷眼瞎了，脑壳被撞了，不可能会出现这样的结果。

所以唐寒秋曾经有多嫌弃、厌恶裘云立，现在就有多可怜俞如冰，也是真心实意地对她感到抱歉。

唐寒秋眼中的冰雪慢慢地消融下去，脸上扬起和善的笑，开口道："俞小姐，这次的事是我做错了，我愿意承担你后续的所有费用，非常抱歉，请你原谅。"

东伯扭头一字不落地对俞如冰重复了一遍："俞小姐，我家小姐说——'俞小姐，这次的事是我做错了，我愿意承担你后续的所有费用，非常抱歉，请你原谅。'"

她的态度很诚恳，也很真挚，俞如冰愣愣地说："没、没关系。"

东伯回身，一本正经地说："小姐，俞小姐说'没、没关系'。"

俞如冰无语，心想：倒也没必要转述得这么一字不落吧！

唐寒秋叹了口气，问道："真的没事？要不要我陪你去医院看看？"

就她这手劲，俞如冰没被她打到吐牙都算牙硬。东伯继续尽职尽责地传话。

俞如冰下意识地说："没、没事。"东伯一字不差又传了过去。

俞如冰：这该死的嘴！

紧接着唐寒秋拿起自己的手机："俞小姐电话多少？"

东伯回身看着俞如冰，俞如冰立马道："您要不要休息一下？"

东伯顿了一下，唐寒秋的声音从后面传来："听俞小姐的，东伯你先歇一会儿。"

东伯微微躬身："好的，小姐。"

唐寒秋点了点手机屏幕，脸上分明挂着笑，但口气却强硬得不容拒绝："号码。"

俞如冰大有一种自己不给，就会被就地正法的窒息感，她被迫报出了自己的号码，报完后手机屏幕一亮，打进来了一个陌生电话，然后又自行挂断了。

唐寒秋挂断了电话，微微一笑："这是我的号码，你有什么事情直接打给我就好，那现在我送你去医院？"

既然是她打的人，那她就一定会全权负责到底。

　　俞如冰一下子抓紧了手机，连忙摇头："不用！我自己去就好！"

　　话音坠地，也不等唐寒秋再说些什么，她霍然转身，脚步匆匆，毫不留恋地离开了这片焦点区。

　　唐寒秋站在原地，看着那匆忙万分的脚步。实不相瞒，她觉得俞如冰像是在逃命。觉得自己还算亲和友好的唐二小姐本人表示搞不懂。

　　唐寒秋目送俞如冰离开，视线又慢慢聚拢到裴云立的身上，从他脸上复杂的神情里可以看出，他还没反应过来发生了什么。

　　唐寒秋哂笑。以她对裴云立的了解，她猜他现在一定很惊讶，也觉得不可置信。因为在他的认知里，每一个痴迷于他的女人，只会把他捧得更高，舔得更厉害，是万万不会反抗他、无视他、敌对他的。哪怕他又蠢又烂，根本不值得人喜欢。

　　视线交会，裴云立读出了唐寒秋眼中的不屑，仿佛他真的是个垃圾。他倍感不舒服地拧起了眉头。

　　唐寒秋无视他的表情，戴上了墨镜，将一切情绪都收敛在镜片之后，气质华贵高冷，让人不敢轻易上来招惹她。

　　她迈动小腿，冲东伯轻声说了一句："我们该回了。"

　　然后以裴云立为中心，脚步一拐，走出了一个大大的半圆弧度，简直避他如瘟神。

　　裴云立喝住她："唐寒秋！"

　　唐寒秋停下脚步，头也不回："请礼貌点，叫我唐小姐。"

　　裴云立忍无可忍："你这是在吸引我的注意力？！"除了如冰那个纯真的女孩，怎么还会有人这么对他？！

　　唐寒秋顿了一下，然后扭头对东伯说道："给医院打个电话挂个号。"

　　东伯利落地掏出手机。

　　唐寒秋认真地说："给裴先生挂个脑科，一定要快。"

　　裴云立一脸疑问。

　　她一边走一边嫌弃道："不是脑子有点问题都说不出来这样的话。"

　　一辆霸气豪华的轿车从容不迫地穿过喧闹的市区，驶入宁静的绿荫车道。万物无声，时间好似在这一刻静止了。

　　唐寒秋坐在舒适如头等舱般的后座上，一言不发地抹药，给自己静下来细细回味一切变化的时间。

　　直到药油被抹干了，她才如梦初醒，转而拿起了手机，拨通了俞如冰的电话。

　　"俞小姐，"她开口道，"你的脸还好吗？"

俞如冰独自待在寝室，对着镜子看自己的脸，已经没有先前的惊慌无措，面无表情地说道："还好。"反问，"唐小姐是有什么事情吗？"

既然她这么直接，唐寒秋也就不拐弯抹角了，开门见山道："俞小姐要不要考虑签华曜？"

华曜影视公司，隶属于唐氏集团，是现任唐氏总裁——唐寒秋的哥哥唐默渊决定拓展演艺界这块版图的试验品。

而唐寒秋这次回国，就是为了接任华曜总裁一职，准备为唐氏打开新的产业天地。

不过华曜虽背靠庞大的唐氏集团，但在演艺界这个大圈子里仍旧是个身上没有任何功勋的孩子，它急需一个能打响自己名号的作品。

而曾经享誉全球的巨星俞如冰，无疑是最好的作品。

唐寒秋的骨子里流淌着她父亲的血脉，那血脉里深深融刻着商人的精明。精打细算一番，她自然不会放过俞如冰这么一幅好作品。

而且唐寒秋也愿意给予她更多帮助和保护，让她一起远离裴云立那个烂人——当然，如果她实在喜欢裴云立喜欢得不行，那就当她唐寒秋没有过这个想法。

俞如冰握着电话沉默了一瞬，镜子里的她目光阴沉无比。

"抱歉唐小姐，我现在暂时不考虑签约的事。"她说。

唐寒秋明明白白地听出了一股拒绝的意味，也没有什么不满，从容淡定地应了一声："好，打扰了。"

俞如冰挂断了电话，嘴里突然发出厌烦的一声"喊"，然后起身走进了卫生间。

三十分钟后，俞如冰的室友许早早回来了，她刚打开门，就看见俞如冰突然从卫生间里冲了出来，猛然拉开了窗户，不屑地说："垃圾系统，我现在就让你知道我有多叛逆！"

然后她毫不犹豫地从七楼跳了下去！

[03]

水哗啦啦地往下流，水滴溅在俞如冰的白衬衫上，她双手撑着洗漱台，双目紧紧地盯着镜子里的人。

——一切又回到了原点，回到了三十分钟前。这次是她跳楼之后又回到原点的第二十三次。

她低骂了一声。她活了二十九年，怎么都没想到有一天能体会到这种求死不得的痛苦啊！但谁又能料到呢，她只是在家睡个觉，一睁开眼就成了别的跟自己同名的人！

突然，一个冰冷的机械电子音在她脑海里响起："还叛逆吗？"

俞如冰没有回应它，沉默了很长一段时间后转身走出了卫生间，这次的脚步很淡定，整个人显得非常从容不迫。

她再一次拉开窗户，心情十分平静，甚至还有空回头跟刚回来的许早早打招呼："嗨。"

她淡然地看着之前的记忆被清空的许早早："接下来，我要为你表演一个节目。"

许早早一脸蒙："什么节目？"

俞如冰："在死亡的边缘仰卧起坐。"

第二十四次。时间回溯，水声依旧，镜子里的人也完好无损。

俞如冰心里不免有些烦闷起来，嘴里很不舒服，本能地想嚼点什么，要甜的。

她下意识去摸自己的裤兜，却发现里面空空如也，不由得愣了一下，重重地吐出一口浊气，然后转身出去，这次倒没有去扒拉窗户，而是回到自己的位子拉开了椅子，一屁股坐下，以一种人生了无生趣的姿势慢慢地瘫了下去。

系统又一次开了口："不叛逆了？"

俞如冰对这个擅自把自己抓过来的系统颇有不满，"呵呵"了两声："我跳累了想歇会儿，你不服？"

"放弃吧，你现在是这个世界的中心，除了正常死亡，你的一切'死亡'只会让世界读档重来，哪怕你'死'一千次也是这样。"

俞如冰嘲讽地勾动嘴角："我要回家，谢谢。"

"为什么要回去？在这里你将会拥有无比耀眼的巨星光环，得到最好的男人的疼爱，最美满幸福的家庭，成为最大的人生赢家，这难道不好吗？"

俞如冰嘲讽地挑了挑眉毛："最好的男人？你是说那个结婚后冷暴力自己老婆，打着爱情的名号出轨，自己睡了好几个女人却还要女主角为他守身如玉的臭男人吗？"

三十分钟前，她莫名其妙地被塞进了这具身体，成了这个世界的主角，然后又被强行灌输了一遍剧情。男主角裘云立的人设，只给她留下了"恶臭"的印象。

这种男主角要是拍成电视剧，放在现在，绝对能被骂上热搜，轰炸不停。她都怀疑裘云立能成为男主角是家里走后门选上的。让她跟这样的人恋爱，还不如让她死一千次，一千万次也可以。

"他这叫好？"俞如冰"啧啧"两声，非常客气地邀请道，"来，你来，你值得拥有这份绝美爱情。"

系统好像没见过她这么不听话的宿主，沉默了一下才继续说道："现实世界的时间已为宿主静止，请宿主立即开始修复 bug（程序错误）——女配角唐寒秋。修复完成后，方可回到现实世界，并得到女配角的财富。"

俞如冰："修个鬼，你这叫抢劫。"

她在剧情里看到女配角唐寒秋之前被系统控制，像个傀儡一样演完了恶毒女配角的戏份，最后自我意识觉醒又加之系统出现漏洞，让对方顺利地脱离掌控，以自杀结束自己荒唐的人生。

留存在脑海中的刚才的记忆告诉她，现在的唐寒秋在打完俞如冰以后，头上的银色链子就断裂了，自我意识再次苏醒，遵从本心地出现了抗拒男主角、对女主角友善的迹象。

她认为，唐寒秋这个女配角自我意识强，非常和善友好，有自己的是非观念和反抗精神，根本一点问题都没有。她看到唐寒秋以死反抗系统控制的时候，都想立马起立为对方鼓掌欢呼，恭喜得到解脱。

一个人如果不能做自己，只能以傀儡的身份活着，那活着还有什么意义？

Bug？这个系统才是个bug！莫名其妙地出现，又毫无理由地让人去修复完全没问题的人，难不成是想让唐寒秋再变回恶毒女配角让女主角吃苦吗？！这系统是有什么受虐倾向吗？！

而且得到女配角的财富，这不就是让她去抢女配角的钱？绝对不可能，这点做人的基本原则她还是有的。

"请宿主搞清楚一件事，如果你想回家，除了修复bug别无他法。Bug一日不消，你就要在这个世界多待一日。Bug永远不消，你将永远待在这个世界。"

她连死都不怕，还会怕留在这个世界？

俞如冰瘫在椅子上一副任由宰割的模样，无所畏惧道："不修，不服就来抹杀我。"

系统什么都没做，俞如冰也捏准了它什么都不会做。

在被强行灌输了剧情后，她还被科普了一拨。系统其实不止一个，而且类型多样，会根据宿主的情况进行分配。

因为她的任务是修复bug，所以就被分配到了辅助系统。它除辅助她让唐寒秋变回恶毒女配角以外毫无用处，并不具有惩罚宿主的额外功能，就像一个无能的监督者。

系统干脆改变作战方式，开始在她脑海里机械地重复着："请宿主立即开始修复bug唐寒秋，请宿主立即开始修复bug唐寒秋……"

俞如冰气定神闲，任由它像个复读机一样在自己脑子里疯狂轰炸。它烦任它烦，清风拂山岗。

重复了约十分钟，系统自觉任务内容灌进她脑子了，转而重复别的："修复方式之一——请宿主自由发挥，打击唐寒秋的自信，否定她的自我意识，击溃她的心理防线，给予系统修复时间。"

打击、否定、击溃。杀人诛心，不过如此！

俞如冰终于动了，一秒暴躁老哥上身："不会，不修，滚！"

系统终于停止了它那恼人的重复，鼓励地说了一句："世上无难事——"

俞如冰："只要我放弃。"

系统："金钱的诱惑是无穷大的，你现在说不要，日后就'真香'了。"

俞如冰："汪。"

系统再一次无语了："你可不可以不要这么杠？"

"可以，"俞如冰说，"放我回去，我就不杠你。"

系统一口否决："劝你放弃，完不成任务你走不掉的。"

俞如冰就纳了闷了："为什么偏偏是我？总不能因为同名同姓吧？"

系统没有承认，也没有否认。

俞如冰坦然自若道："你想个办法放我回去，我立马带着户口本去改名，名字我都想好了，就叫'俞不如冰'，怎么样？"

系统："不怎么样。完不成任务，你别想走。"

俞如冰不放弃："原主呢？我来之前这身体里的人呢？让她自己来修！"

系统无情的一句"这不是你该问的，你只要做任务就好"，把她的希望全给堵了回去。

俞如冰没兴趣再搭理它，眼皮子懒懒地耷拉着，散漫随意地瞟着镜子里的人，视线最后停在那已经慢慢变淡的红印处。

回想起唐寒秋的转变，俞如冰心里忽然有了个想法。

既然系统坚持要她修复唐寒秋，那她就偏不听。不仅不修复，还要帮助唐寒秋变得更好、更自信。坚决和这个系统杠到底！

东伯开着车不徐不疾地穿过寂静的郊区，驶入缓缓打开的铁栅栏大门，眼前赫然露出了一片油亮亮的绿茵草地，不远处矗立着一座占地辽阔、气势磅礴的建筑，整体风格简约大方，其上嵌着的每一个装饰，都沾染着主人尊贵不凡的气息。

车子在门口稳稳地停了下来，不等东伯来开门，唐寒秋就先下了车，手机发出轻微响动，她拿出来一看，发现是俞如冰的来电。

唐寒秋在车门前站定，接通了电话："你好。"

俞如冰问道："唐小姐，请问你现在有时间吗？"

语气和之前截然不同，唐寒秋眉峰一动："稍后应该有，俞小姐有什么事？"

俞如冰笑了笑："那能不能……借我浪费点？"

唐寒秋琢磨了一下她的语气，发觉和先前太不一样了，但也没往下深究，从容地回道："那一会儿我给你电话。"

俞如冰客客气气地道："好的，谢谢唐小姐。"

唐寒秋挂断电话微一抬眼，就看见了站在阶梯上的男人。

男人穿着休闲，黑亮的头发间隐隐可以捕捉到华发纤细的身影，面容上带着岁月沧桑的痕迹，但却不难看出他五官周正，年轻时定然是个英朗无双的小伙子。

他的气度沉稳如山，不怒自威，黑白分明的眼睛锐利如鹰，由上往下地看着她。

唐寒秋当先露出一个笑容，喊了一声："唐董好。"

唐鹤天瞥见她额角的青紫，脸色突然一冷，重重地"哼"了一声，转身向里走，丢下一句："跟我进来！"

唐寒秋乖乖地跟在他后头，他不问话她就不说话。

唐鹤天问："你自己说说，这又怎么弄的？"

唐寒秋答："裴云立推的。"一点也没有要隐瞒的想法。

唐鹤天脚步一顿："他为什么推你？我的女儿是他想推就能推的？！"

唐寒秋也跟着停下脚步，把事情经过一五一十全说了，包括俞如冰被自己误打的事情。

唐鹤天沉默地听完，脸色一点一点地黑下去："荒唐！过几天就要订婚了还出去拈花惹草！裴海宁是怎么教这个儿子的？！"

正说话间，后头传来一阵嗒嗒嗒的脚步声，一道深沉的男音随之响起："爸、小秋。"

唐寒秋回身，视线里蓦然撞进了一个英姿勃发的男人。

唐默渊穿着黑色西装，目光灼灼，宽肩窄腰，身量高大，两条修长的腿被熨帖的西装包裹着，无处不散发着男性的魅力。

他在唐寒秋身边停下，架在鼻梁上的金色眼镜细框微微散发着光泽："你们刚刚，是在说裴云立拈花惹草？"

远在兰市的另一端，在裴家的某栋别墅里，裴海宁正将手中的杯子狠狠地砸在地上，指着裴云立骂道："胡闹！我平时都是怎么教你的！"

他焦急地在华贵宽敞的办公桌前来回踱步，感觉自己头上的白发又多了几十根："唐鹤天多疼唐寒秋你是不知道吗？！你居然会为了一个不相干的女人去开罪唐鹤天，你是不是疯了？！"

裴云立看着脚边的碎瓷片，握了握拳头，硬声道："爸，我不喜欢唐寒秋，不想娶她。"

裴海宁停下了脚步，凌厉的目光刺在他身上："喜欢？"

"我的位置你能坐稳吗？你在这个圈子里有话语权了吗？没有我和唐鹤天的支持，你现在哪里来的狗屁资格谈这些不切实际的幻想？"

没有绝对的权力和本事，就不要妄想在庞大的资本面前随心所欲。

"在你没成为唐默渊那样的人之前，"裴海宁烦闷地点了一支雪茄，"少再给老子放屁说喜欢！"

一想起唐默渊，裴海宁有些嫉妒得牙酸。唐鹤天早些年就退居幕后，长子唐默渊顺其自然进入唐氏集团，以雷霆之势扫荡不平之声，凭着卓越才华奠定了唐氏新总裁的地位与名声，至今无人不服他。他的手下还有一个强大的律师团队，所向披靡，战无不胜。

都是长子，怎么自家的就是没唐鹤天的那个那么有出息呢？

"爸！"裴云立愤愤不平地为自己辩解道，"这桩婚事是你和妈给我订的！"

裴海宁吐出一口烟，高冷地瞥了他一眼："是吗？那我怎么记得有个人听到我说要把位置给他弟弟，他就慌了呢？"

裴海宁叹了口气，气也慢慢消了下去，口气也跟着温和不少："你对权力有野心，爸很高兴。但你要知道，唐寒秋能带给你的利益，是你无法想象的，也是那个女学生不能给你的。你听爸的，好好去给唐寒秋认个错。她那么喜欢你，肯定不会跟你生太久的气。女人嘛，哄哄就好了。至于那个女学生，等你以后有能力再说吧。"

裴海宁呼出一口烟，意味深长地说："云立啊，这么死心塌地喜欢你，又这么有钱还听话的女人……可比世界上任何东西都要好控制。"

因为她们已经被爱情迷惑，蠢得分不清是非。

以唐寒秋对裴云立的痴迷，裴海宁深信唐寒秋也在愚蠢的行列之中——只要他的儿子稍微低头，这个蠢女人一定会立马倒贴。没有例外。

唐默渊放下电话，看着唐寒秋："小秋觉得多少合适？"

唐寒秋没接触过这些，撑着下巴看他，随口说了个数字："三万？"

她又自顾自地嘀咕了一句："好像有点多？"

唐鹤天眉头一皱，反而觉得三万太少，顿时痛心自己的女儿对那个浑球还是那么心软。

他正要开口否决，又听见唐寒秋笑着说了一句："那就三百万吧，少一分都不行。"

唐鹤天顿了一下，一脸欣慰地看着唐寒秋。三百万，好！不愧是他的女儿！

唐默渊沉默了一下，转而拿起电话："三百万起价，你们看着加，越多越好。"

唐默渊和唐寒秋交换了一个眼神，心领神会，语气前所未有地严肃："唐家绝对不会放过裴云立。"

从唐家出来，唐寒秋坐在车里，眼睛一眨不眨地看着窗外，细白漂亮的手腕上戴着昂贵的腕表。

黑色的腕带，玫瑰金的表壳，时针被 62 颗璀璨夺目的圆形美钻所包围，在珍珠母贝表盘上一点一点地前进。

她的父母和哥哥都支持她取消订婚，很快就接受了她已经不喜欢裴云立的这个事实。而且她的妈妈和哥哥都支持她投身华曜，去开阔自己的天地。

只有她爸不一样，他希望她嫁个好人家，不希望她在外打拼，因为他觉得太苦，不想让自己的女儿和从前陪着自己打拼的爱人一样辛苦。

他辛辛苦苦一辈子，愿望之一就是让妻女都幸福美满，不用再过当年的苦日子。

但唐寒秋却没这个想法，她就是想试一试，想赚钱，不想做个只会吃喝玩乐的富家子弟。

唐寒秋将思绪收回，抬起手看了一眼腕表——下午五点半。她给俞如冰打了个电话。

俞如冰站在医院门口，口袋里的手机乍然一响，她拿出来一看，屏幕上赫然显示着六个字——不听话的娃娃。

[04]

俞如冰看着这个备注再一次不适地皱了皱眉头，这是原主给唐寒秋的备注。

她不明白原主把唐寒秋的备注设置成这样是出于什么心态，也猜测过原主会不会就是藏在幕后把唐寒秋当娃娃操控的人，会不会就是这些系统的主脑。

但她得不到答案，系统没有解答她的困惑，要么告诉她"这不是你该问的"，要么选择沉默。自从被她撑上头以后，系统大多数时间都安静如常，不会自找不快！

所以她只能确定原主肯定没有剧情里那么纯良，怎么着都得是个白切黑①！如果原主真的是幕后黑手，那她就是个脑子不太正常的白切黑——谁会控制别人来为难自己啊？闲得慌！

但备注总是要换的，只是俞如冰一时半会不知道要换什么。她给人设置备注向来要贴合对方性格，所以打算暂且搁置，等对唐寒秋有了一定的了解再考虑换什么。

她接通了电话，唐寒秋问她在哪里，她老实回答："在医院。"

她看了看人来人往的大门口，补了两个字："门口。"

唐寒秋问了医院名称，让她稍等，立马来接她。

俞如冰百无聊赖地站在医院门口等，忽然看见一辆名贵的豪车远远地停下

————————

① 指一个人物或角色，看起来纯良无害，其实内心邪恶黑暗。

了。车门打开，走下来一个身材高挑的女人。

俞如冰的目光一瞬间就被她吸引走了。

如波浪般起伏的深棕色长发，精致立体令人赞叹的五官，前凸后翘、窈窕无比的身段，如烟如雾般飘动的连身浅灰色长裙下藏着一双笔直修长的腿，莹白如玉的脚上套着一双黑色绒面高跟鞋，气质出众夺目，耀眼如天神降临，正朝芸芸众生走来。

哪怕俞如冰已经在原主的记忆里见过她，此时也不由得感叹，唐寒秋当真完美得像件珍藏在玻璃柜里面，让世人只能远远瞻仰的艺术品。

俞如冰的皮囊美吗？当然，这个答案是毋庸置疑的。

但这个世界最美的存在并不是她，而是唐寒秋。

就像大多数言情小说里的女配角，有着天神般的容貌、无人可比的优渥家世，在这些方面她们远胜女主角一筹。但她们败在眼瞎，非男主角不可。

俞如冰目光上移，停在了唐寒秋的头顶上，那里正飘浮着三个红色的、极其显眼的字母——bug。

俞如冰心里呵呵两声。她说不修就是不修，搞这么多花里胡哨的有用吗？要是会帮忙修复，她立马把头砍下来给系统当球踢！

然后她就看见唐寒秋头顶的 bug 标志闪了两下，自己消失了。

唐寒秋在她面前站定，面对从四面八方投射过来的目光，显得从容不迫，启唇问道："看过医生了吗？"

俞如冰点头："看过了。"

唐寒秋又问："医生怎么说？"

俞如冰非常淡定地说："医生说我牙硬。"

唐寒秋轻咳一声："我给你报销医药费。"

"这倒不用，"俞如冰说，"唐小姐这一掌如神来之掌，打得非常好，打得我神清气爽、通体舒畅，多年的老毛病都打好了。"

系统忍不住出了声："她打了人你还夸她？"

俞如冰："她打的是俞如冰，关我俞如冰什么事？"

"不准讨好她。"系统严肃地下了命令。

俞如冰："哦？你会不舒服？"

"对，我会不舒服。"

俞如冰："那就对了，你不舒服我就舒服了。"

为了气这系统，她一瞬间下定决心争当唐寒秋的第一马屁精！

新晋马屁精俞如冰露出春风般的笑容："我甚至高兴得想给您付医药费以示感谢。"

唐寒秋愣了一下："什么多年的老毛病？"她怎么不知道俞如冰还有什么神奇的多年老毛病。

俞如冰一本正经地说："瞎。"

唐寒秋一脸疑惑。

俞如冰叹了口气，满脸痛心："我要是不瞎怎么会差点就看上裘云立了呢？"她很想请原女主角对此立马开始自我检讨。

唐寒秋一时摸不着头脑，困惑不已的目光将她上下打量一番。

面前的人容貌依旧，但却给她极大的陌生感。她觉得眼前这个俞如冰变了，变了很多……很多很多。她印象里的俞如冰柔柔弱弱的，绝对不会这么说话，这就像是人设崩塌。

唐寒秋忍不住问了一句："你是俞如冰？"

"不是。"俞如冰立马否认。

唐寒秋心下一惊。

俞如冰泰然自若地做自我介绍："我是俞不如冰。"

"一个告别过去，全新版本的我。"

俞如冰淡定地看着她："唐小姐可以重新认识一下我。"

唐寒秋：她突然想给俞如冰也挂个脑科怎么办？

唐寒秋揉了揉眉心，越发觉得这个俞如冰不太正经，但又无从下口去问。或许俞如冰真的是被她打清醒了，性格大变，又或者是……她已经不是俞如冰？

唐寒秋不由得想，如果面前的人真的不是原来的俞如冰，那这个俞如冰是否和曾经束缚着她的神秘力量有关联？

唐寒秋瞥了她一眼，发现她目光澄澈，面带微笑望着自己，竟莫名地有一丝乖巧。

算了，以后有的是时间观察她。

唐寒秋长出一口气，无奈地扭身向车子走去："上车，我送你回去。"

却被身后的人突然喊住："唐小姐，我能不能问个问题？"

唐寒秋停住脚步回身看她："你问。"

俞如冰看着她漂亮的眼睛："你真的不喜欢裘云立了吗？"

唐寒秋惊奇地挑了一下眉毛，如实答道："真的。"

俞如冰紧紧地盯着她的眼睛，追问道："一点儿也不？"

唐寒秋笃定道："一点儿也不。"

"很好。"俞如冰双目一弯，非常高兴地笑了，"那我就放心了。"

唐寒秋一脸疑惑。你放心个什么啊？！

俞如冰继续纯良无害地笑着看她，轻飘飘拐开了话题："你的额头还好吗？"

唐寒秋眨了一下眼："没事。"

俞如冰便继续微笑地看着她，满目慈爱。

只要唐寒秋不喜欢男主角，那她就可以毫无顾忌地对人渣男主角开炮了！

裴云立再一次认输了。因为裴海宁又搬出了他弟，威胁他要么去认错，要么让位。裴云立放不下风霆娱乐，再不愿意也只有咬咬牙忍了。

裴海宁正在和裴云立商量该怎么去认错时，裴海宁的秘书走了进来，递给他一份文件——唐氏发来的律师函。以唐寒秋的名义起诉裴云立侵犯她的人身安全，并列举了一系列赔偿费用，林林总总加起来……五百万。

唐默渊出手了，带着他那令人闻风丧胆、黑的都能说成白的的金牌律师团。

一件最多负民事责任的事情，却严重地上升到了需要五百万赔偿金额。裴海宁寂寞地撚灭了雪茄，朝柔软的沙发上倒去，头疼地揉着眉心。这一瞬间，他真的很想断绝父子关系。

裴云立无措地喊了一声："爸……"

裴海宁："别，我喊你爸吧。"连唐默渊的律师团都惹出来了，你可真有出息！

裴云立不是没听过唐默渊律师团的厉害，但他没想到自己无意一推，居然会推出五百万元。

五百万元他们裴家不是给不起，只是这钱本就没必要给。这又不是他的错！他只是……只是无意一推啊！谁让她唐寒秋要打如冰呢！唐寒秋未免太过荒唐！

裴云立头疼地问道："我们要给吗？"

裴海宁冷冷地看了他一眼："你敢不给？"

"现在不给，等上了法庭之后可就不止五百万元了。"

裴云立缩了缩脑袋，又听见裴海宁说："但不能只让我们给，他们唐家也得给。"

唐寒秋两腿交叠，仪态随意大方，一只手撑着下巴，玩味的目光一直停在旁边的人身上。

俞如冰拘谨地坐在后排另一个位子上，两只手安安分分地交叠放在腿上，坐姿端正得像个小学生。

她虽然在现实世界里也坐过豪车，但坐这种划一下都能把头赔进去的，还是头一回。为了头，她不敢动。

唐寒秋微抬手指，掩去唇边笑意："放松点。"

俞如冰摇头，义正词严道："不行，我怕不小心弄坏你的车，我头就没了。"

唐寒秋换个姿势，撑着腮帮子兴趣盎然地看着她。她不得不承认，这个俞如冰不正经是不正经，但有时候还是很好玩的。

唐寒秋安慰她："放轻松，弄坏就弄坏了。"

俞如冰闻言微微放松。

唐寒秋："反正这车也不是我的。"

这车是她家老唐的，最近给她出行用罢了，坏了也不会让她出钱，都算老唐账上。

俞如冰登时从座椅上弹了起来，背部挺直，如坐针毡。她一脸严肃地说："那就更不行了，万一车主是个脾气暴躁又不讲理的人，那不就是在给你添麻烦吗？"

开车的东伯忍不住咳了一声。

唐寒秋瞥了一眼前座，淡定地点着脑袋说："东伯，这些话就不要让老唐知道了。"

东伯："好的，小姐。"

俞如冰：她刚是踩到老虎尾巴了吗？！这要让唐鹤天知道，不管车坏不坏她头都要没吧！

俞如冰一秒改口："当然，如果那个人是唐董那就大不一样了，因为我相信唐董一定是个英明神武、聪慧过人、大方儒雅又和蔼可亲的人！"

唐寒秋沉思片刻，又打量了她三秒，开口道："东伯，不要让老唐知道我和她见面。今天这辆车里，没出现过俞如冰这个人。"

俞如冰震惊了。这下连名字都不配拥有了？你们这个世界的有钱人这么难夸的？！她干脆做了一个拉拉链的手势，选择闭嘴。有钱人的思维，真难懂。

[05]

唐寒秋暂时不想让唐鹤天知道她和俞如冰见面，原因很简单：唐鹤天对俞如冰没有好感。

唐鹤天混迹商场多年，见惯风雨和人心鬼蜮，对于突然闯入女儿曾经的未婚夫生活的、所谓的普通大学生仍抱有一定的警惕和排斥。

俞如冰是否真的善良无辜，是否真的无意搅毁唐裴联姻，一切还有待商榷。

但能确定的是，她夺走了唐寒秋曾经很喜欢的人，间接摧毁了唐寒秋和裴云立的婚约。光这两点，就能让爱女心切的唐鹤天对她的好感一瞬间降到负数。哪怕唐寒秋多次重申她的无辜也没用。

东伯应了声好，又继续开车，心里暗想，这世上最好拍马屁的人其实就是他们家唐董了。只要真情实感夸他家小辈，他就会高兴，特别好哄。但俞如冰是外人，他自然不会透露这些。

唐寒秋看向正襟危坐的小白花，忽然想起她先前的那一通电话，红唇微动，正要开口问她有什么事要找自己，就先看见她的眼睛亮了起来。明亮的光在她眼底盈盈闪耀，就像有星星掉进了她的眼中。

她望着窗外，神色激动地道："前边能不能停一下车？"她扭头期盼地看着唐寒秋，"我想买点东西。"

唐寒秋微微颔首："可以。"

唐寒秋站在擦得锃亮的玻璃柜前，光洁的玻璃上隐约映照出她纤细修长的轮廓，身材高挑，气质优雅高贵，就像是来走秀的模特。

她看着玻璃后琳琅满目的糖果，细长的睫毛轻轻一颤，目光落在了不远处挑得正起劲的俞如冰身上。

这是一家小糖铺，开在离医院不远的地方，店名简单粗暴，就叫"一颗糖"。

内部装饰温暖明亮，空中弥漫着一股淡淡的糖果香味，俞如冰一走进来就像掉进了天堂，一双眼睛亮亮的，嘴角微微上扬，笑容里带着满满的幸福感，手中用来采购的小竹篮被她用各色各味的小糖果装了快一半。

唐寒秋气定神闲地站在一旁看着兴奋挑拣的小白花，心想：她很喜欢糖。

可她却不记得，俞如冰有这么爱吃糖。她又想了想，或许俞如冰喜欢吃糖，只是她没看见？

出于谨慎性原则，她不敢妄下断言，打算保留意见，再观察观察。

俞如冰不知道她心理活动这么多，自己站在货架前纠结起来。

她这个人很喜欢吃糖，尤其是在焦虑烦闷的时候，小小一颗就能让她立马冷静下来，就像个孩子，有糖吃就不哭了。

而且她胸怀博爱、雨露均沾，什么口味都不挑，从而导致她面对这些穿着鲜亮外衣的小可爱犹豫不决。

作为一个成年人，她都想要！但原主是一介穷苦学生，肩上还担着一个令人愤然的吸血家庭，经济实力根本不允许她当一个成年人。

"想要多少就拿多少。"唐寒秋看出了她发愁的原因，走了过来，"我付钱。"

俞如冰的目光瞬间落在她的身上，仿佛看到了她身后散发出来的万丈光芒，整个人如救世之神，令人情不自禁地扬起向往的微笑。啊……金钱的光芒照耀我。

俞如冰一脸感动地看着她，瞬间又想起她在这个世界的设定。商业巨鳄之女，以及……华曜影视总裁。

"总裁"，各大小说里霸道多金的代名词。他们每天都从几百平方米的床上醒来，随时都能一掷千金，眼皮都不带眨一下，就像一个无情的撒钱机。

俞如冰看着唐寒秋，莫名地感到一阵欣慰。幸好，我们唐总是个理智消费的人，绝对不会说"把店买下来送给你"这种浑话。

然后她就听见唐寒秋说："或者我把这店买了送你？"

俞如冰：您好，我脸疼。

俞如冰连忙劝阻："没必要没必要，理智消费理智消费，唐总一定要三思！"

唐寒秋又打量了一下店内的环境，最后认真地看着她："放心，不贵，我还是付得起的。"

这家店铺不大，也不是开在市中心，最多几百万元，对唐寒秋来说的确不贵，还很便宜，而且裴云立那边还欠着她五百万元呢。

俞如冰沉默了。她明明说得很诚恳，自己听着咋就这么来气呢？这令人又恨又酸的资本主义！

系统见缝插针，冷冷地道："她在炫富，真恶心。"

然而唐寒秋口气平平无奇，完全没有炫耀的意味。

俞如冰："她没有在炫富，但你一定在仇富。"

系统有点无语道："你不仇？"刚刚是谁在又恨又酸？

俞如冰："我那是合理羡慕，你有什么意见？"

唐寒秋撩了撩头发，从容说道："这店送给你，就当赔偿，我们两清。"

俞如冰愣了一下，这是不再往来的意思吗？那自己还怎么帮她？怎么气死系统？！

"不行！"俞如冰一脸严肃地拒绝了。

唐寒秋懒懒地抬起眼皮子看她，她一身正气，脱口而出："我不想跟你两清，我想跟你纠缠不清！"缠得越紧，系统就越气，她就越爽快！

系统果然被气得不轻："我不准你对唐寒秋说这些话！

"你的任务是修复她，不是气我！"

俞如冰充耳不闻。她没有任务，非要说有的话，那就只有一个——气死这个系统！

唐寒秋惊愕了一瞬，很快就平静下来，漂亮的眉毛向上一挑，黑白分明的眼珠子里映照出俞如冰面不改色的娇嫩面庞："为什么要跟我纠缠不清？"还说得这么一身正气？

俞如冰边想边道："因为我想签华曜……跟唐总缠一缠，说不定……能更容易签点？"

谁让她也算是拒绝了唐寒秋邀约的女人呢？这个世界的有钱人不好夸，说不准也很不好哄，很讨厌别人拒绝他们呢？那她要帮唐寒秋的计划岂不是凉了？

"不许签华曜！"系统气道，"你签什么都好，就是不许签华曜！"

曾经的俞如冰是签给了演艺界的另一巨头如风经纪公司，凭借女主角光环加自身出色的演技，在火了之后一路资源不断，扶摇直上，给如风带去不可估量的收益和影响力。

如果俞如冰选择了华曜，那无疑是在给唐寒秋送钱！系统难以忍受这样的行为！

俞如冰淡定地问："你不准？那你能惩罚我吗？能抹杀我吗？能送我回去吗？"

系统沉默。

俞如冰当然知道答案：都不能。

世界中心女主角拥有绝对的自主权，而她从成为这个世界的俞如冰的那一秒开始就已经和这个身体绑死了。唐寒秋一天不被系统控制变回恶毒女配角，她就一天不能回去。

但实际上，独自留在异世界，就是系统做出的最狠毒的惩罚。时间会催生无边的孤独，让它长成一个怪物，慢慢地击溃一个人，让对方缴械投降。心理上的惩罚可比皮肉惩罚要难熬千百倍。

所以她就能为了回去而残忍"杀死"一个勇敢摆脱傀儡身份的人吗？

她不能。她永远都不会向一个勇敢追求自由的人举起森冷的刀。

不过区区孤独，只要她有坚定的支撑点、有明确的目标，就不怕自己撑不下去，就当玩经营游戏帮唐寒秋搞事业，不爽了就抓系统出来杠两把疏解疏解！

条条大路通罗马，把自己的路堵死可不是她俞如冰的作风。

系统被她一针见血地撑回去了，又回到了安静如常的状态。

俞如冰终于能安静下来应对唐寒秋。

唐寒秋听完她的话，沉默了一会儿才道："签约？你不是说过暂时不考虑？"

俞如冰笑道："暂时嘛，现在考虑完了，唐总愿意给个后悔的机会吗？"

唐寒秋眯了眯眼："你找我就是为了说这个？"

俞如冰点头。

唐寒秋身子微斜，轻轻地靠在玻璃柜上，双手环胸，目光将她上下打量："那现在是我要好好考虑了。"

享誉全球的巨星是俞如冰没错，但是曾经的俞如冰，眼前的这个人还是不是那个俞如冰，她说不好。

如果不是的话……那她能创造出曾经的俞如冰所创下的辉煌吗？她又能给华曜带来多少好处？

俞如冰看着她思量的样子，仿佛听见了算盘的声音，隐隐猜到她在计算自己的商业价值有多少。

但这一切在俞如冰眼里都是多余的。因为女主角光环不容置疑！

她忽然抬起手拍在唐寒秋瘦削的肩膀上，口气熟练地说道："唐总，我以我项上人头担保，签我，血赚，真的。不赚我头砍下来给你当球踢！"

唐寒秋看了看她搭在自己肩膀上的手，又看了看她真挚的双眼，好半天才说道："听完你这些话……我好像更不想签了。"越听越觉得不是什么正经人士。

系统险些要出声叫好，但一想到对方是唐寒秋，又继续保持沉默。

俞如冰惊了，反向操作害死人？！

"别，唐总三思，求您签我，让我做什么都行啊！"俞如冰绝望道。

唐寒秋听完，顿时陷入了一阵死寂般的沉默。

俞如冰反应过来自己说了什么以后，简直想呼自己一嘴巴，连放在唐寒秋肩膀上的手都微微发烫起来，然后尴尬地一点点缩了回去。

"继续挑你的糖。"唐寒秋终于开了口，低头打开了手机，垂眸敲着屏幕，不知道在打些什么。

俞如冰得了便宜就收，乖乖地"哦"了一声，转身就去扫购自己的糖，然后拿到收银台那块去，低眉顺眼地看着唐寒秋给自己付钱。

买完了糖，俞如冰就乖乖地跟着唐寒秋回车上去，临上车前，唐寒秋突然问了一句："你今天还有别的事吗？"

俞如冰摇头。

唐寒秋"哦"了一声："那就去我家一趟吧。"

俞如冰震住了。

[06]

唐寒秋并不和父母同住，独自一人住在环境优美僻静的高档小区紫金苑。

她的家宽敞整洁，布局结构合理美观，每一件家具都是精挑细选出来的，和大方简洁的房屋风格相得益彰，但无形中又流露着一股空荡荡的寂寥感。不像个家，更像是个落脚点。

俞如冰坐在柔软舒适的黑沙发里，心想：这大概就是顶级有钱人的生活吧。

房屋不追求家的温暖感，让它像酒店一样舒服就好。毕竟有钱人的房产不可能只有一处，他们可能也不会在一个地方久居。

俞如冰记得唐寒秋名下的房产也的确不止这一处，全是她爹妈一手置办的，大概是看上了就给女儿和儿子买了。

俞如冰觉得现在的自己像个柠檬，酸得不行。

就在她胡思乱想的时候，面前的玻璃桌上慢慢地推过来一份合同，顶端按着唐寒秋修长的手："看看，没问题就签吧。"从另一边递过来了一支签字笔。

俞如冰顺着笔往上望去，就看见一个穿着职业装的女人站在自己旁边。她高挑的鼻梁上架着一副黑框眼镜，乌亮的长发整齐地梳在脑后，浑身上下都透露着一股精明能干的气质——华曜总裁助理，韩薇。

几分钟前，俞如冰前脚跟着唐寒秋到了紫金苑，韩薇后脚就来了，一手提着电脑，一手抱着文件。

俞如冰这才知道，唐寒秋是真的要签她让她出道，便拿起合同，凭着专业的素养和敏锐把合同里该注意的地方全都一字不落地看完了，还发现唐寒秋额外加了一条合同约定——乙方如不能让甲方盈利血赚，则乙方的头归甲方所有，乙方不得有任何异议。

身为乙方的俞如冰一身冷汗。

俞如冰觉得自己可以去回答一下"当你剃头保证，而对方是真的想要你的头时的感觉是怎样的？"这个问题。

——谢邀。害怕，脖子凉，脑壳还疼。

甲方本人唐寒秋两腿交叠，手肘撑在膝盖上，正面带微笑地看着她："对新加的条约有异议？"

俞如冰飞快地接过韩薇手里的笔，利落地签下"俞如冰"三个字，然后将合同推回到唐寒秋面前："没有，请您过目。"

唐寒秋微扬下巴，韩薇心领神会接过合同检查，她转而看着俞如冰："后续相关信息你告知韩总助就好。"

她又扭头微笑看向韩薇："这几天我不去公司，就辛苦韩总助负责她后续工作了。"

韩薇在唐氏集团内部就职多年，跟过几个大项目，十分精明能干，唐默渊特地派她来协助唐寒秋打理华曜事务，唐寒秋对她的业务能力也十分信任。

韩薇面对新上司的场面话，表情毫无变化地推了推架在鼻梁上的眼镜："唐总放心，我会处理好的。"

然后她和俞如冰澄澈的目光交会，微微颔首，俞如冰也点头回应。

韩薇继而又看向唐寒秋，声调平平地说："唐总，您此后的出行都将由我负责。"

俞如冰心想：不仅要当助理还要当司机，有点惨。

唐寒秋眼珠子转了一下，瞥了她一眼，语气略微不满地道："韩总助，我会开车。"

韩薇面不改色地推了推镜框："我建议您藏藏拙，否则不好交代。"

唐寒秋没有说话，眼神清冷，直勾勾地看着韩薇。韩薇一派泰然自若，任她盯。

俞如冰坐在一边，隐隐闻到了空气中弥漫的硝烟味，总担心她们会打起来，又不免疑惑为什么不让唐寒秋开车。唐寒秋还能把车开天上去不成？

"那就辛苦韩总助了。"唐寒秋先开了口，无波无澜的语气把刚点起来的战火一下就摁灭了。

韩薇不卑不亢："这是我该做的。"

俞如冰和韩薇没有久留，签约完就走，唐寒秋特地嘱咐韩薇送俞如冰回学校。

临出门前，俞如冰犹豫了一下，出于关心还是问了一句："唐总这几天为什么不去公司？"

唐寒秋听完，微微一笑，抬起手撩开遮挡着青紫额角的长发："误工。"

俞如冰一副黑人问号表情，我怎么记得您在医院门口说没事来着？！

唐寒秋看着她困惑的表情，又看了一眼韩薇，只见对方习惯性地推了一下镜框，声调平平地道："您可以适当地装一下。"

唐寒秋这才缓慢地扶住额头，毫无灵魂地发出一声："啊，好痛！"

俞如冰面对如此毫无灵魂的演技沉默了。

唐寒秋笑道："怎么了？我演得不好？"

俞如冰立马抬手鼓掌，满目赞赏地看着她："好！不愧是您！

"寥寥几句台词，却演出了多种引人深思的复杂情感，这出神入化的演技简直令人心服口服，谁看了不信您是真的痛呢？"

"反正我信了！"新晋马屁精俞如冰如是说道。

连一向淡定的韩薇表情都出现了一瞬的困惑——这位小姐，你认真的？

唐寒秋：你倒挺会吹？

俞如冰站在树下，一言不发地看着韩薇和东伯进行唐寒秋司机交接仪式。

二人客客气气地互道辛苦，然后韩薇替唐寒秋转达了几句话，东伯愣了一下，看了几眼俞如冰，说了声"我知道了"，就开着唐鹤天的车回了唐家交差。

韩薇则开车送俞如冰回学校，并留下了她的电话号码，告诉她明天会来接她去华曜。俞如冰一一应好，态度谦逊得体，正经无比，仿佛在唐寒秋家门口一通胡吹的那个人不是她。

韩薇推了推镜框，思虑再三，还是开了口："俞小姐，我希望你记住，你已经签给了华曜，那你就是唐总的人了。我建议你从这一刻开始，正确处理你的人际关系。"

韩薇身为总助，自然需要了解上司唐寒秋的一切，包括她起诉裘云立的事情，从中顺藤摸瓜知道了俞如冰和裘云立的纠葛。出于职业素养，她必须提醒俞如冰一二。

俞如冰立马就地起誓："韩总助放心，我有分寸，谁要是妨碍唐总搞事业，谁就是我不共戴天的仇人。犯我唐总者，虽远必诛！诛不到的……那我就杠死它！"

被明里暗里点了名的系统从没有这么后悔过。

早上八点，天色明亮，刺目的光线尽数被酒红色的窗帘遮挡在外，屋内一片宁静昏暗。唐寒秋窝在柔软的大床上，睡颜温和动人，如沉睡的睡美人。

放在床头柜上的手机乍然响起，惊扰了满室寂静。唐寒秋慢慢睁开了惺忪睡眼，懒懒地伸出瘦长得恰到好处的手臂，抓过手机，扫了一眼莹亮的屏幕。她满心的不耐烦，不想搭理。

唐寒秋毫不犹豫地挂掉电话，又顺手把这个号码拖入黑名单，世界终于又清静下来，她埋入被窝又继续睡了起来。

裴云立被无情地挂断了电话，而后发现自己再怎么打都打不进去，登时恼怒地将手里的律师函摔在桌上，胸腔里灌满了怒气，整个人就像个炸弹一样随时都能炸开。

——这个女人是不是故意的？！他不信她说不喜欢就不喜欢了！这一切难道不是在吸引他的注意力吗？！

一个打扮时尚、相貌干净明朗的青年恰好从门外走进来，身上还带着点风尘仆仆的感觉。他脱外套的动作因裴云立的怒气停顿了一下，走过去拿起律师函看了看，眼中闪过一丝惊奇，而后慢慢笑了起来。

裴云立看见他嘴边的笑，就更加气不打一处来："裴云杰，你觉得很好笑？"

裴云杰耸耸肩，放下律师函，将外套递进保姆手里，往沙发上一坐，全身心都跟着放松下来，温和地劝道："冷静，消消气。"

被一个追求自己这么多年的女人如此无情地对待，裴云立越想越气，又想起律师函里的那些字，忍不住骂道："误工费，他们在说什么鬼话！唐寒秋哪里来的工作？！她就一不学无术的女人！"

裴云杰公正道："哥，华曜影视的新总裁就是秋秋姐。而且她毕业于常春藤，学习能力很强，不是不学无术的女人。"

他转念一想，又不忍地叹了口气，心疼唐寒秋一片真心错付。差点就要成为她未婚夫的人，却连她回国继任华曜总裁一职都不知道。唉……秋秋姐有点惨哪。

唐寒秋一直把裴云杰当自己弟弟疼，所以裴云杰跟她关系一直不错，也没少心疼她喜欢上了一个不喜欢自己的男人。万万没想到，她回国之后就看开了，不仅要和裴云立解除婚约，甚至还要告他。

想到这儿，裴云杰心情十分复杂，既替哥哥担忧又替姐姐高兴，活脱脱一个矛盾体。

裴云立阴恻恻地扫了他一眼："你给我搞清楚，我才是你哥，现在是外人在诓你哥的钱，懂？"

裴云杰回应他一个粉丝们很爱的招牌阳光笑容："阐述事实而已嘛。"

裴云立顿觉无趣，起身去拿了车钥匙。

裴云杰的目光随着他的动作游走，问道："你要去哪儿？"

裴云立没有回话。

裴云杰两眼一弯："你想去找那个俞小姐？"

裴云立回头看了他一眼："你这么闲吗？没通告？"

裴云杰耸耸肩："最近休息，一个月后有个节目，我要去当导师。"

裴云立毫无兴趣地收回了目光，抛下一句"随便你"就出了门。

裴云杰满眼笑意地看着他走了，又满眼笑意地看向司机："六叔，给我讲讲昨天发生了什么呗？"

俞如冰适应新环境的能力很强，一个晚上就缓过来了，今天一早就跟室友告别坐上韩薇的车去了华曜，把签约的流程全都走完，正式成为华曜的签约艺人。

秘书长林琳上前整理合同文件，然后用询问的目光看着韩薇，韩薇沉思片刻，出声道："先登记，之后再说。"

华曜刚刚起步，旗下还没什么能拿得出手的艺人，也没铆足了劲去到处签人，所以公司内部目前艺人数量屈指可数。

公司还要负责为艺人规划好出道路线，是直接拍戏，或是成为练习生参加节目出道，能不能有水花都只能尽人事听天命。

近几年，偶像成长类节目层出不穷，大受欢迎，当练习生反而更容易进入观众视野。然而俞如冰是正规科班出身，当练习生还要耗时间去培养，显然不如在影视资源上努力的成本低。

所以华曜很轻易地就把俞如冰从准备送选偶像成长节目的练习生行列划出去。没有实力，走不长远。俞如冰长得再好看，也不能靠脸出道。

俞如冰看着林琳把自己的签约合同带出总裁助理办公室，然后问道："公司不打算让我当练习生对吗？"

现在这类节目如日中天，只要有实力总能博个出道位。新人演戏如果不能参演大制作，反而容易凉得无声无息——哪怕参演了大制作，也有可能照凉不误。

原剧情里，俞如冰就是直接走的演戏路线，然后凉得悄无声息，但女主角光环不容许俞如冰默默无闻，很快一拨黑料上阵，把卷入豪门情感纠葛的俞如冰说成第三者，媒体抓住她大肆炒作，反向操作反而让她黑红起来。

剧也逐渐有了起色，又因为她精湛的演技和漂亮动人的脸蛋吸了不少粉丝，一举成为"黑红小花"。

原剧情里唐寒秋被控制，自然不会帮她说话，而裴云立也没为她开脱，因为他没有勇气冲破唐氏和婚约带来的枷锁去维护爱情。

故而俞如冰成名之路一直饱受争议，第三者的骂名在她身上压了很长一段时间。

现在她才是俞如冰，剧情已经改变了，反向操作让自己被黑是不可能的，不如直接当练习生出道。

韩薇的眼睛从眼镜后抬起，带着一股深沉的精明："俞小姐有什么想法？"

俞如冰微微一笑："有，让我当练习生，参加下个月的节目。"

她一副稳操胜券的样子让韩薇不禁思虑了一会儿，然后拿起了手机。

唐寒秋拉黑裴云立十分钟后，电话又响了，每一声都像敲在她青紫的额角上，让她疼得皱了皱眉。

唐寒秋按着额角两边，皱眉接了电话，声音里带着初醒的沙哑："韩总助？"

然后沉默了两分钟后，彻底清醒了，不确定地又问了一遍："是我没睡醒听错了？俞如冰要当练习生？"

她顿了一会儿，额角越来越疼："还要参加下个月的节目？"

曾经的俞如冰好像没碰过唱歌跳舞这些东西？她不是签了如风就直接演戏去了吗？现在居然要直接参加唱跳竞技类节目？她是会唱还是会跳？难道当主角的人都这么任性吗？反正做什么都有主角光环在保驾护航？

唐寒秋越想越觉得头疼，渐渐地连思考的力气都流失了，她疲惫地叹出一口气："你们决定就好，我头疼，先不说了。"

韩薇应了声好，确认唐寒秋把电话挂了才放下手机，推了一下镜框，直勾勾地看着俞如冰："我建议你现在就向我们证明，你有资格参加下个月的节目。"

唐寒秋躺在床上翻来覆去，额角发疼睡不着，干脆起床找药油给自己抹上。

她躺在沙发上，一边给自己抹药一边刷手机，近期的娱乐、时政新闻全都刷完之后，她收到了一条消息，里面附带着一个视频。而视频的主角，是俞如冰。

[08]

唐寒秋在看完视频之后，久久没回过神来，手指头不听使唤地点中了重播键，那无人可挡的魅力又一次从屏幕里绽放出来。

一朵娇弱的小白花，一间宽敞的练习室，几首随机播放的风格各异的曲子，三者糅合在一起竟塑造出了一个耀眼夺目、气场强大的舞者。

俞如冰一改娇弱的模样，身体随着音乐而动，在每一首曲子里随心所欲地释放着自己无限的魅力，一举一动间都展现出对舞台掌握的自信。

表情管理也十分到位，或邪魅，或冷漠，或元气满满，音乐是什么样她便是什么样。

后面还有她展示歌喉的环节，每一首曲子里都融合了不一样的情愫，让听者大受影响，轻易就被她带进了歌曲的世界里。

她站在练习室里，却像是站在万众瞩目的舞台中心，浑身都散发着耀眼的光芒。她就像是为舞台而生，是耀眼的主角。

唐寒秋不知道这算不算是主角光环的作用，但不得不承认，她确实受到了极大震撼。俞如冰对现场的把控能力成熟老练，就像是一位身经百战、经验丰富的偶像。

如果不是刚签下她，唐寒秋就要信她是个老手了。

唐寒秋一点也不犹豫，在微信上给韩薇回了话：让她去。

她比任何人都适合那个舞台。

韩薇看了看发亮的屏幕，愣了一下，没想到唐寒秋回得这么快，然后镇静地发出去一个"好的"。

韩薇：需要为您预约医生吗？

唐寒秋回得依旧很快：不用，没事。

后面她又加了一句：让她有空给我打个电话。

韩薇：好的。

俞如冰在一旁擦着汗，又喝了口水，然后掏出块糖嚼了起来。

她有点烦闷。哪怕她曾经是个实力派偶像，也掩盖不了她此时的烦闷。

她在现实世界曾经出道过，该吃的亏、该吃的苦她一样都没少吃，也因此吸取教训让自己变得更加优秀耀眼，最后在舞台上赢得满堂喝彩。然后她就凉了，星途急转直下，不到两年的时间。

因为公司不大，业务能力也很差，愣是把她这把好牌打烂了，她也因此慢慢地淡出大众视野，最后再无水花，合约到期后她干脆就退出了演艺界，过上了平凡的"社畜"生活。

平凡生活过了好几年，她没再跳过舞、唱过歌，今天重操旧业，她不知道自己还是不是当年那个能把舞台牢牢抓在手心里的俞如冰。她只能尽力发挥到最好，最后的评判还是要交给观众们。

她挺担心自己不合唐寒秋的眼。万一这个世界的有钱人就是变态得追求顶级好呢！毕竟连夸他们都不能走基本法！

俞如冰心里慌得不行，只能靠糖续命。

韩薇看向她："辛苦了。"

"唐总同意你参加了。"

俞如冰清澈的眼眸一下子就亮了起来，一闪一闪的，好像小鹿的眼睛。

韩薇推了推眼镜："唐总让你有空给她打个电话。"

俞如冰眼睛亮亮的："那我现在……有空？"

韩薇翻过黑色腕表看了一眼，估量了一下时间说："你先休息一会儿，过会儿去和其他练习生见面。"

俞如冰两眼一弯，笑容明媚灿烂，瞬间为她娇艳的脸庞添上了几分亮眼的色彩，好看得让人忍不住再多看几眼："好，谢谢韩总助。"

她起身离开总裁助理办公室，悄声穿过满是精英的秘书办，找到一处安静的落地窗前拨通了唐寒秋的电话。

电话很快就接通了，女人成熟冷静的声音透过电话听筒，反而多了一份动人的魅力："喂？"

俞如冰不禁暗叹：真绝了！长得好看又有钱就算了，连声音都这么好听！本柠檬精实名嫉妒！

俞如冰整顿了一下心情，笑道："谢谢唐总给我这个机会。"

唐寒秋忽然发出一声轻笑，低低的，像根羽毛搔在人的耳边："那是你自己争取来的，你该谢谢你自己。"

俞如冰听着她干净迷人的声音，目光穿过干干净净的落地窗向外望去。

日光灿烂，包裹着整个兰市。半环式结构、层层功能分明的华曜大楼被照射得分外刺眼，它微微显露的一角庞然傲立在俞如冰的眼前。

她在这个庞然大物面前，显得无比渺小，而她已经选择了依附这个庞然大物，以它为舟，乘风破浪，为唐寒秋的事业添柴加火。

"唐总，"她收敛了笑意，表情变得认真起来，"你一定要好好经营华曜。"

华曜依靠唐氏集团，再小也小不过她从前的那个破公司，但就怕出现什么意外，比如华曜主管人员不会营业，再好的牌都能打烂；又如唐寒秋玩票心态，无心打理华曜，任它自生自灭。

俞如冰不想再经历小破公司的烂操作了，身心都很累。她不知道唐寒秋来当华曜总裁是认真的还是玩票而已，只是她现在身为事业粉加华曜签约艺人，总要对偶像、对上司抱有殷切期望。如有需要，她还会冒死进谏，请皇帝陛下唐寒秋打理打理朝政。

唐寒秋静默片刻，从俞如冰的口气里，依稀听出点故事的味道，但也不难感受到她的一腔真情——她是真心实意希望自己能好好经营华曜的。

然后就听见俞如冰沉重地叹了口气，幽幽道："不然我就只能去我国某著名单位就业了。"

唐寒秋眉头微微一皱，能去著名单位有什么不好？但转念一想，现在的俞如冰的思维逻辑不能和常人比拟，于是脱口问道："什么单位？"

俞如冰："天桥底下。"又补了一句，"我贴膜技术还行。"

是的，她的贴膜技术还行。虽然她的本职工作不是干这行的，但由于手机太有想法经常磕磕碰碰，这划一下那划一下，促使她练就了贴膜大法。

不过自从她贴膜熟练以后，她的手机就再也没有摔过——真是让人没有脾气的懂事。

唐寒秋：果然不能低估她的思维……

唐寒秋想了想又觉得她好笑，声音里不自觉带着点笑意："你如果够争气，我总不会让一个有商业价值的艺人去贴膜吧？"

争气的艺人才最讨公司喜欢，华曜再有钱也不能养着废人等天上掉大饼。

俞如冰欣慰地笑了笑。很好，我们的唐总还是很清醒的。

她忽然想起自己当年的梦想，又问道："那我以后能有机会演戏吗？"

她一直很想演戏，但是小破公司一直没给她接影视相关的资源，最后干脆还让她凉了，她当年真是要多气就有多气——破公司不知道好好珍惜善用艺人，那还开个啥的公司！

唐寒秋扬眉："看你本事。"她不会盲捧强捧，会结合这一世界的俞如冰的实际情况。有本事的艺人，资源只多不少。

"好的！我会加油的！"俞如冰斗志昂扬地说，"唐总你也要加油把华曜发扬光大！"

唐寒秋忍不住笑了，莫名觉得俞如冰比她还要着急她的事业。难道是怕华曜垮了就要去天桥底下贴膜吗？

"好，"唐寒秋说，"不会让你去贴膜的。"

俞如冰挂了电话，又愉快地加了唐寒秋的微信，然后满怀期待地去准备和练习生们见面。

待在家里的唐寒秋正拿着手机，目不转睛地看着空荡荡的备注栏。

她不知道该不该给对方备注"俞如冰"这三个字，要打下去的时候脑子里又抑制不住地想起"俞不如冰"四个字。

她陷入了长达一分钟的沉默，然后动了动手指，打下一个"俞"字，在后面加了一个问号。

唐寒秋特地叮嘱过韩薇，让韩薇在她不在公司的这段时间内，尽可能对俞如冰的事亲力亲为，并且要将俞如冰展示出来的一切实力信息，毫无遗漏地整理发送给她，像是监督又像是观察。

韩薇倒也不会觉得奇怪，她也在俞如冰身上看到了巨大的潜力，如果好好培养，俞如冰说不定就是华曜需要的可以打响名号的作品，所以唐寒秋的谨慎不无道理。

而正当韩薇要亲力亲为地带俞如冰去和别的练习生见面时，秘书长林琳匆匆过来对她道："韩总助，裘云立来华曜了。"

韩薇下意识看了俞如冰一眼，正巧碰上了俞如冰同样困惑的眼神。

裘云立来干吗？

林琳："他说要见俞小姐。"

俞如冰：臭渣男怎么知道我在这里的？！

突然，她的脑子里嗡了一下，整个人恍惚了一瞬，机械的系统声音又一次在她脑海里炸开："启动第二种修复方式。修复方式之二：由系统辅助，宿主请接取相应任务。当前任务：和男主角见面，对他说出台词'我进华曜是被迫的'。"

俞如冰：这扑面而来的白莲花味道？

突然启动的第二种修复方式让俞如冰恍惚看见眼前有大片大片盛开的白莲花，熟悉的叛逆感瞬间被反感的情绪带动，噌噌噌地往头顶上冒。

她掏出颗糖，剥去鲜亮的糖纸，丢进嘴里，一脸冷漠地吃了起来。

系统对她躁郁的心情视若浮云，机械地重复着："当前任务——和男主角见面，对他说出台词'我进华曜是被迫的'。"

俞如冰一边借助甜味让自己冷静下来，一边在心里道："你确定让我去是吧？"

系统不依不饶："当前任务——和男主角见面，对他说出台词'我进华曜是被迫的'。"

俞如冰："行，这可是你说的，我疼你一回现在就去。"

系统瞬间安静，不再多说半个字，生怕被她抓住破绽，往死里撑。

她那被官方认证过的坚硬牙齿猛地将口中的糖果咬裂，嘴里发出"咔"的一声，甜丝丝的味道瞬间弥漫在口腔。

她的双眼里忽然燃起莫名的战意，边走边捋起袖子："我现在就去见他。"

我现在就掏出我的意大利炮给你这个男主角尝尝！

韩薇和林琳看着她这雄赳赳、气昂昂的样子，总觉得她手里正握着一把隐形的四十米大刀，整个人看起来不像是要见人，更像是要去杀人！

"等等！"韩薇不假思索地抓住了她的手腕，一脸严肃地看着她，"俞小姐，杀人是犯法的。"

俞如冰：我也没说要取他小命……

[09]

俞如冰的意大利炮还没能朝裘云立发射，就被韩薇强行塞了回去。

韩薇先前就注意到俞如冰不耐烦的表情，又对比了一下她刚才一身杀气的样子，决定道："你不用去。节目一个月之后就要开始了，你先去参加练习，不要浪费你的时间。"

韩薇转头看着林琳："你先通知下面的人带裘先生去接待室，然后亲自负责俞小姐的后续工作。"

她抬起腕表看了看，一边滑开手机屏幕一边道："我去接待裘先生。"

林琳："好的。"

俞如冰流露出可惜的表情，但又无可奈何，毕竟韩薇现在也是她的上司，只好挠了挠鼻子，说了一声："那辛苦韩总助了。"

韩薇点了点头，看见她这一脸可惜的表情存了个心眼，又无声地垂下眼看着和唐寒秋的对话框，一边打字报备一边往招待室走去。

宽敞整洁的招待室内，男人坐在沙发上，一双修长的腿无处安放，俊逸的眉眼间隐隐流露出不耐烦。

下一秒招待室的门就被打开了，仪态端庄得体的韩薇从外面走了进来，右耳戴着一个黑色的蓝牙耳机，眼睛微一上抬，瞳孔里倒映出裘云立的模样，略略弯了弯身子："裘先生。"

然后她走到他桌对面坐下，将手机扣放在桌面上，先自我介绍了一下，然后用一种公事公办的口气说："非常抱歉裘先生，俞如冰现下是华曜的签约艺人，她还有她的工作要做，没有时间来见您，还请您谅解。"

"艺人？"裘云立一下就抓住了重点，"她什么时候成了华曜的艺人？"

韩薇："刚刚。"才正式成为华曜的艺人。

裘云立眼神登时一变，断言道："不可能。"

"如冰和唐寒秋有过节，怎么可能会签华曜？"他眼神一黯，"你们是不是用了什么不光明的手段逼她签的！"

裘云立话音落地，韩薇就听见戴在耳朵上的蓝牙耳机里发出嫌弃的一声轻笑，她面不改色："裘先生，我想你可能是误会了什么，签约华曜是俞如冰的个人决定，跟我们没有关系。"说出来你可能不信，她还用自己的头做担保了。

裘云立紧紧盯着她："是不是唐寒秋？"

是不是那个疯女人耍的手段？因为自己得不到他，所以就要拆散他和如冰！还故意不在公司，要跟他玩猫捉老鼠的游戏！

裘云立脑补了一下，冷冷地哼出一声："请你转告她，不要再玩这些无聊的把戏，赶紧把如冰放了，否则我不会原谅她的！"

韩薇面对裘云立这突如其来的霸道劲显得丝毫不慌，耳朵里传来顶头上司的声音："你问问他，是不是觉得五百万太少？"

裘云立怎么到这地步还觉得她对他有意思？五百万还不够他清醒的吗？难道

要五千万、五个亿？如果他有这个想法，她肯定也不会手软伸手要这个钱。

韩薇镇静道："裴先生如果觉得五百万少了，我建议您可以和我们律师方面商量一下加价的问题。"

她推了推眼镜，一本正经道："五千万或者五个亿，都随您心情。"

裴云立顿了一下，目光倏然森冷："你有什么资格这么跟我说话？你以为你是什么东西？"

在他心中，韩薇只是一个总裁助理，在华曜里职位再高也不过是个打工的，跟他这样生来就在金屋里生活的富家子弟是不能比拟的。他们之间是云泥之别。

韩薇的表情不变，目光平静如初，裴云立那如刀枪的高傲言语刺在她身上显得不痛不痒，反倒是唐寒秋听不下去了。

裴云立看见韩薇翻开手机点了点，下一秒唐寒秋成熟冷静的声音就从里面传了出来："她是我的助理，是华曜的副总裁。我不在，她就是我。"

唐寒秋冷声道："你这算是跑来我的地盘，对我颐指气使？一封律师函你是不是嫌少了？"

裴云立愣了一下，没料到唐寒秋会和自己通话——她之前还把他拉黑了！

裴云立反应过来后，黑着脸喊了一声："唐寒秋！"

唐寒秋不耐烦地打断他，一字一句地纠正："唐、小、姐，这么简单的三个字你都学不会吗？你难不成是我国义务教育的漏网之鱼？"

裴云立愣住了。

裴云立被她的突袭弄得思绪混乱，刚整理好思路要说话，唐寒秋又抢在他前头道："别再来华曜对我的人耍你的少爷脾气，我华曜可没义务要惯着你。

"有空瞎跑还不如赶紧把五百万赔了，烦人。送客！"

然后她就挂了，速度快得仿佛再多停留一秒就要窒息了。

裴云立心想：这个女人！

韩薇缓缓起身，望着裴云立的双眼无悲无喜："裴先生，请。"

裴云立霍然起身，指着桌上的手机："你们这是诬告！她根本什么事都没有！"

韩薇不慌不忙地给自家老板打补丁："裴先生误会了，我们唐总是个坚强的人，痛也不会轻易对他人表露。"

裴云立："所以就对律师函表露了？"还用明确的数额五百万来衡量她有多"痛"？

韩薇推了推眼镜，义正词严："用法律的手段合法保护自己的权益，是每一个中国公民的基本权利。"

裴云立被请出华曜，脑内风暴不断，上车之前还在想：如冰肯定是被迫签约华曜的。

他回头看了一眼高大的环绕式建筑物，目光里充满了阴沉。

——我一定要把如冰解救出来!

俞如冰对这些一无所知,实际年龄已经二十九的她,正在练习室慢慢和年轻的后辈们磨合交流。

华曜这次要送去参加节目的小队加上她一共五个人,她在原剧情的记忆里翻了一会儿,找到了这个小队的大概结局。

在原剧情里,这四人参加节目,只有一个叫谭夕的人实力稳,表现格外亮眼,一路稳扎A班,最后成功成为少女新团体成员,其余三人没有什么水花。

不过成团之后,谭夕也没达成爆红的成就,人气一直不温不火,对刚起步的华曜并没有起到多少富有冲击性的正面作用。

俞如冰的目光落在一个站在镜子面前练舞的高马尾女孩身上,她的面容很漂亮,自带一点冷感,在跳舞的时候眼中迸发出万千华光,为她缀上了亮眼的颜色。

林琳带着俞如冰走到她的面前,介绍道:"这是谭夕。"

谭夕停下动作,慢慢地看向俞如冰,俞如冰伸出手:"你好,我是俞如冰,你的新队友。"也是你原来的情敌。

没错,谭夕也是裴云立众多追求者之一。在一次机缘巧合之下她遇见了裴云立,然后对他一见钟情,后期被风霆挖了过去。

但谭夕的结局很令人唏嘘,她和裴云立发生过关系,就在她以为他们已经是男女朋友的时候,裴云立却告诉她:"我不会喜欢你。"

从那之后她就日渐消沉,情绪失控,最后以自杀来悼念这求而不得的爱情。她死的时候,才二十五岁。

俞如冰暗叹:渣男害人啊!

谭夕看着眼前这个头不小但娇弱漂亮得让人惊艳的小白花,回握住她的手:"你好。"

俞如冰冲她展露出一个灿烂的笑容,手上的力度不自觉紧了紧。

这一次,她绝对不会让谭夕重蹈覆辙。作为唐寒秋的事业粉,对华曜有利的艺人,她一个也不会放过!谁都别想跑!

谭夕后颈莫名一凉,总觉得俞如冰这个灿烂的笑容里暗藏玄机。

把人都介绍完之后,林琳就去和指导老师们开个小会,让俞如冰暂且等一等。

俞如冰微微笑着点头应好,然后目光一瞥看向了谭夕,她眨动着漂亮的眼睛,眼珠子就像琥珀一般莹亮剔透,主动搭话道:"你有喜欢的偶像吗?"

谭夕虽然长得清冷,但实际上性格偏亲和,很好亲近,她顿了顿,说:"有,King的队长阿特。"

King,当红男团,队长也就是裴云立的弟弟裴云杰,艺名阿特。他凭借着自身实力、清朗动人的美貌和招牌的小太阳笑容赚足了一大拨人气。

俞如冰琢磨了一下，谭夕喜欢的裘云杰倒也不算是华曜的死对头，因为他签的是如风经纪公司，而不是自家的风霆娱乐。

她身为唐寒秋的粉丝，难免会带上粉丝思维——喜欢谁都行，就对家不行！

但又因为原剧情里唐寒秋和裘云杰关系很好，所以她勉勉强强把裘云杰从对家这一栏里划了出去。

俞如冰仿佛面试官一般，对谭夕的答案还算满意地点了点头，又状似随意地问起："你喜欢他什么？"

谭夕直言不讳："脸。"

"他长得好看。"想了想，她又笃定地补上一句，"特别好看。"

阿特经常因为各种生图路透、颜值过分抗打上热搜，也出过圈，吸引了一批又一批的粉丝，其中就包括谭夕。

俞如冰一听这理由，迅速抓住了切入点："姐妹，盛世美颜唐寒秋，了解一下？"

[10]

谭夕面对这突如其来的安利①沉默了一会儿，极为疑惑地问："这个唐……是我们的唐总？"

俞如冰点头："是的，商业巨鳄之女，唐家二小姐，华曜新任总裁唐寒秋本人。"

谭夕的头上缓缓冒出一个问号，她感受到了前所未有的冲击。怎么还有人粉顶头上司的？这又是个什么操作？！

俞如冰有自己的打算。只要有实力的谭夕跟自己一样当唐寒秋牢固的粉丝，那她日后要走的时候就会思虑再三，或许还能让她忠诚的粉丝特性爆发，直接拒绝对家裘云立、拒绝风霆，不会再走向悲凉的老结局。

俞如冰毫不犹豫走向卖安利的康庄大道，更加积极地拓展粉丝的规模："我们唐总不仅有钱还特别有颜，是绝对不能错过的人间富贵花！

"而且她只需要我们努力出头为她和华曜争光，这样不是既对她有利也对我们有利吗？

"粉她，你将拥有前所未有的和喜欢的偶像共同努力、一荣俱荣的全新体验。你想想，在别家你可能有这样的高优质体验吗？不可能，因为只此一家！"

她看着谭夕，掏出了一颗糖伸到对方面前，两只眼睛亮亮的："怎么样姐妹，吃安利否？"

---

① 网络流行语，指"诚意推荐"或"给……打广告"。

谭夕：你熟练安利的样子像极了天桥底下贴膜的。

系统本来还想出声吐槽俞如冰太狗腿，但又因为她对自己实在没有好脸色，抓住一个标点符号她都有可能把它杠出银河系，所以选择保持安静，从此之后除了发布任务和管理程序系统以外，不再对她多说半个字。

没有它的打扰，俞如冰的世界都清新了不少。

谭夕愣愣地问了一句："还能粉顶头上司？"

"为什么不能？"俞如冰反问，"难道有规定说粉的人必须是演员、偶像吗？"

谭夕一时哑然，只能干巴巴地说："没有。"

她沉默地想了想，竟觉得俞如冰说得好有道理——粉顶头上司的确是给自己找了个动力十足的奋斗目标啊！

她转念一想，开了口："可我也没见过唐总。"

他们都只知道新任总裁是唐氏的公主唐寒秋，但对于她什么时候正式上任一概不知。公司里有传言说她已经回国，今天就要过来上任，可……今天也没见到人啊。

连个影子都没有，遑论看她的盛世容颜？万一这只是俞如冰为了讨好上司的一面奉承词呢？

"颜控"谭夕默默推回她拿着糖的手，心里对于"人间富贵花""盛世美颜"等多个称号保留意见。

俞如冰无所谓地摆摆手："她总要来华曜的，等她来了你就知道什么叫绝色佳人！"

谭夕忍不住问道："华曜究竟是为什么签了你？"

她根本不像个练习生，反而像个到处拉人入坑的粉丝！

俞如冰时刻记得自己的马屁精身份："当然是因为唐总的英明！"

谭夕无语，心想：您狗腿得是否有些过分了？

这头林琳刚好开完会，和指导老师们一起把五人召集过来，商量更换节目用的曲子以及分工问题。

曲子叫《青梦》，风格轻快明朗，节奏活泼，朗朗上口，充满着蓬勃向上的少年朝气。考虑到团队情况，舞蹈方面较为中规中矩，老师们把醒眼的部分分给了俞如冰和谭夕，又把其中充满技巧的部分特别划给各方面实力都极为成熟的俞如冰。

中心位自然而然就定了俞如冰，就连主唱的担子都落在了她的肩上，无一不彰显着公司方面和指导老师们对她的殷切期盼。

俞如冰面带微笑："我一定会好好表现，不会辜负公司对我的信任。"

谭夕等人本还困惑这个天降队友的分量为什么会这么重，但正式投入练习之后，一切的疑惑都被俞如冰强悍的实力一脚一脚地踩碎了。

她对舞台、对音乐的把控成熟老到，浑身上下的表现能力令人惊叹不已，就好像她连头发丝都会跳舞，总会让人觉得她其实已经出过道，现在是满级装备回新手村屠杀新手。

她记动作、走位都很快，只用了一个小时就拿下了，然后获得了短暂的休息时间，坐在一边和老师们一起看其他人的跳舞动作是否还有哪些地方和力度需要调整，偶尔还会给出自己的意见帮助队员精进。最后连队长都定下是她。

她给完建议后就退到一旁安静地待着，看着队员们年轻青涩的面孔，一时间觉得年近三十的自己就像个老人，真真切切有种长辈看后辈的感觉，颇为虚幻。

很快，谭夕也获得了短暂的休息时间，走到一旁打开矿泉水喝了一口，目光不住地定在俞如冰的身上，现在算是懂华曜为什么会签她了，因为她实力够硬，仿佛天生的舞台王者，万众瞩目的主角。

不过她有点疑惑——为什么俞如冰安静下来看别人的时候，身上会莫名多出一股长辈般慈和的气息？和先前疯狂卖安利夸唐总的人截然不同，有种奇异的分裂感。

谭夕更加疑惑了。明明大家看起来岁数都差不了多少。这难道就是传说中的少年老成？或者……静若长辈，动若狗腿？

谭夕忍不住打量起她来。她很漂亮，是清新娇弱得让人想捧在手心里保护的漂亮，并且十分耐看，越看越好看。尤其是当她安安静静站着的时候，气质沉静文雅，面容柔和精致，就像是从漫画里走出来的女主角，总让人忍不住再多看她两眼。看久了，"颜控"谭夕都觉得眼睛很享受。

感受到一旁炙热的目光，俞如冰蓦然扭头，视线撞上谭夕打量的目光，微微一愣，继而一笑："这么看着我……"

"是想了解唐总更多吗？"俞如冰的眼睛瞬间发出诡异的光芒，一边朝她走来一边开始卖安利，"姐妹你听我说，绝美唐总，华曜富贵花，粉她真的不亏……"

美好的画面登时破碎。谭夕无言以对地收回了视线。多好看一人，就是可惜会说话。

唐寒秋捅完裴云立两个小时后，唐氏的律师代表就打电话来告诉她赔偿金已经到位，五百万不多不少，法务部稍后将会遵照唐默渊的意思，把赔偿金全数转入她的个人账户，给她当零花钱。

唐寒秋优哉游哉地斜靠在沙发上，态度温和地开了口："辛苦你们了，不过我只要三百万，剩下的就当是我给胜天诸位的酬劳。"

胜天就是唐默渊手下的律师团的名字，那一撇一捺间都带着蓬勃的野心和不服输的傲气，是唐默渊请他们两人的母亲大人取的。

胜天代表愣了一下，继而公正地道："我们只是发了一张律师函，这个工作量并不值两百万，您不需要支付这个酬劳。"

唐寒秋不以为然："工作量是不值两百万，但胜天值两百万，甚至更多。"

一则，是感谢他们为唐氏效命，帮唐默渊扫除不少障碍立下赫赫战功，做到了能单靠"胜天"这一名字就让外界闻风丧胆，不敢随便和唐氏在法律方面硬碰硬，也能不费吹灰之力地从裘云立口袋里掏出五百万。

二则，是为了华曜。

唐寒秋笑了笑："华曜的法务部门还未成熟，日后总少不了要麻烦胜天，这两百万……就当是我付的定金吧。"

俞如冰几人练习到晚上八点才收工各回各家。

韩薇工作尽心尽力，严格执行顶头上司交代的命令，亲自开车把俞如冰送回了学校，又因为车开不进学生寝室区，干脆将车停好，额外陪她多走了一段路，势必要亲自把她送到寝室楼下才肯罢休。

昏黄的路灯下，韩薇的高跟鞋踩在地面上，发出有规律的嗒嗒声。

俞如冰偷偷瞄着她的表情，淡定、从容，还很冷漠——不是对于额外加班的冷漠，而是对周遭万物的冷漠，就好像没有什么事情能撼动她的情绪一样。

大概这就是大公司里的精英人物吧，喜怒不形于色。

"社畜"俞如冰表示佩服，很不好意思地开了口："韩总助您忙一天了，要不先下班回去休息？我自己也可以回去。"

"不行。"韩薇说，"工作还没做完，不能下班。"

俞如冰震惊了："送人回寝室难道也算工作？"

俞如冰立马道："这份工作薪资多少？还招人吗？我觉得我可以额外兼个职，能多赚一点是一点。"免得清算的时候因为赚得不够多要拱手送头。

韩薇看了她几眼，无情地戳破了她的美梦："不是送人回寝室，是要帮你应付一些意外，保证你能安全无忧地回到寝室休息并养足精神，不会影响到你后面的练习。"

韩薇调整了一下眼镜："属于我个人的工作范畴，没有额外薪资。"

俞如冰一听没有加班费，当场脱粉三分钟，愤愤然道："恕我直言，不给加班费的老板都是抠鬼！"

韩薇觑了她一眼，突然把耳朵上的蓝牙耳机摘了下来递给她，她云里雾里地接过放在耳边，就听见里面传出特别熟悉的声音。

"我听见了。"唐寒秋说，"你骂我。"

俞如冰打了个激灵，下意识反手就把电话挂了。

远在紫金苑的唐寒秋一脸疑惑。骂我还挂我电话？

[11]

唐寒秋坐在电脑屏幕前，看着手里发亮的手机。

她即将正式接手华曜，为了尽快上手，从今天下午开始就一直在看华曜目前的业务情况，以及由秘书办制作的关于目前这个行业各大综艺影视的形式与势头的数据。

但她是头一回接触这些东西，自然需要一些辅助，比如韩薇。所以她一直和韩薇保持通话，方便有什么不懂的地方好直接问，直到韩薇送俞如冰回学校都没挂断，态度可谓十分认真。

然后她就不小心听见了自家艺人在背后暗戳戳diss（诋毁）自己的话，一时间觉得又好气又好笑。这个俞不如冰，在背后偷偷骂她就算了，居然还敢在骂完之后挂她电话？哪家员工敢这样对顶头上司？！

下一秒，手机就响了起来，显示来电人是韩薇，而当她接通之后，电话那头传出来的声音却是俞如冰的。

俞如冰上来就自觉认错："我错了唐总，我不是故意要挂您电话的。"然后开始狡辩，"说出来您可能不信，是我的手自己动的手……"

背后骂老板小气，被发现后还敢挂她电话，俞如冰觉得自己真是彪得不行。为了不被唐寒秋记在小本本上，她选择立马甩锅——我宣布，我的手独立三分钟！

唐寒秋好笑道："都被我抓到了还要跟我狡辩？"

俞如冰死不认账，坚决不承认是自己干的："绝对不是狡辩，这是有科学依据的！我曾经看一篇科研报道，研究表明人的身体其实并不是完全受控于脑部，各个部位都会有自己独立思考的结构，所以时常会出现'反手挂电话'的情况……"

唐寒秋眯了眯眼，一向关注各大新闻的她居然对这个科研报道毫无印象："你在哪里看的？"

俞如冰面不改色："老一辈的朋友圈。"反正坚决不承认是自己现编的！

唐寒秋无语，自己就不该低估她的思维能力！她缓了缓，又问道："你刚还骂我了是吧？"

俞如冰疯狂摇头："那怎么会呢！我骂的是那些不付加班费的，我们唐总这么英明神武怎么可能会拖欠员工的加班费，您肯定不在这里面！"

唐寒秋两手抱胸，一句话就把她堵死："我的确没付她加班费。"

俞如冰竟觉无言以对。

唐寒秋懒懒地转动手边的杯子，悠悠闲闲地说："因为我没钱发，只能等你们给我挣了钱，才能给他们发加班费。所以，麻烦你为了他们的加班费好好努力，好吗？"

俞如冰无语，怎么还绕到我身上来了！您老这么记仇的吗？！

她抬起眼看了一下韩薇，便看见对方淡定地推了推眼镜，用一种肯定的眼神看着她，轻声吐出三个字："请加油。"

俞如冰认怂，乖乖摆出"老板说了算，我都行我没问题"的低姿态来："好的，唐总放心，我会好好努力给您挣钱的。"

唐寒秋欣慰地"嗯"了一声，让她把手机还了回去。

韩薇面无表情地接过手机，重新挂上了蓝牙耳机，以便唐寒秋在对公司业务或规划方面有问题的时候及时为她解答。

不过韩薇对于新上司的学习能力还是很佩服的，说是让她保持通话好方便请教，但实际上，唐寒秋根本就没问多少个问题，自己坐着琢磨琢磨就通了。

再往前走，拐一个弯就到俞如冰的宿舍楼了，一路上风平浪静，除了她偷偷脱粉 diss 上司被发现外，什么事都没发生。

俞如冰："送到这儿就好了，不早了，韩总助也快回家休息吧。"

韩薇看着前方的拐角处，敬业道："还没到楼下。"

俞如冰边走边不解地挠了挠脸："这么点儿路，还能有什么意外发生？"

然后她们转过拐角，视线里猝不及防撞进两道身影——裴云立和六叔。

韩薇淡定地道："意外，出现了。"

她觉得韩薇好像预料到了，真诚发问道："你早就猜到了？"

韩薇纠正她："是唐总猜到了。"

俞如冰哑然地张着嘴，看了看正欣然走来的裴云立，又看了看韩薇耳朵上的蓝牙耳机，脑子转了一下，目光炯炯地说："唐总，下一期的大奖号码也猜一下呗？"

这句话说得无比清晰，唐寒秋翻文件的手顿了一下，有点无语："让她的思维不要这么跳跃，我不提供这个业务。"韩薇一字不落地转述。

俞如冰听完还无比可惜地叹了口气，嘀咕着："能多赚一点是一点嘛……"

裴云立恰好走近，俞如冰这话说得轻飘飘的，可传进他的耳朵里却犹如巨石轰然砸入水中，泼溅起凶狠的水花，让他受到了极大震撼。

他在这一瞬间醒悟了——就是这个原因！如冰肯定因为缺钱才签了华曜！

他开始懊恼，开始怨恨自己。为什么？为什么不早点想到，偏要在如冰落入虎口之后才后知后觉？！

裴云立再一次启动头脑风暴，并戴上了爱情的滤镜，已经将以头担保签约必血赚的俞如冰当成了柔弱无助、被唐寒秋这个恶毒的老巫婆按头签约的小白兔。他望着俞如冰，满目的心疼与温柔。

　　俞如冰被他这样的眼神看得头皮发麻，又想到他在原剧情里的所作所为，烦躁的情绪瞬间就被带动起来，两条漂亮的眉毛都不自觉地皱了皱。

　　她飞速从斜挎小包里掏出颗糖，塞进嘴里，依靠甜味平复情绪。她不能烦，一烦过头就容易做出悔断肠子的事，说出不经脑子的话。

　　裴云立看见她吃糖，眼神温柔，心想：她难道喜欢吃糖？然后他觉得她更加与众不同，就连喜欢的东西都这么可爱……

　　韩薇不会像他那般天真，反而觉得俞如冰现在有点危险，毕竟她今天想要"杀人灭口"的时候也嚼了颗糖，还咬得咔咔响，跟要吃人似的。

　　韩薇脚步一迈，隔开了俞如冰和裴云立，声调平平地道："裴先生有什么事也可以跟我说，我可以为您代劳。"省得您被俞如冰杠死，华曜不好交代。

　　裴云立面露不悦地皱起眉头："现在已经不是她的工作时间，我还不能直接和她说话？"

　　韩薇刚要说点什么，俞如冰突然伸出手拍在她的肩膀上制止了她，然后主动站了出来，目光锐利地盯着他："行，你讲。"你讲了我才好掐。

　　裴云立左右巡视一番，视线最后落在了拐角处的一棵粗壮的老树上。

　　老树旁立着盏路灯，明亮的光线穿过茂密的枝叶，在树荫下织成了一张细密的光网，四周一片宁静，是个适合说话的好地方。

　　裴云立面带微笑地抬手指了指："这里人多不方便，我们去那里说好吗？"

　　俞如冰不耐烦地"啧"了一声："什么事啊还得换地方？"

　　裴云立温柔地笑："很重要的事，对你好的，相信我。"

　　俞如冰不大相信："你确定？"

　　裴云立："当然，我以我的人格担保。"

　　俞如冰疑惑地重复了一遍："你的人格？"沉默片刻后，她转身朝韩薇鞠了一躬："韩总助晚安，我回去睡觉了。"

　　正在喝水的唐寒秋猝不及防呛了一下——她也知道裴云立毫无人品可言？

　　俞如冰说完后就真的要走，裴云立连忙从怔然中回了神，后退一步挡在她的面前："你这是什么意思？"

　　俞如冰义正词严："透过现象看本质，我发现你根本没有人品。没人品还要担保，你这不就是让我回去睡觉嘛！"

　　裴云立哑然三秒，极其无语又疑惑地开了口："如冰你——"

　　俞如冰立马打断了他的话，浑身上下都流露着一股正直的拒绝："别！千万别这么亲地喊我！"

她大义凛然道："我已经是唐总的人了，请你注意你的行为，不要肖想跟我攀关系，谢谢。"简而言之：对家莫挨老子！

我们唐总还在韩总助耳朵边听着呢，你要让她误会了什么，我跟你没完啊！

裴云立的眼神阴沉了一瞬，瞥见韩薇耳朵上的蓝牙耳机时愣了一下，紧接着闭上眼睛换了换气，又像是换了个心情，睁开眼睛后脸上的负面情绪一扫而光，眼角只荡漾着缱绻的笑意，又成了先前那个温柔的男人。

俞如冰不动声色地后退两步——当代变脸大师？

"好，我知道了。"裴云立好脾气地应着，"我不跟你攀关系，那这位美丽的小姐愿不愿意借我点时间说会儿话呢？"

俞如冰看他一副"今晚不说完绝对不回去"的阵势，生怕他后面疯狂蹲守自己，心念电转，说道："行吧，借你点。"

然后她掏出手机打开计时器："那就按小时计费，每小时五万。超出一秒就加一万。"她看着裴云立震惊的表情，"你没有异议吧？"

裴云立没反应。俞如冰："嗯，你没有。"然后无情地按下了计时红点。

裴云立一脸蒙。他就这么在韩薇和六叔无语的凝望下被俞如冰安排得明明白白。

[12]

俞如冰肩负着给唐寒秋赚钱和给华曜员工发加班费的重任，靠一手操作把裴云立这个富二代男主角安排得明明白白。

屏幕上的数字不停增长，每一分、每一秒都带着一股金钱的味道。

半响后，裴云立终于反应过来了，温柔不复存在，有些惊慌道："等等，我有……"

俞如冰一听他这话，干脆利落地摁掉计时，颇为不满地道："有异议就快点说，你不知道时间就是金钱吗？"

裴云立竟无言以对。可不就是金钱吗，都被明码标价了！

俞如冰扬手鼓了鼓掌："行，省事了，都散了，赶紧回家睡觉去吧。"

裴云立抬手阻止她："等等！我好像又没有了！"

六叔看不下去了，疑惑地开口喊了一声："裴先生？"这种丝毫不拐弯抹角的、明明白白的骗钱行为您都能上钩？！

裴云立扬手示意他不用再说："她既然缺钱，我当然能帮就帮，而且这么点钱也不算什么。"

六叔快搞不懂当代年轻人的恋爱了。

俞如冰清清楚楚地听见"这么点钱也不算什么"几个字，在心里疯狂喊系统："你这么安静？不出来 diss 他两把？"系统选择装死。

俞如冰："嘻，您真的是个双标的小垃圾。"

俞如冰绝不客气，因为此时她的肩上有两座大山——给唐寒秋赚钱和给华曜员工发加班费，故而早就深入贯彻落实"能多赚一点是一点"的政策，有钱送到她面前不赚就是傻子！当然，她最主要的目的还是击碎裘云立的幻想，让他自发远离自己。

她一想到裘云立在原剧情里霸王硬上弓就觉得脑壳要炸，所以想要靠一个最直观有效的方法让裘云立滚蛋，那就是让他自己花钱买个教训！让他发现，他所认为的和外面那些只爱他的脸和钱的妖艳狐媚不一样的女人，其实比外面的妖艳狐媚还妖艳狐媚——只爱他的钱！一旦白莲花不再纯净，那这个渣男连死灰复燃的心都不会再有。他们爱的，只是那份纯洁的特殊罢了。

俞如冰别过脸去看韩薇，语气十分认真地问道："韩总助，我能出价一个亿吗？"

裘云立：这怎么还涨价的！

电话那头唐寒秋听到这句话，既觉得无语又觉得好笑，她都没索赔一个亿，这个俞不如冰居然想光靠说话时间就要一个亿？胃口不小啊。

六叔生怕裘云立被爱情冲昏头脑，抢声道："俞小姐，你怎么能坐地起价，这是不道德的行为！"

俞如冰回得一身正气："菜价都能涨，我为什么不能涨？这明明是正常的现象，你为什么要说不道德，你是不是想妨碍我？这位叔叔，你这个思想很危险啊！"她一口气撑下来，潇洒利落，无比流畅，言辞间处处可见当代杠精①的风采。

六叔一回面对火力这么猛的杠精，理所当然败下阵来，抿了抿唇，没了声音。

韩薇及时制止了俞如冰的杠精行为："我建议原价出售就好。毕竟唐总也没索赔一个亿。"连千万都不到。

俞如冰："那主要是因为我们唐总善良！"

正在听戏的唐寒秋震惊。这突如其来的狗腿？

韩薇对于她这见缝插针吹唐寒秋的狗腿模式都快要麻木了。

俞如冰面露可惜，小声道："真不能再高点吗？我真的很想让他花钱买个教训，以后都能离我远点。"

韩薇："我个人认为，五万买一个小时来说话，也够教训了。"

那些风头无两的巨星，抑或是久经商场的商业巨鳄，见他们一面需要斥资千万，但都对得起他们的身价。然而俞如冰两样都不占，不过是个普通人，花钱

---

① 网络流行语，用来形容那些通过抬杠来获取快感，总是唱反调，在争辩中故意持相反意见的人。

买她一个小时只为了说话，从商业的角度出发，那这五万基本等于打水漂了。所以说是教训也不为过——裴云立就是脑子有坑才会自己上钩。

韩薇继而又当起了传声筒："唐总让你拿出'能多赚一点是一点'的气势来，不要跟裴先生客气。"如果她再狂野地加价，裴云立怕是要立马转头走人。届时，可就连五万的教训都卖不出去了。

俞如冰思虑片刻，朝裴云立晃了晃手机："五万块一小时，还有异议吗？"

裴云立生怕她再做出什么操作，连忙道："没有，五万可以！"然后迈动小腿先往老树那儿匆匆走去。

俞如冰拿着手机也主动地往老树那儿走去，韩薇忽然想起什么，立时抓住了她的手，低声嘱咐："俞小姐，不要违法乱纪！"

俞如冰瞟了一眼远处的裴云立，有点纳闷地小声道："我也没说要取他小命。"

韩薇顿了一下，坚决道："杠死也算。"

俞如冰挠了挠鼻子，想了一下，试探性地说："那我……轻点杠？"

最后还是唐寒秋远程操作，让韩薇放她去了。

唐寒秋就是想让裴云立吃吃亏，让他明白这世界不是围着他一个人转的。她看了看电话，唇角一勾："今天的戏有点长，辛苦韩总助，你这个月的话费就由我全出了。"

"还有，"她漫不经心地翻着文件，"明天来接我去公司。"既然赔偿金额已经到账，那她就没必要再装下去。

韩薇："好的。"

唐寒秋："嗯，你继续盯着，别让裴云立对她动手动脚。"

她还记得当初俞如冰被裴云立强迫的事情，不免有些担心。俞如冰不是她，没力气反把裴云立打得哭天抢地。不论现在的俞如冰是不是本人，只要裴云立还喜欢着"俞如冰"，那他们两个独处就会非常危险，必须有人在一旁盯着才行。

而且，俞如冰也好，俞不如冰也罢，都已经签了华曜，那就是她的人、她的责任。保护俞如冰不受侵害，她义不容辞。

这头俞如冰已经打开了计时器，正边朝裴云立走去，边给自己剥糖吃，提醒自己要冷静，不要杠得太猛，要杠得温婉，杠得温柔。

裴云立一见到她吃糖就莫名其妙地觉得她可爱，情不自禁地把爱情的滤镜戴上，连带着她先前那些匪夷所思的行为都被美化了八百层。

俞如冰一看见他这温柔如水的样子就觉得头皮发麻，浑身的鸡皮疙瘩都在起立高歌。俞如冰克制自己想动手暴打渣男的心，上来就直切主题："有话快说。"说了我好杠你！

裴云立反倒不急着说重点，看着她的目光里充满了心疼："你告诉我，是不是因为缺钱才签的华曜？是不是唐寒秋逼你变成这样，好让我讨厌你？你是不是……为我受了很多苦？"

俞如冰一脸的问号："你在放什么屁？我自己进的华曜，关你啥事？又关我们唐总什么事？你不要在我这里暗戳戳地 diss 我们盛世美颜、英明神武、亲切可人、聪明机智的唐总，然后给自己贴金啊。"

你个对家还跑我面前来 diss 我们唐总了？！

裘云立听完她这火药味十足的话也不觉得气恼，仿佛把她当成了一个身不由己、得时刻演戏保命的凄惨人士："没关系的，在我面前你不用再戴着面具演戏，可以尽情地做自己。我会保护你，也会把你从唐寒秋那个恶毒女人的手里解救出来的。"

俞如冰困惑地看着他："几个菜啊，喝成这样？你但凡吃粒花生米也不至于啊，瞧瞧，连人话都不会说了。"

裘云立："我没喝酒。"

俞如冰："行，那就算你脑子有病，建议及时就医，晚了怕没得治。"

裘云立：她究竟是怎么绕的话题？

裘云立深深发觉不能跟她再继续这个话题，否则自己可能连人都不算了。他清了清嗓子："我这次来是想跟你说件事，事成之后，你能拿一笔巨款。"

似乎是金钱自带的魔力，俞如冰终于没有杠他，反而是安静地看着他——看他还能说什么鬼话出来。

裘云立很喜欢看她安静看着自己的样子，就像一朵惹人怜爱的娇花，让人想将她拥入怀中好好珍藏起来，他的双眼里不禁流露出些许痴迷。

俞如冰觉得他现在像个可怕的变态痴汉："没想到你还是个变态？"小垃圾系统也没跟我说这个啊！

裘云立一秒失去笑容，有些慌乱道："我不是，你不要误会——"

俞如冰打断他，一脸正气地说道："这种事我不要你觉得，我要我觉得，我觉得你是，所以我要报警了。"

裘云立赶忙上前拦住了她要报警的手，一秒严肃起来："不要闹了，我这次来是为了让你告唐寒秋拿赔偿金的。"

[13]

俞如冰简直怀疑自己的耳朵："你再说一遍？"

裘云立紧紧地抓着她那截细细白白的手腕："我让你告唐寒秋，拿赔偿金。"

俞如冰微微眯起眼："我拿什么告？"

裘云立笑了笑："她打了你你忘了吗？你可以起诉她侵犯你的人身安全，律师我可以帮你找。"

俞如冰隐隐觉得他非常自信："你似乎太自信了？唐总家还有个胜天律师团你忘了？"

她在原剧情里知道唐默渊手下这个胜天律师团非常厉害，是光靠名字都能让人跪下求饶的那种程度。

裘云立从容不迫，仍是一副胜券在握的样子："相信我，我有把握能让你赢。"

他手里握有一个铁证，但不能太早公之于众，也不能现在就摊出来给她看。

不过他可以肯定的是，只要俞如冰肯出面告唐寒秋，这个证据就一定能帮她顺利拿到赔偿金。就算有胜天这个拦路虎在，唐寒秋也没有办法做到一分不出。

这还是裘海宁想出来的主意，他可不想只让裘家一家乖乖赔钱，唐家也得出点血才行。而说服俞如冰的工作，自然而然就交给了和她有交集的裘云立。

俞如冰实在搞不懂他的自信哪里来的，不禁挑了一下眉毛，好奇地问："你认真的？不怕我告诉唐总？"

她前面明明快把唐寒秋吹天上去了，正常思维难道不是觉得她和唐寒秋是一条战线的吗，怎么还有勇气上来让她告自己的战友呢？因为赔偿多？不过她无法否认，这对普通人来说的确极具诱惑力。

裘云立紧紧地扣住她的手腕，自信道："我相信你不会的。毕竟你那么缺钱，而且唐寒秋一点也不好，不是吗？"

是的，哪怕俞如冰先前疯狂吹捧唐寒秋，做出与第一次见面时大不一样的行为，她在裘云立心里仍旧是那个不爱钱财的、与众不同的、干干净净的女孩。

他坚信她的一切行为都出自无奈、被迫。她因为缺钱而屈身华曜，他只会觉得心疼而不会责备她最终还是成了屈服于金钱的女人。

因为裘云立调查过她的背景，她的亲生母亲早逝，家里对她不好，所以十四岁就从家里独立出来了。后来她的父亲娶了继母，两人生下一个男孩，现在在读初中。

她虽然和家里关系不好，但每个月还是会去做大量的兼职，然后把赚来的钱寄回家里去，自己则过得很清苦，是他们这种富家子弟所无法忍受的生活。

她"贪财"，只是因为孝顺罢了。哪怕不受家里人待见，她还是以德报怨。这么好的一个女孩，他有什么理由不去爱她呢？

所以他爱她，也无比心疼她，觉得她在华曜受了颇多苦难——看看，她现在时刻把"唐总"挂在嘴边，不受苦怎么会跟中了邪似的，三句不离唐寒秋？

裘云立眼神更加怜爱，仿佛她是这世上最可怜的人，恨不得自己冲到华曜去把她的签约合同撕毁，将她带回风霆好好地养着。

他的眼中闪动着温柔的光，声调不由得放软了，重复道："我相信你。"

俞如冰非常怀疑他又自己脑补了点什么，因为她发现这个人脑补的功力实在很强，不去写小说都屈才了。

她"啧"了一声，说："既然你都花钱了，我总得教你点什么。"

裘云立微微歪头："什么？"

俞如冰眼神一冷："今天就让姐姐来教教你——什么叫作'不要盲目自信'！"

她猛然甩开他的手，霍然回头，扬声冲韩薇的蓝牙耳机狂喊："唐总！裘云立骂你！"

裘云立震惊了："我哪里骂她了？！"

俞如冰顿了顿，又更大声地补了一句："还挑拨离间让我告你！"

一字不落，全都清清楚楚地传进韩薇的耳机里。

唐寒秋随手将文件甩到桌上，眉峰一挑，唇边带着令人难以捉摸的笑意，缓缓问了一句："告我？他是不是想死？"

韩薇当机立断，气势凛凛地踩着高跟鞋嗒嗒地走到两个人面前，瞬间横挡开两个人，一脸冷漠地看着裘云立："裘先生，我建议您不要再挑战我们唐总的底线。"

再这么下去，唐、裘两家的关系将会迈入万劫不复的境地。

六叔也急忙赶过来，带着提醒的意味低声喊了句："先生！"

裘云立被六叔拉着，难以置信地看着俞如冰，整个人仿佛受到了极大震撼。

他在这一瞬间产生了浓厚的自我怀疑——她究竟是不是自愿入的华曜？她这对唐寒秋忠心耿耿的样子怎么跟他想的困苦不堪不一样啊！她不该向他示弱、向他哭诉，卸下伪装跟随他离去吗？这一副对唐寒秋死心塌地的样子是什么鬼？！

裘云立第一反应就是去看韩薇，口气恶劣地问道："唐寒秋究竟——"然后就被俞如冰包里的手机铃声无情地打断了。

俞如冰掏出手机一看，屏幕上简简单单地显示着一个字——爸。

刹那间，她所有的情绪都被这一个字牵动起来，抑制不住地鼻尖泛起一阵酸涩，喉咙就像被火烧过一般难受。

久远的记忆如洪水决堤般朝她奔涌而来，牵着她、推着她、引着她再回到十六岁那一年——那个冰冷的雪夜天，那片昏黄的灯光，那一大摊干涸又刺眼的血迹，还有那个倒在血泊中的男人。

她愣愣地看着屏幕上的备注，视线却忽然模糊起来，好像起了一片邈远的雾。

雾里依稀包裹着那个熟悉的、高高大大的、令她充满安全感却又僵硬得让她手脚发寒的身影。

一滴泪倏然坠在屏幕上，模糊了那个字眼。

她已经分不清现实与回忆，手指不知道什么时候开始发颤。她就如一只受惊的小鹿，连按下接通键的手都透出她惶惶不安的情绪。

这一瞬间，她好像变了一个人，不再伶牙俐齿，颤颤地捧起手机贴在耳边。

她就像那天一样，呆呆愣愣地、轻轻地、小心翼翼地喊了一声："老俞？"

众人莫名被她的情绪感染，心情都不自觉沉重了几分。

她的心底好像藏着一个令人难过的故事。结果下一秒就看见她猛然抬起手抹去眼泪，瞬间火力全开："寄什么寄！我就算把钱拿去烧了也不给你们这群吸血鬼一毛钱！滚！骂你怎么了？你身上镶金了骂不得？我告诉你，我骂的就是你！有力气去赌博没力气去工作，只会吸女儿血的老废物！我凶？我不孝？你可真有意思。把十四岁的女儿赶出家门，不闻不问，连学费、生活费都没给她交过一次，还重男轻女，你居然有脸说她不孝？"

俞如冰嘲讽地"呵"了一声："我俞不如冰今天就要替十四岁的俞如冰问问你，钥匙三块钱一把，你配吗？"

众人面面相觑。这剧情发展？这变脸速度？发生了什么？

第二章

不听话的娃娃

[01]

俞如冰妙语连珠，撑天撑地，愣是把手机那头的俞父撑到承受不住自己切断通话告饶，以此堵住了那炮火连连的枪口。

俞如冰狠狠地吐出一口浊气，骂了最后一声："什么玩意儿！"

她真是糊涂了，居然把原主父亲当成了他们家的老俞！

在原剧情里，原主一家除了她早逝的亲生母亲外，都是丑恶的吸血鬼。他们嫌弃女儿，又想从女儿身上挖下血肉啃食，明知道她自己过得也不是多好还不肯放过她。

他们会死皮赖脸找原主要钱，软硬兼施，让原主那不识时务的孝心大发，心软答应给他们钱。但是他们拿了钱后照旧对她冷嘲热讽，仿佛她给钱是理所应当，丝毫不会对把她逐出家门感到愧疚，典型的奇葩家庭。

俞如冰气得要死。他们家老俞淳朴善良、顶天立地，才不会像这样一身毛病，只会吸女儿的血！

她都不知道白切黑的原主是怎么能容忍这一家子的——难不成原主也跟这系统一样有什么特殊的被虐癖好吗，还是她就喜欢这种苦情游戏？

她越想越气，迅速掏出颗糖塞进嘴里，逼自己冷静下来。结果一冷静下来，往事又悄然来临，她发觉这十多年过去了，自己还是难以忘记那一天——她的父亲为了保护别人被活活捅死在幽深的小巷里。

后来，她就养成了备注要贴合别人性格的习惯。她把手机里给老俞的备注，从一个单调的"爸"，到"高高的老俞""会喊我小糖果的老俞""爱笑的老俞"……一个一个地换了一遍。她乐此不疲，还要把用过的备注仔细地记录下来。

因为她怕——怕时间会无情地消磨她的记忆，腐蚀她的过去；怕自己会有一天不再记得老俞平时的模样，最后的记忆只剩下他躺在血泊里的画面……

可当看到手机屏幕上久违地出现那个单调的备注的时候，她有一瞬的恍惚，好像……他们家老俞一直没走。

想着想着，她的鼻头又不住地发酸。她赶忙晃了晃脑袋，拍了拍自己的脸，然后凶神恶煞地拿起手机给原主父亲修改了备注——恶臭吸血鬼，还特地加上三个感叹号，以示愤慨。

相隔两地，唐寒秋看不见她先前的泪，也错过了她那声惊惶不安的"老俞"，只听见了她后续撑得飞起的话。

她自然知道俞如冰的父母是怎么样的人。他们品行有失，贪婪且胆小，浑身充满着市侩的气息，每天都想着怎么从被赶出去的女儿那拿钱，怎么让家里的小儿子过得更好。

最初的俞如冰性子软，心肠也软，被家里人那般对待，也能不计前嫌地给他们寄钱，真是让人觉得又气又无奈。

也因为如此，唐寒秋在当傀儡的时候，也没少花钱让这对父母去为难俞如冰，当众泼她脏水，让她身上的星光沾上无可奈何的肮脏污点。

唐寒秋的思绪越飘越远。俞如冰当时怎么做来着？哦，以德报怨。

唐寒秋恨过她那软弱的性子，希望她能学会"谁打了你，你就打谁"的道理，而不是一味地顺从、谦让、承受。以德报怨，何以报德？

所以，现在的俞如冰是让她惊喜不已的，是她潜意识里所希望看到的、能出现在俞如冰身上的样子——会拒绝，会以自己为出发点，不再逆来顺受。

唐寒秋拿起杯子慢悠悠地喝了一口水，一双漂亮的眼睛里眸光幽深。

那么，这还是俞如冰吗？还是俞不如冰？

她的性格大变，不像以前那么弱小温柔。她有自己的想法，性格跳脱，有点不太正经，让人跟不上也猜不到思维，有时候她还语不惊人死不休。

那这样的人……还是原来的俞如冰吗？她不知道，这个问题，怕是要交给以后的时间来回答。

电话另一头，韩薇看着俞如冰变化莫测的表情，推了推眼镜："俞小姐，你还好吗？"

俞如冰顿了一下，糖果在口腔里转了转，甜味在舌尖上悄然蔓开，她飞快地收拾好情绪，羞涩地笑了笑："真是不好意思，让你们见笑了。"

她爽快地摆摆手："替天行道罢了，你们不用往心里去哈。"

柔和的光线恰好洒落在她的脸上，韩薇看了看她还有些发红的眼眶，那里还残留着她曾经不安的证据，和她这轻松的模样格格不入。

但韩薇终究没再问些什么，波澜不惊地点了点头："没事就好。"

裴云立受到的震撼是最大的，臆想中的孝女和温柔全部不复存在。他张了张嘴，又闭上，神色十分复杂，最后眉头紧锁地问了一句："唐寒秋究竟给她下了什么药？"

她之前被打后离开还不是这样的——她是进了华曜才这样的！肯定是唐寒秋的错！她毁了他爱的那个如冰！

韩薇还没说什么，俞如冰愤然抢声道："抱歉，下药是你这种魔教中人才会做的事情，我们唐总只需依靠她的人格魅力就能圈一大拨粉！我们唐总就是银河星辰，是山川河海，是绚烂骄阳，是像你这样头脑简单的生物根本无法体会到的绝美存在！"

俞如冰面不改色地吹完唐寒秋，看着惊愕不已的裴云立，微微一笑："懂了吗，臭弟弟？"

还不等裴云立回答，韩薇的耳朵当先清净下来，她愣了一下，而后对华曜第一狗腿说："唐总把电话挂了。"

俞如冰一脸疑问。

韩薇："她说听不下去了。"

俞如冰：我这么真情实感地吹着呢，能给点面子吗？！

俞如冰真情实感地夸偶像，却把偶像吹得鸡皮疙瘩立起，转头就无情地抛下情真意切的狗腿。场面一度很尴尬。

但俞如冰不会让这种尴尬持续下去，她灵机一动，赶忙拿起手机，打开计时软件，发现时间过了半个小时。

她看向裴云立，他的状态很迷茫，又不知道在想些什么，反正不是想说话的样子。

她拿着手机走到他面前，一脸无私地道："三十分钟零四秒，四舍五入，四秒就不要了，共计两万五。"

裴云立看了看计时软件，又看了看她。他连受打击震撼之后，对她这个人的印象目前正在重新建设当中，对她的态度也大不如前，至少是不会再像之前那样盲目上钩送钱了。

紧接着他就听到她低着脑袋说："要不我们再四舍五入一下？"

"四舍五入，五进，"她抬起头，粲然一笑，"五万，麻烦结个账。"

裴云立、六叔当场愣住。两万五四舍五入五万！你这是什么商业鬼才？！

裴云立："你以为我没学过四舍五入吗？！"

商业鬼才俞如冰惋惜地发出一声感慨："啊……你学过啊。"

裴云立霎时哑然。你还觉得挺可惜？

唐寒秋无情地挂断电话，她是第一次面对这种极度夸张过分的"彩虹屁"，因而显得无所适从。

唐寒秋不知道现在在俞如冰壳子里的究竟是个怎么样的人，只是特别好奇，她哪来那么多奇思妙想？她的嘴巴为什么这么能说会道？最重要的是，她为什么老是吹自己？！这难道就是公司内部，职工对上级的溜须拍马？！

可她仔细想想，她家里头两位董事、一个总裁，好像也没遇到她这样的情况，还是说曾经有过，然后全被开除了？毕竟她家里那三位都不怎么喜欢听别人茫无边际地夸自己……俞如冰这种夸法在他们面前肯定活不过片头曲。说到底还是自己太容忍她了，至少……目前是这样的。

唐寒秋无奈地呼出一口气，明天再让她多注意点吧，少这么乱吹一通了，让人听了就浑身发痒。

她将桌面上的资料整理放好，然后起身准备去洗澡。这时，一个电话打了进来。

她瞥了一眼，是唐默渊。

她接通后，唐默渊当先开口："头还疼不疼？"

她如实禀告："还行，还能上班。"

唐默渊："你可以多在家里待几天，公司那边交给韩薇也可以。"

唐寒秋又坐了回去："放心，我没问题的。"她已经不是曾经那个蠢得没边的唐寒秋了。

当时被推之后，由于太过难以置信，身为傀儡的她开始了撒泼、哭闹的戏码，不肯好好上药，还得让裘云立来见她。真是令人非常不愉快的回忆。

她绝对不会像当初那样蠢，药该涂就涂，决不矫情！

唐默渊停了一下，妥协地说道："要是不舒服，就乖乖回家休息，知道了吗？"

唐寒秋点着脑袋，应和着："嗯，嗯，知道知道。"

唐默渊却话锋一转："你签了那位俞小姐，"他问，"爸知道吗？"

唐寒秋："我还没告诉他。"

兄妹俩默契地陷入了沉默。因为他们都知道，唐鹤天对俞如冰的第一印象已经趋近于恶劣，要是让他知道自己女儿还把她签下来，估计会暴跳如雷，每天都要担心她会不会又害自己女儿不高兴。

唐寒秋率先打破了沉默："我给东伯交过底，如果爸知道了，我会先收到消息的。"

唐默渊想了想："妈呢？"这可是他们家里唯一能制止唐大董事长的人。

想当年唐默渊的妻子不想当悠闲的豪门阔太，毅然决然跑出去创业时，唐大董事长就很生气，尤其当知道自己儿子是支持态度的时候，就更气了。

创业的辛苦，他比任何人都要清楚，所以那几天总在指责唐默渊不会心疼自己媳妇，放任媳妇去吃苦。

最后还是唐大董事的心头肉柳董出差回国后，搬出自己也在工作当例子，表示支持儿子儿媳，这才把唐董的怒火强行熄灭了。

还有唐寒秋任华曜总裁一事，如果没有她妈做后盾，唐鹤天不会那么容易松口让她当。

唐董——世界上最双标的男人。

唐寒秋："我还没来得及和妈说。"

唐默渊尽心道："记得给妈报备，免得爸生气来不及。"

唐寒秋表示一会儿就去禀告太后。

唐默渊忽然又问："你为什么签俞小姐？你认为她有商业价值？"

"当然，"唐寒秋两腿交叠，双眼染上淡淡的笑意，意味不明地说道，"毕竟，她是主角啊。"

俞如冰最终成功赚得两万五千元，裘云立气冲冲地走了。韩薇告诉她明天不会再来接她，请她自己去华曜，她全说没问题。然后散场，各回各家。

俞如冰回到寝室后先洗了个澡，温热的水兜头淋下，她的面容温和下来，双肩也随之慢慢地耷拉下去，全身上下的每一个细胞都好像在发出舒服的叫喊。

卫生间内缓缓浮起一层缥缈的烟雾，温柔无声地轻搂着那曼妙的身姿。

她静静地站着，忽然想起了很多事。比如老俞走的那天晚上，他俩大吵了一架。她烦躁、恼怒，最后摔门出走，是她留给老俞的最后一面。非常糟糕，她时常这么想。

她总觉得是自己那天的坏脾气害了养大她、会喊她"小糖果"、会在她难过的时候给她买糖吃，还特别喜欢帮助别人的父亲。

她认为自己是个罪人，脾气暴躁的罪人，从十六岁到至今。

所以她学会了用甜味克制自己的脾气，也学会了自己挣钱买糖，并且努力成为老俞所说的好人——哪怕再穷再苦，也绝不能去偷摸砸抢、陷害善良的人。

这也是她为什么那么抗拒与系统为伍的原因。

她家老俞肯定不想看到她去迫害唐寒秋，抢夺唐寒秋的财富，否则他肯定会很生气。

俞如冰思绪回转，将水拍在脸上，目光瞬间变得无比坚定，暗暗发誓：老俞你放心，我肯定会好好帮助唐寒秋，不会对她起半点歪心思！

她洗完澡出去以后，正巧见到了回来的许早早。

她们学校宿舍是四人间，另外两个大二的时候搬出去住了，空位一直没有补上新人，几乎等同于双人间。而且同一寝室也未必是同专业的人，比如她俩，她是表演系，许早早是导演系。

俞如冰热切地跟小妹妹许早早打了个招呼，许早早回之，又问："啊，那个，今天我碰到裴先生了，他在找你，所以我就告诉他你在华曜……你见到他了吗？"

俞如冰吸了一口气——破案了！原来是你这个妹妹告诉他我在哪儿的！

她忽然又沉默下来，因为她刚想起来，许早早也是裴云立追求者之一！

许早早不是谭夕那种一见钟情的，而是日久生情，一步步沦陷在裴云立的颜值和高贵的气质里——俞如冰倒也承认，裴云立不犯蠢、不说话的时候，的确还是贵气的，颜值也很抗打。

后来，许早早就因为嫉妒原主独得裴云立喜欢而黑化，成了恶毒女配之一，没少祸害原主。标准的苦情女主角身边全是恶毒女配角剧情。

俞如冰：心好累哦。

但有一点很重要，是原剧情里提到的，许早早有才华。只不过她后期都在毒害原主，几乎不干正事，才华也就变得黯然无光，仿佛一个多余的点缀物。

俞如冰将椅子搬到许早早桌边去，招呼她坐下，语重心长地道："早早啊，我问你个问题好吗？"

许早早面对这性格大变的室友，有些怔然，几秒后点了点头："你问。"

俞如冰："如果一个男人即将和另一个特别爱他的女人订婚，突然找到了想相伴一生的真爱，你觉得他是不是该取消婚约勇敢追爱？"

许早早不假思索："当然！"又说道，"否则就是在伤害三个人啊！"

没有感情基础的婚姻根本就不会幸福，如果结婚之后日日夜夜都在备受煎熬，那这场婚姻就失去了神圣的契约意义，变成了死亡的法场。

俞如冰语气一换，幽幽地剧透道："可他没有，他选择了婚约，也放不下真爱，他甚至会在无数个女人的迷恋中徘徊。"

她凝望着许早早："如果你是那个真爱，你会要这样的男人吗？"

许早早打了个激灵，抗拒地摇了摇头："不不不，要不起要不起！"

俞如冰微微一笑："那你一定要擦亮眼睛，离裴云立远点，他就是这样的渣男，连我们唐总都不喜欢他了！"

许早早震惊了。好大一口瓜！

她身为俞如冰的室友，和俞如冰关系还不错，自然也知道风霆娱乐的裴云立最近在追求俞如冰。她能看出，裴云立是真的很喜欢俞如冰。

但如果是当事人俞如冰亲口盖章他是渣男的话，那性质就不一样了。

在许早早的印象里，俞如冰不是会无缘无故泼人脏水的性子，她脾气很好，也很软。既然她都说裘云立是渣男，那铁定八九不离十。许早早因此对裘云立多了个心眼。

俞如冰拍着她的肩膀，叮嘱道："一定要专注你的事业，不要辜负你的才华！"万一我们唐总投资你了呢！

许早早不明所以地跟着点了点头。

俞如冰这才重绽笑容："不过我要解释一下，我们唐总是个好人，那天打我纯属手误，希望你不要误会我们唐总是坏女人，她真非常好，信我！"

许早早眉毛动了动，不以为然："打人怎么还能是手误呢……"

唐寒秋那天气势汹汹的样子，她在别人偷录的视频里见到了，实在不像是手误，根本就是冲着俞如冰来的，致使她一度觉得唐寒秋很可怕，像是一只随时都会暴起吃人的猛虎，怎么都和"好"字沾不上边。

"大概是被渣男气昏了头吧。"俞如冰面带笑容，"而且她敢作敢当，态度诚恳的道歉和赔偿一个不落，是我自己不要而已。"

唐寒秋道歉心诚且心意足够，都要把糖果铺给她包下来了。

俞如冰说得很诚恳，不像是在撒谎，许早早的想法开始动摇，脸上露出犹豫不决的神色来。

俞如冰见状，抓住机会迎难而上，势要打消她的犹豫。要是许早早对唐寒秋有偏见，以后有好作品不愿意让她投资怎么办！唐总血亏，华曜血亏啊！

俞如冰摆了摆手，口气老练："这种事有什么好犹豫的，让姐姐来帮你解决！"

许早早：你不是比我小？！

俞如冰起身去拿了几颗糖放到她桌上，又拿起一颗塞进她手里。

许早早的眼睛在厚重的圆形镜片后茫然地眨了眨，完全不知道她从什么时候开始变得很爱吃糖，明明从前很少看见她吃糖的。

许早早攥着那颗糖纸鲜亮的小小糖果，好奇地问道："你为什么突然喜欢吃糖了？"

那当然是因为我不是以前那个俞如冰啊。俞如冰淡定道："因为我变了，方方面面，所以要开启不一样的生活，你习惯就好了。"

许早早：那你变得也太大了！还想当我姐！

俞如冰："别管我，你先吃。"

许早早不明所以，只好在她深沉的注视下吃了糖。

俞如冰露出一个满意的笑容，问她："甜吗？"

许早早点了点头。还怪好吃的。

俞如冰："唐总买的。"

紧接着她又道："吃了她的糖，你就是她的粉丝了，从此以后她对你来说就是全世界最好的人。"

许早早差点被糖噎住，顿时瞪大了眼。

俞如冰轻松道："这不就解决了嘛！"

许早早愣愣地看着她。

俞如冰挺起胸膛，正气十足地道："谢我就不用了，这是我分内之事！"

许早早一脸蒙。画风突然积极向上？！

俞如冰又是一通操作，成功让许早早转移注意力，对裘云立失去兴趣，反而对唐寒秋起了一点点的兴趣，并且决定有机会再慢慢观察——也许她哪天跟组学习的时候，就碰上了唐寒秋呢，缘分就是一种很奇妙的东西，它没到来之前谁都说不准。

俞如冰目的达成，美滋滋地睡觉去了。

可当她躺好准备睡觉的时候，系统又像是不甘心看到她这么快活一样蹦了出来："提示——宿主任务还未完成，请宿主尽快完成任务。"

俞如冰在心里翻了个白眼："你觉得我会做吗？"

"万一呢？"

俞如冰："你在做梦？"

系统认命了，自暴自弃般发布道："任务一，失败。"

俞如冰："这不就完事了嘛，可以闭嘴让我睡觉了吗？"

系统无语了一阵，然后带着一丝愤然丢下一句："迟早有别的系统来收拾你！"

俞如冰："哦。"她的内心毫无波动。兵来将挡，水来土掩，谁怕谁？

第二天旭日东升，天气大好。

上午八点整，华曜员工就已经全部打卡完毕。各部门部长全部就位，就等新任上司的到来，接着就在高管群里收到了韩总助的消息。

韩薇：唐总三十分钟后会到公司。

韩薇：在唐总到达公司前，请大家尽快清理掉公司里的花，一朵也不能留。

最后还跟了一句：认真执行，不要因为这个丢了工作。

然后各部门部长纷纷表示收到，转头放下手机，匆匆走出办公室，朝自己部门的人严肃下达指令。一时间，华曜从上到下都热火朝天地忙了起来。

由于韩总助最后一句话过于严重，他们恨不得掘地三尺，仔仔细细地翻上一遍，力求唐总一片花瓣都看不见——哪怕他们根本不知道为什么不能有花。

秘书长林琳刚监督完秘书办的除花工作，就接到韩总助的电话："通知各部门部长到会议室等唐总开会，转告他们，该准备的资料一样都不要少。"

唐寒秋要想尽快掌握目前华曜内部的情况，自然而然要从掌握各部门开始，还要尽快跟进华曜所投入的项目。

林琳："好的。"然后她挂了电话，熟练地开始准备所有的会议流程。

三十分钟后，唐寒秋准时踏入公司大楼。

会议室内，每个人手头的资料只多不少，而且表情都很统一——好奇，好奇新上司的模样，好奇新上司的能力。

唐氏一家，就这位还没当过管理者，甚至可以说她就没工作过，是个真真正正不食人间烟火的小公主。

她的工作能力及管理手段，是否能有其父母或其兄的风采，在众人心中还是一个问号。

倏然，门外传来一阵淡定从容的嗒嗒声，没一会儿，会议室的门口出现了两道身影。

众人齐齐扭头看去，眼前忽地一亮，眼中迸发出惊艳之色。

林琳站在一旁，目光不受控制地被新上司吸引过去，不自觉地随着她的动作而转移。

唐寒秋身上天生自带高贵的气质，一举一动间都充满着让人无可挑剔的优雅。好到令人赞叹的身材，白得令人嫉恨的肌肤，愣是把身上颜色深沉的黑色女士西装穿出一种高定套装的感觉。

尤其是她那高挺的鼻梁上还架着一副金色的细边框眼镜，眉眼挑动时有种让人欲罢不能的禁欲气息。

——唐氏的颜值基因为什么这么可怕？林琳再一次想，唐家人从上到下，就没有一个是不好看的！

唐寒秋款款坐在主位上，漂亮的眼睛向上一勾，无情无欲的眼神扫过每个人的脸庞，忽然带起一抹笑，开口说道："大家都吃过早餐了吗？"

大家齐齐一愣，然后都点了点头。

唐寒秋："都吃饱了？"

众人摸不着头脑，新上司突如其来的亲切关怀？小唐总难道是要抛弃大唐总的雷霆手段，走亲民路线吗？大家又都说吃饱了。

唐寒秋勾了勾唇，简直漂亮得不像话："那我就放心了。"

她仪态落落大方，即使面对这样沉闷肃然的场面也毫不怯场，反而能极快地占地为王："今天是我第一天接管华曜，有很多东西还需要大家来教我，所以本次会议不会很快就散场。既然大家都吃饱了，那就请大家充满力气地把东西教给我吧。"

她笑了笑，但笑意未达眼底，反显得十分冰冷："不要敷衍我。"

众人顿时觉得头上悬了一把锋利的剑，每一个人都拿出了十二万分的专业精神来向她做报告，又按照她所说的"空话删掉、简明扼要"原则，报告流程又缩短了不少。

唐寒秋把报告内容接收了个七七八八，报告流程结束后，她又问了问华曜目前影视、综艺等相关方面的问题。

影视项目还在严格筛选中；综艺方面华曜目前没有爆红艺人带动，贸然打开综艺市场成本只会更高。

所以，如果华曜送选的练习生有一个脱颖而出，将为华曜带来不小的便利。

唐寒秋脑子在这一瞬间突然冒出一个名字——俞如冰。

会议从八点多开到十一点半才散，唐寒秋抬起腕表看了一下时间，笑着跟大家说了声"辛苦"。

大家忙回："唐总客气了，都是我们的分内之事。"

唐寒秋微微一笑，什么也没说，然后就先走了出去。

迈出会议室，唐寒秋就提出要去练习室看看。

华曜是早上八点上班，中午十二点到下午两点休息，晚上六点下班。现在不过才十一点三十多分，俞如冰她们应该还在练习才对。唐寒秋现在去，正好能看看她们练得怎么样。

林琳连忙绕到她前头引着她去练习室，韩薇则沉默地紧跟在她后面。

"啪啪。"练习室里响起两道鼓掌声，舞蹈老师放下手，指挥道："我们再来一遍，其他三人舞蹈力度要再注意注意。"

她话音刚落，练习室的门倏然被打开，林琳当先走进来说："唐总来看看练习情况。"

俞如冰霍然回身，下一秒，一个容貌完美无瑕的女人迈着两条大长腿缓缓地走进她的视野。

蓬松柔软的波浪卷发随意披散在肩上，红艳的唇色，衬得她裸露在空气中的脖颈比冬雪还白。

服帖的黑色女士西装，里面搭着一件红色宽松雪纺衬衫，领口敞开，露出一对精致的锁骨，脚上配着一双红色的细高跟，整体风格简约、大气且不失热情，就好像一团热烈燃烧的火焰。

她没有任何表情地抬起头看过来的时候，鼻梁上的金色细框眼镜泛起淡淡的金属光泽，充满着令人心神荡漾的斯文感——让人情不自禁地想要扑向她这团火焰，哪怕付出生命的代价。

俞如冰忍不住又感慨了一番：啧啧，绝了！

旁边的谭夕突然戳了她一下。

俞如冰疑惑地看向她，只见她悄悄地看了一眼唐寒秋，然后兴奋地竖起大拇指："斯文败类，太绝了！"

俞如冰一脸蒙。对不起，我不知道你原来好这口？

俞如冰问："冒昧请问一下，你是被什么圈粉的？"

谭夕不假思索："就这类型，我就好这口。"

俞如冰意味深长地"哦"了一声，再联系原剧情里裘云立进入风霆后的打扮，突然间明白了谭夕是怎么对裘云立一见钟情的——他的确戴上了眼镜，黑色的细边框。

她陷入了沉思，开始琢磨怎么阻挠谭夕的一见钟情。要不……给裘云立的眼镜一拳？直接从根源上解决问题，或者……

俞如冰一把抓住谭夕，一脸严肃地说："你听我说，黑色框没有金色框好。"

谭夕不明所以："为什么突然说这个？"

俞如冰："因为这是一个值得你我严肃探讨的学术性问题。"

谭夕一脸的问号，好一会儿才反应过来，问道："为什么黑色框就不如金色框了？"这明明是看个人颜值和气质。

俞如冰立马开始瞎扯："因为黑色框没有金色框的败类。"

谭夕无语。

俞如冰理不直气也壮："黑色框的看起来没有金色框的贵，有钱的更胜一筹，所以金色框的更加败类！"

谭夕：明明知道她在瞎扯，但为什么我会觉得这逻辑居然该死的有道理？！这难道就是传说中的"有钱可以为所欲为"？

谭夕差点就要被说服了。

俞如冰扭过她的双肩，指引她去看正朝这边走来的唐寒秋："看着我们的唐总，告诉我，她戴的什么颜色？"

谭夕眨了眨眼："金色……"

俞如冰趁势追击："告诉我，什么颜色的框最败类？"

千好万好，偶像的最好。这是一个粉丝应当具有的基本素养！

谭夕瞬间被说服了，笃定道："金色框最败类！"

唐寒秋正巧走近，脚步一顿，眉头一皱，怀疑地看向韩薇："她刚刚说什么东西败类？"

"我！"俞如冰英勇献身，"她说我败类。"

唐寒秋：我怎么有点不信呢？

[03]

俞如冰该出手时就出手，立马拿出舍身救小粉丝的精神争当败类，成功吸引了唐寒秋的注意力，两人的目光在这一瞬间交会，在彼此的眼眸中看见了自己。

唐寒秋无声地看着她，她的双目澄澈，眼底隐隐闪动着温柔的光，神色平静而镇定，就像一只无辜又无害的小白兔。哦不，一个看起来无辜又无害的败类才对。

唐寒秋沉默了，这一时之间竟不知道该怎么应对她这种坦然，是不是还得夸她一句"好诚实"？

半晌后，唐寒秋才启唇问道："她为什么说你败类？"

俞如冰镇定自若，不慌不忙地答话："嘻，开玩笑的，开玩笑的。"演技逼真得就像是谭夕真的说她是败类了一样。

"女孩子之间的小打小闹嘛，正常。"她又补了一句。

唐寒秋眯了眯眼睛，用充满打量的目光将她上下扫了一遍："那你们还挺会闹。"哪家女孩子打闹会说对方是败类？

俞如冰不好意思地挠了挠头："嘻，唐总过奖了。"

唐寒秋：我也没夸你啊！

唐寒秋再一次深刻地体会到，俞如冰的思维是常人所无法企及的。

她也不愿意再浪费时间跟对方纠结这个话题，悄然抬手挥了挥，然后潇洒转身走到墙边，两手环胸笔直地贴着墙站着，一双眼无情无欲地望着众人时，就像是个冷漠的监督者。

韩薇看向舞蹈老师："请继续练习。"然后她走到唐寒秋身边也当起了一个沉默的监督者。

林琳则是去给唐寒秋搬了把椅子过来，唐寒秋道了声谢后优雅地坐了下去，两腿自然交叠起来，气质高雅非常，气场强得让人难以忽视。

舞蹈老师愣愣地收回目光，赶忙拍了拍手："好了好了，继续练习。"

练习生们也纷纷收回目光，回到各自的位置上。谭夕和俞如冰交错而过时，悄悄拽了拽她的手，低声说："谢谢。"

俞如冰理所应当地说："不客气，保护你们这些小粉丝是我的分内之事。"

谭夕："行吧。"你高兴就行。

唐寒秋看了一次现场版，近距离感受了一下俞如冰的现场魅力。

音乐一旦响起，俞如冰就会立马收起嬉皮笑脸，拿出专业的态度来应对。力度与表情管理都恰到好处，像是将音乐融进了骨血中，与每一个节奏点紧密结合。

此时的她认真专注得好像另一个人，浑身都散发着耀眼夺目的光芒，连眼中闪动的眸光都像天上璀璨的星星。

她的业务能力的确无可挑剔。

唐寒秋抬起手缓缓地推了推眼镜，藏在镜片后的眼睛一眨不眨，目光随着俞如冰的动作而游走，就好像怕自己会错过她的每一个瞬间那般。

所以她还是不是俞如冰呢？唐寒秋仍在想这个问题。如果是，那她曾经是藏了多少技能？如果不是，那她是谁？从哪里来？怎么来？为什么来？

林琳偷偷看了新上司一眼，发现她的眼睛就像钉在俞如冰身上一样，完全没有分给别人一眼，心里忍不住吐槽：唐总你究竟是来看练习生，还是来看俞如冰？您都要把人盯穿了！

"你们觉得，"唐寒秋忽然轻声地开了口，"俞如冰这个人怎么样？"

林琳不知道新上司究竟想要怎么样的答案，琢磨了一下才说道："人很好相处，业务能力也很让人惊艳。"

"但有时候不太正经。"韩薇非常客观地接了下去。

唐寒秋颔首："嗯，有时候是不太正经。"

她灵光一现，继而又慢悠悠地说道："你们觉不觉得，像她这样的艺人，如果当不成偶像或者演员……"她的话在这里停了停，韩薇和林琳则安静地等她继续抛出问题。

唐寒秋挑了一下金色的细框眼镜，莞尔一笑，把话接了下去："应该还能去讲相声、演小品、搞喜剧？"

韩薇、林琳无语。这是练习生还未出道，老板就已经先把她的后路规划好了？只是这画风怎么这么违和呢？俞如冰这张漂亮的脸不当明星太可惜了。而且哪家老板会想让年轻漂亮的练习生去当搞笑艺人啊？！您也太剑走偏锋了吧！

发现新上司脾气还蛮好的林琳大着胆子道："可她这张脸这么漂亮，不当明星也太可惜了。"

唐寒秋眉眼微挑，反问道："可她这张嘴这么能说会道，不去讲相声、演小品也很可惜。"

林琳大感震惊：我竟无法反驳！

她顿时心服口服："您说得对。"

韩薇则是认真总结，仔细计算可行性，又在脑中规划了一番，最后才出声道："我们一会儿会做出俞小姐关于喜剧艺人方面的规划书交给您。"

唐寒秋听完微微一愣，继而以手掩唇低声轻笑起来。她本来只是随口一提，但没想到韩薇真的会认真考虑这个可行性，还说得一板一眼、正经无比。

她简直不忍戳破自己是开玩笑的，转念一想，干脆顺水推舟："行，俞如冰要出道当偶像失败，我们就让她改行做喜剧艺人。规划书也不用急，你们慢慢做。"

俞如冰现在是华曜旗下的艺人，自然要服从华曜的管理安排，华曜也要为她做好艺途规划，多做一条规划，则是多一条后路。

唐寒秋想了一下，惊奇地发觉她当喜剧艺人的可行性当真不小，所以就干脆让韩薇做一份规划书出来备用。

如果俞如冰真的出道失败，那就干脆利落地改行搞喜剧，也算不浪费才华。

唐寒秋唇角上扬，露出满意的微笑，目光炯炯地盯着在练习生当中灼灼绽放的主角。

反正是俞如冰答应了要让自己血赚的，赚不到就要她的项上人头，自己身为甲方也没什么大损失。

正专注于舞蹈的俞如冰并不知道自己已经被安排得明明白白，只觉得后颈突然一凉，有种脑袋不保的错觉。

俞如冰：是哪个刁民在肖想朕的项上人头？！

[04]

中午十二点眨眼就到，众人欣然迎接美妙的休息时间，但又不敢先走出练习室，毕竟还有一尊大佛在。

舞蹈老师小心询问唐寒秋："唐总……要跟大家说个话吗？"

唐寒秋缓缓起身，用公事公办的口气说了一句："好好加油，尽力而为吧。"

其他人比不上俞如冰和谭夕她也没办法，或许有人天生就不适合吃这碗饭，只是误打误撞进了这个圈子罢了。她不会强求别人去爆发潜力，因为这根本没办法强求。反正还有俞如冰和谭夕，华曜这次还是不亏的。

唐寒秋想到这儿，不自觉地看了一眼自己一手签下来的俞如冰，发现对方频频低头看手机，时不时发出一声微不可闻的叹息，然后又扭身偷偷吃了颗糖。总而言之，心情不是很好的样子。

唐寒秋："都去休息吧。"然后就先行走出了练习室，她的后脚刚迈出练习室，身后就扫过一阵风，她下意识回头看去，就看见俞如冰正好拿着手机走出来，屏幕上清清楚楚显示着"恶臭吸血鬼！！！"的备注。

唐寒秋：这是什么惊天地泣鬼神的备注？！

接着她又看见俞如冰一身低气压地将手机放到耳边，冷冷地开了口："昨天骂完他还不够，你今天还要上赶着送头？行啊，我俞不如冰今天就好好教教你们这群吸血鬼，做鬼也得给我遵守基本法！"

唐寒秋看着她脚步匆匆地往食堂的反方向走，接着拉开楼梯间的大门，抬腿走了进去，身影彻底消失在唐寒秋的视野里。

唐寒秋沉默片刻回头对韩薇道："看这架势，应该是在和家里人对话？"

韩薇点了点头。

唐寒秋想了想："你把昨天的事情经过完整地给我说一遍。"她很担心俞如冰会被那一家奇葩干扰到，而且越爱笑的人越会藏心事。

接着练习室的门又被打开，练习生和指导老师相继走出来，发现唐寒秋还在门外的时候都吓了一跳，然后在她友善的注视下，诚惶诚恐地走向食堂。

跟在队伍后的少女池暖突然停了下来，呆呆地立在原地，两只手不停地绞着衣摆，面露犹豫。

她忽然大口大口地吸着新鲜的空气，紧张得心脏怦怦直跳，就像是快要跳出来一样。她抬起手按在胸口，努力克制自己的紧张，不停地告诉自己"不要慌，要冷静"。

唐寒秋看见那个怯生生的小姑娘缓缓地转过身来，脑袋埋得老低，仿佛恨不得扎进地里去。

唐寒秋对这个小姑娘有点印象，只记得她舞台表现力一般，不太放得开自己，现在见她犹豫不决地伫立在那儿，就当先开了口："你有什么事吗？"

池暖冷不丁被吓了一跳，就像一只毫无防备的小猫咪，差一点就要蹦起来了。

她下意识猛地抬起头，乍然和唐寒秋四目相对，脑子里轰然炸开乱成一团，然后惊惧小心地缩了回去，磕磕巴巴地答话："没、没事……"

唐寒秋眉尖微微蹙起："那你站这儿干什么？不去吃饭吗？"

她试探道："还是华曜的食堂太难吃了？"所以让你对吃午饭毫无兴趣？

池暖慌忙摇头："不是不是！"华曜食堂的伙食还是很好的！

她终究还是没有勇气看唐寒秋，万分紧张地连退两步，猛然一个大鞠躬，慌张道："唐总对不起！祝、祝您新年快乐！"然后她就转身跑了。

唐寒秋："我耳朵出问题了？"她看向韩薇，眉头紧皱，"她祝我新年快乐？"

韩薇表情雷打不动地淡定："您的耳朵没有问题，她刚刚的确是在祝您新年快乐。"

唐寒秋：现在不才九月份？这思维怎么跳的？

唐寒秋略略思索了一下，问道："她是被俞如冰带坏了吗？"

在她认识的人里，这等跳跃的思维，只有俞如冰才拥有而且堪称王者级别。

韩薇："这个问题，我也无法给您一个确切的答案。"

唐寒秋回身看了一眼通往楼梯间的门，无所谓道："算了，随她们去吧，你继续给我说说昨天的事。"

寂静的楼梯间，气氛冷得让人发颤。

原主那尖酸刻薄的后妈也招架不住俞如冰的"杠出宇宙式"骂法，很快就举白旗投降，气势微弱地骂了一句"不孝女"，就急匆匆地挂断了电话，活像是后头有鬼在追。

俞如冰却丝毫不觉得畅快，反而又一次想起了离去的父亲。

她静静地坐在台阶上，双臂紧紧地圈抱住自己，将脸埋在双腿之间，让自己沉浸在死寂里。手心里的手机摇摇欲坠，只需要抽掉最后一丝力气就能让它摔得粉身碎骨，就像此时情绪脆弱的她。形单影只，孤立无援。

突然，她手背的青筋凸起，用力地攥紧了手机。

她觉得不公平。为什么他们这样恶心的父母能活这么久，而她家老俞那样好的人却不能长命百岁？为什么？

她愤然又无力地想着，更加用力地抱紧了自己，鼻头一阵发酸，却还在极力克制想要喷涌而出的不甘。

——不要哭，不能哭！

她急急忙忙地掏出一颗糖塞进自己的嘴里，企图通过甜味来压抑低落的情绪，却发现适得其反，只会让自己越来越想远去的父亲。

每当她心里难受想哭，老俞就会安静地陪着她，等她哭完、发泄完后就会给她买一根棒棒糖做收尾的安慰。

自从老俞不在了，她就很少哭，因为没有勇气——她害怕哭完之后再也没有记忆里的棒棒糖伸到她面前来，这会让她更加崩溃。

恰在此时，身后传来一阵脚步声，是高跟鞋踩在地面发出来的声音，一道高挑的身影渐渐靠近，熟悉的声音从身后传来，带着丝丝关切。

"俞如冰，"唐寒秋站在她身后，"你还好吗？"

俞如冰愣了一下，第一反应就是擦去自己的眼泪。

唐寒秋看见她这一慌忙的举动，反而问道："为什么要忍？"

她走到俞如冰身边坐下："如果连哭都不能随心所欲，那也太辛苦了。"

俞如冰停下动作，难得没有跟她俏皮，反而是轻轻地、无可奈何地说："可成年人的世界一直都是这么辛苦……"

人一旦长大，就会被世界勒令丢掉孩童专有的权利，包括随心大哭的资格，最后只剩下被迫筑起的坚强。

唐寒秋不置可否，只是笑了笑："是，可人生终归是你自己的，高兴就笑，难过就哭，总要让自己轻松点。"

——高兴就笑，难过就哭。

这话她家老俞也对她说过。老俞说："有爸爸在，你可以一直做个孩子，高兴就笑，难过就哭，不要把心事藏着掖着憋坏自己，要轻轻松松地过完这辈子。"

她曾经以为自己真的能当他一辈子的孩子，高兴就笑，难过就哭，不需要去学会成为一个坚忍、有委屈也不敢放声大哭的成年人。

可她没想到自己反而被迫提前长大，被迫面对他的离去，被迫面对这庞大却又让她无所依靠的世界。那个说要让她当一辈子孩子的人，却用自己的离去让孩子提前长大了。

委屈的泪水瞬间盈满眼眶，莹莹亮亮地打着转，像是想掉出来又不敢掉出来，战战兢兢，惊慌无措。

俞如冰深深地吸了口气，努力地扬起笑容："哭就不哭了。"

唐寒秋扭头看着她，却见一滴泪从她眼眶里悄然滴下，滑过她那勉强挤出来的笑容，越发显得她不堪一击。

她故作坚强地开起玩笑："主要我哭起来太丑了，怕吓到唐总。"

然后她就要伸手抹去眼泪，旁边突然伸过来一只手扣住了她的手腕，唐寒秋看着她水雾迷蒙的双眼，严肃地道："我要你想哭就哭，不要你忍。"

人总是要发泄的，不能一味地隐藏自己。如果积攒在心里的负能量过多，一旦爆发，可以直接毁掉一个人。

唐寒秋担心她，也不希望她走向自我毁灭，却也怕她不愿意释放自己，只好口气严厉地说道："这是工作命令，你必须执行。"

俞如冰回望对方，心房倏然被一阵温暖击中，她苦苦支撑了十几年的委屈使她妥协地低下了头。

她带着点哭腔，点了点头，又落下两滴晶莹的泪珠，柔弱如捧心西子："嗯……"

她下意识往唐寒秋的怀里靠想寻求依托，突然又刹住了车，扭头默默靠墙哭去了。

唐寒秋：这是什么操作？

唐寒秋困惑不已："墙会更舒服？"

俞如冰哭得抽抽搭搭的："哭脏了……赔……赔不起……"

唐寒秋是什么人？她穿的衣服难道还会便宜吗？

俞如冰身为一个穷鬼，当然要时刻保持警惕，以免一不小心就倾家荡产。

唐寒秋淡定地"哦"了一声，说道："这倒不用你赔。"

俞如冰的哭声微微弱了下去，等她将话说完。

唐寒秋诚实道："不是每件衣服都会穿很多次的，还有的穿了一次就丢，比如我这件。"

俞如冰："太过分了——！"她的哭声骤然拔高，哭腔里还带着几分"柠檬精"的愤怒。

唐寒秋：我明明实话实说，为什么她更难过了？

唐寒秋感到了一阵头疼，俞如冰凄惨的哭声好像已经从对家里人的失望上升到对她的发指。那她是不是得认个错哄一哄？

唐寒秋态度诚恳："你不要难过，我不是故意的。"

俞如冰哭得更大声了——她还不是故意这么有钱的，我好酸啊！

唐寒秋忽然想起点什么，试探性地哄道："那我给你买糖？"

俞如冰的眼泪和哭声戛然而止："行。"

唐寒秋：这收放自如的泪水，你身上是有开关吗？

俞如冰一抽一抽地道："要……要棒棒糖……"

唐寒秋凝望着她哭得通红的眼，无言半晌后无奈地叹了口气，说出了世界上最动听的话——"好，买，什么糖都给你买。"

[05]

唐寒秋说到做到，说买就买，转头就要吩咐韩总助着手去办，然后被俞如冰一把拉住："等……等一下……"

唐寒秋拿着手机的手顿了顿，不明所以地看向她。

她的两只眼睛水光清透，眼眶红通通的，微粉的鼻尖轻轻耸动着，更像一只小白兔了。她吸了吸鼻子，说话还是有点抽抽搭搭的，显然没缓过劲来："先欠……欠着……不然……油费不……不划算……"

华曜附近没有糖果店，要买糖估计要开车到好远的地方，为了根糖特地浪费一趟油钱，这也太不划算了。

唐寒秋歪了歪脑袋，无声地看着她，想起她那天拒绝自己送糖果店的要求，忽然发觉她在花钱方面意外的节俭，绝对不会多一笔没必要的开支。她这是不仅要能多赚一点是一点，还要能少花一点是一点？

因为自小生活环境不同，唐寒秋自然不在意多花这点钱，毕竟都答应她要买了，但现在看她这么认真地为自己节约打算，眼里不自觉多了点笑意，干脆体贴她道："好，欠着。一定会给你买的。"

不过一根棒棒糖，她堂堂华曜总裁还能赖掉不成？

俞如冰刚才借着对唐寒秋的酸意痛快地号了几嗓子，现在又有唐寒秋信誓旦旦的棒棒糖许诺的加持，她心上空了十几年的地方好像一下子就被填满了，心情顿时畅快无比，连对原主父母的恼怒都消除不少——她现在都能打电话回去面带春风般的笑意再杠上三百回合！

她这个成年人并不需要哭很久很久，只要能发泄出来就够了，她很感谢唐寒秋给了她这个机会。

她渐渐发觉，唐寒秋好像对她……真的很好。

她不清楚这种好是哪里来的。是因为打了原主延续下来的愧疚吗？可那也不至于啊，唐寒秋也道歉了，赔偿也给了，是她自己不要罢了，她俩在这件事情上分明已经达成了和解，两清了。

还是因为她是唐寒秋一手签下来的艺人？但这也不对，如果她往后还亲自签了别人，难道也要每一个人的感情生活都关注一遍吗？哪有这么闲的老板？

俞如冰完全缓过劲来，扭脸看向唐寒秋，忽然问了一句："唐总为什么对我这么好？"

唐寒秋瞥了她一眼，还没说什么，就听见她又问了一句："是被我的美色迷惑了吗？"

唐寒秋不解。

俞如冰："嘻，希望您能少看点我的外在，多关注一下我的内在，这样您就会发现……"

唐寒秋看着她。

她忽然低下头，娇羞道："我的内在和外在一样美。"

唐寒秋无言望天，竟不知道该从哪儿下口吐槽。

唐寒秋："俞不如冰。"

俞如冰双眼明亮地应道："有！"

"你觉得在美色方面，"唐寒秋深深地叹出一口气，"我自己照照镜子不好吗？"

在容貌方面，她比俞如冰还要好看，没理由会被俞如冰的外表迷惑住。

俞不如冰立马道："我建议不要。"

她一本正经："主要是怕您会爱上自己。

"您知道吧，您的美貌实在是无懈可击、无人能挡。'沉鱼落雁''闭月羞花'这些词根本就是先祖们为您而创的！"

唐寒秋及时制止了她毫无限度的奉承行为，一脸沉痛地揉着太阳穴，发自内心地开始忏悔：我错了，我就不该说这个话题，我就不该给她这个机会……

唐寒秋缓了口气，郑重道："我对你好不是因为什么乱七八糟的理由，仅仅是因为我对你寄予了厚望。"

她的双眸里顿时盈满了认真的光芒："你也清楚华曜现在需要一个能打响名号的艺人，我希望那个人就是你。"还有一个原因就是当初延续下来的愧疚和关注，不过这一点她选择隐瞒不提。

忽然被委以重任的俞如冰立时充满了严肃的使命感。她虽然本来就想借女主角光环帮唐寒秋，但却没深想过要当那个给华曜带来巨大影响的艺人，也没料到唐寒秋会寄予她如此厚望。

她受宠若惊，但又忍不住嘴欠地问一句："如果我不行呢？"

她知道自己有女主角光环，可唐寒秋不知道，那唐寒秋是否已经做好了她或许会失败的心理准备？

俞如冰："如果我不幸落选当不成偶像了呢？"

"当不成就算了，"唐寒秋无所谓道，"反正你还能搞喜剧。"

俞如冰：搞……搞什么？！

唐寒秋看着她瞳孔地震的样子，慢悠悠道："讲讲相声，演演小品，也挺适合你。"

俞如冰震惊地问："您认真的吗？"

唐寒秋："嗯，相关规划书已经在做了。"

俞如冰立马道："我不行。"

唐寒秋："不，你行。"

俞如冰："不，我不行。我只是一个弱小、可怜又无助的练习生，我觉得我还是适合当当偶像、当当演员。"

唐寒秋笑而不语，她此时的目光就像一把刀，让俞如冰觉得后颈一凉。

俞如冰：是熟悉的感觉！

她霍然起身："对不起唐总，我得去吃午饭了，吃完饭要继续练习，时间急迫，就不陪您聊了，拜拜！"

唐寒秋看着她再一次匆匆消失在自己的视野里，这才不慌不忙地站起身来。

你不会落选。因为……你是一个足够优秀的主角。

谭夕看着对面的人的眼睛，看了五分钟后终于忍不住问道："你哭了？"

俞如冰手上的动作顿了一下，抬头迎上她关切的目光，不由得一怔，然后坦然地承认了："嗯。"

谭夕还来不及问发生了什么，就听见她说："被唐总的盛世美颜美哭了。"

俞如冰："这让人热泪盈眶的、该死的美貌！"

谭夕：虽然你说得很对，但我感觉你在骗我。

谭夕惊讶又佩服俞如冰的狗腿功力，但对她这个理由是半个标点符号也不信："我不信，我觉得你在骗我。"

俞如冰干脆承认："是的，我在骗你。"

谭夕：你诚实得让我无言以对。

俞如冰看着她，突然正色道："小夕，有很多事情别人没有主动说，你就不必主动去问。"

谭夕愣了一下，刚想道歉，就听见她说："但如果你花钱问那就不一样了。"

俞如冰："一千块钱一次，你想知道的我都告诉你，怎么样？"

谭夕：你是哪里来的奸商？！

谭夕立马改口："对不起，我信了。"

商业鬼才俞如冰惋惜道："啊……你信了啊。"

谭夕忽然掌握了对付她这奇妙的画风的方法，那就是顺着她的话走，跟着她的思维来，千万不能让她有跳跃的机会。

谭夕非常冷静地道："对，我信了，一千块钱就不必了，你说什么我都信。"

俞如冰惊奇地挑了一下眉毛："哦？"

她的心里忽然莫名其妙地产生了极其强烈的诉说感和好奇，不自觉地倾身向前，神秘兮兮且无比认真地道："告诉你一个秘密吧。

"其实我不是这个世界的人，我从异世界来。"

她的神色认真严肃，微微泛红的双眼闪动着明亮如星的眸光，一眨不眨地盯着谭夕，眼底有一抹不知名的期待。

谭夕怔了怔，被她认真的神色所感染，面色也随之凝重起来，全身心都进入紧张的状态，不自觉屏住呼吸等她继续说下去。

俞如冰顿了一下，这才继续面不改色地说："实不相瞒，我其实是个神仙。"

谭夕：等等……

你这个人怎么张口就来的！

俞如冰美目一弯："小夕信吗？"

她根本就是在瞎扯！谭夕恨恨地咬了咬牙，艰难吐出两个字："我……信！"

俞如冰："嘻，傻瓜，我都不信。"

谭夕：对不起，是我太天真、太单纯，居然忘了她也能自己创造机会进行思维的自我放飞！

俞如冰展露出一个无辜又无害的笑容，她刚才是有私心的，她孤独地来到这个世界成为另一个人，属于她的存在则不被人所知，没有人会甘心自己的存在就这么"消失"，包括她。她希望这个世界有人能知道、认可她的存在，哪怕只有一个也好。

但她刚坦诚完就意识到，现在为时过早。一切未成定局之前就贸贸然将自己的底牌掀给外人看，很多时候无异于自杀。万一被别人知道，要把她抓去研究呢，那她不是凉了？！所以她急忙刹车，画风一转开始神神道道，凭借张口就来的本事成功掐灭了谭夕的兴趣。

她将一颗糖塞进谭夕手心里，又慈爱地摸了摸对方的头，突然鼓励道："小夕要好好吃饭，好好长身体，好好给唐总挣钱。"

谭夕嫌弃地拍开她的手，也不怕她不高兴。因为俞如冰自带一种神奇的 buff

（增益效果），只用一天就能跟任何人处成多年的老友，所以认识不到两天的她们关系已经很不错了。

谭夕直接吐槽她："走开走开，我为唐总有你这样不正经的粉丝感到心痛！"

俞如冰贴心开解道："那没关系，你换个思路，有我这样优秀的队长简直是人类的福音！这样想，你的心是不是快乐不少？"

谭夕："华曜练习生们听完都想立马退队。"

俞如冰忽然岔开话题，莫名其妙地问道："我脸上有东西？"

谭夕看了看她，肯定道："没有。"

俞如冰顿时一头雾水。她脸上什么都没有的话，池暖小朋友为什么不停地偷看她？

谭夕又说："或者是……眼睛特别红？"

俞如冰这才想起来自己哭过，那池暖是在担心她这个队长吗？想通这个层面，她仰起脸朝对面桌怯生生的小朋友轻轻一笑，温声道："不要担心，我没事，就是眼睛进沙子了。"

池暖偷看被她当场抓住，又被莫名其妙地安慰了一通，一时间愣怔不已，半晌后才干巴巴地应道："哦，好……"

俞如冰发挥队长的作用，开始关切队员："好好吃饭。"

池暖听完，立马低下头飞快地吃起饭来。

俞如冰这才满意地收回视线，转而和谭夕视线交会，发现她正用一种打量的目光在扫自己："不是被美哭了吗？"怎么又变成沙子了呢？

俞如冰气定神闲、不慌不忙地道："唐总的美色唤起狂风，风把沙子吹我眼睛里逼出我的眼泪，等量代换我被唐总美哭，这有什么不对吗？"

谭夕：打不过，完全打不过！

练习生们今天没有练到晚上九点，下午六点就跟着华曜其他员工一起下班回去。

今天是唐寒秋正式上任第一天，她很慈悲没让大家加班，让华曜上下都大大地松了口气。众人正要感恩戴德来了个软脾气的总裁时，就在公司群里收到韩薇的消息，瞬间觉得如剑悬在头顶。

韩总助：唐总说，如果大家以后工作效率不高，那就准备把加班当饭吃。

华曜的朝八晚六制度相对很多企业来说已经足够温柔，实施这一制度也是为了提高员工的工作效率，只要在下班前完成合理合规的工作量，就能准时下班，绝无加班加点要求——特殊情况除外。

但如果有人因此怠惰，工作效率极低，身为总裁的唐寒秋不介意动用加班，甚至是扣工资这样的大杀伤力武器。

韩薇转达完唐寒秋的话便放下手机，等着后座上的人再下达命令。

三分钟后，唐寒秋终于动了。她看着窗外道："她出来了，你去吧。"

韩薇立即打开车门等候，等俞如冰走近了便伸手拦住她。

韩薇："俞小姐请上车。"

俞如冰不解："怎么了？"不是说我自己回去吗？

车窗突然降了下来，唐寒秋的脸缓慢地显现在她的眼前："带你去买糖。顺道，不费油钱。"

俞如冰听完，飞快地从另一头上了车，满脸写着兴奋："你要是说这个，那我可就不困了啊！"

正巧从公司里走出来的池暖看见俞如冰上了韩薇的车，眼睛瞬间明亮起来。

[06]

一颗糖店铺内，俞如冰站在熟悉的糖果架子前，两只眼睛里满满都是安安静静躺在温和灯光下的小糖果们，鼻尖轻轻耸动，那糖果的香气就自己钻了进来，甜美得令人身心愉悦。

唐寒秋照旧站在她身侧当提款机，用金钱的光芒照耀着她。

俞如冰细长的眼睫毛轻颤了一下，说道："唐总，我忽然觉得……应该见者有份？"

唐寒秋："嗯？"她的思维又跳到哪个空间去了？

俞如冰面对行走的提款机时，脾气前所未有地好，嘴角上扬的弧度就没有一秒弯下来过，连说话都带着春风般温柔的感觉："唐总喜欢什么口味的呀？"

唐寒秋瞬间醒悟。但拿别人的钱去见者有份是不是哪里不对劲？

唐寒秋叹了口气："不用给我买，我不吃糖。"

俞如冰眨了眨眼："这莫非就是传说中的'本是同根生'？"因为都是唐（糖）？

反应过来的唐寒秋略是服气地说道："我只是不怎么吃甜的。"

俞如冰可惜地"啧啧"了两声，仿佛唐寒秋错过了全世界最美好的东西："这也太可惜了。"

她立即伸手从旁边的货架上拿下来一根裹着透明糖纸的草莓味粉色棒棒糖，献宝似的递到唐寒秋面前，欣然道："要不您老试试？"

唐寒秋看着眼前的糖果是半点兴趣都提不起来，就抬起手做出一个拒绝的动作："不用。"

俞如冰将糖收回，一脸大义："那只好辛苦我能者多劳，替您试试了。"

唐寒秋：你还给自己贴上金了？！

俞如冰最终只从架子上拿了三根棒棒糖，让唐寒秋还愣了一下，本以为她能将整个架子搬空，却不承想她这么含蓄。果然是能多赚就多赚，能少花就少花。

唐寒秋付钱之前还是问了一遍："你真的不多拿点？反正也不用你出钱。"

俞如冰闻言一愣，继而正色道："唐总，我们一定要理智消费，不能因为有钱就乱花。"

唐寒秋："这一百块都不到。"

俞如冰："嗐，我这不是想多帮您省点嘛，这样下次就能再来了。"

唐寒秋又好气又好笑地看着她："还做起了长远打算，你这是赖上我了是吗？"

俞如冰理直气壮地说道："这明明是全人类的梦想！"

唐寒秋：全人类都梦想赖上我吗？

俞如冰："先富带动后富，试问谁不想跟漂亮富婆做朋友呢？！"

漂亮富婆本人双手环胸，好笑地看着她："跟我当朋友就图我钱？"

俞如冰："误会了，还图您美色。"

唐寒秋：那我谢谢你的诚实？

她将长发拨到耳后，目光幽幽地看着俞如冰："万一我哪天破产了呢？"

俞如冰闻言，轻轻松松道："怕什么，不还有我吗？"

唐寒秋静默地看着她。

俞如冰："我可以捡垃圾养你啊！"

她爽快道："你放心，我捡到的馒头都归你！"

唐寒秋瞬间破功，忍不住轻笑出声，伸手拿过她手里的糖，径直往收银台那边走去，留下一句："很好，你这个朋友我交了。"

俞如冰看着她高挑的身影，嘴角向上扬了扬。

唐寒秋是她来到这个世界真正意义上的第一个朋友。

韩薇看着手里的两根棒棒糖，沉默不语，又扭身看向唐寒秋。

唐寒秋姿态慵懒优雅地靠在后座上，看见她投过来视线，便开了口："见者有份，拿着吧。"

俞如冰含着棒棒糖，悦然笑道："韩总助辛苦了，多吃点糖补补能量。"

唐寒秋从旁补充："可以补，别一下吃太多就好。"

糖的确可以补充能量，但不能光靠这个。吃糖就只摄入了能量，其余的营养一概没有，无利于人体。

唐寒秋眼睛一转，看向了新朋友："你也是。"

俞如冰立马正色道："唐总请放心，我没有一下吃很多，我只在地球要毁灭的时候才会吃一根。"

如果她控制不住情绪，那她的暴脾气不得引爆全人类啊！她上一次不计后果的发火发怒就间接送了老俞一趟死亡之旅……

唐寒秋和韩薇自然不知道她的故事，都无言以对。吃个糖怎么还吃出保护地球的使命感来了？

韩薇看了看手里的糖，不懂就问："为什么俞小姐才一根，而我两根？"明明俞小姐更爱吃糖。

俞如冰笑了笑："韩总助那么辛苦，当然要多点奖励。"

多出来的那根本来是俞如冰要能者多劳替唐寒秋吃的，但看到又当司机又当总裁助理的韩薇后就改变了主意——韩总助好惨，韩总助好累，她需要多补充补充能量。

韩薇没再多问，专注开车去了。

将老板和艺人送回去后，韩薇特地绕远路到了一家清新淡雅的花店。

她熟练地推开门，清脆的风铃声轻飘飘地落下来。一个女人闻声从整齐明艳的花丛里直起身来，朝她莞尔一笑，气质温婉如水。

"韩小姐来啦。"温语岚轻声道，"老样子？"

韩薇自一踏入这家花店，神态便十分放松，听见温语岚温柔如风的声音后，也跟着轻轻一笑，而后摇了摇头："这次要买回放家里。"

温语岚温柔地笑着："是办公室不需要了吗？"

韩薇难得愣了一下，破天荒地有些紧张，五指紧紧地抓着手里的糖，认真地解释道："不是我不需要，是我上司不需要。"

温语岚温柔地凝望着她，隐约猜到点什么。

韩薇回望她，说出了答案："我上司她花粉过敏。"

[07]

唐寒秋花粉过敏的事，是韩薇在进入华曜之前唐默渊亲自来到她面前说的，再三嘱咐她不能让唐寒秋看见花，至少唐寒秋会出现的区域内绝对不能有花——就差直接在华曜下禁花令了。

温语岚温柔地笑了笑，没再说什么。

韩薇突然走了过来，将手伸到她面前，掌心里躺着一根粉色棒棒糖。

温语岚眨着眼看她。

韩薇局促地避开她的目光："我老板买的，不是我特地买的，分你一根。"

她又害怕对方不会收，补充道："有两根，我不怎么吃糖，所以请你帮我分担一根。"

其实是她记得温语岚偶尔也会吃糖，她的收银台上还摆着一个装满糖果的小竹筐。

温语岚笑靥如花："那我就恭敬不如从命了。"

她接过棒棒糖，俏皮地说道："不要告诉你老板哦。"

韩薇的唇角不自觉地荡漾开一抹笑意："嗯，不会告诉她的。"

时间一转就到了九月中旬，兰市天气转凉，俞如冰出门都穿上了薄长袖，背包里还要再额外装件小外套，晚上回来的时候用。

这十多天里系统出奇安静，只有在布置任务的时候才心不甘情不愿地蹦出来挨上俞如冰的一记重杠。

俞如冰也因此摸透了它发布任务的套路，每隔七天就会发布一个新的任务，完不成或主动放弃就算失败，目前她已经失败了两个。

但对她这个撑天撑地的杠精来说没有丝毫的影响，每天的生活照常继续，学校和华曜练习室两点一线。

一个月的时间就练一首《青梦》，俞如冰早就练出了肌肉记忆，现在只要听到这首歌，身体就能自觉地做出对应的动作。

所以她现在在练习室的时间大致划成了三部分：一是参与团队练习；二是辅助导师帮队友精进；三是恶补这个世界的偶像团体的歌曲和舞蹈。

在辅助系统给的剧情当中并没有过多提到这个世界的偶像历史，只有演员的相关剧情，因为原主走的就是演员路线，根本碰都没碰过偶像这个职业。

而辅助系统又是按照原主原路线给的剧情。如果按照原剧情走，那该有的都有；如果背道而驰，那很多地方就无法在剧情里求得答案，只能靠自己摸索。

俞如冰嫌弃地开始 diss："果然是垃圾系统，就这点破功能还想辅助人。"

安静如常的系统突然被撑，再也忍不住蹦了出来，新仇旧恨一起算，愤愤然为自己辩解："你自己不按剧情走，没有相关资料关我什么事？！"

俞如冰反手一套理论："没有相关资料是你这个做辅助系统的问题，你要解决。"

系统："你是真的狗。"

刀枪不入俞如冰："是不是狗这件事，我在第一天不是就告诉你了吗？连宿主说话都不认真听，就你这样还当系统呢？"

"你是宿主吗？你是个什么宿主！"

会乖乖配合系统做任务的宿主才能称为宿主，像她这么叛逆还爱抬杠的只能称为狗，算什么宿主！

俞如冰面对这样严厉的指控显得无比从容："对，我不是，我是你主人。"

系统："我到底为什么要自找不快？"

俞如冰掉系统的战绩又添上无比光荣的一笔——今天也把系统掉到自闭了呢！

她神清气爽地继续补习功课。她想做足功课，吸收更多的舞种，总结各团整体风格，做到心中有数，以便上台的时候更有底气，应对更加从容，言之有物，让人信服——自信且准备充足的人，总是最吸引人的。

谭夕跑到她身边来坐下，瞟了一眼她的屏幕，发现她还在看男团女团的舞台视频，就笑着说："你还在看啊。"

俞如冰点了点头："有点多。"

她不仅要看现在的，从前的也得查漏补缺。值得庆幸的是这个世界从前很多团队、个人和她原本的世界是一模一样的，查漏补缺的工程倒是轻松不少。反而是近几年的出奇得多，一时半会根本补不完。

俞如冰摸了摸下巴，忽然道："你觉得我要不要开辟新流派吸吸粉？"近几年的团只多不少，各式各样的风格都有，粉丝们多少产生了点审美疲劳。俞如冰想要在这里面脱颖而出就不能光依靠实力，因为这个职业最不缺有实力的人。

谭夕："什么新流派？"

俞如冰："杠系偶像。"

谭夕沉默。

俞如冰一脸严肃："艺名我都想好了，就叫'键盘'。"

谭夕有些无语地说道："没想到你对你的定位竟然如此明确。"杠精居然也知道自己是杠精！

俞如冰望着她的眼睛："你也觉得可行？"

谭夕赶忙握住她的手："不行，不可，姐姐你三思。你是正经练习生，不是阿基米德。"

俞如冰双眼一亮，惊喜道："'阿基米德'这个艺名也不错啊！"

谭夕：我也不是让你听这个。

俞如冰转而一笑，厚颜无耻道："嘻，我就说说，杠精又不好当，我只是个嘴笨又无辜的小可怜罢了。"

你嘴笨？谭夕："辱嘴了。"

"如冰、小夕，"指导老师忽然喊了一声，"你俩过来帮老师教一下别人。"

两人齐声应好，然后起身把东西放好走了过去。

俞如冰忽然想起点什么，主动挑起了教池暖这个任务，将她带到一旁去，直接问道："你是不是有话想跟我说？"不然怎么经常用一种渴望又羡慕的眼神在偷偷看她！偏她年纪大了记性不好，老是忘记问，今天终于想起来了。

池暖愣了愣，点了点头，然后就埋着个脑袋犹犹豫豫大半天都没说是什么。

越扭捏越浪费时间，俞如冰心系她们的练习时间，也有办法对付这种情况，顿时面容严肃地道："你这次不说我就当作没有了，下次你要是想说，我可不听。不要浪费你的练习时间，开始练习了。"

俞如冰当队长这段时间和队里的人都相处得很好，但也不是一味地迁就大家，该硬的时候她也绝不会客气，队员们也乖乖配合管理。

池暖浑身一僵，受了刺激一样，猛然抬起头道："我想像队长一样说话！别人说什么都能大方地接上，不会畏畏缩缩的！"

俞如冰沉吟片刻，说道："那不是很简单吗？"

池暖一脸认真地看着她。

俞如冰："当一根冰冷无情的杠就完了啊。"

池暖：我觉得我想要的答案不是这个。

[08]

俞如冰的答案不无道理。

杠精就是不论别人说什么都能接上，并且一杠到底，势要用自身的杠杆力量撬起整个地球，根本不知道畏畏缩缩、小心翼翼是何物。他们甚至都不需要对方给他们抛出话题去接，因为他们完全可以自给自足，制造杠点、上纲上线，时刻奔赴在"皮好痒，想挨打"的第一线。

池暖被俞如冰神奇的答案震慑住了，连瞳孔都在地震。她总觉得队长没搞明白她的意思，但又觉得队长好像明白了，因为队长给的答案居然真的很有道理……

她愣愣的，可一时之间竟不知如何是好。

俞如冰见状，歉然地摸着她的小脑袋道："对不起，我身为队长居然不知道你有一颗想当杠精的心，怪我对你关心不够。"

她无比语重心长："但是小暖啊，你还小，学东西一定要向好的学，不要学杠精啊键盘侠啊这些害人的东西。"

俞如冰实际年龄是二十九岁，现在这具身体是二十一岁，其余人都还没二十，在她眼里自然全是小朋友。

池暖：对不起队长，我怎么觉得你在骂自己。

池暖弱声辩解："不、不是的……我不是想当杠精。"她说，"我只是想像队长一样，能自如地应对别人的话。"

她圆溜溜的眼睛里渐渐地多了一丝向往："甚至能勇敢地和韩总助还有唐总说话。"

而后她又有些失落道："我也想和唐总她们说话……"

池暖从俞如冰加入练习的第一天开始就关注她。她一来就直接和长得有冷感、看起来不好亲近的谭夕混熟，后续又飞快地和其他人结识。不论和什么性格的人打交道，她都很从容，应对自如。这点让不善交际、性格内向的池暖羡慕不已。

这份羡慕在那天她看见俞如冰丝毫不怯懦地上了韩总助的车之后达到了顶峰——队长甚至连公司里的高管人员和大老板都能轻松应对！

这更加坚定了她想向俞如冰取经学习的想法，只是因为性格问题，迟迟没有勇气开口，没想到今天直接被俞如冰挑破了。

俞如冰愣了愣。

池暖的性格内向怯懦她是知道的，而且这份怯懦感使得池暖在练习中很难放开自己，每时每刻都被无形的枷锁束缚着。这点没少让她和老师们头疼。

灯光、镜头和粉丝们的关注度永远不会跟着一个缩手缩脚、不敢放开自己的偶像走——这种人，甚至难以成为偶像。

俞如冰眼珠子转了转，带着她到墙边坐下，问道："你为什么想和唐总她们说话？"

池暖低头绞弄着自己的手指，声音弱弱的："因为、因为我想让她们听听我的歌……"

俞如冰的眼睛一瞬间瞪圆了："你会写歌？！"

原剧情里练习生组除了谭夕这个男主角后宫以外，全是和主角无关的边缘人物，名字可以拥有，但不配拥有具体的故事线，所以俞如冰也不知道池暖还有这个技能。

池暖的小脸蛋一下子就红了起来："我会。"她又极度没自信地补了一句，"一小小点……"

俞如冰鼓励道："别这么没底气，自信点。有成品吗？给我听听？"

池暖一听到有人要听自己的歌就觉得浑身充满了力量，噌地站起来跑去拿了手机和耳机，紧张又激动地为她打开了一首纯音乐。

俞如冰安静地沉浸在池暖所创造出来的音乐世界里，她感到很惊艳，大有一种蒙尘明珠被发现的感觉。

池暖的这首纯音乐表达的是少女的幻想，旋律非常抓耳，充满了少女的灵动与青春蓬勃的朝气，眼前仿佛徐徐出现了一片浩瀚银河。银河里有飞驰的天马，有遨游的鲸鱼，有少女无限的幻想。

一曲毕，俞如冰将耳机取下。池暖期待地看着她，攥着手机的手紧张得发起抖来："怎么样？"

俞如冰看着她："我是第一个听到的？"

池暖飞快点头。

俞如冰悦然道："这么好听的歌我居然是第一个听到的，简直血赚。"

池暖闻言，一双眼睛好像被点亮了，绽放出璀璨欣喜的光芒："真、真的吗？

继而她又胆战心惊、小心翼翼地探问："你不是在骗我？"

"你这才华放哪里都会被争抢，"俞如冰不解，"但我看你好像极度缺乏自信的样子。"她瞬间抓住重点："怎么了？有人否定你？"

性格的怯懦跟周围环境有着密不可分的关系，像池暖这样的才情还这么没自信，除了被人疯狂打击和否定过外，她想不出别的原因。

说到这件事，池暖眼中的光便瞬间黯了下去，就好像星星被黑暗蒙住了。她蹲在俞如冰的身边，身体不自觉缩成一团，点了点头："我想成为一个音乐人，可我身边的每一个人都觉得我上不得台面。就连我父母也是这么认为的。他们觉得我的梦想就是个笑话，一点也不尊重我，总是在否定我的创作，把我贬得一无是处，想借此逼我去好好读书。后来我受不了了，就赌气跑了出来，因为不服气我就签了华曜，想证明给他们看……我其实……是能上得了台面的……我没有那么没用……"

她的声音越来越小，好像最后一点勇气都被这些回忆击溃了。

俞如冰安静地充当一个倾听者的角色，在池暖归于寂静之后，长长地叹出了一口气。这世界的奇葩父母怎么这么多啊！

本来她还在好奇为什么池暖不直接通过指导老师给，结果发现她的信心和勇气实在是太少，少到约等于零，根本没办法开口。别说跟唐总说话了，跟同龄人说话，她都很紧张啊！她只有在提到自己的作品时，身上才会有光芒。

俞如冰撑着下巴看着面前这个自卑爆棚的少女，三分钟后忽然起身去将自己的手机拿来："加我，把歌发给我。"

池暖怔然地抬起头。

俞如冰扬眉："洗我脑了，给个单曲循环的机会？"人们会单曲循环什么样的歌？当然是好听的、自己喜欢的。

池暖是第一次听到这个要求，嘴角不自觉地上扬起来，兴奋地把歌发了过去。

接收完歌曲文件，俞如冰扬了扬下巴："去，继续练。"

"不是要我教你怎么说话吗？你把《青梦》好好跳一遍，我就教你。"她叮嘱道，"注意表情管理和肢体力度。"

听见俞如冰愿意教自己，池暖不由得一喜，二话不说就冲到镜子前。

俞如冰坐在原地撑着脑袋，一边滑开手机屏幕一边提醒道："认真点哦，不然我就不教你了，你就没有亲口和唐总介绍自己作品的机会了。"

池暖一听，顿时有了无限前进的动力，浑身都充满了干劲，眼神都变得不一样了。

这头唐寒秋正准备看林琳刚送进来的文件，手机屏幕倏然一亮。

俞？：报告唐总，我想给您洗个脑。

唐寒秋愣了一下，抬起头看向林琳，疑惑道："俞如冰背着我们加入传销组织了？"

林琳一头雾水。

[09]

唐寒秋和韩薇、林琳听完俞如冰发来的音频后，当即召开了一个会议，对练习生池暖之后的路线进行了一个极其全面的规划。

最后敲定还是让她先走练习生的路，如果被刷下来就安排她走创作这条路，如果没刷下来那自然最好。

唐寒秋万万没想到自己公司居然会藏着这么一个宝藏，曾经被控制的她果然错过了很多令人惊喜的东西。值得庆幸的是，现在俞如冰将这份宝藏送到她面前来了。

俞如冰还请求唐寒秋，不论华曜对池暖做出什么样的决策，都暂时不要让池暖知道。因为她这个队长打算趁这次机会，好好锻炼一下池暖，让池暖的练习更加精进，直到她有一日敢自己到唐寒秋面前去介绍自己的歌。

唐寒秋明白俞如冰的用意，也答应了，让相关人员全部对池暖保密。泄密者一律辞退无赦——不服从指挥的员工，唐寒秋绝对不要。

练习室这头，池暖心里有了明确的目标后，整个人都变得不一样，跳舞都充满了干劲，比她从前好了不少。

谭夕看了看像是换了个人一样的池暖，又看了看耳朵里塞着一个耳机，优哉游哉地坐在一边看的俞如冰，心下十分好奇她是用了什么方法。好像……也没看见她站起来指点过。

谭夕把自己手上的人教完，正好老师也回来了，她得了空，溜到俞如冰身边坐下，好奇道："你干了什么？她好像不一样了。"好像突然被打通了任督二脉，开窍了。

俞如冰什么也没说，拿起另一边耳机就往她耳朵里塞，然后重新播放曲子。

三分钟后，谭夕满眼惊艳："这歌好听，分享给我。"

俞如冰挑眉："独家，没有音源。"想了想，她又补充道，"暂时没有。"

谭夕："那你哪里来的资源？"

俞如冰朝池暖扬了扬下巴："当然是原创自己给我的。"

谭夕愣了一下，惊喜道："这也太厉害了！池暖居然这么深藏不露！"

俞如冰弯了弯唇："是的，深藏不露，唐总的江山又添一员大将。"她感到心满意足。

池暖连跳了三遍才停下找俞如冰验收，俞如冰客观地评价了一遍："你跟之前比起来是有进步的，因为我能看见你在试着去挣脱束缚，放开自己。"

起初，池暖当练习生是为了证明自己，但效果并不显著，她仍旧是很怯懦扭捏。因为她是误闯进这个领域的，就像一条鱼忽然蹦到陆地上，感到迷茫又窒息。

但现在不一样，她有了目标，有了一条能回到自己熟悉的水域的明路摆在她面前，这极大激发了她的动力，她自然而然会为了回到水域、为了活下去做出努力。池暖眉梢都飞上了一抹喜色。

俞如冰又道："但是还不够。"

她扭头去看谭夕，忽然问道："她的歌好不好听？"

谭夕笑道："特别好听。"她看向池暖："能写出这样的曲子，你真的很棒！"

她露出友好的笑容："歌能也发我一份吗？"

面对肯定与夸赞，池暖心潮澎湃，粉嫩的小脸蛋忍不住红了起来，两只眼睛亮亮的，好不可爱。

俞如冰看着她这有了点自信的样子，趁势道："对，就这个心情，你要记住你现在的心情！跳舞的时候多想想谭夕的夸赞，想想自己听到夸赞时候的心情，进而再想想台下观众们以后听到你歌曲并称赞你的样子。你要自信才能打动人，并且打败那些看不起你的人。"

池暖闻言，似乎真的领悟到些什么，兴奋道："我知道了，谢谢队长！"

然后她又主动跑回去继续练习，很有拼命三郎的模样。

谭夕一头雾水："发生了什么？"我就是夸了她一句。

俞如冰叹了口气："唉，苦命的孩子罢了。"

然后把池暖跟她说过的话又原封不动地转述了一遍，谭夕听完极其不适地皱了皱眉头："这样的家长就是在自毁孩子前程。"

俞如冰点了点脑袋："所以我们身为唐总的粉丝要好好把孩子引导上正途。"

俞如冰霍然起身，突然往自己的包那边走，精准地掏出了一颗糖，然后又走回来塞进她手里，握着她的拳头。

俞如冰将手机塞进兜里，慈爱地摸了摸她的脑袋，然后跟指导老师请示了一下要去上厕所。

俞如冰上厕所期间也不忘拿着手机研究偶像历史，结果上完厕所洗完手，成功地把手机忘在了洗手台上，回到了练习室才想起来。

她拍了一下脑门，真是上了年纪记忆力不好！然后又匆匆跑回去拿手机。她一边往回走，一边苦苦思索。总觉得，她把一件很重要的事情给忘了。

唐寒秋在洗手台上发现了一个手机，很眼熟——白色的，没有套壳，机型和俞如冰的那个一模一样。

她将手上的水擦干净，拿起手机端详了一会儿，越看越觉得像是俞如冰的，但又无法百分之百确定。所以她干脆地掏出手机，打算给俞如冰打个电话。如果俞如冰接了，那她也不用白白走一段路或者麻烦别人去练习室问上一趟了。

她打开通讯录，很快就找到了俞如冰的号码，莹润如玉的手指轻轻点在屏幕上，瞬间跳转到通话的界面。本安安静静躺在她手心里、屏幕一片漆黑的白色手机如同回应她一般突然绽放出莹亮的光。

她垂下眼眸，在看清屏幕上的字后，瞳孔倏然放大，脑子里嗡的一声，那些带着令人抗拒厌恶的黑暗记忆，在这一瞬间如海中巨浪，汹涌澎湃，将她淹没其中。

只见那屏幕上清清楚楚地显示着六个大字——不听话的娃娃。

[10]

唐寒秋将电话挂掉，又拨通，来回重复，直到自己相信眼前所见，直到眸光暗淡，霜雪从眼底蔓延开来。

——你真是个不听话的娃娃。

不听话的娃娃。

棱角分明的五指猛然收拢，白色的手机被紧紧地攥在掌心。

俞如冰……原来这一切都被你所掌控……

她掌骨倏然凸起，凶狠得如扼住了一截脆弱的脖颈。恍惚间，好像回到了当初那个风雨飘摇的日子，她一如今日——这样用力、这样生气，恨不得能拧断那个世界宠儿的脖子！

哪怕现在的她不再被掌控，她也感到恼怒不已。她觉得自己被玩弄，觉得自己愚不可及。自以为是最无辜、最可怜的那个人——恰恰是掌控一切的幕后之人！

无辜？可怜？她唐寒秋现在简直是个笑话！

吱呀一声，门被人打开，曾经她无比同情的熟悉面庞乍然跃入眼帘，神情一如既往地无辜茫然。

俞如冰甫一踏入就撞上了唐寒秋的视线。那双漂亮的眼睛一眨不眨地盯着自己，却不像往常那样平静无波，好像酝酿着一场狂风、一场暴雪、一场能毁天灭地的爆发。

俞如冰呼吸一滞，下意识退了两步，后颈幽幽地扫过一片冰凉，仿佛有一条森冷骇人的毒蛇正在缠绕她的脖子。

"你退什么？"唐寒秋回过身来，黑沉沉的眼睛好像望不见底的深渊，只森森地散发着死亡的气息，让俞如冰感觉头皮发麻只想逃。唐寒秋死死地盯着她："你还会害怕我吗？"曾经那么随意地将她玩弄于股掌，让她像个傀儡一样被操控着的幕后之人，还会怕她吗？

俞如冰满头问号，完全不知道为什么唐寒秋突然这个样子，只隐隐有股不祥的预感，感觉她很想把自己的脑袋给拧下来——凉凉。

俞如冰立马道："唐总冷静，我们是法治社会！杀人是犯法的！"

唐寒秋嘴角一勾，露出一个冰冷的笑，大方地向众生展现她那残忍高傲的美。

她缓缓朝俞如冰走去，冷声命令道："跟我去办公室一趟。咱们的账要好好算一算了。"

俞如冰：突然欠账？！

总裁办公室内，俞如冰坐在宽大的办公桌前，仍旧不知道发生了什么事情。

唐寒秋在外面嘱咐韩薇和林琳不要让任何人来打扰她们，然后走进办公室内咔的一声将门反锁起来，这才踱步回到总裁的办公椅上坐下，目不转睛地盯着俞如冰看，仿佛要将她的皮囊看穿，看看这副血肉之躯里藏着什么妖魔鬼怪。

俞如冰被她这连续的举动吓了一跳，大有一种自己要被她就地正法的感觉，但这死得也太不明不白了。

俞如冰不再像平日里那般嬉皮笑脸，此时也是一脸严肃："唐总，如果你想要我死，我也不是不可以。但我想死得明明白白，能给个机会吗？"反正她都"死"了二十四次，再多来一次也没什么。

唐寒秋笑意森冷："你还不知道自己哪里错了？"

她伸出两指按在俞如冰的白色手机屏幕上，手臂一伸，就把手机推到了俞如冰的面前。另一只手则拿起自己的手机，再一次拨通了俞如冰的号码，等白色的手机泛起光亮显示来电备注时，她两指微挪，在桌面上轻点两下。

"这个理由可以让你死得明白了吗？"她礼貌性地笑着问道，笑容却并非发自内心，冷得让人害怕。

俞如冰倒吸一口凉气，这一瞬间她终于想起自己忘记了什么——她忘了改原主给唐寒秋的备注！

现代人大部分在用社交软件，电话、短信这种原始功能几乎很少碰，她也是如此。她有唐寒秋的微信，平日里两人的来往基本用不到电话和短信。所以，时间一久，改备注的事情就很容易被她忘在脑后。

万万没想到今天会以这样的形式在唐寒秋手上翻车——可这明明是原主留的，她是被迫背锅的啊！俞如冰忽然明白了电视剧里忠臣被污蔑的感觉。冤，窦娥都冤不过她!

俞如冰大感头疼,神色复杂地说道:"备注的事情我可以如实解释,但是不知道唐总会不会信我。因为这件事情吧,有点呃……逆科学。"

当俞如冰说出"逆科学"三个字时,唐寒秋积蓄在胸口的火瞬间被浇熄,慢慢地,也冷静下来了。

她们所遭遇的这些事情,的确充满着怪力乱神、逆科学的味道。唐寒秋撑着下巴思索,面色稍缓,危险性也往下降了降。而且她忘了一件事——她无法确定曾经那个声音就是来自她记忆里善良无辜的好女人。

现在坐在她面前的俞如冰,身上明确地存在四个大问题——

一、她是不是原来的俞如冰?

二、这个备注是不是她设置的?

三、如果备注不是出自她手,她也不是原来的俞如冰,那她是谁?

四、这几个问题里,究竟存在着几个人?

唐寒秋直勾勾地看眼前的俞如冰,好像想看进她心底去,直到探究到能解开这些问题的答案。

俞如冰看着她那充满探究的眼神,小心翼翼地道:"唐总有什么想知道的,不如直接问我?"光坐在那里瞎看能看出个鬼来哦。

唐寒秋闻言,也不跟她客气:"你能保证说实话?"

俞如冰听完,忽然笑了笑:"唐总,在成年人的世界里,没有基础信任就想靠谈话获得答案好像毫无意义。"毕竟说了也不信。

唐寒秋面不改色:"可供参考。"

俞如冰:"行吧,你问。"

唐寒秋开门见山:"你是谁?"这个突如其来的问题让俞如冰大感意外。

试问:当你手机里上司的备注是"不听话的娃娃",然后又被上司本人发现时,你觉得上司会说什么?又会问什么?

俞如冰设想了一下,大概是"你为什么要设这个备注?""你什么意思?""你是不是不想干了?"诸如此类的暴躁辞退发言,但万万没想到会是这么平静简单的三个字——你是谁。

俞如冰眉头轻皱,结合唐寒秋在厕所的反应,发觉事情并不简单。难道唐寒秋也会透过现象看本质,已经发现她不是原主了?还是……她本来就知道点什么?

俞如冰没有直接回答,反而是疑惑地打量着对面的人:"唐总你是不是?"

唐寒秋气定神闲,美目轻挑:"现在是你在问我?"

俞如冰惊了:女人,你肯定不简单!

这么一来,俞如冰就更加淡定了,她把彼此当作做买卖的商人,饶有兴致地开始谈起条件："我可以把我知道的告诉你，但作为交换，唐总是不是也该把自己知道的告诉我？"

唐寒秋懒懒地半睁着眼睛："交换？你觉得我知道什么？"

俞如冰粲然一笑，笑颜动人心魄："这种事怎么能靠觉得呢，得靠唐总告诉我啊。"

唐寒秋既不答应也不拒绝，陷入了一阵沉默中。

俞如冰有自己的考量，既然是她先提出的交易，那就要先拿出自己的诚意。她拿出应付客户的"社畜"微笑说道："那我就先给唐总展示一下我的诚意，回答您的问题。"

她干脆道："我是俞如冰。"

唐寒秋眼睛微微睁大，恼怒感险些就要卷土重来时，俞如冰的"社畜"微笑一秒垮掉，苦恼地挠了挠头："不对，这么说你会误会，我重新来一遍啊！"

唐寒秋：她的刀差点就收不住了！

俞如冰一脸严肃地朝天竖起三根手指："我先发个誓，我精神和智力绝对正常，这点毋庸置疑，不用费钱送我去鉴定。"

唐寒秋看着她，半晌后默默地点了点头。

俞如冰这才慢慢进入正题："实不相瞒，我也叫俞如冰，而且我还有一个系——"

系统突然冒了出来打断了她的话："你不可以向她透露这些。"

它的出现使得俞如冰的耳边又多了一道声音，毫不意外地成了一个阻碍，让她难以专注地和唐寒秋交谈。

可俞如冰从一开始就不是会听系统话的性格，她甚至都不明白为什么这个系统还会愚蠢地冒出来说上这么一句废话——不能说你傻，你就真的傻啊。

俞如冰的停顿让唐寒秋感到莫名其妙，还不等她出声询问，俞如冰就先抬眼给了她一个"社畜"微笑："唐总请等等，我要处理一下某些碍事的东西。"

唐寒秋一头雾水："什么碍事的东西？"这个办公室里不就她们两个？

俞如冰："只是一些肮脏、见不得光的东西罢了，等我解决完，会一一向你解释，请耐心等一等我。"

唐寒秋撑着脑袋，竟无法拒绝，最后只能从唇齿间吐出三个字："你尽快。"

俞如冰扬起笑容："好的。"

俞如冰转头就朝系统开炮："不能？可笑，你第一天认识我？"

系统不喜欢和她说话，但此时涉及机密问题，也不得不硬着头皮上来抬杠："这不是你能决定的事情。这涉及我方机密，你身为宿主没有权利，也决不能向任何一个人透露。"

俞如冰迅速抓住漏洞，极有逻辑地道：你不是说我不是宿主？既然你一个系统都说了我不是宿主，那我为什么还要按照你们的规矩来办事？"

"又开始了是吗？现在不是让你杠的时候。"

俞如冰："抱歉，只要是你，每时每刻都是我杠的时候，毕竟我可是你的专属杠精。"

"这是原则性的问题，保护他人的秘密是每个公民应有的素质。"

俞如冰："是啊，但我的素质不包括保护不敢见光的蛆虫们的恶臭秘密啊。"

"你简直不可理喻！"

俞如冰："连惩罚我、送我回去你都做不到，简直一无是处！"

系统像是被激怒了，愤愤地道："俞如冰！我劝你不要挑战我们的底线！"

俞如冰从容不迫："是你们不要挑战我的底线。"

俞如冰："我最后再说一遍，有本事就抹杀我或者送我走，没本事就闭嘴，否则我就让你们知道什么叫'我的快乐都是建立在你们的痛苦之上'！"

系统见她冥顽不化，干脆耍赖地在她耳边疯狂吵闹，打断她的专注，让她无法思路清晰地与人交谈。

兵来将挡，水来土掩，俞如冰立马开始释放"它烦任它烦，清风拂山岗"技能，努力让自己不被它打扰到，好和唐寒秋将话题继续下去。

然而这次系统瞎吵闹的本事居然出奇地强，成功地靠吵打断了俞如冰的思路，让她半天都说不出一句完整的话。

俞如冰都怀疑它是不是为了对付自己，私下里偷偷升级了。

唐寒秋看着对面的人欲言又止，然后懊恼不已的模样，不禁皱了皱眉："你还没处理完吗？"

俞如冰回望她，抿了抿唇，然后一把抄起桌上的手机。屏幕解锁、打开微信、点开对话框一套动作，一气呵成。

她皱着眉头盯着屏幕，打字的动作断断续续、艰难无比，但却倔强地想要继续打下去。

几分钟后，唐寒秋收到了她发来的消息。不长不短的一句话，但该有的信息全都有。聪明如唐寒秋，自然能从这些话里提炼出来关键信息，然后得到自己想要的。

——她是被迫来到这个世界，成为这具身体的主人的。她的脑海里有一个系统。系统交给她一个任务，那就是修复 bug 唐寒秋。

Bug……唐寒秋。

唐寒秋眼露讶异。由一个有血有肉的人忽然转换为需要被修复的世界 bug，她存在的意义好像瞬间就被剥夺、被胡乱决定。

她难以置信地抬起头来看向俞如冰——她急于知道这些信息是否属实，知道自己该不该相信这些信息。

但她发现对面的俞如冰十指猝然僵硬，手机从掌心里滑落，砸在办公桌桌面上，发出一声沉重的闷响。

不到一分钟的时间，俞如冰那光洁的额头上就开始渗出细细密密的冷汗。她动了动双臂，两只手插入发间抓着头皮，手背青筋暴起，像是用了极大的力气，眉头紧紧皱着，面色苍白如纸，整个人看起来痛苦不已。

唐寒秋面对这突如其来的变化先是一愣，而后冷静下来，微微起身道："你怎么了？"

俞如冰没有回应她，身子不住地发抖，脑子里满是吵闹不休的系统声。

"警告——警告——紧急惩罚启动——警告——警告——惩罚倒计时：60，59，58……"

在系统的操作下，俞如冰觉得自己的头疼得快要炸裂开来，但这点疼算得了什么。

她在死亡边缘二十四次仰卧起坐，可都不是无痛的，每一次都能清楚地感受到"粉身碎骨"这四个字究竟有多么痛。而当她读档重来之后，这份痛感也会跟着被清空。

但她既然敢尝试二十四次，实实在在地感受二十四次粉身碎骨，就说明她对这种身体上的伤害已经无所畏惧！这点小惩罚根本难不倒她，咬咬牙就过去了，谁怕谁呢！

冷汗涔涔，俞如冰咬着后槽牙，再痛也不能阻挠她对系统嘲讽："就这点本事还想击溃我吗？"

系统见她到了这个关头还在嘴硬嘲讽，心下觉得十分不爽，不爽到了极点！它恼怒地打开另一个功能键，狠狠地拍了下去。

"紧急惩罚倒计时刷新。惩罚倒计时：300，299，298……"愣是把这个惩罚又给她多加了四分钟，系统登时有报仇雪恨的畅快感。

唐寒秋发现俞如冰越来越疼，情况十分不对劲，立马起身绕到她身边，想要询问她要不要看看医生，然而就在手指触碰到她肩膀的时候，指尖突然传来一阵奇异的触电感。

她听见了第三个声音——冰冰冷冷的系统音，还在一点一点地倒数。

"惩罚倒计时：286，285，284……"

唐寒秋愣了一下。这难道就是她说的系统吗？

唐寒秋垂下眼看着痛苦不堪、更加娇弱的人。

她现在这个样子就是因为这个惩罚？她做了什么才会被惩罚？反抗系统？

唐寒秋面带愁色，无法对这样痛苦的她置之不理。她的手按在俞如冰的肩膀上，充满了力量与温暖："俞如冰，你需不需要我做些什么？"

俞如冰微微动了动。

唐寒秋继续问："我要怎么帮你？"

俞如冰伸出手，用力地抓住她的手："你要……信我……不然我就……白疼了……"

俞如冰可是为了给她剖底才受这一遭罪，如果这样她还不信的话，能当场气到喷出一口血。

唐寒秋凝重地握住她的手，紧紧地攥在掌中："好，我相信你。"

俞如冰没再说什么，她这样的情况就是医生来了也没用。唐寒秋见状，搀扶她起身，将她带到宽大舒适的沙发上躺着，又取来纸巾体贴地替她擦去额头上豆大的冷汗。

正当唐寒秋感到无能为力、满心焦急时，她听见系统倒数的声音戛然而止，另一个系统的声音凭空出现。

"警告：主系统监测到辅助系统009擅自增加紧急惩罚时间，严重侵犯了宿主的自主权，并违背了辅助系统本职工作。警告——主系统处分通知：辅助系统009停职一个月，扣两分，立即执行。"

唐寒秋顿了顿，就听见先前那个系统声音怨念地骂了一声："谁选的你这个破宿主！真是害死——"

所有的声音戛然而止。俞如冰的痛楚瞬间烟消云散，疼到狰狞的五官渐渐放松下来，她睁开眼，眼眸清亮，神志非常清醒，一切都恢复了正常。

她在心里尝试性喊了两声系统，009没回她，回答她的是另一个声音："新手指导为您服务。当前无系统……"

俞如冰挑了挑眉。哦吼，这个主系统办事效率还挺高，所以她现在只有一个新手指导，没有系统了？

但她觉得自己不会一直轻松下去。一个辅助系统还有编号，那说明不止一个系统，或许很快就有新系统来上任，或许一个月后009还会回来。

不过她倒无所谓，兵来将挡，水来土掩，谁来杠谁就完事了。

唐寒秋还握着她的手："俞如冰？你感觉怎么样？"

俞如冰眨了眨眼，然后看向她，如实说道："感觉……突然安静还挺不习惯。"

她又不好意思地笑了笑："可能你不知道我在说什么。"

"我知道。"唐寒秋直言道，"我听见你系统的声音了。"

俞如冰半信半疑："你怎么能听见？"

唐寒秋淡淡道："009，停职一个月，扣两分。"

俞如冰顿时瞪大了眼，震惊地坐起身来："你怎么听见的？！"

唐寒秋重复了一下当时的动作，诚实道："就是这样，碰到你的时候就听到了。"

俞如冰慌忙甩开她的手，连连后退，死死地抱住自己："那这样你岂不是也能听见我的心里话？"这也太没有隐私了吧？！万一我哪天在心里说错话了岂不是要凉凉？

唐寒秋看着她这惊恐如天塌的模样，好笑地摇了摇头："很遗憾，我不能，我只听得见系统的声音。"

俞如冰讶异地张了张嘴，完全无法理解为什么会发生这样神奇的情况。难道因为唐寒秋对系统来说是 bug？还是一个具有侵入性的 bug？

唐寒秋抬起眼帘，幽幽地望着她："所以我曾经就是被这样的东西控制着？"没有什么神秘的力量，而是一套结构、体系都极其完整却又寻觅不到踪迹的系统……

俞如冰点了点头，而后一愣，终于抓住了重点："等等，曾经？你——"

"是啊，"唐寒秋轻松地笑了笑，"我复生了。"

俞如冰倒吸了一口凉气，下意识摸向裤兜想借糖冷静一下，结果发现今天穿的裤子没有口袋，糖全在包里——在练习室里！她顿时觉得嘴里干涩无味，浑身好不难受。

唐寒秋观察了一下她的动作，凭借着这半个月来对她的了解，立马就猜到了她想要什么："没带糖？"

俞如冰点了点头："我回一趟练习室可以吗？"

唐寒秋颔首："尽快回来。"

"知道了！"俞如冰说完就噌的一下站起来，脚下生风似的冲出唐寒秋的办公室，情况特殊她必须速去速回，不能在别的事上浪费时间。

秘书办的人闻声抬起头，就看见公司旗下艺人从唐总的办公室里冲出来，神色匆匆地穿过秘书办。

众人回想起唐总之前的"不准别人进去打扰"的严厉命令，忽然面面相觑。

"有……有人能解释一下吗？"

韩薇正巧从办公室里走出来，也看到了这一幕。她推了推眼镜，藏在镜片之下的眼睛仍是一派平静。

主系统刚下完处分通知，009 就立马被停职察看。009 看着眼前已经切断控制归于黑暗的屏幕，恼怒地扬拳砸在操作台……的边上。

"这个女人是不是有病！"他狠狠地骂道。

身后的舱门开启，一个青年走进来，他看了看全数停止工作的系统操作台，又看了看暴躁地捶着操作台边的 009，忍不住出声问道："砸边上手不痛？"

089

009气道："那也没有停职一个月还扣我两分痛！"

008走上前去安慰地拍了拍他的肩膀："所以你为什么要擅自给宿主加四分钟呢？"

009是辅助系统，本身不具备惩罚系统，但当宿主有意向外界透露系统的存在时，009便具有启动紧急惩罚系统的权利。紧急惩罚可对宿主进行一分钟痛不欲生的身体折磨，以此告诫宿主不要做越界的行为。

系统是绝对隐秘的，是绝对不能被外人所知的。如果这些世界里有除世界中心以外的人知晓系统的存在，那他就会立马变成世界bug，系统必须费心费力去修复，以免bug打乱原有世界的剧情或是威胁到世界中心，然后永恒地脱离掌控。所以为了不让宿主越界每个系统都会配备紧急惩罚系统。

009哪知道自己这一回踢到了一块硬板——痛不怕、死不怕，还天天把自己杠到自闭！这简直是有史以来最为叛逆欠揍的宿主！

009想起俞如冰就觉得自己心脏都快气出病了："是她自己欠罚！"

008："那你也要注意职业守则，别为了罚她把自己坑进去了。"宿主有绝对的自主权，这个自主权基本就是人权——宿主可以自行使用身体，系统不可以在规则之外随意对宿主施加惩罚或者增加惩罚时间。

008："但你这个情况很特殊，去提交申诉，说不定能少一点处分。"

他看着一片漆黑的屏幕，忽然意味深长地道："如果你能向女神大人申诉，把这些事全部告诉她。我相信，你的处分一定可以直接被撤销。"

009冷哼："都怪时空管理局！"他越说越激动，"如果不是他们那次攻击，这个世界就不会被波及，这个女配角也就不会出现bug，我也就不用服务这个烦死人的宿主了！都怪时空管理局，嗯——"

008捂着他的嘴，半开玩笑道："知道了知道了，都怪时空管理局。那你小声点，小心声音太大被他们发现，又发起一次攻击，到时候又不知道有多少个世界要被波及……"

想起到处搜寻他们踪迹的时空管理局，009不高兴地"哼"了一声："他们就跟俞如冰一样烦！"然后他心不甘情不愿地卸下了工作名牌。

总裁办公室内，两人相对而坐，气氛沉重，面前摆着原主的白色手机和两个装满水的白瓷杯。

经过系统一事，她们成了一根绳上的蚂蚱，坦诚相待之后彻底统一了战线，建立起了深厚的战友情。与此同时，她们还发现一件事——原主真的是个白切黑。

俞如冰看了看唐寒秋，发现她现在浑身低气压，表情很不好看。俞如冰觉得，她能安稳地坐在这里，全是依法治国的功劳。

俞如冰小心地给她推了颗糖过去："您冷静一下。"

唐寒秋下意识看向她，凌厉的视线扫过她的脸庞，冷得令人发抖。

俞如冰立马无辜地抬起手："我是你这边的。"

唐寒秋眼中的冰山瞬间消融，脸色好看了不少，默默地看了她半响，忽然喊了一声："俞如冰。"

俞如冰应声抬眼。

唐寒秋换了个姿势，以手撑着下巴："还是俞不如冰？"

俞如冰无所谓道："都行。反正你也知道我的真实身份了。"

她想不到的是，自己真的能在这个世界被人知道真实的自己，并且得到对方的认可与信任——没把她当神经病。

她本来还想着，如果唐寒秋到最后还不信，那她只能反手就是一套胡言乱语的操作，直接把这些事糊弄过去。万万没想到，唐寒秋竟然信了！

俞如冰都不得不感慨一句：世界真奇妙。

唐寒秋看着她："你给我的备注是什么？给我看看？"

俞如冰不假思索地拿起手机，点开了微信备注栏，然后大大方方将手机伸到她面前："您请过目。"一派坦然正气。

唐寒秋毫不客气地接过手机，垂眼一看——超绝无敌貌美如花的人间富贵花本花。

唐寒秋：这是什么石破天惊的备注？居然还这么长！

唐寒秋一阵无语，将手机放下："换掉。"

粉丝俞如冰不满道："为什么？我觉得这个备注非常贴合您本人啊！"

唐寒秋吐出胸口里的一口浊气，觉得有点头疼："我觉得你想挨打。"

俞如冰立马拿过手机换备注："那倒也不必。"

唐寒秋看着看着，忽然又道："算了，先别换了。"

俞如冰删备注的手停了停，就听见她问："你喜欢这个手机吗？"

俞如冰："这也不是我的手机，谈不上喜欢不喜欢，能用就行。"

唐寒秋又问："那你喜欢什么牌子的手机？"

俞如冰的脑袋上缓缓冒出一个问号。

唐寒秋："我不喜欢你现在这个手机，我做朋友的出钱给你换个新的，你应该没意见吧？"是用金钱记仇的味道！

原主的手机能引起她不愉快的记忆，她不想看到，俞如冰也没有资格说什么，只有如实回答："好用不丑就行。"她对手机牌子没有过多研究，只要好用不丑就行。

唐寒秋淡淡地"哦"了一声，就要起身去吩咐林琳。俞如冰忽然想起点什么，连忙喊住她："唐总等等！"

"我可以跟着去吗？"俞如冰面带微笑，"我想顺便换个手机号码。用回我自己的。"

半个小时后，俞如冰又回到了唐寒秋的办公室，手心里放着一部全新的手机，是她熟悉的某水果手机。她翻找本机号码，看到熟悉的那一栏号码之后，感到了前所未有的满足。

林琳遵照唐寒秋命令去买新手机的时候，俞如冰自己去了营业厅，当时这个电话号码还没有被人选中，幸运得仿佛老天爷都在垂怜她。

她欣欣然地拿下了这个熟悉的号码，将白切黑原主的过去全部摒弃。这才是属于她的存在，是她曾在现实世界活过的证明。

唐寒秋坐在她对面，淡定从容道："原来那部手机里还有没有东西要挪过去？"

俞如冰想了想，该留下的号码都留了，于是道："没有了。"

唐寒秋便伸手拿过属于原主的手机打量了几眼，然后不假思索地丢进了手边的白瓷杯里，眼波平静地看着透明的水珠泼溅在桌上。"那就丢了。"她笑着说道。

俞如冰发现了，唐寒秋生气的时候也会笑，但笑意非常冰冷，然而这样的笑却又让她身上多了一种遥不可及的傲慢之美，让人惊惧，也让人无法忽视她绝艳的容貌。

俞如冰：拿了绝世美人剧本的女人，果然很绝！

俞如冰面对漂亮的富婆朋友，露出和善的微笑："让唐总破费了。"

唐寒秋："小钱。反正你能让我血赚。"

俞如冰沉默无语。

唐寒秋回望她，微微一笑，鼓励道："加油。"

俞如冰：刚建立起来的友谊就这么被金钱打败了？

俞如冰离开后，韩薇走了进来，看着坐在沙发里陷入沉思的唐寒秋，默默地推了推眼镜，喊了一声："唐总。"

唐寒秋回过神来，应了一声："嗯。"

韩薇肃然问道："是否需要我们和俞小姐签订保密合同？"

唐寒秋疑惑地扭头看向她，然后转念一想又觉得非常有道理。

她和俞如冰的秘密极其匪夷所思。她们虽然看起来是统一战线了，但实际上对彼此的信任才刚刚建立，基础还很薄弱，这份友谊还无法称为牢固。

她们现在都无法保证对方会不会有一天背叛自己，将这些秘密宣之于众，进而引来更多的麻烦。她们需要更加牢固的、明确的、无法背叛的保证——白纸黑字的合同无疑是最好的。

她想，韩薇定然是觉得她又关门又嘱咐人不准进来的行为非常严肃神秘，认为她们两个人的对话已经严肃到了需要高度保密的地步，这才来提议保密协议的事。当真是个得力助手。

唐寒秋赞同道："那辛苦你去准备两份保密合同，做出来后先直接拿去给她签名吧。"

韩薇二话不说转身出去，凭着高效率，很快就给做出了一份新鲜热乎的保密协议，再三检查无误后，她亲自拿去让俞如冰签名。这种事情，决不能让别人知道。

俞如冰站在练习室外，拿着韩薇新打印出来的保密协议书，沉默了大半天。

韩薇见她迟迟都没有提笔签字，便开口询问："俞小姐是对合同有什么问题吗？"

"有。"俞如冰说道，"问题特别大。"

她指着协议书上的四个字，满脸的问号："我请问一下，'秘密关系'是什么关系？这几个字真的不是韩总助你打错了吗？"她和唐寒秋哪里来的需要保密的关系啊？！不是朋友或者战友吗？！

韩薇笃定道："我没打错。"

俞如冰："那就是你输入法出问题了，建议换一个。"

韩薇："我的输入法没问题。"

俞如冰不死心："那就是你的电脑。"

韩薇："电脑是新配备的。"

俞如冰正要再挖出一个原因的时候，韩薇抢先一步道："俞小姐，这份合同是我们唐总授意我写的。如果你还有什么问题，我建议你直接询问我们唐总。"

俞如冰震惊了。

唐寒秋这头还在梳理自己得到的信息。

俞如冰告诉她，她需要变得更好，内心更强大，不会轻易被击溃，永远保持自信，这样，系统就无法重新掌控她，她也能永远地过自己的人生。

这也是俞如冰为什么那么关心她事业的原因——俞如冰在反抗无理的系统，也在捍卫、尊重她自己的尊严和存在的意义。

她愿意相信俞如冰，也愿意和对方并肩作战，为了自己的人生，也为了不让俞如冰白白受一顿惩罚。

正沉思间，一阵来电铃声打断了她的思路。她垂下眼看了看，发现是俞如冰的来电。

她手指一滑，将手机放在耳边："喂？"

"小唐啊。"对面的人忽然幽幽地喊了她一声。

唐寒秋：她虽然知道俞如冰实际比自己大五岁，但突然被这么喊真的很不习惯，而且现在的年龄又没有比她大五岁。

俞如冰沧桑道："我没想到啊。"

唐寒秋疑惑地皱了皱眉："没想到什么？"

俞如冰："没想到你的想法这么不单纯。"

她叹了口气："唉，真是世风日下，人心不古……"

唐寒秋一脸蒙。

[11]

俞如冰和韩薇被喊回了总裁办公室，韩薇做出来的保密协议终于到了另一个当事人的面前。

唐寒秋坐在办公桌后，看着面前摆放着的保密协议，上面第一行白纸黑字，清清楚楚地写着：就唐寒秋小姐和俞如冰小姐秘密关系进行以下保密协定。

唐寒秋觉得自己前几天刚好的额角此时复发隐隐作疼起来。她千算万算都没算到，英明精干的韩总助会出现这样危险的问题。

她微微仰首，用一双漂亮的眼睛瞟着这间屋子里最正经的人："韩总助，麻烦你给我解释一下这是怎么回事。"为什么会出现这样惊天地泣鬼神的问题？！

韩薇应对从容，不慌不忙地道："没有事先向您确认就下定论，是我的疏漏，请您责罚。"

唐寒秋双目如炬："你告诉我你这定论是怎么来的？"

坐在一旁的俞如冰的注意力瞬间就转移到了韩薇身上。她也很想知道，自己和唐寒秋的关系怎么就一瞬间冲破了战友情到达了如此境地。

韩薇推了推镜框，如实道："先前您叮嘱过不让大家打扰您和俞小姐，之后俞小姐又急急忙忙地跑出您的办公室。等她回来之后不久您又自掏腰包为她购买了新手机，换了新号码……"

俞如冰听着听着，恍惚回到了从前在办公室和同事们吃瓜的日子，不由得发出八卦的声音："啧啧，这光听着就不简单。"悠然自得又娴熟的模样真是像极了一只飞窜在瓜田里的猹，全然不把自己当瓜的当事人之一。

唐寒秋凌厉的目光倏然扫了过去。

俞如冰立马狗腿地说道："唐总说得对。"

唐寒秋蹙眉："我说什么了？"

俞如冰应对如流："唐总接下来说的都对。"

唐寒秋：果然是令人无法理解的跳跃思维。

韩薇看了看两人，问道："所以是误会吗？"

“是。”两人异口同声道，然后双双一愣，默契地看向彼此。气氛瞬间诡异起来。

突然，一声清脆的“啪”打破了诡异的气氛。俞如冰双掌合十，虔诚地朝唐寒秋拜了拜，嘴里念念有词：“唐总保佑，唐总保佑……这次是和唐总有默契，希望下次就是和唐总一样有钱！”

唐寒秋无情地戳破她的美梦：“我不提供这项业务，你清醒一点。”

韩薇从旁无情补刀：“俞小姐还是早日看开吧，有可能你赚得再多，也没有唐董留给唐总的资产多。”唐家家业如此庞大，商业巨鳄唐鹤天又疼女儿，给她留的资产定然只多不少。

柠檬精俞如冰：“我觉得有被冒犯到。”

唐寒秋将注意力转回合同上，正色道：“你现在回去将协议重新修改一遍，把‘秘密关系’四字换成‘谈话内容’，违约赔偿方面我二人平等化，其余内容没有问题不需要改动。这两份合同拿去销毁。”一份合同想让两个人都能安心，那前提条件就是违反后果平等化，让双方都可以接受，而不能仅仅有利于一方。

韩薇起身：“好的。”她拿起废弃的合同转身就走出总裁办公室。

韩薇一走，俞如冰就没事干了，唐寒秋还有自己的文件要看也不会陪她说话，于是她干脆蹭起总裁办公室的 Wi-Fi，掏出耳机，又开始补这个世界的偶像历史。

当她刚看到三分钟的时候，唐寒秋伸出手在她面前的桌上敲了敲，引得她拿下耳机抬起眼。

唐寒秋肃然道：“我刚想起一个问题。如果从前的俞如冰是掌控世界的人，那她为什么不改变某些事情的发展走向，比如被裘云立霸王硬上弓的事情。”

俞如冰放下耳机，摸了摸下巴。这个问题她在来到这个世界的第一天时就想了。

一个具有掌控世界能力的人，为什么还顺着明显有些恶臭的剧情走？她都能改变剧情，杠天杠地，难道原主这个世界掌控者不能吗？她觉得不可能。

她有权怀疑原主有什么受虐倾向，不做被虐得身心俱痛的小白莲就浑身不得劲。如果还有什么别的原因，那她就不知道了，原主和其身后的系统对她来说是个巨大的谜团，不是一时半会就能探查清楚的。反正她目前就认定原主脑子有病——没病谁爱玩这种霸王硬上弓，自己还是那把弓的游戏！

她神色严峻：“听我的，她有病。”

唐寒秋沉吟片刻，不置可否，只是淡淡道：“继续看你的吧。”

然而俞如冰还没看完一整个视频，唐寒秋的文件都没看到三本，韩薇就拿着热乎的新协议回来了。

唐寒秋检查了一遍，没问题后当先提笔潇洒利落地签下自己漂亮的名字，然后把两份协议都推到俞如冰面前。

俞如冰自然也知道她立下保密协议的原因就是给彼此一个定心丸。而且，光是她切实考虑之后立两份协议，各自一份，这一点就让俞如冰觉得眼前的人自己没有错看，她值得自己去反抗系统。

俞如冰看过协议，也没有问题，干脆地签下自己的名字，然后把其中一份推给唐寒秋，愉快地伸出手掌："唐总，合作愉快。"

签署完成，合同即时生效，毁约的后果是她们任何一方都无法承受的，但正因为她们谁都承担不起才显得这份合同平等有效，更让人安心。

唐寒秋将自己的那份仔细收入抽屉，又抬起眼看向俞如冰伸在半空中的那只手，目光沿着她浅黄色的长袖慢慢向上移动，最后停在她满面笑意的脸上。

她看起来很高兴，让人不忍破坏这份美好心情。

微凉的掌心相触，唐寒秋轻轻地握住她的手回应道："合作愉快。"

俞如冰怔了一瞬，不自觉地挺直腰杆，还晃了一下唐寒秋的手，肃然道："有点感觉了。"

唐寒秋一脸的莫名其妙。

俞如冰正色道："我感觉我现在像是刚签完了几个亿的合同。"有种和成功人士交易，自己也成了成功人士的登峰感！

成功人士唐寒秋一秒抽回手，把她从成功人士的顶峰一脚踹了下去。

俞如冰从成功人士的顶峰上被踹回了练习室，整个过程都非常淡定，就好像什么都没有发生过，导致练习室的人根本无从下口去问。

导师多看了她几眼，还是忍不住问了一句："如冰，你还好吗？"

俞如冰回以一笑："很好啊。"

她找回了属于自己的存在，又在这孤独的异世多了一个战友，还有睿智的傻子系统被罚停职一个月，一连串事情的发生，让她觉得自己好得不能再好。简直是春风满面！现在只要帮唐寒秋达到人生巅峰，她就功德圆满了。

导师见她春风满面，是实实在在的好，便没再说什么，又继续去帮别的练习生改正不足。不管大老板频繁把她叫过去是为了什么，只要不是把她这棵绝佳好苗子踢出华曜都行。

俞如冰被唐寒秋叫走，带池暖练习的重任就落在了谭夕的身上。不过现在她安然无恙地回来了，池暖自然要回到她手底下继续练。

谭夕交接完任务，临走前还多关怀了俞如冰儿句，再三确认没事之后，才抽身离去。谭夕虽然很想问她为什么突然换了新手机和新号码，但又隐隐觉得那不在自己该问的范围，便压在心底不再开口。

池暖一脸担忧地站在她身边，怯怯地问了一声："队长你没事吧？"

俞如冰伸手揉了揉她的脑袋："我什么事都没有，不要担心。你好好去练习，争取在参加节目之前能到唐总她们面前亲口介绍你的作品。"

俞如冰目光深邃，笑意越发和蔼："加油，要让全世界看到你呀。"然后给我们华曜富贵花赚大钱！

池暖看着她这副慈爱的样子，不知道为什么老有一种自己命运的后颈肉被捏住了的感觉。

在俞如冰的激励特别教育下，池暖每天都怀着"把舞跳好就能跟队长学说话之道"的殷切期盼，勤恳刻苦练习。终于在节目开始前一个星期呈现出了不错的练习效果。她鼓起勇气释放自己，舞蹈动作都大方不少，表情管理更是生动了许多，起码有了上台的资格。连指导老师都多有称赞。

池暖只要被肯定就会生出一点小小的信心，心情激动澎湃，兴高采烈地在休息间隙找到俞如冰，请她教自己说话之道。

谭夕刚走过来就听到这惊天动地的请求，脚步不由得一顿。跟俞如冰学说话？那学的是说话吗？那学的明明是当一个毁天灭地的杠精吧！

谭夕扭头看向俞如冰："姐妹，华曜有一个杠精就够了。"

俞如冰淡定地回望她："嗯？我们华曜可是正经公司，哪有杠精？"

谭夕：又杠又会演，您真是"戏杠双全老艺术家"。

"戏杠双全老艺术家"俞如冰面不改色地招呼池暖到自己身边来，亲切地揽着她的肩膀道："我现在就教你说话，不过我们要换个地方教，这里不好。"

池暖这几日受她指点照顾，又在她那里得到了极大肯定，心里头对这个队长的好感度和喜欢只增不减，所以对于她说的话，只要不是杠精歪理或者涉及违法犯罪，池暖都说好。但是很快她就不好了。

池暖呆呆地坐在椅子上，整洁干净的宽敞办公桌另一头坐着全公司最富有的人。她脑袋僵硬地看向身旁的俞如冰，得到对方一个春风般的笑容："唐总百忙之中抽空出来见你，你可不要浪费机会。"

俞如冰俯身在她耳边低声道："我要教你的，就是当着面直接说。记住，唐总能决定你的未来。加油，我在外面等你。"然后拍了拍她的肩膀，走出了办公室。

俞如冰走得飞快，快得像一阵风，池暖都捉不住她，只能讪讪地看向对面的人——鲜眉亮眼，气质华贵，她举手投足间皆众生无法触及的优雅。

唐寒秋唇角一勾，先开了口："池小姐，有事吗？"

池暖大脑一秒宕机，脑子里只剩下一片空白，语言功能全盘崩溃。她突然打了个激灵，脱口而出："对不起！祝您新年快乐！"

唐寒秋视线停在她的身上，带着几分探索的意味。

惊惧不已的池暖："还、还有元宵快乐！"

唐寒秋沉默无语。她不知道池暖的关键问题究竟是出在哪里，也不知道这段时间俞如冰究竟有没有把其教好——至少目前看来，池暖的问题还是很大。或许很需要激一激。

她抬起腕表眉眼慵懒地瞥了一眼时间，再将视线悠悠地转回池暖的身上，气势傲不可侵："池小姐，你觉得我亲自见你，是为了听这些话吗？"

她挑了挑眉，语气满含疑惑，但眼眸却平静无波："我的时间有这么廉价吗？五分钟，如果你还不能把你的事情说完，那我希望能看到你自己走出这扇门，并且永远不会再来这间办公室。"

她微微一笑："明白了吗，池小姐？"

这令人毛骨悚然的笑意！池暖瑟瑟发抖，对面的唐寒秋干脆开始给她计时。

无情转动的时间犹如一针强心剂刺在她的心上，反而让她鼓足了勇气终于说出了自己藏在心里的话："我想请您听一下我的歌！"

唐寒秋懒懒地往后一靠，继续展开攻势："我为什么要听？你的歌和别人的歌有什么不一样的地方吗？"

池暖呼吸一窒，面对犀利的语言显然有些气虚。就在这时，脑海里忽然闪过俞如冰的一句话——你要自信才能打动人，并且打败那些看不起你的人。

要自信才能打动人。她要自信才能打动面前这个人——这个翻掌就能决定她未来的人。

"您不听一听怎么知道我的歌和别人不一样呢？"她再一次鼓起勇气，"买、买菜还要货比三家才能知道哪个更好呢！"

唐寒秋半眯起眼。这熟悉的杠味……她信了俞如冰有在好好教她。

池暖放在腿上的双手倏然紧握成拳，用尽了全身的力气争取道："我保证，我的歌绝对不会让您失望的！我只要您三分钟！如果您听完觉得不好听，那我立马走人，绝对不会再多叨扰您一秒！"

唐寒秋不动声色地关掉计时，微笑道："洗耳恭听。"

秘书办的精英秘书们都无比亲和，而且还有很多瓜，俞如冰当猹当得很快乐，并且凭着自己自来熟的本事，荣登秘书办交际花之位。

就在俞如冰快把自己聊成秘书办的人时，池暖终于出来了。

俞如冰和她目光在那一瞬间交会，她的情绪开关好像被打开了，表情一垮，猛然冲了过来扑进一米七的俞如冰怀里就开始哭，哭得就像是挨了父母毒打的小孩。

唐寒秋恰好拿着文件出来，一打开门就看见这一幕。整个秘书办都悄悄开启了吃瓜模式。

俞如冰和她对视，发出慈母般的责备："唐总，孩子还小，怎么能打孩子呢？"

唐寒秋盯着她，忽然道："那你的意思是，你不小了，我就可以打你了？"

俞如冰震惊了——小唐怎么也学会忽视重点，抓住漏洞了？！

她一秒改口，拍马屁为上策："就是要趁孩子小多打，好让他们记住教训，长大不会再犯，唐总此举英明，谁听了不说一声好呢！"好一个能伸能屈的马屁精！

[12]

池暖将眼泪擦干，及时制止了俞如冰的马屁行为："唐总没有打我，我哭是因为高兴……唐总她、她夸我了，呜呜呜呜……"头一次被这样重量级的人物夸，池暖越想越激动，一激动眼泪就开始哗哗地流。

俞如冰找秘书办的人借了纸帮她擦眼泪，边擦边道："好了好了，别哭啦，哭花脸可就不好看了，把唐总吓到就更不好了。"

唐寒秋：我三岁吗这么容易被吓到？

她将文件递给韩薇："该准备的都可以开始准备了，辛苦你去安排一下。"她又扭头看向俞如冰："你跟我进来。"

俞如冰拍了拍池暖的肩膀，鼓励道："要自信，别哭啦。"之后她就跟着唐寒秋进了办公室。

池暖红着眼眶目送俞如冰进去，然后又看见精明、高挑又严肃的韩总助和秘书长林琳交谈了几句，林琳便朝她走了过来，在她面前站定，脸上扬起专业的"社畜"假笑："池小姐，我们现在需要占用你一些时间，向你说明公司为你制定的今后的规划方案。如果你有异议都可以提出来，公司会酌情修改。"

池暖蒙蒙地眨了眨眼，有些吃惊。她明明刚刚才鼓起勇气给唐总听歌，怎么规划书就出来了？这就是精英人士的力量吗？

总裁办公室内，唐寒秋和俞如冰相对而坐。

唐寒秋今天穿着一条飘逸的高定连身长裙，藏青色的纱制宽袖，在袖口处倏然收紧，只露出一小截皓腕，于飘逸淡雅之中又多了一份清透干练，还显得她手腕极为纤细。

她的手修长，手指随意动个两下都很好看，就连拿起咖啡杯的动作都生生被她做出了画报人生的感觉。

俞如冰当机立断，掏出手机就是一拍，然后心满意足地欣赏自己拍下来的绝世美照——我们华曜富贵花的美简直无可挑剔！

唐寒秋拿着咖啡的手微微一顿："你干什么？"

俞如冰心安理得："拍摄绝美艺术品。"然后她打算拿回去给谭夕看，就是可惜富贵花今天没戴斯文败类眼镜框，不然谭夕这个"颜控"能当场去世。

唐寒秋无语地放下咖啡："我让你进来是让你来拍我的？"

俞如冰："这个额外项目可以有。"

唐寒秋命令道："删掉。"

俞如冰可怜兮兮："我的手机说它想拥有绝世美照……"

唐寒秋："你想挨打？"

俞如冰立马甩锅给手机："我就说了唐总不能随便拥有，你偏不听，这下好了吧，惹唐总生气了吧。听妈妈的话，删了啊，乖。"然后她就把照片删得干干净净，乖得令人挑不出一点错处。

唐寒秋：她现在不仅要当杠精，还要当戏精了是吗？

唐寒秋头疼地揉了揉太阳穴，忽然好担心演艺界会被俞如冰荼毒。

她缓了缓，问道：《新星偶像》就要开始了，你感觉怎么样？"

《新星偶像》就是俞如冰她们即将要参加的节目名字，最近已经开始在微博等各大平台上预热，相继公布了练习生导师，其中就有 King 的队长阿特。

俞如冰想了想，如实道："感觉……夕阳红二次就业。"

她这比喻虽然听起来比较微妙，但确实在情理之中。在偶像这个吃青春饭的行业中，三十岁就是很老的存在，实际年龄将近三十的俞如冰难免会出现夕阳红心态。

唐寒秋扬眉："请正视自身情况，你现在二十一。"

俞如冰忽然又可以了："是哦，这么一想还挺美滋滋。"二十九岁重新回到二十一岁，谁又不可呢？

俞如冰："行吧，那我就勉为其难谢一下这个破系统吧。"

说到系统，唐寒秋又不得不再问一句："还没有系统到任吗？"

俞如冰摇了摇头。自 009 被停职后，一直没有新系统到任接手工作，只有一个呆板的完全机械化的新手指导初级程序。

不过她在这个新手指导初级程序里知道了很多辅助系统没来得及告诉她的功能。是的，没来得及。她当初来到这个世界时，辅助系统就先一通猛灌剧情，打算让她先了解剧情及世界观，之后再给她开启新手指导初级程序，让她更好地了解任务流程及如何完成，还有最重要的是怎么和各种系统合作。

当 009 要给她开启新手指导的时候，她就叛逆地开始了在死亡边缘仰卧起坐，愣是打断了 009 的计划，之后 009 也没再给她开启指导。

现在她算是明白 009 为什么不继续给她指导了，因为指导所教的功能里有不利于 009 实时监控的——屏蔽系统功能。

按照新手指导所说，这个功能可暂时屏蔽系统的监控，给予宿主一定的隐私时间。屏蔽时间为每天一次，每次三十分钟，一天之内不可重复开启。

通过这个隐私功能，俞如冰发现这些系统有一套非常严密完整的宿主保护法则，可以称得上是很尊重宿主的。

不过她觉得，这个尊重范围肯定不包括她这样叛逆的宿主——说不定，她是有史以来第一个会反抗系统的宿主。

但尊重是相互的，她并不想尊重它们，自然也不会在意它们尊不尊重自己。见不得光的尊重，她可不喜欢。

唐寒秋淡淡道："等有系统到了，一定要告诉我。"她想继续听听看，控制过她的都是些什么东西。

俞如冰爽快答应。既然是统一战线的战友，那有什么消息自然也要一同分享。

唐寒秋话锋一转，拐回了原题上："这次节目不会少了风霆，裴云立也已经进入风霆开始接手风霆事务，而我和他取消婚约的事情已经有不少业内人士知晓，你要多加注意，别被人使了绊子，拿华曜当枪使。"

俞如冰闻言微微一笑："好，我记住了。"

唐寒秋看了看她，还是说了一句："保护好自己。"

一眨眼时间就飞逝而过，很快就迎来了《新星偶像》第一期的录制。

俞如冰穿着充满少女气息的粉色短裙，一头长发高高绾起，乌黑茂密的发间撒着细细碎碎的亮片，眼角处也沾着星辰的光芒，整个人璀璨夺目。今天的口红色号也十分衬她，粉红的唇水光盈盈的，就像鲜美多汁的蜜桃，无时无刻不在引诱别人去咬上一口。

队员们眼前一亮，都觉得她今天更加好看，格外甜美亮眼，总忍不住多看几眼。

和她熟得不行的谭夕就不一样了，谭夕透过现象看本质，杠精外表再甜也无法掩盖她本质是一根冰冷无情的杠。

几人进场，走向璀璨如水晶的"金字塔"①寻找座位。

俞如冰腰上别着熟悉的姓名牌，满目明亮的光芒，倏然有种重回故地之感，一时间感慨颇多，情不自禁想起当年的时光。

但不等她过多怀旧，池暖就小心地拽了拽她，全然把她当主心骨看地询问道："队长，我们坐哪里呀？"

俞如冰扫了一眼没多少队伍的金字塔，散漫道："你们看电影怎么挑座位，现在就怎么挑。"反正最后都要争最上面那个，俞如冰根本无所谓坐哪里。

然后几人当真就按照看电影挑位子的方式挑了个视野好的坐下。

拍摄时间到，俞如冰是夕阳红二次就业，自然熟悉节目的大体流程，此时气定神闲，云淡风轻。

———

① 唱跳竞技类综艺中的出道位座位，多呈尖塔状排布，因此用"金字塔"指代。

谭夕倒是比她忙，眼睛就要扎到导师席上的第一墙头阿特身上去了。

俞如冰观察了一下阿特，看不到他的脸，只能听到他的声音。

他的声音很温和，言语间会顾及他人颜面，还会轻松化解练习生们的紧张感，没有因为自己全场咖位最大就傲气冲天，唯我独尊。倒真是会尊重人的好孩子，难怪唐寒秋那么喜欢这个弟弟。

很快现场一片躁动，俞如冰抬眼一看，大屏幕上出现了演艺界巨头之一——风霆娱乐的红色飓风标志，紧接着青春洋溢的风霆小队慢慢从后台走了上来。

打头的是队长周君雯，她长得很清秀，五官周正，身材比例很完美，整个人从容不迫，眼波平静，气场又很强大，一眼就把人的目光吸引过去。

俞如冰也是。但俞如冰不是为了看她有多好看，而是因为她也是原剧情的女配角之一——又是一个沦陷在裴云立这片深渊里的可怜人。

周君雯为人正直、追求公平、人品极佳，而且业务能力极其优秀，是未来偶像新团的队长。唯一可惜的是，按照原剧情线的发展，她现在已经喜欢上裴云立了。

俞如冰在一片激动的声音里，格格不入地叹了口气。好好一棵白菜，可惜被猪拱了。

谭夕发现她的不对劲，凑到她身边去问："好好的为什么叹气？"

俞如冰："我觉得可惜。"

谭夕不解："可惜什么？"

俞如冰扼腕叹息，一脸沉痛："可惜周君雯这么好的苗子不在华曜，唐总痛失一员名将啊！"

谭夕：这该死又敬业的精神，其他人听了都要无地自容、自惭形秽。

因为华曜的顺序就跟在风霆之后，很快，就有工作人员来通知，带领她们去后台做准备。

去往后台的路上，工作人员频频偷瞄她们，似乎在盘算着点什么。俞如冰是老司机，自然也注意到了工作人员的不正常举动。

果不其然，她们正在后台做准备等着上台时，那工作人员反手就拿出一个无线采访麦克风，一脸假笑地看着众人。

俞如冰：呵，男人，我就知道你不简单。

工作人员带着上头给的任务前来寻找唐、裴两大家的娱乐爆点。

节目组导演早前就听说唐家小公主已经和风霆太子取消婚约，并且两家关系有些许僵硬。现在两家旗下艺人就在他们节目里，一队台上，一队台下。

节目组导演作为一名资深娱乐人，不顺便扒出点什么，或者引导一下两家矛盾，怎么给节目引流赚话题？

所以节目组从一开始，就不会放过华曜和风霆。哪怕不能明着来，也要私下里暗戳戳地搞上一手，比如……

工作人员笑眯眯地开始挖坑："你们觉得风霆这一队表演得怎么样？"

风霆整个队里，就周君雯表现最亮眼，其余的人和她比起来给人一种月亮与星星的感觉，难免有些暗淡了。

但大家都是初次见面的新人，实力都还没露全就贸然评判对方，实在有些失礼，而且对方是对家风霆就更尴尬了。太贬，显得华曜气度不够；太夸，又是在打自家老板的脸；普通评价，又怕节目组瞎剪，观众感官不好。

几人显然为难了，俞如冰这个队长倒是淡定很多，她迤迤然站出来，扬手指向外面最夺目的地方问道："你看看那儿坐着什么人？"

工作人员顺着她的手看去，答道："导师。"

俞如冰继续问："他们是来干什么的？"

工作人员不明所以："来评判练习生等级以及给练习生们培训啊。"

俞如冰指着自己："那我们是谁？"

工作人员完全被带着走："练习生。"

俞如冰："我们来干吗的？"

工作人员："来参加比赛。"

俞如冰话锋一转："你现在回想一下你最初的问题，反思一下你是不是采访错人了。"评判练习生优劣的工作，是导师们负责的，怎么能本末倒置问同样是来参选的练习生呢？

工作人员完全被她的逻辑牵着走，绕了一圈爆点没挖到，反而还把自己往工作失职上坑了一把。工作人员和华曜其他人都震惊了。

这名工作人员终于发现了——这不是个好坑的新人！

二次就业俞如冰微微一笑：我就不是个新人，还敢阴我？

工作人员不甘，试图找回点面子，今天不论说什么都要搞出点话题来！他重整旗鼓，轻咳一声，重新扬起假笑："不能评价业务，那你总能说说你觉得你们和她们比起来哪一队更好看吧？"这个在女生当中最为常见的话题，总不能还被她绕走吧！

论相貌，俞如冰无疑是《新星偶像》里最为突出的。

她挺直腰杆，向外望了一圈，复收回，在后台又扫了一圈，然后慢悠悠地道："论相貌，不是我针对谁，在座各位……"

谭夕为防画面不好看，正要伸手扯她一把，提醒她别冒出"垃圾"这样的拉仇恨词汇，就听见她一身正气地道："没有一个比得过我们唐总！"

工作人员：等等，这不是我想听到的答案啊！

谭夕默默地缩回了手,假装什么都没发生过。真是对不起,忘了您是个专业的粉丝。

工作人员拿着无线采访麦克风,在这一瞬间很是凌乱。他只觉得这个新人不好对付,没想到她居然还是一个老板的狗腿!

同为"社畜"的他,竟莫名有一丝理解,而后又有些抓狂。她是吹得快乐了,可他要完不成任务了啊!

眼看风霆小分队的节目已经过半,就快轮到华曜的人上场了,而他半点东西都还没挖出来,一时间颇是焦急,挠了挠脑袋,转而问道:"为什么你会扯你们唐总进来,我的问题明明跟你们唐总毫无关系?"

"毫无关系?"俞如冰歪了歪头,板着脸道,"这一点我就必须批评批评你了小伙子,你对我们唐总的美貌一无所知!"

她慷慨陈词:"在这世上,只要关于美貌的话题,就不能没有我们唐总的姓名,那可是博物馆级别的艺术品啊!"

她抬起眼扫了一下工作人员身后的镜头,扬手指向队员们,适当地将出镜分量抛给她们:"不信你问问她们,我们唐总是不是世界第一好看。"镜头果不其然对向了别人,没有再只撑着她一个人的脸拍。

她身为老前辈,自然清楚出镜量的重要性。她倒也不是大方,只是有足够自信自己往后能赚到更多的出镜量。而且她此时无法自私到独占鳌头,一定要适当地为其他队友——这些真正的综艺新人争取到一定的镜头。

只要有机会让观众注意到她们,那就有无限的可能,即等于华曜有无限的可能。

谭夕接得很快,指着她问工作人员:"她好看吗?"

工作人员诚实地点了点头,俞如冰今天绝对是全场最甜美动人的。

谭夕收回手:"我们唐总比她好看一千倍。"

池暖也轻声道:"我们唐总真的超级好看……但我们队长也很好看。"

另外两个队员也相继附和,一通"彩虹屁"。

工作人员:不是,你们这个队怎么回事,一个个的咋还奉承上了!这是你们华曜的企业文化吗难道?!

正在这时,台前传来一阵欢呼声,开始进入评级环节,最终结果由阿特宣布。谭夕自然不会放过墙头发言的机会,注意力瞬间就被阿特吸走。

评级结果与众人想的没有差别,周君雯理所当然 A 级。

等风霆的练习生全部评完，就要轮到华曜的上台。

俞如冰扭头看了一眼有些焦急的工作人员，微不可闻地叹了口气，然后提醒道："你的采访量够多了，这连预告素材都有了。"

工作人员顿了一下："什么预告素材？"

俞如冰回身朝台上走："你自己去问问后期吧。"

在一片充满好奇的打量目光中，俞如冰带着华曜的练习生们踩着璀璨的灯光飒然登场。

她甫一出场，清丽脱俗的面容就引来了一片惊艳声，坐在金字塔上的新人们开始兴奋地交头接耳，一会儿夸她漂亮，一会儿好奇华曜是哪个公司。

满场洋溢着蓬勃的青春气息，让俞如冰这个夕阳红都感觉自己真的年轻了不少。

目前全场实力最强的周君雯在落座之后也朝俞如冰投去目光，目不转睛地只看着俞如冰一个人，就像是一头在观察猎物的猛兽。

她知道的，这是那个人的心上人……只是不知道怎么签了他曾经的未婚妻的公司——颇有些造化弄人的意味。

灯光如昼的舞台上，俞如冰身为队长，带头做自我介绍。

她唇角微扬，配合今天的妆容，露出一个像糖果般甜蜜的笑容："大家好、导师们好，我是队长俞如冰，也叫——"

谭夕呼吸一窒——"阿基米德"这个艺名终究还是难逃一劫吗？！

俞如冰笑眼弯弯："也叫俞不如冰。"

活下来了，"阿基米德"居然活下来了！

阿特看了看手上的资料，又看了看她，终于在今天看到了那位"俞小姐"的庐山真面目——只是，她怎么就去了秋秋姐的公司？

阿特没有说多余的话，俞如冰也很快就退到后面，让其他成员继续进行自我介绍，然后开始表演送选节目《青梦》。

活力无限的曲风搭配少女们轻盈灵动的舞姿，画面十分赏心悦目。璀璨交错的灯光之下，曲子步入副歌部分，几人脚步一转，三人呈三角形站位，包围着中间背对背站立的俞如冰和谭夕。

谭夕面向观众和导师席，独自一人完成绚烂夺目的独舞，在此时此刻将自己的舞台魅力尽数施展出来。

而在她收尾的时候，曲风倏然一换，转成清脆的音，俞如冰错身而出，面向观众。

她一改甜美形象，嘴角勾起邪恶的笑容，扬手傲气逼人地直指镜头，而后慢慢收拢五指又霸道地指向自己，眼神里充满了势在必得，就好像已经将镜头或是镜头外的人牢牢地抓进自己的手心里。

她唇齿轻启，接上了副歌部分唯一的歌词："你，就是只属于我的猎物。"

自信满满，锐不可当，一击即中，瞬间就俘获了充当观众的练习生们的少女心，不少人都开始捂着脸嗷嗷叫："太绝了！"

"华曜究竟谁开的啊？从哪儿挖来这样的新人啊？这也太强了吧……"

"可！我可太可了！"

"A班是要神仙打架？也不知道她和周君雯谁会赢。"

阿特专注地关注着台上的一举一动，越发觉得，俞如冰不该在台上，她应该坐在自己身边当导师。

阿特和其他导师再三确认过她的资料，正规科班出身，从没有过表演经历，今天是头一回。一个拥有娴熟又出彩的舞台把控力的新人，华曜简直是捡到宝了！

抛开风霆家老二的身份，只单单站在弟弟的角度上去看这件事的话，他还是真心实意替唐寒秋感到高兴的，毕竟那可是比亲生哥哥还要疼自己的异姓姐姐。

《青梦》一曲完毕，舞台上的画面也定格在少女们甜美的笑容里，同时俞如冰还成功给众人留下了"小恶魔"的印象，大家越发觉得她是个宝藏。

谭夕的独舞也广受好评，独舞段的副歌有所变调，不拘于可爱多了一点帅气的风格，非常适合她本人，将那张冷感美人脸发挥到极致——欲就完事了。

俞如冰听着众人激动的喝彩声，就知道自己当初找池暖改编曲子，把独舞部分让给谭夕，自己做惊鸿一瞥的小恶魔的想法是对的，这样一来二人的闪光点就被放到了最大。

当然，最主要的还是要感谢池暖这个作曲小能手。因为同在一个队，所以改编曲子就能更加贴合队员，简直是再好不过。

看到大家反响如此好，参与改编的池暖脸上不住地扬起笑，无比享受这一瞬间的团队荣光时刻。

很快就进入了万众期待的评级环节，导师们照常会先和练习生们寒暄一番。

导师们拿起话筒，在可控时间范围内，把其余人都点评了一遍，独剩俞如冰一人兀自发光发亮。

阿特举着话筒，不知道该问些什么，最后还是选择放下话筒。声乐女老师水木接替他的工作，开口问道："我想问一下俞如冰，你真的是第一次当练习生吗？"

夕阳红二次就业俞如冰本人面不改色心不跳："是的。"只要她不说，除了唐寒秋，还有谁会想到她根本就是满级装备大佬回新手村装菜鸟呢？

紧接着她就听到了每个唱跳竞技类节目都会出现的一个问题："你站在这里的梦想是什么？"

梦想。这个词汇曾在她青春时期充满着蓬勃生机力，但之后随着她年龄的增长而被时光慢慢消磨殆尽，成了随风而散的一缕虚无。这个词汇放在被社会磨平棱角、默默当了多年咸鱼社畜的她身上，已然不大合适。

她早就没梦想了，从她当初退出演艺界那一刻起，就再也没有了——至少，现在的她不会再像当年那样，满怀激动地说出"我的梦想是让世界看到我！"这样的年少话语。

她将话筒放到嘴边，淡淡笑了笑："我站在这儿的梦想很简单。"

她指着自己腰牌上的"华曜影视"四字，扬声道："那就是向世界安利最棒的华曜和最好的唐总！"

导师们：不是，你的画风怎么和其他练习生有点不一样？

华曜队的队员们反倒淡定许多，毕竟是见过"世面"的人了。实不相瞒，要不是俞如冰签了华曜当练习生，她们真害怕俞如冰会去参加传销组织。

阿特认可地点了点头——秋秋姐当然是世界上最好的啦。

他接过工作人员递来的评级结果，继续走流程，正式进入评级阶段。

俞如冰和谭夕的实力众人有目共睹，喊"双 A"的声音起起伏伏，完全是众望所归。

阿特笑了笑，当先宣布谭夕的："华曜影视练习生谭夕最终评级结果是……A！"

身后配合地涌起一阵欢呼声，谭夕目光明亮，冷面上展开一抹笑，温柔得就像冰雪消融后显露出来的温暖初阳。能被自己喜欢的偶像宣布自己的成绩，感觉不要太好。

紧接着就到了俞如冰的结果，交由水木来公布。她接过结果扫了一眼，又冷静地合上，直勾勾地盯着俞如冰，故意拉长了尾调："华曜影视练习生俞如冰最终测评结果是……"

全场人的精神瞬间都到了一种高度紧绷的状态，屏息等着结果。

[14]

"B 级。"

全场寂静三秒，而后就如水滴落进油锅那般轰然炸开，不解的声音飘荡在金字塔的上端，就连周君雯本人都感到不解地皱了皱眉头。

虽然俞如冰是她的情敌，但她不会因此就去否认俞如冰的实力和价值。

俞如冰绝对是个优质的偶像，也是她最为强劲的对手，甚至比她还要更胜一筹，就像水木的疑问——俞如冰不像是第一次当练习生的人。这样的人完全没有理由沦落 B 班。

周君雯是第一次当练习生，踏入演艺界这个大圈子，自然不懂节目组为什么要插手这个评级，那颗公正的心也让她很不高兴节目组的插手——对俞如冰实在是太不公平了！华曜不是唐氏集团旗下的公司吗，他们就这么看着自己的艺人受节目组欺负？

周君雯在这瞬间忽然产生了一个带着点阴谋论的疑惑：俞如冰签在华曜是不是唐寒秋故意的？是不是为了整她让她受欺负？

周君雯眉头皱得更紧。可俞如冰刚刚还要向全世界安利最好的唐总，看起来完全不像是和唐寒秋有嫌隙的样子。这都……这都怎么回事啊？

综艺新人周君雯感到脑壳疼。

水木宣布完之后就按下话筒，脸上一派冷静地看向俞如冰。

她心里也为俞如冰感到不快，但这就是综艺节目的手段。他们当导师的就是节目组的一员，是需要配合节目组演戏的重要人物，所以她再怎么认为这个评级不合理，现在都不能发作。

阿特听完俞如冰的评级结果，不着痕迹地和别的导师对望一眼，两人从彼此的眼神中都看出了"这是套路"的意味。

综艺节目嘛，总需要话题引流。想必是节目组看到了俞如冰身上的话题潜力，所以故意摆了她一道，就等着看正式开播之后能不能引起一场舆论为节目引来话题。

只要收视能提升，节目里每一个人都会受益，同时每一个人也都是可以利用的工具，包括导师，包括节目组自己。

全场的目光瞬间汇集在俞如冰的身上，这个本该在 A 班却去了 B 班的人。

谭夕等人惊愕不已，俞如冰的实力她们再清楚不过。池暖既想和导师们争辩，又想去关照俞如冰，生怕她受到打击。

谭夕面色凝重，拿着话筒的手一紧，小腿弯了弯，就要跨步出去讨公道，结果被俞如冰偷偷拽住，抢在她前面拿起话筒，笑意盈盈地鞠了一躬："很荣幸能入选 B 班，谢谢导师们。"

谭夕不满，低声问了她一句："你疯了？"

俞如冰放下话筒，面上笑意不减："你要跨出去才是疯了，听我的没错。"她可是块老姜，怎么会不知道这次评级被节目组插手了。

她利落地排除有其他娱乐公司从中作梗的原因，因为现在华曜规模虽然小，但它背靠庞大的唐氏集团，别的娱乐公司不会蠢到在这里用收买节目组压其他练习生级别这种手段偷偷动手搞华曜。

而且华曜坐镇的头头还是唐氏最受宠的小公主唐寒秋本人，要搞华曜不换个兵不血刃的计谋无异于引火烧身，把自己当靶子送给唐氏打。所以很快她就反应过来了，是节目组自己插的手，为了话题，为了引流。

说个更自恋点的，她隐隐觉得节目组导演认为她有话题度，认定了她能吸粉，或者是在赌她能吸粉，所以放弃了周君雯或是谭夕，抑或是其他A级选手，选择拿她做话题。只要第一期这个开头的争议足够高，那这个节目就等于是成功了一大半。

老姜俞如冰在谭夕腰上安抚地拍了拍："你好好待在A班，我不会一直待在B班的，放心。"她对自己的实力还是很有信心的。

"至于现在嘛，"她漂亮的眼睛滴溜溜地转动起来，充满打量和探索的目光从那些评级同样是B的练习生的脸上扫过，扫得她们头皮发麻。她笑眼一弯，轻轻松松道："我就先去B班挖个矿吧。"

万一再挖出一个池暖呢！千里马常有，而伯乐不常有啊。

俞如冰：本伯乐立马持证上岗，B班小朋友一个都别想跑！

已是B班的练习生们坐在金字塔上面莫名其妙被她扫了一眼，顿时产生了池暖以前有过的感觉——有种自己命运的后颈肉被人捏住了的诡异感。

谭夕看着她一腔热血的样子顿时有点无言以对。这该死的事业精神还真是无处不在。

五人下场，轮到另一队表演。

在走向金字塔的时候，进了C班的池暖偷偷瞄着俞如冰的表情，发现她脸上一点怨气都没有，唇角还挂着淡淡的笑意，顿时觉得心疼不已——队长也太隐藏自己的情绪了！

她轻轻拽了拽俞如冰的手，喊了一声："队长……"

俞如冰身高一米七，池暖一米六的个子跟她说话都要踮脚，不过每次都是俞如冰这当姐姐的体贴地弯下腰，附耳过去："怎么了？"

池暖安慰道："你别难过啊。"

她不知道综艺节目的门门道道，以为真的是导师们不识金子，于是愤愤然道："我回去、我回去写歌帮你骂他们！"她现在觉得灵思泉涌，恨不得作出五百首歌，变着花样diss他们，帮俞如冰出一口恶气！

谭夕闻言，停下脚步："我提个请求，把我们小阿特除外谢谢，我觉得这件事肯定没他的份儿。"

池暖思虑片刻，想着谭夕平日里也帮着自己许多，点了点脑袋，认真道："好！我答应你，不带他！"

俞如冰看着这些综艺新人一来一回地帮自己说话，心下一暖，连目光都变得柔和许多。这就是年少吧。

如果是当年的她，可能也会加入她们，天真无邪地指责导师乱点评。只可惜人只能年轻一次，哪怕身体年轻了，心态也已经老了。

她不禁叹了口气，抬起手按在她俩的头上，打断了她们的话："导师们没有错。"

又将她们四个人拉到自己身边，以过来人的身份认认真真地叮嘱道："很多事情没我们看到的那么简单，其后的原因盘根错节，不是你们一时半会能清楚的。我希望你们记住，如果你们自己选择了站在聚光灯之下，站在镜头之前，就必须学会三思而后行，做个谨言慎行的人。"

"现在不要因为一时的不服就想要去争论，去讨公道。"她的目光忽地凌厉起来，就好像一把森冷无情的刀，"我说句难听的实话，你们现在没有一个人有资格站出来为我讨公道，只有唐总有，华曜有。为什么会这样你们清楚吗？因为权力、地位和名声，你们一样都没有。我们都还只是一个名不见经传的小人物，稍一不留神就会被演艺界的大象踩死。但唐总不一样，她代表着庞大又不可撼动的唐氏集团，没有人敢踩她，只有她踩别人的份儿。我今天跟你们说这些话，不是为了责备你们刚刚在台上想要为我讨公道的行为。恰恰相反，我正是因为感激才会告诉你们这些。"

如果谭夕刚刚跨出去讨公道表达不满，那她很可能就会直接得罪节目组，从而害得自己往后的出镜量变少，甚至直接归零。没有出镜的机会，这对艺人来说无异于死刑。

她微微一笑，笑意淡淡的："这就是这个圈子的现实，如果你们觉得不服，要么趁早收拾回家，要么努力让自己登上高峰成为下一个无人敢冒犯的王，没有第三条路可以选，明白了吗？"

池暖陷入了沉默，缓慢地接收着她这些信息。

谭夕抿了抿唇，心里接受了她的话，但还是有些意难平，又看她一副无所谓的样子，忍不住道："你真的就这么忍得住？如果下一次评级还拿你开刀呢？"

俞如冰笃定道："绝对不会有下一次。"

谭夕问道："你哪来的自信？"

俞如冰扬了扬眉："历史总结以及唐总给的。"

同一个话题不能反复炒，就像一盘菜，如果反复炒来炒去，就会让吃的人觉得恶心，难以下咽。同理，如果节目组就逮着她的评级搞，次数多了绝对会引起观众的反感，让观众的期待值下降，从而流失更多的关注度。

而且如果《新星偶像》的节目组真的蠢到一个劲地逮着她反复搞同一个话题，且不论观众买不买账，反正她的战友唐寒秋绝对不会买账。

她们现在可是同一条战线上的人，唐寒秋还要靠她和她现在自带的女主角光环打响华曜的名号，给系统和原主致命一击，怎么会容许别人一而再，再而三地坑她，阻碍华曜成名。惹毛了唐寒秋就等于惹毛了唐氏，那结果可就是《新星偶像》凉了！

俞如冰：都别搞我，没结果！

俞如冰骄傲地挺直腰板："跟着我们唐总混，有肉吃！"

华曜小分队集体沉默。

华曜停车场内。

"阿嚏——"刚下车的唐寒秋突然打了个喷嚏，圆润白皙的鼻尖微微泛起一片淡粉。

韩薇刚将车停好从驾驶位上下来，闻声停下动作，将她从头到脚扫了一遍。

最近，天气越来越冷，北风一天比一天吹得狂野。

唐寒秋今天穿着高定白色连体裤，松垮柔软的裤脚严实地遮掩住了她细白的脚脖子，外搭一件御寒又时尚大方的灰黑色长风衣，整体看来很保暖。

但韩薇还是开口询问道："需要我去买药吗？"

唐寒秋抬手捏了捏鼻尖，又摆了摆手："我没生病，不用。"

韩薇："那或许是有人在想您？"

唐寒秋停下动作，扭脸看向她。

韩薇推了推眼镜框，正正经经地说道："一想二骂三感冒。"

唐寒秋眼里多了点笑意："没想到韩总助还信这个。"

韩薇看起来就像是个绝对信奉科学的人士，所有小迷信在她这里都会化为虚无，所以唐寒秋从来都没想过韩薇还有这一面。

韩薇淡淡道："以前不信，后来就信了。"

唐寒秋理了理风衣，等着韩薇跟上，然后一起往电梯的方向走，边走边笑道："不过好像没什么人会想我啊。"

韩薇下意识脱口而出："俞小姐？"

俞如冰和唐寒秋的关系可以称得上是全公司最好的，就连俞如冰现在的糖都是由唐寒秋买的。虽然唐寒秋经常会对俞如冰说"不血赚就要你头"这样可怕的话……两个人的关系可以说是时好时血腥。

韩薇："或许她又在节目上夸您了？"

唐总座下第一马屁精俞如冰，华曜无人不知，无人不晓。就是不知道她这趟上了节目后，会不会发展成全国无人不知，无人不晓。

唐寒秋忽觉头疼地揉了揉自己的眉心，虽然知道俞如冰有自己的想法，是为了帮自己出名，尽快走入公众视野，从而带动华曜。但她还是无法习惯这天花乱坠的夸法，每次听完就想反手给俞如冰脑壳来一记栗暴，感觉耳朵都被玷污了。

站在平稳上升的电梯里，唐寒秋重重地叹了口气，转而问道："她是不是没手机？"

韩薇："是的。"练习生们的手机在一开始就会被节目组没收，只会在特定的时候还给她们，她们可谓与世隔绝。

唐寒秋平淡地"哦"了一声，然后道："你记得让下面的人多加关注，不要出现华曜的练习生被莫名其妙地欺负而华曜却什么都不知道的情况。重点关注俞如冰。"

俞如冰现在是她要精心打造、能代表华曜的作品。要是有不长眼的人乱动她的作品，企图阻碍她作品的发展——那她绝对会让对方知道"死"字有多少笔画。而且……

唐寒秋看着电梯外不停变矮的景物，沉默不语。

而且俞如冰从另一个世界来，除了自己没有人知道真正的她是谁，她在这里无所依靠，是一个孤独的异乡人。

饶是如此，她也在努力地为捍卫她的自我人格而战。所以，唐寒秋也想保护她，尽自己所能保护她在这个世界的存在，做她在这个世界的依靠。至少要让她在受了欺负之后有哭诉、告状的对象。

韩薇领命："我一会儿就去安排。"

叮——目的楼层到达，电梯门缓缓开启。

韩薇跟着唐寒秋走出去，二人往办公室走。

唐寒秋边走边脱下风衣，利落地挽在臂间，想起点什么，问道："《新星偶像》具体开播时间是什么时候？"

韩薇："下周六晚八点。"

唐寒秋："预告出了吗？"

韩薇："还没，《新星偶像》官方微博说本周六才会发布预告片。"

唐寒秋又问道："华曜各个平台的官方媒体号都准备好了吗？"

韩薇点了点头："唐总放心，都已经准备完毕，即将着手为引流做准备。"

不论是明星还是官方媒体号，都需要流量和关注度，不然会显得太过砢碜，并且掀不起半点水花。

韩薇转而提醒道："唐总，唐董那边给您打了电话，让您有空回复。"

说起这件事，唐寒秋就有点头疼。

唐鹤天已经知道她签了俞如冰的事，据探子东伯来报，唐鹤天的反应可称得上是暴跳如雷，差点就要空降华曜管理层，亲自上阵单方面直接和俞如冰解约——誓要让这个难以揣测的女人从自己女儿面前立马消失！所幸被他们家柳女士拦下来了。

恰好最近华曜有好几个项目都启动了，她身为华曜领头人自然也就跟着忙了起来，所以唐鹤天的电话她接不到三秒，只来得及说一句"爸，我在忙，回头再说"就挂了。结果她并没有回电话。

唐鹤天又气又无奈，最后就直接给韩薇打电话，让她转告自己女儿，有空立马回复。

而唐寒秋现在正好是清闲的时候。本着逃得了一时，逃不了一世的心，她拿出手机，清了清嗓子，主动拨通了唐鹤天的电话。电话很快就接通，她先乖巧地喊了一声："我敬爱的唐董，中午好啊。"

唐鹤天冷哼一声："你还知道给爸爸打电话？你看看你就知道忙，连个电话都不知道给爸爸回。爸爸早就跟你说了不要你去辛苦，你怎么就是不听呢？！"

唐鹤天毫不意外地开启了父爱的指责。

唐寒秋乖巧受着，顺着他的话说，"嗯嗯嗯好好好"地应着。

因为她知道唐鹤天是真心实意关心她，他虽然嘴上说着反对她工作，不希望她这么辛苦忙碌，但她表达自己也想投身事业之后，他也没真的阻挠她。只是为人父母的都看不得孩子吃苦罢了。

唐鹤天："要好好吃饭知不知道？"

唐寒秋："知道知道。"

唐鹤天："天气冷了，多穿一点，不要为了漂亮就少穿！"

唐寒秋："嗯嗯嗯，不会少穿的。"

然后唐鹤天话锋一转："你为什么要签那个俞如冰？"

唐寒秋也跟着调整模式："当然是因为她有商业价值，华曜需要她。"

唐鹤天不认同："有商业价值的人只多不少，没必要委屈自己去签一个不喜欢的人，你现在就和她解约，爸给你找别的人。"

唐寒秋闻言微微一笑，温柔地反驳道："爸，我没有不喜欢她。恰恰相反，我很喜欢她。"

俞如冰这个人虽然是不正经了点，但她的性格非常讨喜，跟她在一块根本不会担心无聊。而且，她们都是不屈服于系统、敢反抗系统的同道中人。拥有如此匪夷所思的相同经历，会让她们觉得彼此无比珍贵。

她将声调放柔，以女儿的身份轻轻跟爸爸撒起娇来："爸，要是你把俞如冰解约了，我会很难过的。"

她的语气很真挚，让唐鹤天愣了一瞬，满腔愤慨的话语到了嘴边都被宝贝女儿捍卫俞如冰的一个撒娇给化解了。

唐鹤天不想让宝贝女儿难过，但心里还没对俞如冰改观，最后傲娇一般硬声道："哼，她最好是能给你挣到钱！"

唐寒秋知道这就算是他松口，自己成功保住了俞如冰，唇角微微上扬，绽开一个动人的笑容，见好就收："谢谢爸爸。"

唐鹤天又"哼"了一声，念念叨叨让她多穿点就挂了。

唐寒秋这头刚挂电话，林琳就急急忙忙地找到她们，道："唐总，裴先生来了，他说要见您，给您道歉。"

唐寒秋再一次怀疑起自己的耳朵，扭头惊奇地对韩薇挑了挑眉。

韩薇意会，肯定地点了点头："您没听错，裴先生来了，还要跟您道歉。"

"他要道歉？"唐寒秋觉得简直是不可思议，"今天太阳从西边出来的？"

然后她瞥了一眼落地窗外灰暗的天空："哦，今天没有太阳。"

她慢悠悠地将手臂上的衣服递给韩薇，然后又解下手腕上的腕表，一副要上场打人的样子，然后对林琳道："知道了，带他去接待室，我一会儿就到。"

她要去。毕竟她之前说过的——离我远点，否则后果自负。

熟悉的接待室内，裴云立沉默地坐着，英朗的面容上多了一副黑色的细框眼镜，无形之中多了一份斯文感。

在他面前的桌上摆着一个长方形的礼盒，就等着唐寒秋来。

门又一次被打开，又是韩薇走了进来，裴云立看清她的面容后，失望一瞬。而在唐寒秋走进来的时候，他眼中的光被重新点燃。

唐寒秋觉得他这个样子太过诡异，也没有跟他寒暄的想法，坐下之后直切主题："我一个月前应该告诉过你，离我远点，否则后果自负。"

裴云立不气不恼，就好像换了个人，他将面前的礼盒推向她："不论出现什么后果，我都会负责。但现在，我只想跟你好好地道个歉。这是我送给你的礼物，看看？"

唐寒秋还没来得及说话，裴云立便自己打开了礼盒。

一团热烈的颜色倏然跳入她的视野里，不出一分钟，她的眼眶就开始发红，泪水止不住地滚落下来。只见那里头，安安静静地躺着一大束鲜艳动人的玫瑰花。

第三章

这趟旅途我会陪着你

[01]

　　裴云立今天来华曜，是真心实意想跟唐寒秋道歉并且和她重新开始的。

　　被俞如冰坑钱的那天晚上，回去之后他思考了很多，其中就包括那些俞如冰对唐寒秋显然是真心实意的夸赞。

　　起初他对于俞如冰的这些行为的确是不解的，甚至觉得她被下药，但不得不承认俞如冰不停夸赞唐寒秋的行为有点洗脑。

　　他回去之后脑海里还不时回荡俞如冰夸唐寒秋的那些话——"我们唐总就是银河星辰，是山川河海，是绚烂骄阳。"非常自然地把后面的那句"是像你这样头脑简单的生物根本无法体会到的绝美存在！"给省略了。

　　他沉下心去思考唐寒秋是否就如俞如冰说的那样好，最后神奇地发现——她有。

　　她生在优秀的家庭里，从小被精心呵护到大，相貌出众至今无人能比，再加上得体的仪态礼仪，完全就是皇室里的优雅公主。之后又凭着自己的本事考入常春藤，学识优异令人叹服。

　　如此一想，她确实耀眼如银河星辰，美好如山川河海，热情如绚烂骄阳。

　　这么好的一个人曾经是那么喜欢他，无条件地喜欢他，可他却对她视而不见，还觉得她无理取闹。

　　他有些可惜、懊恼。这么好的一个女人，这么好的一个优质伴侣，只有蠢货才会视而不见，听而不闻！

　　更可怕的是，他居然对此感到了可惜、懊恼！那就证明他的心里已经不只住着一个俞如冰，现在还多出一半分给了唐寒秋。

　　他很快陷入了两难境地。这两个女人，他竟然不知道该选谁才好。她们两个的样子他都喜欢，她们两个他都想得到。尤其……尤其是该死的占有欲作祟，越得不到就越想得到。

他对此感到苦恼，还苦恼了好长一段时间，最后决定去找唐晟和诉苦，寻求开导，男人应该更加了解男人，更能给予他有效的建议。然后这个跟他关系很好的弟弟就痛快地让他来找唐寒秋。

唐晟和在电话里跟他这么说道："结婚讲究门当户对，你的家世就该和我姐配。而且你俩青梅竹马，我姐又喜欢了你那么多年，有感情基础在，你追她肯定比追俞小姐容易，当然要选她啦。"

他当时觉得这段话很有道理，内心丝毫没有挣扎就被说服了。所以他今天就去订了一大束鲜红热烈的玫瑰花，然后鼓起勇气来到了华曜，最后下定了决心——如果道歉成功，那就放下如冰，和寒秋好好开始吧。

只是……事情为什么会变成这样？

唐寒秋看见花以后，眼眶顿时泛红，眼泪止不住地夺眶而出，就像两串断了线的珍珠，正一颗一颗地往下坠。

他以为是感动，是二人重新开始的前奏。他还觉得自己选择送玫瑰花是明智之举，毕竟这世上没有哪个女人会拒绝一大束鲜艳欲滴的红玫瑰。然后就被唐寒秋一手打碎了幻想。

只见她抬起手暴躁地将花连带礼盒扫落在地，气息紊乱，双目圆瞪，表情愤然，就像是见到仇家一样。

紧接着她开始疯狂地打喷嚏，霍然起身匆匆朝紧闭的窗户走去，然后急急忙忙地推开透明的窗户，凛冽的北风登时呼啸而入，穿过她柔顺如波浪的长发，又拍打在她纤瘦的身上，显得她此时的背影单薄无比。

裘云立还没反应过来发生什么。

韩薇当机立断，大步上前，一把抓过礼盒盒盖就将那一大束鲜红死死地盖上，然后干脆利落地抱起，迅速地走出接待室，动作快得就像一缕握不住的风。

她走出去将花交给附近悠闲的工作人员，严厉吩咐道："立马把这些花拿出华曜丢掉，不准丢在华曜的垃圾桶。"

她的目光一沉，语气中满是不可违抗的强势："如果唐总在华曜再看到这些花，你就别干了。"

她交代完，对面的工作人员打了个战栗，连忙接过她手里的花以秒速八百米的速度奔向华曜外头的垃圾桶。

韩薇转身回了接待室。

唐寒秋仍然站在窗边努力让自己尽快平复下来，她的眼泪还在往下流，但是打喷嚏的情况稍有好转。

罪魁祸首裘云立整个人还是蒙的。

韩薇上前询问："唐总，我送您去医院一趟吧？"

唐寒秋微微弯腰，两手撑在窗边，听到她这话后吸了吸鼻子，红着眼睛瞥了她一眼，又收回视线，黑如鸦羽的眼睫毛轻轻颤动着，一颗晶莹的泪珠悄然滴落在地上。

美人落泪，总有万种风情。但她现在不仅有风情，还有惨。

"阿嚏——阿嚏——"又是两个喷嚏，她的脑子蒙了一瞬。

韩薇转身将桌上一整盒抽纸取来，递到她面前。

她抽了两张，直起身子擦了擦红润的鼻子，语气却很镇静："不用。"

幸好她的花粉过敏只是轻微的，并不是特别严重，及时隔绝过敏原还能自救一把。否则那么大一束花，她能当场去世。

家里人爱护她，所以连一片花叶都不会让她见到。

万万没想到裴云立今天居然上赶着找死！

裴云立终于回过神来，他愣愣地、不敢相信地问了一句："你……花粉过敏？"

唐寒秋眼含热泪，但目光仍旧锐利如刀，恨不得把这个罪魁祸首的脸给扎穿！他这茫然无辜的表情，反而让她觉得恼火。

她不管裴云立喜不喜欢自己，但他们好歹是从小一起长大的，他怎么能连她花粉过敏都不知道！裴云杰这个做弟弟的都知道，他这当哥哥的居然一无所知！

她算是知道他从前有多不在意自己了，根本就是把自己视若空气。一想到自己被系统控制着去喜欢这样的蠢男人，她就感到火大、反胃！

她擦去闪烁的泪花，气势逼人地冷声道："裴云立，你的道歉就是谋杀？"

裴云立神色凝重，为自己辩解道："对不起寒秋，我真不知道你花粉过敏，我不是有意的，你原谅我好不好？"

唐寒秋扬手阻止他继续说话，感到不适地皱了皱眉毛，努力压抑着反胃感，非常困惑地看着韩薇问道："他刚刚叫我什么？"

韩薇："裴先生叫您'寒秋'。"

唐寒秋的目光瞬间冷了下来，将手中的纸巾揉成一团，狠狠地砸在地上，阴恻恻地道："脑子这种东西，果然不是人人都有的。"

裴云立墨眉一沉，大有被冒犯到的感觉，当场就现出原形，回到从前那不容许女人辱骂自己的唯我独尊的样子："我今天来华曜是为了给你道歉重新开始，花粉过敏的事是我的疏忽，但我已经道歉了，你为什么说话还这么难听？"

他一秒霸道总裁上身："女人，你到底想怎么样？"

唐寒秋抽纸巾的动作一顿，恨不得现在就去给自己挂个耳科看看。

道歉？重新开始？他究竟在做什么春秋大梦！谁要跟他重新开始！

"裴云立，我劝你清醒一点。"她坚决地表明立场，一字一句说道，"我对你一点兴趣都没有。"

她迈开腿缓缓朝他走来，气势威严不可冒犯如巡视疆土的女王。北风怒号，在她的身后为她扬威助阵。

裘云立一时间看呆了，忘记去反驳——他从前，究竟是错过了怎样的绝色啊。

女王在他面前停下了脚步，从容不迫地抬起微红的一双眼，眸光流转的眼底好像藏着一丝喋血的杀意。

唐寒秋慢慢地捋起袖子，露出两截雪白的手臂："现在，是我践行诺言的时候了。我说过的，离我远点，否则后果自负。"

她冷冷一笑："我就问你一句，你牙够硬吗？"

裘云立微微一怔："什么？"

啪——

韩薇亲眼看着裘云立鼻梁上的黑框细边眼镜被打飞出去，以一个完美的弧度砸在厚实的白墙上，然后坠落在地。镜片瞬间四分五裂。

一向严肃的韩总助本人都忍不住倒吸了一口凉气。

唐寒秋沉默地站在光可鉴人的落地窗前，居高临下地看着裘云立捂着脸火急火燎地钻进了车里，然后他的司机十万火急地将车开出了华曜的范围圈，也开出了她的视线。

唐寒秋冷哼一声，对通红的掌心毫不在意。

韩薇拿着她的衣服和腕表走上前来，她头也不回地接过腕表，利落地给自己戴上。

韩薇再一次询问道："您真的不需要去医院吗？"

唐寒秋摆了摆手："没那么严重。"只要处理及时，她这点小过敏很快就能缓解，完全不需要去医院。

她低头看了一眼唐默渊送给她的名贵腕表，忽然问道："今天的事，你也要向我哥汇报吧？"

韩薇来她身边不仅仅是为了给她当部下，协助她管理华曜，还是为了给唐默渊当眼线，或者说是给唐默渊一个兜底的准备。

唐寒秋是第一次当公司领导人，也是第一次工作。她到底适不适合做这一行，到底能不能将华曜发扬光大，谁都说不好。

但她既然想要尝试，那作为兄长的唐默渊就绝不会打击她的信心，还会加以支持和鼓励。同时，他作为唐氏集团现任领头人，也要做好随时兜住旗下公司的准备。

万一未来华曜发生什么唐寒秋无法掌控又十分危险的事情，那他也能通过韩薇第一时间知道，及时做出决断，尽力降低风险和损失，以及帮妹妹脱身。当然，他主要还是为了保护妹妹。

现在的职场对女性的恶意只多不少，他的妻子在这上面就吃了不少苦，偏还不肯告诉他，自己一个人默默地扛。所幸他发现得早，及时出手帮妻子肃清了那些油腻男。

他怕唐寒秋和自己老婆一样硬脾气，受了气不肯讲，这才给韩薇多发了一份工资、多加了个任务。

但显然唐寒秋现在不这么想，她斜倚在窗上，伸出手，摊开通红的掌心，懒懒道："把我手机给我。"

韩薇迅疾地从她风衣口袋里掏出手机递给她。

她自己拨通了唐默渊的电话。这个"委屈"她必须自己讲——风霆和唐氏那玄之又玄的合作关系，今天可以正式地完蛋了。除非风霆换个人继任。

她的运气很好，打电话过去的时候，唐默渊恰好有空，所以接电话的速度很快。

唐寒秋先喊了一声："哥。"然后她换了一只手拿电话，将通红的手心反复看了看，道，"裴云立送了我一大束玫瑰花。"

"然后，"她嘴角上扬，笑意盈盈地道，"我把他打吐血了。"

光阴似箭，眨眼就来到周六，中午十二点钟，唐寒秋刚用过午饭，就收到韩薇发来的《新星偶像》的官方预告视频。

视频内容眼花缭乱，节目组选了几个一眼就能勾起人探知欲的练习生表演片段放了上来。

俞如冰从甜美少女一秒化身小恶魔，锁定镜头前的猎物的神级场面恰好就在其中。

她的表演张力十足，垂首抬头之间，几个细微的眼神变化就让人心神俱震，眼前一亮。

唐寒秋静静地看着屏幕里的她，那棱角分明的五指分明抓着的是虚无缥缈的空气，可当隔着屏幕与她视线交会时，却生出一股强烈的"是自己被她抓住"的感觉。

预告没有放出原音，所以观众们并不知道她这里唇瓣一开一合唱的是什么。但唐寒秋知道。

"你，就是只属于我的猎物。"一句充满着野心与势在必得的歌词，被她诠释得淋漓尽致。

唐寒秋的嘴边不自觉荡漾开一丝笑意，并没有将视频看完，直接点了官博评论区，底下果不其然炸开了。

我特地开了个会员来发图了！这位妹妹是谁！［附图］

这位妹妹我怎么不曾见过？！这位妹妹我想要泳有（拥有）！！！

你们看见她在干吗了吗？她在撩我！

破案了，是 @ 华曜影视家的练习生，叫俞如冰，长得是真的好看！

这个新人也太狂了吧，还没出道就在后台开始 diss 别人的脸了？

人品有点……风霆周君雯我就觉得比她好看。

评论区里有的人是真实的吗？不懂什么叫剪辑吗？

看着莫名其妙掀起的骂战，唐寒秋的笑容瞬间凝固，甚至表示疑惑，匆匆返回去把预告完完整整看了一遍。

预告不长，就一分多钟，在末尾的某一小段内，画面亮度倏然暗了一大截，显然是在后台，四四方方的画面里站着华曜的练习生们和一个男工作人员。

工作人员手拿无线采访麦克风，正问道："那你总能说说你觉得你们和她们比起来哪一队更好看吧？"

然后就看到俞如冰向外望了一圈，又往后台扫了一圈，然后慢悠悠地张开嘴："论相貌，不是我针对谁，在座各位……"

声音戛然而止，画面瞬间变成一片粉色，特效显眼的"下周六晚八点，《新星偶像》与你不见不散"啪唧一下拍在中间，然后全部的预告就结束了。

唐寒秋默默放下手机，陷入了沉思，三分钟后又拿起手机打开了和韩薇的对话框，非常认真地请教了一下。

唐寒秋：韩总助，是我的问题吗？

唐寒秋：为什么我会觉得她那个采访接下来会有我的事？

一股强烈的不祥预感，她开始怀疑是不是自己自恋。

韩薇回得很迅速：不是您的问题。

韩薇：我们都这么觉得。

要怪的话，好像也只能怪唐总马屁精俞如冰本人功力太过深厚，太深入人心。

[O2]

唐寒秋对于自己这种被俞如冰带出来的本能预感，感到又头疼又无可奈何。但是还能怎么办呢？还不是只能随她去了。

唐寒秋开导完自己，继续听韩薇汇报。依照目前的吸粉强度来看，俞如冰和风霆的周君雯不相上下，谭夕略逊二人一筹，但也较为可观。就连一开始性格怯懦的池暖也得到了关注。

华曜官方微博也因此受到了一拨不小的关注，相关宣传计划已经在飞速跟进，只要后期俞如冰稳定抑或超常发挥，华曜的宣传力度就会一直加大，不给她们拖后腿。

而在《新星偶像》官微之下掀起的一轮小争吵，也算是给俞如冰送了话题度。

在演艺界里，没有哪个艺人不需要话题，有了话题才能有关注，尤其是对于刚迈入这个圈子的新人来说，关注实在太重要了。

所以，只要话题内容不涉及人身攻击，没有过分的言论，华曜不会插手去管。艺人自带话题，不就省了一笔营销费，哪家公司不乐见其成呢。

唐寒秋开着自己空空荡荡、一无所有的微博号在微博上浏览了一圈，对俞如冰的人气有了个大致的了解后就下线了。

她微博既不转发内容，也不发自己的东西，仍旧保持一片空白，用户 ID 都是再简单不过的一个"T"字母，连头像都是干干净净的一朵云。

她伸了个懒腰，缓慢地站起身来，准备走动走动消消食。

唐家别墅内。

唐鹤天从楼上走下来，就看见自己面容温婉的爱人仪态大方地坐在沙发上，手里端着杯热气腾腾的红茶，正目不转睛地看着桌上的电脑。

电脑旁边还搁着个手机，显示正在和"乖儿媳妇"通话中。

她看着电脑，时不时态度亲和地问上一句，电话里的儿媳妇就答上一句，画面和谐无比。

唐鹤天走过来，好奇地问道："你在看什么？"

他的声音传进电话里，对面的人乖巧地喊了一声："爸。"

唐鹤天习惯性地点头，又忍不住开启父爱的关怀模式："天气冷了，你在外面要多穿点知不知道？饭也要好好吃，准时吃，弄出胃病来，我们可是会生气的。"

电话那头的江映遥轻声笑了笑，心里不免暖乎乎的，声调都不自觉放柔了："爸放心，您的乖儿子唐默渊每天都有在监督我好好吃饭呢，我想不吃都难。"

唐夫人莞尔一笑："那你也监督他，都要注意身体。"

正在这时，唐鹤天忽然发出一声叹息，引得唐夫人看向他："好好的怎么叹起气来？"

唐鹤天眉间凝着一股愁色，深深忧虑道："寒秋也需要一个人来监督她了。"

他虽然不再阻挠自己女儿去打拼事业，但心里仍旧是希望女儿身边能有一个贴心人，如果是个能让她享清福、不吃苦的夫家就更好了。

他看向爱人："你说我们要不要给她物色物色？"

唐夫人不认可地摇了摇头，笑意温和地道："终身大事是孩子们自己的事情，我们做父母的不要插手。宝宝就算是这辈子都不想结婚，那我们也能养她一辈子，甚至她自己也可以养自己，这有什么好操心的呢？而且如果她有喜欢的人，想结婚了，肯定也会跟我们开口。她有自己的主见，我看你啊，就少操心了，别惹你女儿烦你。"

唐夫人说完，还嗔怪地拍了一下唐鹤天的大腿。

唐夫人在这种事情上特别开明，因为她本人和唐鹤天就不是父母之命，媒妁之言。

唐鹤天当年只是个粗鲁又穷酸的农村小子，唐夫人身为留过学知识渊博的千金小姐，她家里人自然不看好这一段感情，甚至因为唐夫人坚决嫁给唐鹤天而与唐夫人断绝关系，坚决不资助他们一分钱。狠心得就好像女儿嫁给了一个耻辱——就连女儿也成了一个耻辱。

唐夫人深知当年苦难，所以坚决不会插手自己孩子的终身大事。她也相信自己孩子的眼光，会跟自己的一样好。

唐鹤天明白她的心意，但还是忍不住嘀咕道："我这不是怕她难过走不出来嘛……"

唐寒秋曾经那么疯狂地喜欢着裴云立，两人还是青梅竹马，结果在取消婚约后，反被他送了一大束玫瑰花。

唐鹤天又气恼又担心。气恼裴云立把自己的掌上明珠当空气，明明一起长大却连她花粉过敏都不知道！担心自己的宝贝女儿会面上故作坚强，但实际上心已经被伤透了，难以从这个打击里走出来。

所以他想让她尽快投入另一段感情，用感情治愈感情带来的伤口。世上男人那么多，又不是非裴家那个蠢货不可！

江映遥适时安慰道："爸您放心，我会注意小秋的情况的。"

唐鹤天："那你有空多跟她聊聊，小秋跟你关系好，你就多关心关心她的心理状况。哦还有，她要是有喜欢的人了，你就……偷偷告诉爸啊。"

为人父母的有个小毛病，总想要窥探孩子的秘密，尤其是孩子的感情生活。唐鹤天亦然，唐夫人倒是没这毛病，心境开阔得很。

唐夫人瞥了他一眼，又拉住他的胳膊，指引他去看莹亮的电脑屏幕："别只关心你女儿的情感生活了，也看看你女儿的事业。"

唐鹤天一眼瞥到熟悉的面容，表情登时就冷了下来，不由自主双手环胸，冷冷道："哼，她最好是能给寒秋挣钱！"

唐夫人笑意仍旧温柔："你要给后辈们一点信心，映遥都说这孩子发展空间大呢。"

江映遥如实道："就目前关于她的话题热度持续升温的趋势来看，小秋签的这个艺人发展空间很大，未来确实值得人期待，但更多信息还是要在节目第一期播出之后才能确定。"

听到演艺界的专业人员江映遥认证了俞如冰的发展空间大，并且侧面夸赞了唐寒秋的目光独到，唐鹤天面色稍霁，心情好了不少。

然后他毫不意外地看到了末尾的预告——那疑似 diss 全场相貌的狂妄态度。

唐鹤天：现在的后辈都这么狂的吗？

唐鹤天身为老年人表示不懂，并且当时就急了："她这、她这什么态度？！"怎么一点谦虚都不懂！

江映遥毫不意外，镇静道："冷静些爸，或许是节目组恶意剪辑，等下周看了正片我们再评判她的态度吧。"

唐鹤天愣了愣，又是傲娇的一声冷哼。最好是恶意剪辑，否则他绝不容许这样态度不端正的人留在自己女儿身边！

周一，寒风肆虐，天气依旧阴沉沉的。

华曜总裁办公室内，唐寒秋刚批阅完文件，仰起头捏了捏眉心，感到了一阵疲惫。

管理一个公司已经这么累，像唐默渊他们那般管理一个集团的疲惫度就更不用想了。

唐寒秋长呼出一口气，忙里偷闲拿起手机给唐默渊发了一个微信：唐总，您辛苦了。

过了一小时后才收到回复。

哥：？

看着这个简洁却满含困惑的问号，唐寒秋唇角弯了弯，回了个：体谅您工作辛苦，慰问一下。

唐默渊摸不着头脑，但没有深究，抽空回复道：好好吃饭，注意身体，有什么事就跟哥说。

唐寒秋：知道知道。

回复完最后一条消息，唐寒秋放下手机，正要继续勤奋工作时，办公室门被敲响，"笃笃"两声。

唐寒秋："请进。"

门被打开，韩薇走了进来，直切主题："唐总，唐晟和先生来了。"

唐寒秋眉头一皱。他来干什么？

唐寒秋："他不是在剧组拍戏吗？"又耍大牌瞎跑？

她面露不悦，也不等韩薇回答，直接拿过一份合同翻了起来，口气淡淡的："让他滚回去，我没空见他。"

她不喜欢唐晟和，因为他根本没有表面上看起来那么良善，曾经也没少拿成了傻偏、蠢得没边的她当枪打。只因为他也喜欢俞如冰。

　　他喜欢俞如冰，结果半路杀出个裴云立。他知道自己比不过裴云立，所以经常戴着"好弟弟"的面具，暗藏私心地鼓动她去追求裴云立，甚至不惜在背后动各种脏手脚，只为达到自己的目的。看到她一次次的挫败他也不会觉得愧疚后悔，只会嫌弃地认为她没用。

　　所以她并不喜欢这个三弟，根本没有办法给好脸色。

　　"二姐好坏哦，"一个相貌堂堂的青年突然从韩薇身后蹿了出来，然后自顾自地走进办公室，大大方方往沙发上一坐，笑眯眯地看着她说，"忙也可以抽点时间见一见亲爱的弟弟嘛，毕竟你亲爱的弟弟那么想你。"

　　唐寒秋啪地将文件合上，十指交叉，手背托着尖俏白皙的下巴，阴冷的目光幽幽地扫向他，语气冰冷地问道："你是想我，还是想被我打？"

　　唐晟和闻言，脸上的笑容僵了一瞬，继而更加灿烂起来，厚颜无耻道："当然是想二姐啦。"

　　唐寒秋冷笑一声："有话快讲，我没空在这里陪你耗。"

　　唐晟和摊了摊手："好嘛，我其实就是来劝和的啦。"

　　他倾身向前，做出一副认真的样子："二姐真的对云立哥一点感情都没有了吗？明明以前那么喜欢来着……"

　　唐寒秋一听到"劝和"两字，干脆打开文件看了起来，权当他是空气一般。

　　唐晟和也不觉得生气，继续说道："云立哥浪子回头，二姐不如就给他一个机会？想想你以前对他的喜欢，想想他的家世，再想想他那没有哪个男人能比得过的相貌，二姐你完全不心动吗？"

　　唐寒秋抬起眼皮，启唇道："你现在是在跟我说裴云立有多好？"

　　唐晟和用力地点了点头，试图给她洗脑："云立哥完全就是结婚伴侣的不二人选。"

　　唐寒秋眉峰一挑："哦？你觉得他特别适合当结婚伴侣？"

　　唐晟和又是一点头。

　　唐寒秋合上文件，将它往桌面上一丢，然后取过手机拨通了唐默渊的电话："知道了，我现在就和哥说。"

　　唐晟和双眼一亮，突然看到了希望。

　　过了一会儿，电话接通了，唐寒秋将手机贴在耳边，淡定道："哥，我给你说个事。唐晟和想嫁给裴云立。"

　　唐晟和：等等，这关我什么事啊？

[03]

　　唐寒秋淡定从容地对着手机道："唐晟和跟我说他觉得裴云立很好，是结婚伴侣的不二人选。"

　　她挑起一缕长发，慢悠悠地缠绕在指尖，有理有据地说道："如果他不是自己喜欢，怎么会在知道裴云立送我花以后还来说这些呢？

　　"知道了，一会儿就把他送到你那里去，让他自己给你说清楚。"

　　唐晟和一听要去见唐默渊，慌忙弹起来，步履匆匆地冲到唐寒秋的办公桌前，正要拦住她，却见她扬起一只手拦在二人中间，语调清冷："别动。"

　　她那漂亮又勾人的眼睛微微向上挑起，目光里闪动着冰冷的寒光。她虽然是坐着的，但是气场强得让站着的唐晟和压都压不住。她幽幽道："除非你想挨打。"

　　唐晟和的笑容不再灿烂，只能勉强地挂在嘴角，要笑又不笑的，有些难看："二姐你别、别生气嘛，也别跟大哥说，我这不跟你开玩笑呢……"

　　唐氏一家上下，他最怕的不是纵横商业圈的商业巨鳄唐鹤天，而是现任唐氏集团掌控者唐默渊。

　　唐默渊品行端正，是个谦谦君子，对家里人态度很温和，但当他冷着脸要教训人的时候，恐怖得就像是个手握夺命镰刀的死神，微微一抬眼就是一片血腥，唐晟和想想都觉得自己头要炸了。

　　但最让唐晟和意想不到的，还是一向容易被鼓动的二姐居然脱离了掌控，还颠倒黑白，跟大哥唐默渊告状！他慌了，所以急忙认怂，先把事情糊弄过去再说！

　　"开玩笑？"唐寒秋瞟了他一眼，继而笑道，"没关系，我当真了。"

　　她对着手机说了一声："我现在就让人把他送过去。"然后干脆地挂了电话。

　　唐晟和表情僵硬，双唇紧抿成一条线，难以置信地问道："你认真的？"

　　唐寒秋神色肃然："去唐氏集团的路不用别人教你怎么走吧，自己让司机送你过去，不要劳烦哥亲自找上你。"

　　唐晟和顿觉胸闷，声音都不住地开始发抖："我不去，你一定是在开玩笑的……"

　　唐寒秋将手里的笔抬起指向他，如同握着一柄尖锐的长剑，正指着自己所不喜的敌人："我说的话，不再重复第二遍。"

　　"现在，"她笔尖一转，指向了办公室紧闭着的门，"自己滚出去。"

　　唐晟和开始耍起赖来："我不，除非你告诉我你是开玩笑的。"

　　唐寒秋盯了他一眼，眼如寒星，让人想退避三舍。她握住笔身，缓缓地站起身来："不？"

　　"那我亲自送你一程？"她的唇角扬起一抹笑，手背青筋倏然暴起，掌心里的笔瞬间就断成了两截。

唐晟和看着她手里突然就断成两截的笔，喉结上下滚动了一下，转身就冲出了总裁办公室，对着站在门口的经纪人匆匆说道："走走走，赶紧走！"

唐寒秋随后慢悠悠地走出来，单手叉腰，将手里的断笔随手抛进垃圾桶，冰冷的目光看了一眼唐晟和逃跑的方向，而后对守在门口等待她发号施令的韩薇道："以后唐晟和要是再来华曜，不要随便让他上来。就让他滚去接待室待着，待不住就给我滚。"

韩薇："好的。"

唐寒秋颔首，道："辛苦你了。"之后她便走进自己的办公室。

忽然，她又想起了点什么，伸手拿起手机，拨通了唐晟和的电话，等对方接通之后，直接开门见山道："忘了提醒你一件事。别对俞如冰动歪心思，她现在归我管。"她的目光一凝，"否则我打断你的腿！"

外面的事情，没有手机的俞如冰一概不知。她靠坐在 B 班练习室的墙边，手里拨弄着一瓶矿泉水，静静地看着 B 班练习生们辛苦练习主题曲。

第一期评级结束后，练习生们就紧锣密鼓地准备《新星偶像》主题曲《我就是主角》的舞蹈与歌唱练习。

《我就是主角》也是一贯不变的青春活力风格，意在向大众展现少女们青春靓丽的一面。

练习生们需要在特定的时间内学会这首歌，并且拍摄舞蹈考核直拍视频，由导师们对评级加以修正，即为第二次评级。

全部练习生的主题曲直拍都会对外公布，由观众们进行投票以作为参考，保证考核制度透明化。之后就是要选出主题曲中心位，不过这一项的投票权在练习生们的手里，靠实力也靠人缘。

俞如冰有条不紊地过着自己的练习生生活。

她是满级大号装小号来的《新星偶像》，业务能力大家有目共睹，记主题曲舞蹈动作和歌词的速度也让其他人难以望其项背。

而且她丝毫不紧张，时刻对自己充满着信心，她一定能回到 A 班去的——既是因为她有这个实力，有这个资格，也因为她头上有一个强悍的女主角光环。

她清楚身为世界中心的女主角，这个光环有多重要。

原主一开始走演员路线没火，有很大一部分原因还是在她自己的身上——演技并不精练，还时不时沉溺于和裴云立的虐恋旋涡。

但在主角光环不甘被世界冷落的作用下，一手反向操作又让她成功翻红，自此多了个热搜体质。

现在这个主角光环在俞如冰身上，她当然不会走原主的老路去演戏，为了更好地利用这个光环，她选择重操旧业，让自己在这条熟悉的道路上更加璀璨夺目，然后再转战影视圈，成全自己的梦想，也成全华曜和自己的战友唐寒秋。

她永远也不会忘了要让唐寒秋更好、更受欢迎的目标。

只是她现在有点小难过，看着勤奋刻苦的 B 班练习生们，她的心里只有一片苍凉。没有矿——B 班一块矿都没有！

她本以为自己来 B 班怎么说都能给唐寒秋挖出一块矿来，最好能像池暖小朋友那样的。结果除了成为 B 班第一好人缘兼《新星偶像》交际花以外，她一无所获。

这根本就是伯乐常有，而千里马不常有！果然人才都是可遇不可求的，不会搞促销活动，不能买一送一。

俞如冰：本伯乐觉得好孤独好寂寞。而且最惨的是，她的糖要吃完了！

第一期评级节目录制完成之后，就开始分宿舍，还附带了许多住宿注意事项，其中就有"不准订外卖、不准吃零食"的规定。

她的糖理所当然地被没收了，只悄悄地藏下几块，但现在这零星的库存也在告急。

只要现在有人不长眼地来惹她，没有糖的压制，对方一定会死得很惨。

B 班的小朋友们像是不忍看见她一个人坐一旁孤独地发呆，三三两两凑过来问候或者请教，她倒也不藏着掖着，有人问她就教，当时就站起来陪她们一起训练。

她在指导人方面颇有心得，且乐于解惑，所以大家都很喜欢请教她。

俞如冰很快就进入状态，做了示范："手掌心由上朝下慢慢翻过来，同时腰也要发力，哎对，不要这么僵硬，再放松点，看着镜子里漂亮的自己难道不高兴吗？"

对方听到这话后不好意思地笑了笑："可是俞姐更漂亮啊，我都忍不住看俞姐去了。"

俞如冰闻言，认真道："那幸好。"

对方一愣。

俞如冰："幸好我们盛世美颜的唐总不在，否则你估计连舞蹈动作都记不住，只会记住她长得有多好看。"

对方：她来了她来了，唐总的狗腿又来了！

B 班的人和她相处这么多天，已然习惯她这种"唐总美貌，天下第一"的狗腿模式，不会再感到新奇，只会对唐寒秋的美貌究竟有多么"天下第一"感到好奇。

就是可惜，网上还没唐寒秋的照片——至少她们手机被没收之前还没。

依照现在这种"颜控"潮流，如果之前就有唐寒秋的照片，而且真的和俞如冰说的严丝合缝，能把人美到昏厥的话，那她的照片早就被全网传疯了。经常上网冲浪的她们，绝不可能一无所知。

俞如冰看着对方脸上再次浮起好奇的表情，伸手揉了一把她的脸："行了，好好练习吧，练习重要，我去上个厕所。"

对方乖乖地点了点头。

俞如冰便抽身走了出去。

网上没有唐寒秋照片的事情她当然知道。因为唐寒秋目前没有要经营自己的想法，自然不会主动放照片。

她是商业巨鳄之女，背靠庞大的唐氏集团，她不想放，外面的狗仔们就算拍到她的照片也不敢擅自放，商业圈的巨佬们可不好惹，狗仔们不会蠢到顶风作案，挨唐氏的铁拳。

而且，唯一拍到唐寒秋容貌的视频，早就被唐氏迅速清理干净，俞如冰学校的学生们已经没有人有那个视频了。

俞如冰走出 B 班练习室，伸了个懒腰，然后猛然回头盯着悄悄跟上来的摄像师，愣是把摄像师吓得一晃。

俞如冰面无表情地盯着他："这位朋友，我这可是要去上厕所啊。"

摄像师点头："我知道，我就拍到门口。"

他们可不能退。上头发话了，俞如冰身上有话题，让他们积极收集她的素材，千万不能放过她！

俞如冰蹙起眉头，不动声色退了两步："你们是正经节目吗？我要报警了啊。"

摄像师慌忙道："你别误会，绝对是正经节目！"

他虽然神色慌乱，但脚却像扎在地板里一样一动不动。结合这几天被节目组各路摄像机"宠爱"的情况，俞如冰隐约猜到点什么。

她悄然抬手敲了敲镜面，然后摊开手掌心："拍摄费。"

摄像师震惊。

俞如冰面不改色地说道："给我颗糖，让你撑我脸上拍都可以。"

卑微小俞，在线讨糖。

摄像师好心劝道："吃糖对你们身材不好，会走样的。"

俞如冰一听，笃定道："不可能。"

摄像师正要反驳，就听见她理直气壮地说："坚硬冰冷的杠精永不变胖！"

摄像师：好像哪里不对啊？

摄像师稳稳地扛着摄像机，整理了一下凌乱的思绪，好半天才消化完她的信息，皱着鼻子道："你刚刚说自己是杠精？"

哪有人会这么理直气壮地说自己是杠精啊？！还是个女孩子！

俞如冰忽然"哦"了一声，礼貌地伸出手来，摄像师一脸蒙地伸出一只手去握住，两个人就仿佛商业会面一样正式。

俞如冰晃了一下他的手，一副成功人士的样子，肃然道："还未自我介绍，鄙人姓阿，名基米德。"

摄像师满脸问号。

也来上厕所的谭夕刚拐个弯就看到两个人正式会面般地握着手，接着就听见俞如冰那句"阿基米德"言论。

她脚步一顿，疑惑又迷茫地问道："是我来晚了吗？"她终究还是没能救下可怜的阿基米德。

谭夕连忙走到她的身边去按住她，防止她突然掏出她的杠杆，把摄像师连人带摄像机整个撬起。

谭夕问她："你在干什么？"

俞如冰回望她："我在维护我的合法权益。"

谭夕：现在用杠杆撬起地球，难道也算维护合法权益了吗？

谭夕真诚请教："维护你什么权益？"

俞如冰一本正经道："讨薪。"

谭夕和摄像师相视一眼，她用无比困惑的目光询问了一下，摄像师的脑袋立马在摄像机后摇得像个拨浪鼓。什么讨薪？他们节目组什么时候欠练习生的薪资了？我们没有，我们不是，你不要乱说啊！

谭夕转而更疑惑地看着俞如冰，一脸的问号。

俞如冰指着镜头道："他既然要拍我，那我讨颗糖当出镜费好像也不过分吧？"

谭夕：对不起，我真是太低估您的思维跳跃能力了。

谭夕知道她糖被没收的事情，但她们都无法撼动节目组的规则，除非让唐总这样地位的大佬亲自来跟节目组说，但……这显然是不可能的事情。

唐总日理万机哪有时间来管俞如冰有没有糖吃？她就连俞如冰评级变 B 都没管……

谭夕此时也只能劝解道："算啦算啦，工作人员怎么会随身带糖，等节目结束了再吃个够吧。"

俞如冰想了想，不放过任何一个可能性："万一他最近结婚，随身带喜糖呢？"

摄像师闻言，感觉有被冒犯到，无比悲凉地道："我单身二十七年了……"

空气雯时凝固，四周突然就静了下来，耳边依稀能听见外头呼呼的风声。

三秒后，俞如冰尴尬道："对不起。"

摄像师笑容苦涩地回了一句："没关系。"还能怎么办呢？还不是只能笑着原谅她。

俞如冰道完歉，转头又戳了戳镜头，厚颜无耻道："这次就算了，但是下次拍我的时候，别忘了把我的出镜费带来哦。"

摄影师：你怎么还没放弃！

俞如冰怜爱地摸了摸镜头："记得回去跟你的同事们说哦，拍我记得带出镜费。"

掐着时间算，《新星偶像》的预告肯定已经发出去了，她猜想，节目组必然是在她身上找到了话题度，所以这段时间才会拼了命地拿镜头对准她。只要她稳定发挥甚至超常发挥，怎么都会有点镜头。

那她讨颗糖好像也不过分？反正大家都是互相利用——她没拿出"能多赚一点是一点"的精神，明码标价拍一次五万块人民币已经是大发慈悲了！

摄影师有些无语道："你怎么还没放弃？做偶像的人不该好好管理身材吗？"

谭夕站在那儿摇了摇头，眼睛里大大地写着两个字：凡人。

曾经，她也是这样天真的凡人。看到俞如冰几乎糖不离身的时候，她也发出过这样的疑问。后来才发现，俞如冰就是个医学奇迹，根本吃不胖，身材也不走样，牙口也好得让人嫉妒！

她都要相信俞如冰就是杠杆成精了，毕竟杠是不会变胖的，它们永远坚硬且欠打。

但慢慢地，她发现俞如冰吃糖也是有规律的，并非毫无节制地没事来上一颗，她几乎很少因为太清闲无聊而吃糖，大多数是在脾气上来的时候吃，好像是在借着糖克制暴躁的情绪。

谭夕想到这儿，忽然发现，自己从来没见过她脾气上来不吃糖的时候。难道会从一个冷静的杠精变成一个暴躁的擎天杠，人挡杠人，佛挡杠佛？

无糖杠精本人听完这个问题，不由得蹙眉，发出灵魂质问："你的意思是我现在的身材不好吗？"

摄影师的灵魂成功被这个问题击中，他霎时哑然。她的身材曲线玲珑，前凸后翘，不该有肉的地方一块多余的肉都没有，且身材比例好得让人艳羡。在身材管理方面……真的是该死的没有问题啊！

摄影师张了张嘴，不知道该怎么劝她放弃，最后只能搬出节目组："这是节目组的规则，我们也没办法。"然后他又想起点什么，说道，"除非你让你们唐总来跟导演说。"

反正你们唐总也不会来，哪家公司老总会管一个练习生有没有糖吃啊。还是趁早放弃得好。

俞如冰若有所思，然后道："你说得对。"

摄影师和谭夕都暗暗松了口气，又见她突然伸出了手，面无异色地看着摄影师："那你们把电话还给我，我现在就给她打电话。"

摄影师：不是，我就是随口一说，你倒也不必采纳我的意见。

谭夕抬手扶额。

摄影师："我就是随便说说的，你不用当真……"

俞如冰轻松道："嗐，这有什么关系，我们每个人的意志都是自由的，你可以随便说说，我也可以当真啊。"

摄影师凌乱道："不是，这你不能当真……"

俞如冰一听这话就不乐意了，阻挠她给战友打电话告状的人都必须"死"！

她一身正气地道："你说这话我就必须批评一下你。我们的价值观里包含了自由，即为人的意志、存在和发展的自由，怎么能只准你的意志自由随便说说，不准我的意志当真了？你是不是有什么危险的想法？"

谭夕：来了！上纲上线来了！

摄影师被她一通上纲上线，杠得脑袋发昏，忽然不知道自己之前都说了什么，晕乎乎半晌才茫然地看向谭夕："你们华曜……"

谭夕立马撇清关系："别误会！我们华曜就出了这么一位优秀的'人才'！"

摄影师又迷茫地看着杠精本人："你为什么还不去上厕所？"

俞如冰正直道："维护合法权益更重要，上厕所这种小事可以往边边靠。"

摄影师几欲泪下："对不起，我真的没有糖，求求你放弃吧……"

俞如冰闻言，非常无奈地道："那要是出了什么事，你们节目组可是要负全责的。"然后她转身就往厕所走。

谭夕看了看她，又看了看风中凌乱的摄影师，宽慰了一句"习惯就好"，便追了上去。

摄影师扛着摄像机，从业十几年第一次如此茫然。没有糖吃，能出什么事啊？小孩子的威胁都没这么幼稚！

谭夕追上俞如冰，轻轻地握住她的手臂，放慢脚步跟她并肩而行，轻声问道："你为什么那么执着于讨糖？"

俞如冰抬起手揉了揉她的脑袋，目光平静如水，完全不似方才那副杠天杠地的模样。

为什么？当然是因为人在气头上什么难听的话都能说得出来，什么不计后果的行为都能做得出来。

她那天晚上就是因为在气头上才会和老俞大吵一架，以致害得老俞……

她心有余悸，不敢再放纵自己的脾气，慢慢对糖产生了一定的依赖性，自从老俞走后，她一直都是这么过来的。

这么多年过去了，她终于也能平静地说出一点实话了。

她笑道："因为我脾气不好啊，不吃糖克制一下，我怕会出人命。"

谭夕以为她又在瞎扯，无情地拍开她的手，提醒道："姐姐，法治社会。"

俞如冰又是一笑，没有再说什么。只要现在没有人来惹她都好说。

然而命运这个熊孩子，总爱捉弄人。

俞如冰上完厕所，正要打开门出去，就听见外头的洗手池边传来几声嬉笑声，接着就听见她们提起自己，然后就提到了唐寒秋。

一个充满嘲讽与轻蔑的声音突然响起："唐寒秋根本就没俞如冰说的那么好，好吗？"

接下来肯定是熟悉的八卦时刻，俞如冰这只敬业的猹干脆停下了开门的动作，饶有兴致地靠在墙壁上听上一耳朵。八卦嘛，有好有坏，来者不拒啊。而且她也很想知道，唐寒秋能有多不好。

一阵水声过后，果不其然，那个声音又响了起来："我爸和他们家有点合作，当然会知道点内情啦——唐寒秋根本就是个蠢到家的蠢女人。长得也就那样吧，一般般，哪有俞如冰吹得那么天花乱坠。家世好、学历高又有什么用，追起男人来不还是像条狗？我真的是笑死，像狗了也追不到，哈哈哈！你们也不知道，裴家那位一眼都不给她，她还巴巴地往上贴有多好笑！贱，贱得不行！"

这些充斥着嘲笑的话语如一根根针，一下又一下地刺在俞如冰的耳膜上，让她非常不舒服地皱起了眉头，眼眸如凝了冰霜的寒星，冷得吓人。

这是八卦吗？这根本就是单方面 diss！她的胸腔里烧起了一团怒火。

家世好、相貌好、学历高的千金小姐，俯下身段死皮赖脸上赶着倒贴一个男人，哪怕对方一眼都不给她，也绝不放弃，一腔孤勇地爱着对方。

诚然这听起来很蠢，但是这就代表着别人可以以此为乐，肆意取笑了吗？不能！

这是系统的行为，是原主的玩弄，也是唐寒秋的无可奈何。要笑也只能唐寒秋自己笑，其他人，不论是谁，是否知道实情，都没有资格取笑她。谁都没有！

俞如冰怒火中烧，猛然打开了门，嘲笑的声音戛然而止，发出嘲笑的那个人更是一脸惊恐地看着她，根本没想到华曜的人会在这里。

谭夕听到声音，也打开了门，一脸凝重地看着俞如冰。

俞如冰望着眼前那一片绿得像青青草原似的 D 班班服，仪态高高在上地抬起眼："居然都是人。"她弯了弯唇角，笑得又娇又媚，挑衅地问道，"那我怎么刚刚听到狗叫啦？"

几人的表情都有点难看，还有的心虚，目光闪躲。

俞如冰不理那些虾兵蟹将，直勾勾地盯着开全麦嘲讽的那个练习生。她在剧情里没搜索到这个人的信息，看来是个边缘人物罢了——嘁，连姓名都不配拥有还敢在这里汪汪叫？

俞如冰：那就叫你小绿好了。

俞如冰迈开脚步，气势汹汹地走了过去。她个头一米七，气场又足，在一干一米六几的人里更加显眼，也让别人轻易不敢惹她，此时看她走了过来都纷纷本能地避开了，留下一米六三的小绿瑟瑟发抖。

俞如冰在她面前停下，霸道地钳住她的下巴，上下左右都看了一圈，愣是没能在这张平平无奇的脸上看出点花来，只能看出她的粉底涂得很厚。

俞如冰松开她，她下意识后退，却反被堵在洗手池的角落，一时间有点惶惶不安——不知道为什么，看见俞如冰那凶神恶煞的样子，自己就秒怂！

俞如冰气度从容，语调冰冷无情："有一件事，我真的很佩服你。"

小绿愣了一下。

俞如冰继而笑道："长得都没我一根头发丝柔顺，还有勇气站在这里发表我们唐总颜值'也就那样'的言论。"

她向来不会攻击他人的颜值，但是当对方硬往枪口上撞，或者连人都不是，那就另当别论了——自己上赶着找死，那她当然要成全了。

她伸出双臂，一手抵在墙上，一手摁在洗手池上，将小绿的去路彻底堵死，阴森森道："还是你觉得自己是'跳出三界外，不在五行中'的奇行物种，所以都不跟人比了？"

小绿噎了一下。她刚刚也就是仗着没人看过唐寒秋的样子过过嘴瘾，哪想过华曜的人在这里啊！

俞如冰目光森冷地挑了一下眉毛："说话啊！刚刚不是挺伶牙俐齿的吗？笑得不是很开心吗？"

前面被讽刺是狗，现在又被嘲讽不是人，小绿从小娇生惯养，哪受过这样的委屈，心脏怦怦直跳，当时就红了眼眶，声音都颤抖着："俞如冰……你，你知道我爸是谁吗？"

俞如冰歪了歪脑袋："不知道啊，我只知道我上司是谁。你爸有我上司她爸厉害吗？你爸也是商业巨鳄，横扫商业圈的一把手？"

小绿气势显然弱了一瞬，俞如冰捕捉到这个信号，自然就知道答案是什么了。

俞如冰：嘁，上赶着找死的废物点心罢了。

小绿的嘴当然没有俞如冰这个杠精的强，嘴唇哆嗦半天都没能说出一个字来。

俞如冰笑了笑："不会说话啦？那我看你之前说八卦说得挺流畅，要不你继续说，我也想听呢。"

小绿有种被羞辱的感觉，登时气道："俞如冰你欺人太甚！"

俞如冰反问："我怎么欺负你了？"

小绿吸了吸鼻子："你、你骂我是狗，还说我是——"

她瞬间噤声，因为俞如冰的表情顿时更难看了，浑身笼罩着一股死亡冷气："你不也说了我们唐总是狗？"

俞如冰逼近她："但我敢当着你的面说你是狗，你敢不敢当着我们唐总的面说她是狗呢？"她的表情阴冷，十分可怕，小绿当时就被吓出了两行泪。

谭夕见情况不妙，急忙跨上前要拉架，就听见一声中气十足又很凶狠的怒喝："哭！"

俞如冰怒意滔天："除了在人背后乱嚼舌根外，你就会哭！我们唐总喜欢谁、追谁关你屁事，轮得到你这颗蒜在这里指手画脚？你这么有能耐怎么不去她面前指手画脚？真是颗废物蒜头！"

小绿眼泪越发汹涌，俞如冰不为所动，攻势更猛："还哭？说你废物果然没错，除了哭没别的本事了。"

她越说越气，又捏住小绿的下巴，恶狠狠道："在这里哭有什么用，敢不敢出去哭？去当着镜头的面哭？耍心机都不会，你真的废得没边，在电视剧里都活在片头曲！"

俞如冰一顿连环 diss 把在场的人都看蒙了，被 diss 成筛子的小绿干脆放声大哭，结果如添柴加薪般让俞如冰的怒火越烧越旺。

俞如冰干脆扣住她的手腕，拽着她往外走："这么喜欢哭，那我带你去镜头面前哭好了。去当着镜头的面告诉你爸，告诉全国观众，是我俞如冰把你骂哭的！"

小绿挣扎着往后退："我不、我不去……"

俞如冰瞬间回头冷冷地看着她："你不？那你还哭！"

小绿又被吓到，当时就止住了哭声。

就连谭夕等人也被俞如冰那冷酷的眼神吓住了。

谭夕信了——没有糖，真的会出人命。

但全场就她和俞如冰最熟，为防事态恶化造成难以收拾的后果，她硬着头皮上前，拉住俞如冰，轻声劝道："姐姐你冷静，别气，快想……想想我们唐总的盛世美颜消消火。"依靠偶像的超绝美貌消气……对于一个粉丝来说，应该没问题吧？

俞如冰愣了一下，缓缓扭头看向她，说道："你不该让我想唐总。"

俞如冰："因为那样我就更想骂她了。"

谭夕震惊。

小绿闻言，浑身一颤，趁她不备猛然挣脱她的束缚，捂着脸，洒着泪跑了出去。

先前拍俞如冰的摄影师正巧扛着摄像机路过，只见眼前倏然闪过一道绿色的残影，还伴着低低的抽泣声，下一秒人影就没了，活像是后面有鬼在追。

摄影师一脸蒙地站在原地。之后，又看见好几个 D 班的练习生也跟着匆匆跑了出来，最后是俞如冰和谭夕。

看见熟悉的面容，摄影师心里咯噔一下，举着摄像机的手犹豫不决，不知道该拍还是不该拍。

职业素养告诉他：拍。

而当他看到俞如冰的死亡注视之后，求生欲告诉他：别拍。

最后为了节目，他只能硬着头皮问上一句："发生什么事情了？"

俞如冰低气压不回话。

谭夕深深地叹了口气，沉重道："别问。问就是你们节目组负全责。"

摄影师：飞来横"锅"？

[05]

俞如冰低气压，看起来十分可怕，为了不再造"杀孽"，又没有糖果压制，她选择自己找个地方冷静一下。

摄影师有眼力见儿，断不会在这个时候去打搅她，识相地走开了。

谭夕看着她一个人走向楼梯间的背影，抿了抿唇，转身朝另一个方向走去。

俞如冰一个人站在楼梯口，透过透明紧闭的玻璃窗，可以看见外面浓重的乌云和满地金黄的落叶。

寒风扫过，扬起深秋的颜色。

她一动不动，眼中翻涌的怒意渐渐地消退下去，只剩那明亮闪动的眸光。

"俞如冰。"身后突然响起一个声音，她恍惚了一下，一瞬间回到了坐在楼梯口为自家老俞不能长命百岁感到不甘心而落泪的那天。

那天就像这样，唐寒秋也是站在她身后，喊了她的名字。

她缓慢回过身去，结果发现楼梯上站着的是周君雯，对方面容沉静，若有所思。

俞如冰眼神黯了黯，又扭回头去继续看风景，显然不想讲话。

她很想跟人放肆吐槽小绿，吐槽对方什么都不知道就敢瞎扯，再痛快地骂上系统一通，是它们一手造成了今天这个让人委屈的局面。

但那个倾诉对象，只能是唐寒秋。在这个世界里，只有她们两个才知道彼此经历了什么，只有对方才能让自己痛快吐槽，畅所欲言。吐槽还要隐瞒这个隐瞒那个，那也太难受了！

通过此事，她深切意识到唐寒秋对身为异乡客的自己来说有多重要，并下定决心——以后要对我们小唐更好！

周君雯见她云淡风轻地瞥了一眼自己又回过头去，一时间思绪纷杂，好半天才道："刚刚在厕所发生的事情，我都听见了。"

她恰好也在厕所里，那场闹剧她听得一清二楚。

俞如冰不为所动。她根本不怕别人知道这件事。

那个废物蒜头有本事就去告状，反正她也会向唐寒秋告状，最好能往唐鹤天那头捅，依照唐鹤天那颗火热的爱女之心，废物蒜头绝对能当场"去世"！

周君雯又道："如果你需要别的证人，我可以帮你做证。"

俞如冰愣了一下，回头看向她，只见她满脸写着"正直"二字，非常符合她的做派。俞如冰甚至都能猜到，自己评级是 B，她肯定也觉得不公平。

但俞如冰现在真的没有一点想交谈的心思，也不能一句话都不说，于是礼貌地回了一句："谢谢。"然后她又陷入自闭。

周君雯见状，仍旧没有要走的想法，也陷入了自己的思绪当中。两个人分站两处，都不说话，仿佛两座与时间融合的静默雕像。

几分钟后，谭夕急急忙忙回来了，身后还跟着一个池暖，看见周君雯的时候还愣了一下，而后才回神往俞如冰身边去，抓起她的手塞给她一颗糖，气喘吁吁地道："你快、快吃！"

看着手里熟悉的小糖果，俞如冰愣了一下，跟在后面的池暖也喘着气道："是我的。"

特殊情况，俞如冰也不跟她客气了，剥开糖纸就将糖塞入口中，熟悉的甜味在口腔里蔓延开来，如同抓住了一根救命稻草般，她整个人都平静下来了。

俞如冰从自闭到想开，只需一步：吃颗糖。

她有了糖吃就变乖，正慢悠悠地嚼着糖，心平气和地问："你哪里来的糖？"

池暖不好意思地挠着头道："就之前队长给我的糖，我没吃，都好好收起来了……"

俞如冰眼珠子一转："做什么，辟邪吗？"

池暖：这是什么思路！

池暖慌忙道："不是不是！是、是想把这些当作队长的鼓励好好收藏起来……"

谭夕喘顺了气，听见这话，忍不住吐槽了一句："那没必要，她根本就是把这些糖当批发一样，收了糖就是唐总的人了，你要多少她都给你。"

池暖当然知道俞如冰粉丝的事，但一想到唐寒秋亲自接见自己，并已经安排好了自己往后的创作之路，心下觉得十分满足，笑容甜甜地道："那我也愿意啊。"

俞如冰却道："是没必要。"

池暖笑容一僵，满腔热情都被正主打击到了。

俞如冰继而有理有据道："什么小零食放太久不吃都会坏的，那不就是坏掉的鼓励？"

池暖紧张地握紧了手，两颊红润细嫩，看起来还有点可爱："没关系，我真空保存！"

俞如冰看着池暖这模样，不由得一笑："好，我欣赏你。"她又道，"快回去练习吧，你要加油，努力展现了自己就好。"

她清楚华曜给池暖的计划，池暖的终极目标根本不是偶像新团体的成员之一，这个计划只在她尽力范围之内，能达成最好，达不成也无伤大雅。

最主要的还是要在节目里积攒一点人气，只要有关注的声音，再加以大力度的宣传，华曜总能把她带起来。

池暖看了看她："那队长你，没事了啊？"

俞如冰轻松一笑，握住她的手："救命之恩，无以言谢！"而后她又看向谭夕，朴素但意味深长地道了声"谢谢"。

谭夕这个朋友简直没话说，她坚决不能让谭夕"死"在裘云立手里！

谭夕看见她又想开了，也放下心来，不枉自己到处跑着找糖了："冷静就好，那、那个练习生怎么办？她会回来找麻烦吗？"

俞如冰非常有把握地道："不会，除非她想凉凉。"

先嚼了唐寒秋的舌根，还敢找唐寒秋的人的麻烦，这不就是千里送人头的感人行为吗？正常人都干不出这种事，除非小绿真是颗没有脑子的蒜头。

俞如冰宽慰了两人几句，就让她们回去加紧练习了，然后回身看着还在当雕塑的周君雯："周小姐有何贵干？"

周君雯愣了一下，没想到俞如冰情绪转变居然这么快。

她定了定心神，刚刚仿若空气一般站在台阶上看着三人队友情深，又想起俞如冰刚才在厕所冲冠一怒为唐总的事情，忽然无比好奇俞如冰和唐总之间究竟是一种怎样的关系。她们明明是情敌，但又好像不是？至少她是没见过这么袒护情敌的，都硬生生把别人撑到哭了……

俞如冰腰靠着冰冷的栏杆，在她那一脸纠结中，自行探索出点什么，也不拐弯抹角，直接问道："你在好奇我和唐总的关系？"

周君雯见她都猜出来了，自觉再隐瞒下去也没什么意思，点了点头算是承认了。

嘴里的糖在舌尖上滚过，挤向另一侧，俞如冰悠悠问道："周小姐觉得我和唐总是什么关系？"

周君雯坦言："情敌、上司与艺人。"

俞如冰："前一个不存在，后一个是对的。"

"不存在？"周君雯疑惑地重复了一遍。

唐寒秋的的确确喜欢过裘云立，这是业内众所周知的事情，但裘云立喜欢俞如冰是少数人才知道的秘密，其中就包括她。

她当初知道裘云立为别人心动之后，还难过了好长一段时间，最后无可奈何，只能逼着自己面对现实。

结果那个令人艳羡的女人，现在却实实在在地说"不存在"。难道她从来没对裘云立心动过？

俞如冰肯定道："对，不存在。

"唐总迷途知返，及时看清他的为人已经不喜欢他，而我是从来就没喜欢过他，这样的两个人，怎么会存在'情敌'关系呢？"

俞如冰扬了扬下巴："周小姐，我不知道你是不是喜欢他。"

然而心里却道：不，我就是知道你喜欢他。

她心里剧透欲翻涌，但面上还要装出一副什么都不知道的淡定样子来，从容道："我只想告诉你一句话，裘云立不值得人喜欢。喜欢他还不如喜欢一根棒槌。"

周君雯：好强烈的嫌弃感。她保留意见。

俞如冰直起身子，迈开腿，沿着台阶一级一级地往上走，路过她的时候停了一下，脸上瞬间扬起"社畜"的职业微笑："要不要……了解一下人间富贵花唐寒秋？"

周君雯一口回绝："不用了，谢谢。"

不知为什么，俞如冰这口气她越听越觉得不像是正经人，像搞传销的。做人应该学会拒绝传销。

粉丝俞如冰再一次惋惜道："啊，你不用啊……"错失了一匹千里马，好可惜哦！

万众期待的《新星偶像》第一期终于开播，有预告的热度打底，第一期正片收视率一路飙升。俞如冰、周君雯、谭夕等人表现亮眼，一经播出就成功地俘获了一大票粉丝。

其中俞如冰的吸粉量一骑绝尘，她在《青梦》里的甜美少女化身小恶魔的场面，配合她那恰到好处的唱腔，使《青梦》一举成为观众们心中《新星偶像》最优舞台。更有话题"小恶魔"迅疾地冲上热搜前五，点进去全是俞如冰宝藏般的美貌。

抓镜头，仰起脸，露出势在必得的傲慢笑容等动作更是被迅速地制作成动图表情，成为冰粉们的安利杀器。

但后续又因为她的评级问题掀起了一场讨伐大战，《新星偶像》官微底下议论纷纭，炸开了天。

你的眼里有星星：这么会抓人的漂亮妹妹，谁不喜欢呢？《新星偶像》不喜欢，因为《新星偶像》没有心。

风花：请问你们在评她级别的时候是怎么评的，用脚吗？黑幕这么明显？

定语从句：《新星偶像》黑幕小恶魔"《新星偶像》没有心"炒话题可以，但麻烦适量呢，下期再拿漂亮妹妹开刀的话，导演今晚立马秃头哦。[可爱 .jpg][可爱 .jpg][可爱 .jpg]

捍卫正义：就我一个人觉得其实是在捧她吗？反向操作啊，全员陪跑，她背后有"金主"吧？

guna：对，就你一个人。

老子给你一拳：对，就你一个人。

你说的都对：对，就你一个人。

很快，《新星偶像》又放出了后台采访的完整版，将预告里未完的片段延续，妥妥地给华曜送了一拨流量。

由于华曜练习生们把唐寒秋夸得天上有地上无，广大网友在看完完整的后台采访后，纷纷冲到华曜影视官微底下嗷嗷叫着要眼见为实，华曜影视官微的评论区也逐渐热闹了起来。

都给我冲鸭！ ：@华曜影视 在？唐总照片发出来康康（看看）？

我可我行我没问题：我来看我新老婆说的博物馆级别的美貌了！！！ [让我康康 .jpg][让我康康 .jpg]

别闹：不美立马脱粉！ [狗头 .jpg][狗头 .jpg][狗头 .jpg]

喔唷：脱粉 +1。

一时间各种声音充斥着各大相关官博。

而不受其扰的唐家别墅内，唐鹤天正戴着一副老花镜，一脸严肃地坐在电脑前，气质威严得如同在进行线上会议，随时都能敲定几个亿的大合同。

然而电脑屏幕里传出来的声音却格格不入，整个洋溢着青春灵动的气息，空气里好像都带着一股甜蜜的糖果味道。

这与杀伐果断的商业巨头唐鹤天一本正经的脸形成鲜明又诡异的对比。

今天唐夫人不在，是东伯在一旁陪同。

东伯看了看屏幕上活力四射的《新星偶像》，又看了看自家老爷的脸，顿时有些替他难为情。

东伯：实在是这个画面太过诡异……

很快就轮到华曜的练习生上场，俞如冰的脸一在这个屏幕上出现，唐鹤天的眉头就皱了起来，一双鹰眼微眯，紧紧地盯住了她，就等着看她作出什么妖来。

东伯身兼唐寒秋卧底的重任，仔细且小心地观察着唐鹤天的神色，不一会儿，他就在唐鹤天的眉眼里看到了一点笑意。

唐鹤天绷直的背也稍稍松弛了下来，坐姿轻松了不少。

画面上，是俞如冰对着镜头笑，说到了"最好的唐总"。

唐鹤天傲娇地"哼"了一声，语气里满是得意："算她识相！"他的宝贝女儿就是世界上最好的，没错！

只是看到她的评级的时候，唐鹤天的眉头又紧紧地皱了起来，然后严肃蹙眉看完了整个第一期，直到后面的完整采访阶段，听到俞如冰毫无保留地夸赞唐寒秋博物馆级别的美貌时，神色才稍有缓和。

俞如冰在他心里，好感度往上提了提。正因为印象转正，他就更在意评级的事情了。

虽然他看不懂这些东西，但好坏他还是能看出来的，风霆家的都能得 A，他女儿家的怎么就不能得 A？为什么被压去了 B？这个节目居然公然搞黑幕吗？！

唐鹤天的脸色十分难看，有种自家孩子被欺负了的感觉——节目组压俞如冰的评级，可不就是在打唐寒秋的脸吗？

他黑着脸问东伯："你懂这些吗？"

东伯摇头。他早就过了看这些小年轻蹦蹦跳跳的年龄，现在都是保温杯里泡枸杞，偷得浮生就养生的老年日子。

唐鹤天选择询问专业人士江映遥，结果得到对方的回复是："是节目组的引流手段，属于正常现象。"

对他们这些见惯了演艺界各种营销策略的人来说自然是正常现象，但对于踏实起家的老一辈来说，这就是不正直、不公平的现象。

唐鹤天有点愤然，甚至想亲自打电话去和导演组谈谈人生。

江映遥却好脾气地笑了笑，一语中的："爸，节目组要的就是你这个情绪。"

引发观众不满的情绪，带动粉丝同情心，使他们积极发声。骂也好，夸也好，对于这个节目，乃至整个圈子的从业人员来说都是雨露天恩。

如果没有一点声音，那才是完蛋。

江映遥安慰道："爸您放心吧，俞如冰表现优异，观众有目共睹，节目组不会一直无端打压她的。适当炒作话题不仅是为了给节目组引流，也会给她引流，这就是个双方获利的交易。爸您放宽心。"

唐鹤天放宽不了心，他觉得这个节目组的导演做事太不靠谱了。

但他与普通网友不同的一点就是，他真的能打电话给节目组导演谈谈人生。

风霆内部，裘云立也在看《新星偶像》第一期。

他本没兴趣看这些东西，但现在不同，两个对他有特殊意义的女人都和这个节目息息相关。

虽然其中一个，上次才打了他……但他不介意，他从前做错那么多，让唐寒秋出出气也是应该的。追妻之路要是简单，那就不叫"追"了。

裴云立的长指在平板电脑上滑动，按理说，他应该多关注自家艺人的表现，但忍不住——忍不住一次又一次地看俞如冰的舞台。

那亮眼的表现，傲不可比的眼神，还有那势在必得的笑容。太迷人了，每一帧都能让人心神荡漾。

裴云立心中的天平，悄然偏向了俞如冰。

一时间胸口有点闷郁，他皱了皱眉头，扯了扯领带。他觉得自己是个矛盾体，难以言说。分明觉得她们有很多地方不好，但心就是抑制不住地因她们而产生悸动感。

想要靠近，想要得到，想要给予她们最好的。

裴云立痛苦地捂着额头，陷入了道德的谴责中，但很快他又将自己劝解出来——所有男人都会这样，所有男人都会想得到不止一个女人，他并不是孤独的，也没必要谴责自己。这都是人之常情啊。

正因如此，他想去一趟《新星偶像》训练营，亲自去。

博物馆级别美貌拥有者正在和华曜宣发部开会。

她拿着笔，神色严峻地敲了敲桌面："这个 B 级……"

出于没看过就没资格评价的心，她把正片全部认真地看完了，综观所有 A 班练习生，她可以很肯定地说，俞如冰的实力进 A 班简直绰绰有余。

只是节目组从中作梗，硬是给她压了一级，看起来就像是在欺负人。

宣发部部长当即回答道："是节目组的引流手段。唐总放心，这件事我们已经和节目组的导演交涉过了，华曜方面只接受适当适量的话题引流，严厉拒绝无端打压。"

节目组的导演绝不是个傻的，上赶着挨唐氏的打。

唐寒秋捏着笔端，若有所思。

这样的节目前期谁都不能保证绝对公平，唯有在后期赛制才会透明化，而像现在这样的属于前期压级营销策略，华曜方面不是不能接受。毕竟是对双方都有利。

俞如冰虽然被压到 B 班，但也因此收获一批粉丝。粉丝一旦对偶像产生同情，就更容易长情。

俞如冰身为华曜旗下艺人，要无条件服从公司安排，华曜没有异议，她自然也不能有。但……俞如冰会怎么想？二次就业的她能否想通其中关节，保有综艺敏感度？

唐寒秋不知道，也不知道正片里她轻松笑着应下接受去 B 班是不是真心的，人都是会藏心事的，尤其是在镜头前。

唐寒秋握住笔杆，抿了抿唇。

唐寒秋觉得自己，就此事应该给她一个交代，给她一个保证。因为她在这个世界，只有自己这么一个依靠了。

唐寒秋做完决定，当即施行，她抬眼看向韩薇："你安排一下，我要去一趟《新星偶像》的训练营。"

满会议室的人齐齐望了过来，一时间都不知道老板为什么突然要去训练营，但又不敢问。

好一会儿，宣发部部长才拐开了话题，试探性地问道："唐总，那关于网友们对您的真容感兴趣的事……"

脸是唐寒秋的，而唐寒秋是他们的顶头上司，这种事情肯定就不能交由他们宣发部自己做主。

唐寒秋波澜不惊拂开了这个问题："以后再说。"

她就是不放照片，网友们也不能拿她怎么样。反正，俞如冰也没有在节目里说过"我们唐总肯定会给大家放照片一睹真容"这样的话。而且吊足了胃口，才能让人有继续关注下去的动力。

唐寒秋起身，敲了敲桌面："你们继续开会。"然后便走出了会议室。

韩薇跟在她身后，询问道："是否现在就去？"

唐寒秋颔首，又想起点什么，顿步道："去之前，先去个地方。"

俞如冰没想过唐寒秋会大老远地跑来看自己。

看见那抹熟悉的身影站在落地窗前看秋景，静默地等着她来时，她不由得心头一热，加快脚步跑了过去。

唐寒秋听见匆匆的脚步声，回过头来，视线恰好与她的目光撞上。

在这一刹那，唐寒秋知道自己这趟没来错。

俞如冰热情地迎上前来，先跟站在不远处的韩总助打了个招呼，然后扭头看向她，倏然张开了双臂，嫣然笑道："为了庆祝我们两师终于会面，来抱一个？"

唐寒秋本想拒绝，并吐槽她胡言乱语，但在看见她那炙热请求的目光后，莫名其妙地软下心来。

然而还不等她答应，俞如冰就自顾自地扑了上来，双臂揽住她的背，给了她一个无比深情的拥抱。像是多年不见的老友重逢，也像是终于找到了避风港的漂泊之人，俞如冰心满意足地长出一口气。

唐寒秋的双手虚搭在她的腰和背上，没有推开她，听见她叹气之后，怔了怔，不由得皱了皱眉，问道："叹什么气，你受欺负了？"

唐寒秋特地选了个没有摄像头的地方见面，也禁止节目组跟拍。如若不然，有摄影师听到这话，必然要跳出来指责明明是他们挨的杠更多！

俞如冰还没来得及回答，就先看到蓦然闯入视野的一道绿色身影——那张熟悉的"跳出三界外，不在五行中"的脸蛋。

俞如冰挑眉，大大方方地搭在唐寒秋的肩膀上冲对方打了个招呼："嗨，好巧啊！"

对方见了她下意识打了个冷战，然后就看见揽着她的人慢悠悠地回过身来。

记忆里那张漂亮得惊为天人、让自己妒恨的脸庞乍然出现在这里，小绿登时脸都吓绿了。俞如冰究竟和唐寒秋是什么关系啊？！她是不是要告我的状？！

唐寒秋看了看吓得呆立原地的人，觉得这张脸好像在哪里见过，但又想不起来，只依稀记得是什么公司老板的千金。她真的想不起来了。

不重要的人，倒也没必要花时间去想。只是她看俞如冰和对方一副很熟的样子，还有点疑惑："你们很熟？"看来俞如冰在这节目上交了不少朋友。

俞如冰摊了摊手，诚实道："一点也不熟，只是有点流过眼泪的交情罢了。"

唐寒秋：都有流过眼泪的交情了，还不够熟？

[06]

唐寒秋真实疑惑了："流过眼泪的交情是什么东西？"

是她知道的那种吗？不然为什么都有流眼泪的交情了，还能说不熟？

俞如冰点头道："当然，毕竟是她一个人流泪，我让她别哭而已。"

一字一句，全是事实。然而这个事实让唐寒秋这个不知情的人听后，反而更加疑惑了。这不就是一个哭，一个安慰？那还能说一点也不熟吗？

但她很快就反应过来了，绝对不能以正常人的思维去揣度俞如冰的思维。

唐寒秋直接问道："发生了什么事？"

俞如冰满面笑意地望了一眼犹犹豫豫要不要跑的小绿。

她看起来很想逃，但又不敢。唐氏势力不是他们家能抗衡的，当初只是私下里过嘴瘾，其他练习生跟唐寒秋和唐氏都不熟，就算有人捅到唐寒秋面前去，只要她咬死没有，那这些练习生也不能拿自己怎么样。

最重要的是，唐寒秋还不一定会信，毕竟都是陌生人。万万没想到华曜的人会在，更没想到的是华曜的人里会有跟唐寒秋关系这么好的！这状俞如冰要是告下去，唐寒秋肯定就信了，她必凉无疑！

想到这里，小绿只能定住脚步，向俞如冰投去求饶的目光。小绿平日里没少听到别人夸俞如冰好亲近，说她性格好，有人请她帮忙，她都会帮上一把，人缘是整个节目组里最好的。所以她现在就希望俞如冰能帮自己这个忙，高抬贵手，放自己一马。

俞如冰接收到她求救的目光，心领神会地微微一笑，点了点头。

小绿看到她这个点头，霎时放下心来，结果就看到她抬起手招呼自己过来，就连唐寒秋都回过头来用打量的目光看着自己。

小绿吓了一跳，但在唐寒秋的注视下，她又不能跑，只能寄希望于俞如冰。她告诉自己：没事的，相信俞如冰，她刚刚已经答应我饶我一命了。这才胆战心惊地走了过去。

俞如冰把她招呼到自己身边，先当着唐寒秋的面问了一下她的名字，她就如被命运掐住喉咙的可怜鬼，弱声弱气地回道："林安安……"

俞如冰问唐寒秋有没有印象，唐寒秋面无表情地说"没有"。

林安安正要松一口气时，旁边的韩总助轻飘飘的一句话又把她往火堆上架："唐总，是美舒公司的千金，美舒公司和我们唐氏有过几笔小生意的来往。"

韩薇从前是在唐氏集团工作的，很多项目不论大小她都跟过，其中就包括美舒的。

而且她现在是唐寒秋的助理，对于各大公司和人际方面，她都会先做预备功课，以防刚回国的唐寒秋突然遇到什么业界人士认不出来，闹得彼此尴尬。

唐寒秋"哦"了一声，也不知道是想起了还是没想起来。

俞如冰看向韩总助赞赏道："好，不愧是你，唐总听了都想给你加工资！"

唐寒秋无情道："不，我不想。"

俞如冰："好，不愧是唐总，拒绝都这么干脆利落！"

唐寒秋：这都能给你发挥的机会？

韩薇冷静地推了一下镜框："这是我的本职工作，不在加薪范围。"

俞如冰："那韩总助的本职工作范围好广啊。"上次还送她回寝室，防止她出意外。果然是能者多劳，工资越高，工作越多。

唐寒秋见话题越飘越远，不假思索地拉了一把："所以，发生了什么事？"

俞如冰拍了拍林安安的肩膀，露出友好的笑容："不如让她亲自告诉你，她为什么哭。"

林安安：不是心领神会放我一马了吗？！

她下意识问出声来："你不是答应我了吗？"

俞如冰看着她，一脸无辜："我答应你什么了？"

林安安心虚地避开唐寒秋的视线，小声道："答应放过我啊。"

俞如冰更加无辜了："我什么时候答应放过你了？"

林安安一时瞪圆了眼睛，难以置信道："你刚刚明明点头了，难道不是意会了吗……"

俞如冰无辜爆表："啊……原来你是这个意思啊，我还以为你是想过来和我们唐总说话呢。"

林安安：我输了，一败涂地。

俞如冰突然笑了起来，附在她耳边轻轻地道："你以为我不会告状吗？当然不会。"

搭在她双肩上的两只手突然紧了紧，从俞如冰嘴里出来的话竟如恶魔的低语，令人四肢发寒，从头凉到脚："因为我要你自己告这个状。"

如果仅仅是聊个无伤大雅的八卦那倒没什么关系，但在这个八卦之后就是夹杂私心过分地贬低当事人、疯狂地嘲讽，并且还被人当场逮住。那么该负的责，一样都不能少。

俞如冰可不是什么圣母，更不会因为她们比自己小，就本着"都是孩子，没必要计较"的心放过。就是趁着孩子小，才要多敲打啊。学会谨言慎行，学会为自己不当的言辞负责，这是每个人都该学会的事情。

林安安登时汗如雨下，心如擂鼓，察觉到唐寒秋的视线一直停在自己身上后，更是惊慌无措，舌头都像是打结了。

她不敢，也没有人敢。

唐寒秋很快就发现了林安安的心虚不安，再看俞如冰那一脸严肃的样子，思绪一转就反应过来，慢悠悠地开了口："你骂了我，对吗？"

没想到她居然如此直接就把这件事挑明，林安安吓了一跳，身体僵硬，既不敢点头，又没有勇气摇头。

唐寒秋面色平静，也没问骂了什么："不要有下次。"

林安安惊讶地看着她，完全没想到她居然没有半点追究的想法，登时佩服她的胸怀与气度。因为如果是她自己被骂，她肯定要追着对方不放，非得把对方的一层皮扒下来不可。

她张了张嘴，想要说声谢谢，就看见唐寒秋扭头和韩薇道："我记得美舒这家公司有很多替代公司？"

林安安的答谢堵在嗓子眼里，不上不下。

韩薇："是的。"

美舒并不是最好，但也不是最坏的，不过对于唐氏还是不够看。但因做的只是几笔小生意，所以唐氏才没有那么追求极致非要行业最好的不可，从而选了美舒。

唐寒秋颔首，回头看着林安安，如宣判死刑的法官那般："美舒以后别想再和唐氏有半点生意来往，这件事就请你自己告诉令尊。"

明明知道自己的父亲和唐氏有商业关系，还如此不懂事地辱骂唐董事长的女儿，这种行为不是想让自家公司少这么一个大集团客户是什么？不是自己上赶着让唐氏中断合作是什么？

林安安这么"贴心"，唐寒秋自然不会辜负她。

大度？不存在的。别人骂你，你还大度地继续合作，那你这也太好欺负了。她可不是以德报怨的慈善家。

林安安如坠冰窖，浑身发冷，但对上唐寒秋那双冷酷的眼时，又说不出一个字来。

——不敢说，也没底气说。

唐寒秋不过问具体骂了什么，就已经是在顾及她的面子了，她还能说什么呢？只能谨记教训，思考怎么跟疼爱自己的爸爸说这个噩耗，最后浑浑噩噩地离开了。

林安安一走，唐寒秋就看向俞如冰："所以，流过眼泪的交情，就是你把她弄哭？"

俞如冰理直气壮："不是我，是节目组！节目组得负全责！"

唐寒秋："这又关节目组什么事？"《新星偶像》还私下虐待练习生不成？

俞如冰再一次理直气壮："他们没收了我的糖，我脾气上头了没糖克制，只能被迫和林安安产生了流眼泪的交情。"说得就像是把人撑到哭唧唧的她其实超级无辜。

唐寒秋：我真是信了你的邪呢。

唐寒秋微微侧首，目光不知道想投向哪里，很快又收了回来。她想起俞如冰说过的"自己吃糖是为了保卫地球"的玩笑话，忽然觉得这句玩笑话可能不是玩笑。

如果她脾气上头真的能把人骂哭，那她吃糖也的确是在保卫地球了，毕竟是一个战斗力如斯强悍的杠精。但是，为什么呢？糖真的能让人静下心神吗？比镇静剂还好用？

俞如冰从没主动告诉过她原因，她也没主动问起，但是今天，她忽然就想问了："没有糖不行吗？"

俞如冰不假思索："不行。"

唐寒秋："为什么？"

俞如冰："会出人命，不信你去问谭夕。"作为目击证人之一，谭夕有绝对的发言权。

多方求证，以此证明事件的可信度。唐寒秋道："那你去把谭夕带来，我占用她一点时间。"

俞如冰为了自己的糖，脚下生风，一溜烟地冲向 A 班，确认谭夕有空之后把她拽了出来，直言"唐总找你"。

谭夕：虽然但是……唐总不是在华曜吗？

看到唐寒秋本人站在落地窗前时，谭夕信了，虽然还是很困惑唐寒秋怎么大老远来训练营……

唐寒秋将她带到一边，询问了一下俞如冰和林安安发生冲突当天的经过。

为了不玷污人间富贵花白玉般漂亮的耳朵，"颜控"谭夕大行消音之道，把林安安那些骂人的话都屏蔽了，委婉地带了过去。

唐寒秋主要是为了了解俞如冰那天有多恐怖，所以关于俞如冰发火把林安安撑到哭，把在场的人都吓到不敢吱声的部分，谭夕毫无遗漏，一字一句地交代了。

最后她做了个总结陈词："她没糖真的太可怕了。"

唐寒秋神色微变，很意外俞如冰会把人撑得这么狠。在她印象里，俞如冰杠是杠了点，但火力绝对是收放自如的，不会像这样凶狠，咄咄逼人。糖对于她，就这么重要吗？

唐寒秋道："我知道了，辛苦你跑一趟了，先回去吧。"

谭夕看了看她，犹豫几秒后，说道："唐总，关于她被压级的事情……"

唐寒秋："我会处理，不用担心。"

她缓缓垂下眼帘，非常可靠地说道："放心，华曜不会让你们受欺负的。"

她说这话时，面容柔和温雅，眼底的眸光一闪一闪的，好不动人。

"颜控"谭夕：太绝了，这样的颜值怎么能被说成"也就那样"呢！

得到了保证，眼睛又接受了一场美的洗礼，完成任务的谭夕心满意足地离开。

俞如冰走上前来："怎么样唐总，为了世界帮我跟节目组通融一下？"

"可以，"唐寒秋说，"但你要告诉我为什么。"

俞如冰愣了一下，唐寒秋别过脸来与她四目相对："我很好奇，为什么糖能这么轻易地克制你的脾气。"堪比镇静剂。

俞如冰的神色一下就变了，笑容散去，平静得就像是一汪死水。她睫毛轻轻颤动，忽然沉默了。

屋内一瞬间寂静下来，屋外秋天的风肆意地撞在落地窗上，发出呼呼声响，不知道怎的，气氛变得有些伤感。就好像某个隐藏在内心深处的伤口被人戳中了。

唐寒秋启唇，打破了这份安静："抱歉，你要是不想说也没关系。"直觉告诉她，这是俞如冰的秘密。既然是秘密，那就不是别人能轻易窥探的。

俞如冰却忽然笑了起来："也不是不能说。"那倒也算不上什么秘密，毕竟在现实世界里，谁不知道她爸死了呢。

韩薇极有眼力见儿地暂时离开了。

俞如冰没有母亲，准确来说，她妈妈在她还是个婴儿的时候就去世了，只剩下她和老俞相依为命。

老俞为了生计开了一家小卖部，卖得最多的就是糖果，什么口味都有，主要也是因为她爱吃，而老俞也喜欢用糖哄她。

高兴了给颗糖，难过了也给颗糖，生气了就多给两颗，屡试屡灵，她每次都会接受。其实主要是老俞脾气软，她不好意思跟他生那么久的气，摆那么久的脸色看。

老俞脾气软，也是个好人。但她觉得是个老好人，特别笨。左邻右舍，单纯的，不怀好意的，只要开口向他借钱，他就借。说是借，其实不如说是给，因为这些钱往往有去无回。但老俞不在乎，因为他就想帮助大家。

是的，他就是这么个想法，一个真正地想将自己奉献给国家和人民的男人，但是因为跛脚当不了兵，无法为国奉献，就只能为左邻右舍奉献了。

"左邻右舍也是人民一分子嘛。"老俞当初是这么跟她说的。

但是她不认可这个做法，帮忙要适度，也要讲究有来有往。做奉献，也要为值得的人奉献，最重要的是，有的只是披着一张人形皮囊，是人是蛆还不知道呢。

有的邻居的确是因为急事才找他们家借钱，但有的不是，纯粹是看老俞傻，觉得他好骗，就大着胆子来"借"钱。

其中住在他们家隔壁的胖姨最为突出。要不是有俞如冰在，胖姨这个贪得无厌的能把他们家捞空！

最让俞如冰生气的是，胖姨借了钱，还要在背后说他们家的坏话，嘲笑他们家老俞傻、蠢、白痴，明面上对俞如冰也没有好脸色，还说过"女儿都是赔钱货"这样的蠢话。

当然这些话胖姨也不敢当着老俞的面说。但也深切地让年幼的俞如冰感受到，借钱的是个大爷。

俞如冰和胖姨的矛盾日益激化，为了捍卫自家老俞，她有时候还当着街坊邻居的面和胖姨直接吵起来。

要脸是不可能要的。跟不要脸的人吵架，要脸就输了。

为了撑胖姨，俞如冰的杠精本事也是日复一日、年复一年地见长。

终于在十六岁那年的一个下雪天里，她成功地把胖姨连带其不争气还想跟她交往的废物儿子一块杠到说不出话来，只能勉强挤出两滴让她看了想吐的眼泪。

她当时心里只想：这天气怎么就不能再争气点，直接把两滴泪冻成冰，粘在这两人脸上呢！

结果当天晚上，老俞就因为这件事训了她一通——胖姨骂不过她，就搬出她爸！还添油加醋！

俞如冰气不过，把胖姨怎么骂他的，又怎么骂自己的一五一十地抖搂出来。

但在老俞的眼里，街坊邻居都很友善，断不会说出这些难听的话。

俞如冰当时怒火中烧，直接道："不在你面前和善装样子，怎么骗你钱？！"

而老俞也有所有家长都有的毛病，出了什么事，关起门来，就先怪孩子，让孩子反思。就好像孩子永远都是错的那个。

老俞听到她这么尖锐的话语，不高兴地皱了皱眉头，让她反思。

她分明是为了捍卫他才和胖姨起冲突的，结果他全然不顾自己的委屈，一心就向着那些连是不是人都还不确定的东西！

她更觉委屈、不甘、恼怒，又正值青春期，当时就和老俞大吵一架，最后摔门出走，一个人跑到公园里抱着自己哭。

那个公园，是平时老俞经常和她散步的地方，也是她每次生气都会来的地方。她一生气就会往这里跑，主要是又叛逆又怕老俞找不到自己。别扭得不行的小心思。

然而她没想到，这一次老俞真的没找到自己。

她哭了很久很久，哭得眼眶发涩，整张脸冻得红通通的，都没见到记忆里那熟悉又值得她依赖的一瘸一拐的身影。

从前不论怎么样，老俞绝对会第一时间来接她，但今天却迟了，迟了很久很久，就好像他不会来，他永远都不会来了。

忽然间，她产生了一股强烈的不安，她蒙蒙地站起来，踩进雪地，愣愣地往前走了两步后，一股莫名的冲动翻涌而来，催促她快些回去。

她就如受到感召一样，突然发了疯似的踩着冰冷的雪往回跑。她从来没有像这样不安过。

直到她看见熟悉的红蓝灯光、熟悉的警服、拉起的严密警戒线，以及那些好奇地围在周边的居民。她停了下来。

只是看了两眼，她转身又要走，这时却有个男生挑事一般地喊了一声："俞如冰，你爸在里面！"

脑子里嗡的一声。她不信，但脚却像是被冰冻在原地一样，怎么都挪不开。

最后她鬼使神差地朝警戒线走了过去，警察们也没拦着，她呆呆地走进巷口，第一眼就看到她一直等待的熟悉身影——就倒在那片昏黄的灯光下，那片刺眼的血泊里。

她轻轻地、小心翼翼地喊了一声："老俞？"

无人应答。

她走上前去，熟悉的面容赫然映入眼帘，脑子登时一片空白。

她缓慢地蹲在他身边，温柔地推了一下他的手臂，眉目柔和地说："你躺这里干吗呀，地上好冷的。啊我知道了，你在跟我生气。对不起嘛老俞，我以后都不跟你吵架了，你起来，我们回家啊。外面好冷啊老俞。"

她当时也不知道是不是因为先前哭得太多，面对"睡着"的老俞反而一滴泪都落不下来。

不论她怎么推老俞，老俞都没有搭理她，她自顾自地想，肯定是老俞在生她的气，气得都不想理她了。他连哄她用的糖都没带。

忽然，有人拉了拉她的衣角，软糯地喊了一声："姐姐。"

她僵硬地回过头去，就看见一个懵懂的小孩站在她的面前，身上还穿着她今早穿过的那件粉色大衣——套在他身上，长得拖地。

小孩年纪太小，什么都不懂也什么都不怕，只是一派天真地看着她，然后抬起一只肉乎乎的小手，摊开掌心，奶声奶气地说："给你，糖。"

他掌心里的糖果，和老俞平时用来哄她的糖果一模一样。不多不少，正好两颗。

尘封多年的往事再被提起，情绪都被搅得不得安宁。

俞如冰吸了吸鼻子，笑着说道："后来警察告诉我，老俞是为了救那个小孩，在搏斗的过程中被人贩子活生生给捅死的。人贩子见自己闹出了人命，慌忙跑了，连小孩子都不要了。"

她家那个笨得要死的老俞，最后也将自己奉献给了他热爱的人民。

俞如冰鼻尖泛红，仍是面带笑意地说道："虽然是这样，但我觉得那是我的错。如果我脾气好一些，不跟老俞吵架，他就不会出来找我，也不会碰到那个人贩子，也就不会……"

她说到这时哽咽了一下，悄然偏过头去，还是不想让唐寒秋看见自己那快要掉出眼眶的泪珠。

唐寒秋看着她偷偷擦眼泪的动作，轻声说了一句："你等我一下。"

没过多久，她就回来了。"俞如冰。"她喊了一声。

俞如冰下意识回头，面前突然多了一根棒棒糖，她顿时愣住了。

唐寒秋将糖放进她手里，又动作轻柔地把她拥入怀里，安抚地拍着她的背，低声说道："那不是你的错。令尊到最后都在为他热爱的人民奉献，他是值得的，是英勇无畏的。最重要的是，他不会乐意看到你因此埋怨自己，因为你根本没有错，错的是那些违法犯罪的人。"

在久违的温柔安慰面前，俞如冰没忍住，泄出一声哭腔，弱弱的，好像一只无助的小猫。

唐寒秋将她搂得更紧了些，努力给予她更多的安全感。"哭吧，我陪你。"

俞如冰在唐寒秋温柔如春雨般的无声安抚下，乖乖地哭了一场，哭声由强渐弱，唯一不变的是融在那声音里的悲戚。

她自认不是一个脆弱的人。如果她脆弱，当初就不会抛开面子手撕胖姨一家。

她绝不是一个脆弱的人。如果她脆弱，现在也不会站在这里哭，早和老俞在天上团聚了。

她要强且倔强，所以她活着，活到了现在。

她十几年来几乎没哭过，一来是因为自己已经成年，学会了隐藏伤口；二来是因为不敢哭，害怕哭完了没有记忆里熟悉的棒棒糖。

直到来到这个世界，遇见原主身体健康的父母。她心上那一道伤口倏然就被揭开了，不管她藏了多少年，那伤口仍旧是血淋淋的，被轻轻地戳一下都疼得不行，疼得想哭，想被人拿糖哄一哄。

从前那个人是老俞，现在……是唐寒秋。

俞如冰微微睁开水雾迷蒙的眼，红润的鼻尖一耸一耸的。

她模糊地看见唐寒秋的长发，弯曲得就像波浪一样。她闻到了唐寒秋身上的香水味，说不上来是什么牌子，但是很香，如春天里的风，裹挟着一股温柔的味道。就像现在的唐寒秋，一样的温柔。

背上的安抚一下又一下，轻轻的，柔柔的，一直陪着她，直到她痛快地将情绪发泄完。

她揽着唐寒秋，心想：她好温柔。

她缓了缓心绪，慢慢地开口："你嗝……"这该死的哭嗝！

唐寒秋非常明显地顿了一下。

俞如冰非常羞涩地道："哭、哭嗝，还嗝，还挺不好意思的嗝……"

唐寒秋没忍住，低声笑了一下。

俞如冰："别嗝，别笑，给我点嗝，给我点面子！"

唐寒秋是没再笑出声，但是那红艳唇边的嫣然笑意显而易见深了不少。

俞如冰见状，自暴自弃地挂在她肩上，一副任人宰割的咸鱼模样："嗐，你想笑就嗝……就笑吧。"

唐寒秋不客气地轻笑了几声。

俞如冰的手放在唐寒秋的背上，无意识地抚了抚，然后就忍不住加快速度，搓了起来。主要是唐寒秋的黑色 V 领衬衣真的太好搓了，这材质摸在手里就像水一样，柔柔的，软软的，特别舒服。

她的两只手开始不安分地到处瞎搓起来。这金钱的质感，是真好啊！

忽然，她的身子下意识绷直了，不自主地往唐寒秋怀里一撞。

唐寒秋不动如山，两手掐在她腰上，仿佛捏着她的命门，皮笑肉不笑地问道："你在乱搓什么，是不是想挨打？"

俞如冰立马装无辜卖惨："嘤嘤嘤，唐总不要这么凶嘛，人家还在哭唧唧呢。"

她甚至都不打哭嗝了，肯定是因为唐寒秋衣服摸着太舒服了，舒服得她的哭嗝都没了。金钱果然包治百病！

唐寒秋"哦"了一声，说道："那我打你一顿，你再继续哭，好像也没什么问题。"反正都是哭。

求生欲迫使俞如冰迅速脱身出来，肃然道："那倒也不必。"变了，我们小唐变了，她都会掉人了！

唐寒秋哼笑一声，没多追究她，转头将韩薇喊了过来，待韩薇走近后，又轻飘飘地吐出两个字："给她。"

俞如冰便看见韩总助就像变戏法一样从挽在手上的唐寒秋的白色风衣下拿出了一袋糖果，沉默地放进自己手里。

粉色的纱袋，不大不小，有一个手掌心那么宽，里头放着各种各样的糖果，夹着几根棒棒糖。

这还是唐寒秋来训练营之前，特地让韩薇绕道去买的。

唐寒秋没买太多，主要是考虑到俞如冰来之前就已经在自己那儿坑了一大袋糖果，觉得她应该没吃完，所以只买了一小袋当作一个普通的见面礼物。

但这把俞如冰感动得不行。

千里送糖果，礼轻情意重！战友有钱真的太爽了！

她一脸动容地看着唐寒秋："小唐，送糖之恩，我无以为报，唯有以命相抵了。"

唐寒秋看着她，理所当然地说："你命一直都是我的，用不着你抵。"

俞如冰眨了眨眼。

唐寒秋："白纸黑字，你头都是我的。"

俞如冰后颈一凉："这话题怪恐怖的。"

她摸了摸自己的后颈，努力驱散那股恐怖片的味道，又掂了掂手里的糖，问道："你们大老远来一趟就是为了见我？"

唐寒秋说："是。"

俞如冰羞涩道："嘻，那多不好意思！"大老远的，怪感人的。

唐寒秋没搭理她，扭头接过韩薇手里的风衣，道："韩总助，我还有些事要跟她说，就劳你替我去处理节目组导演那边的事了。辛苦你了。"

韩薇毫无二话，点了点头，转身就走。

她先前在唐氏也过手了不少项目，亲自和对方的头头见面会谈都是家常便饭，得心应手的事。而且她现在是华曜的副总裁，以这个身份去见节目组导演完全没问题。

韩薇一走，俞如冰就开口追问道："你真的大老远跑一趟就是为了见我？"

唐寒秋平淡地觑了她一眼，转头看向外面飘扬的落叶，声音平静如水："是。"

俞如冰静静地凝望着她，等着她继续说下去。

唐寒秋眸光微动，闪着真挚的光芒："为了评级的事情，怕你误会，来给你个交代。无端压级的事情，不会再发生第二次，我向你保证。"

俞如冰唇口微张，蒙了一下，而后，慢慢地、缓缓地笑了起来。她说："你好可爱。"

是的，可爱。大老远地跑来，居然只是为了给她一个交代，不让她误会。

俞如冰看着唐寒秋的脸，这张脸绝美无双，有雅有艳有精致，独独没有可爱。

所有看见她的人都会夸她美、夸她好看，就是不会夸她可爱。因为她绝大多数时候就像是个坐拥辽阔无边疆土的女王，杀伐果断，气势凛然，高傲得不可玷污，跟可爱沾不上半点关系。

但俞如冰今天却看出了一点可爱的感觉。

她本可以通过别人的口舌，抑或是通过手机电话给一个交代，但她选择站在自己面前，亲口给自己一个交代、一个保证。

一个日理万机的总裁，一个众星捧月的千金小姐，居然能为一个人做到这般地步，就如一个赤子那般纯净真诚，令人心房温软。

这怎么会不可爱呢？唐寒秋比她见过的所有人都要可爱。

唐寒秋是第一次听到外人夸自己可爱，面上不由得一怔，两团淡红悄然攀上她雪白的双颊，催生出一股奇异的羞涩感。一个和自己格格不入的词，突然被人贴在自己的身上，居然莫其名妙地让她有点不好意思起来。

俞如冰眼尖，一眼就看见她微微泛红的脸庞，讶然了一瞬后，笑意蔓延到了眼底。

没想到女王唐寒秋的害羞点居然是被人夸"可爱"？完了，她觉得面前这位女王更可爱了！

她凑近面色微红的女王大人，眼睛亮亮的，大着胆子道："真的好可爱哦。"

唐寒秋抬起手掩着唇，但更像是掩着羞意，目光飘忽不定，沉声道："不要胡说。我只是觉得你一个人在这个世界太过可怜，而我们又是一条战线上的人，所以才会想对你好点。"所以才会想成为她在这个世界的依靠。

大家都是成年人，很多话不需明说就能意会。

俞如冰自然很快就明白了唐寒秋的一片心意，了然地"哦"了一声，笑眯眯地顺着她的话道："是啊，我超可怜的，孤零零地来到这里，举目无亲，好惨哦。"

唐寒秋：你脸上的笑可不是这么说的。

俞如冰进而开始厚颜无耻地恶意卖萌："人家超级可怜的啦，小唐一定要对人家很好，不要辜负人家哦，否则人家会哭唧唧的啦。"

她这非常、十分以及相当用力的恶意卖萌，让唐寒秋成功地起了一阵恶寒，默默地举起了自己硬邦邦的拳头："我这一拳下去，你应该能哭很久。"她还是哭起来不会讲话的时候更讨人喜欢点。

俞如冰连忙包住她的拳头，一秒正经："这倒也不必，法治社会，请您冷静。"您这一拳下去，我何止能哭很久，我还能躺很久的医院。

唐寒秋冷傲地看了她一眼，放松了拳头。

突然，脑海里响起一阵嗞嗞作响的电流声，隐隐约约听到"系统""接入""正在"的词汇。

俞如冰瞳孔一震，扬手将她的头朝自己的肩膀上一按，尽力让二人靠得近一些。

俞如冰激动道："快听！"

不远处，阿特正拿着一杯咖啡走来，边走边喝，准备去见突然来访的亲哥裴云立，好巧不巧地就看到了这一幕。

[08]

阿特登时喷出一口咖啡，震惊得头都要飞了，然而那两人却像是听都听不见一样，什么反应都没有。根本就没发现他的存在。

阿特默默地压下心中的惊讶，抬起脚步，轻手轻脚地离开了。

聚精会神听系统接入声音的两个人已经自动屏蔽了外界所有的声音，现在什么都比不上这个系统。

系统接入得很慢，声音时强时弱，就跟信号不好似的。

"系统正在……系统……接入……"

愣是"正在"了好几分钟，俞如冰都忍不住吐槽道："连接的网络差成这样，还来网上冲什么浪啊。"村里的网都比这破系统接得快。

就像是受到她的刺激一般，她话音刚落，系统就接入完成。

"系统接入完成。辅助系统009，为您服务。"

009刚上岗，就听到了熟悉的吐槽，登时内心也是一阵无语。

009：头疼，头秃。

俞如冰在心里"哟嚯"了一声，算是跟老熟人打了个招呼。

虽然她一早就想过可能还会是009来辅助她，但实际上又碰上了还是蛮无语的，隐约有种它们系统体系人才凋零，只能送 009 回来再挨上一拨杠的寒酸感。

俞如冰主动出击："乖儿子回来啦？"

009：她非得这么挑衅吗？！

唐寒秋听不见她的心声，所以只能依靠系统的回应去大致猜测她说了什么。但也不妨碍什么，因为唐寒秋的主要目的是听系统的声音，更多地了解曾经控制自己的究竟是什么东西。

009 顿了一下，嫌恶道："你俩是在搞哪一出？"才一个月的时间，她俩关系就这么好了吗？唐寒秋居然没气到杀了她？

009 这一提问，两人瞬间就明白了——它不知道唐寒秋已经能听见系统的声音。

一时半会的，她们也不知道这究竟是系统程序的失察，还是唐寒秋身为 bug 本身就有点不一样。但系统不知道，倒不失为一件好事。

俞如冰没理 009 的这个问题，优哉游哉地问："你们系统是不是没人了，为什么又是你？"

009 坐在操作舱里，目光阴冷："你以为我想辅助你吗？"

俞如冰认真提议："哦，那要不你再下个岗？"

009 下岗的一个月，没有机械声音的打搅吵闹，她过得分外舒坦，生活都更加美丽了。

009 心上被猛然扎了一刀，两排牙齿磨得咯咯作响，就像一头想要撕碎猎物的凶兽。

她居然还敢提这件事！因为被她害得停职处分，自己写检讨书都要把手写断了好吗？这个臭女人果然没有心！

时隔一个月再回来，她的功力丝毫不减，依旧能够轻轻松松就把它气得脑充血，只想当场去世，或者让她去世！但是一想到女神大人的指令，它只好暂时压下心中的怒火，拿出公事公办的口气来对付她。

"宿主俞如冰，鉴于 bug 唐寒秋是通过你知晓了我方的秘密，我方认为你必须负全部责任，与我方合作，弥补过错。为了体现合作诚意，我方许诺你完成任务回到自己的世界之后，能得到享用不尽的财富、永远健康的身体以及无人可及的绝佳外貌。"

享用不尽的财富、永远健康的身体以及无人可及的绝佳外貌。俞如冰不得不承认，这三样条件非常诱人，确实拥有能让人为此前仆后继的资本。

而且不会让人怀疑可信度，毕竟它们连把人的灵魂抽出来塞进另一个躯壳里这种怪力乱神的事情都能做到，区区金钱、身体安康和外貌，应该不在话下才是。

俞如冰没答应也没拒绝。

唐寒秋沉默不语。

这三项条件的诱惑力实在太大了，不啻于禁果对亚当、夏娃的诱惑力。而且如果俞如冰完成了任务就能回到自己的世界……如果能回到故乡，谁会选择在异乡漂泊无定？

俞如冰清晰地感知到唐寒秋的沉默极为沉重，忽然伸出手抚了一下她的背，就像她安慰自己那样，与此同时在心里回应道："如果我不呢？"

009笑了笑："那在原来世界的你……会死。"

属于她的身体一旦被判定死亡，就意味她失去了回到自己世界的权利，她将永远留在这里，独自一人。

系统方面不仅拥有暂停她人生的本事，还有对她进行实质性抹杀的本事。但往往它们只会动用前者，只要保护功能运行得好，等宿主完成任务送其回去，他们的世界仍原样不变，既不会影响到他们的正常生活，也不会惊动时空管理局。

而后者，它们轻易不会使用，或者说是根本不会用，因为一旦动用这个功能，就等于是在向一直搜寻系统的时空管理局主动暴露行踪——无异于送死。

所以，它们只会以此来口头威胁一下对此一无所知的宿主。

"人性都是肮脏怯懦又贪婪的，在回家与诱惑的双重夹击下，没有人不会屈服。"它们的女神大人曾如此说道。

而它们的女神大人还说过："如果宿主反抗，那就说明是诱惑还不够大。"

所以女神大人授意它对俞如冰加大诱惑的筹码，诱使她答应和系统合作，挽回一切。女神大人坚信，俞如冰既然是个人，就一定会带有人性最肮脏的那一面——贪婪。

面对回家与强大的诱惑，俞如冰沉默了。

半晌后，她回应道："那你杀吧。"

009："嗯……什么？！"

俞如冰心潮平静："我说，你杀吧。"

009震惊了："你就这么想死？！俞如冰你搞清楚，那可是你的世界，死了，就彻底完了！不像这里，还能让你来个二十四次！"

唐寒秋轻易就从系统的话里猜出了俞如冰的答案，登时面色一变，下意识抓住她的衣服，无声提醒她不要轻易说蠢话，却反被对方轻轻拍在背上的手安抚下来。

俞如冰不认为自己是在说蠢话。

她讨厌威胁，讨厌系统那高高在上轻贱人性命的样子，也讨厌系统踩在她原则上疯狂作大死的行为。

凭什么呢？凭什么要威胁她做这个关于生命的选择题？生命是平等的，为什么不可以共存？为什么非得杀掉一方才能活下去？

如果她要依靠"杀了"唐寒秋才能活命、才能回家，那她往后一生都要生活在沉重的死亡阴影与不安，还有热爱人民的老俞的失望下。这样活着，又何尝不是死亡呢？

俞如冰目光瞬间坚定起来："我要是低头跟你们认输，我就不姓俞。"

009完全没料到她在现实世界的死亡面前还如此倔强，嘴巴都被气歪了："你、你简直蠢得没边！"谁会跟活着过不去啊！就她，就她一个！

俞如冰笑了笑："向你们认输才是蠢得没边。"只要她低头，那就意味着服从系统的玩弄。合作？不存在的，真正的合作是平等、双方自愿的，而不是一方按头操控加以强制。

俞如冰一副欠打的模样，挑衅地嘻嘻笑着："怎么样，还有什么招吗？我都等着呢。"

009："我真是倒了八辈子血霉才会碰上你这个宿主！"

俞如冰："亲亲，我们这边建议是你永久下岗呢。"

009："滚滚滚！迟早收拾你！"然后按下了屏蔽键，再也不想管她做了什么。往后的日子里，只要给她发任务就行了，直到她触发别的系统。至于bug唐寒秋和歪掉的剧情……等她触发别的系统，自有别的系统来处理。

009暴躁发言之后，俞如冰就听见另一个系统的声音蹿了出来："提示，系统已暂时屏蔽宿主，宿主可以尝试与系统进行连接。"

俞如冰挑了挑眉，还在心里疯狂呼喊009，但对方就像聋了一样完全听不见，理都不理，看来是真的屏蔽了。

新手指导的确提到过系统会屏蔽宿主，这时候往往是系统特别相信宿主的情况，决定彻底放开手脚，让宿主享有绝对的私人空间，随意进行任务。

而她这个情况就不一样，显然是009被她气得自暴自弃了。

没有系统的监控那自然是好事，这样她们就能随心所欲地谈论相关话题了。

009自闭了，两个人也慢慢分开，唐寒秋神色凝重，双眸里凝聚着一股化不开的愧疚。

"抱歉。"她抿了抿唇，沉重地吐出这么两个字。

俞如冰望着她，知道她肯定能猜出自己从容赴死的答案，一身轻松地笑道："这有什么好抱歉的，又不是你的锅。"

唐寒秋的面色依旧沉重，躁郁的感觉堵在心里，不上不下的，十分难受。

如果俞如冰真的因此在另一个世界死去，她也会愧疚一辈子。她们都是一样的人，都不会为了自己活命而逼别人去死。

俞如冰轻轻地握住她的手，将手心的温暖传递给她，试图宽慰她几分。她不是有意将这个"背负"的难题抛给对方的，但这难题也并不是无解的。

俞如冰收起嘻嘻哈哈的欠打样，嗓音温柔道：“不要愧疚，这与你无关。

“虽然我的身体会在另一个世界死去，但我的灵魂还活在这个世界呀，我还能和你说话，还能呼吸空气，我还依旧是我。”

她说着说着就笑了起来，笑颜无比动人：“我还实实在在地活着，只是换了个地方，换了个生活方式而已。反正我在我的世界无牵无挂的，就当是换个地方旅行嘛。”

唐寒秋凝望着她清亮剔透的眼，她在那里面看见了自己，小小的一个，就像她们在系统面前，也是如此渺小。

可渺小就不能拥有自己的人生了吗？就不能掌控自己的命运了吗？

唐寒秋的眉头渐渐舒展开来，很快就释然了。

当然能。

她们再渺小，也可以尽情地燃烧自己的人生，让自己成为一束光，点亮世界一隅。

哪怕这光只是微弱的一点也无妨，因为只要有光，就能驱散黑暗，让黑暗不敢再靠近。

唐寒秋回握住她的手，温柔又有力地说道：“你放心，这趟旅途我会陪着你。永远地陪着你。”

两束互相依靠的火，将会引动更明亮的光，驱散更宽广的黑暗，还有彼此的孤寂。

俞如冰莞尔：“好。”

正在这时，系统的声音又一次传来：“屏蔽关闭。

“当前任务：男主角就在训练营内，请宿主立即找到他，对他说出台词——进了 B 班我真的很难过。”

唐寒秋愣住。

加上 009 下岗之前发布的，这是第三个任务，而这些任务的内容无一不是对着男主角裘云立释放白莲清香，企图靠此扳正剧情，扳正原主小白莲人设。

俞如冰自然是拒绝的。她可是一根顶天立地的杠精，要杠就一杠到底，怎么能屈服于这小小的白莲人设呢！

009 反手一个：“屏蔽开启。”

唐寒秋倒是抓住了重点：“裘云立来训练营了？他来做什么？”

俞如冰挠了挠脸，真诚回答道：“来挨杠？”

节目组导演很迷茫。华曜这个练习生究竟是何方神圣，为什么能劳烦三方势力来为她说话？

前脚声名在外的商业巨鳄唐董唐鹤天本人才亲自给他打过电话，说已经看过《新星偶像》，要他公平公正，别搞不干净的小手段，说自己会一直盯着他的。

导演那一瞬间的震惊和茫然是无限的，一度怀疑他们给《新星偶像》定的受众群体年龄是不是哪里出了问题。

导演：唐董居然也看这样的节目？我们的受众明明没有包含五十岁往上啊！

后脚就有华曜副总裁以及风霆总裁亲自和他会面，谈谈此事。

导演面对韩薇和裴云立两个人，越发觉得俞如冰不简单。

韩薇淡定地推了一下眼镜框，公事公办地走了一趟流程，说道："虽然我们先前已经在电话里交涉过，但我们唐总认为应当面谈一次。"面谈更加正式，也更加严肃。

导演保证道："韩总助放心，我们节目组有分寸。糖的事，华曜没意见，我们也没有。"

其实工作人员在采访俞如冰的时候，他恰好在场，一眼就看出了她身上的综艺潜力和话题度，所以才会想在她身上赌一把，结果也赌成功了。俞如冰收获了一大批粉丝，节目组虽然挨了骂，但关注度显而易见地拔高了几个层级。

不过这种手段试一次就够了，他不会再来第二次，什么菜吃多了都会腻的。而且俞如冰出自华曜，华曜身后是唐氏，他没必要上赶着找唐氏的打。何况唐大董事长还亲自打电话敲打他了！

导演尴尬地笑道："不过这事，倒不必劳烦唐董事长特意打一通电话过来的……"他是真没想到唐大董事长还会看他们这个节目啊！这也太诡异了！

韩薇顿了一下，心中微微讶异。别说导演没想到，恐怕是唐大董事长的女儿本人都想不到。

但职业素养让她很快就压下了眼中的惊讶，转而继续淡定地道："唐董有他自己的想法，我们无权干涉。"

意思就是：别惹他，他就算要你们节目组立刻凉凉，我们也管不了。

导演尴尬地挠了挠鼻头，转而看向坐在韩薇另一头的人。只是风霆这位……

导演打量着他。他的面容英朗无双，身上穿着一件有型的黑色风衣，宽肩窄腰，一双大长腿无处安放，浑身上下都充满着时下少女们最喜欢的霸总气息。

导演先前听到点八卦，说裴云立和唐寒秋的婚事会黄，全是因为一个女生。当然，具体的内容他们也无权探问，只是他现在会不由自主地想：那个女生不会就是俞如冰吧？如果不是的话，那裴云立特地跑一趟为对家华曜的练习生说话，好像也不太对啊？这事传回去裴海宁真的不会气死吗？

不过代表两家的两个人显然没有要在导演面前撕起来的意思，得了导演的保证后起身就走。

两个人一前一后地出了门。

韩薇走在后头，四周寂静，气氛凝重，她忽然开了口，声调平平，毫无起伏："裴先生的好意，我们华曜心领了。只不过俞如冰是我们华曜的人，按理说，也该由我们华曜来出面。"

俞如冰是华曜的练习生，关于被节目组摆了一道的事情，自然是要由他们华曜或者是唐氏自己人来出面。总而言之，完全轮不到旁人来出面。何况这个旁人，还是和唐寒秋有解不开的死结的死对头裴云立。不论怎么看，都太打他们华曜的脸，而且容易让别人误会俞如冰，留下话柄。

韩薇身为华曜副总裁，自是有义务维护华曜的颜面。

裴云立停下脚步，回头扫了她一眼，眼神里射出冷酷的光芒："韩总助，我想做什么都是我的事，不用你来教我。"

韩薇从容不迫："那麻烦您三思。"

大家都是成年人，还是身居高位的成年人，做什么事情都要学会三思而后行，早就没有资格率性而为了。尤其是裴云立。

唐寒秋管不好华曜没关系，因为这只是唐氏小小的一块版图而已，伤不到唐氏根基。

但裴云立要管理的是风霆，是裴海宁征战多年建立起来的风霆，这是裴海宁的全部心血。一旦毁了，那可就是无力回天。

虽然韩薇不太懂，裴海宁为什么敢把那么大的一个公司交给这么一个不靠谱的儿子，但这是裴家家事，容不得他们旁人多问。

要是放在从前，裴云立必然会刺上她两句，但现在因为唐寒秋，所以不想和她计较，于是淡淡地收回视线："不用你费心。"

韩薇倒也没再说什么，实在是这位油盐不进。

阿特也在这时候到了，远远地抬手招呼，笑容灿若暖阳："哥！"

裴云立又是淡淡一瞥，高冷地点了点头。

阿特走近，向韩薇打了个招呼："韩总助好啊。"

韩薇礼貌回复，抬脚就要走，然后被阿特喊住："韩总助是要去找秋秋姐吗？"

韩薇点头。

裴云立忽然看向了她——寒秋也来了？！

"慢点去吧。"阿特笑道，"我来的时候看见秋秋姐和俞小姐还有话没说完。"

韩薇淡定回复："我在旁边等她们说完也是一样的。"等老板这种事，他们都不知道干多少回了，简直得心应手。而且她可以离远点等，完全不会妨碍两个人的私人对话空间。

阿特闻言，顿了一下，上前请她借一步说话。两个人就这么在裴云立的死亡注视下，换了个地方说话。

阿特神秘兮兮地问道："韩总助，我有个问题，希望你能如实回答我。"

韩薇习惯性地回道："好的。"

阿特："秋秋姐和俞小姐，究竟是什么关系？"

韩薇不假思索："上司和艺人。"

阿特看着她。

韩薇补了一个："朋友。"

阿特不好意思地摸着自己的后脑勺，笑得就像个小太阳，让人看了都觉得心里温暖，连这天气都变得没那么冷了："韩总助你坐着歇会吧，等秋秋姐叫你了，你再去见她也不迟。"然后他就听见一阵高跟鞋踩到地面上的嗒嗒声。

韩薇毕恭毕敬："唐总。"

下一秒，阿特的头顶上就多了一只修长的手，唐寒秋宠溺的声音轻飘飘地落在他的耳边："你也在这儿呢。"

阿特笑容越发灿烂，回头乖乖喊道："秋秋姐。"

唐寒秋点了点头，又揉了他一把："乖。"

她一眼都不给裴云立，直接看向韩薇："谈完了吗？"

韩薇点头。

唐寒秋："那走吧。"又朝阿特温柔地笑了笑："秋秋姐走了，下回有空再请你吃饭。"

阿特："好。"

唐寒秋扭身就走，毫无留恋，这无情的模样狠狠刺痛了裴云立的心。

曾经的她对自己是那么热情，偏偏自己不懂得珍惜……

然后他就看见唐寒秋停了下来，扭头望了过来。

裴云立眼中酷寒一扫而空，泄出几缕温柔的光。

只见唐寒秋扬手一指，目若寒星，气势威严："不论你来这里是为什么，我都要提醒你一句，别对我抱有不切实际的幻想。"

"还有，离俞如冰远一点，"唐寒秋说，"她已经是我的人了。"她说完转身就走，背影潇洒利落。

裴云立一句话都没说上。反倒是阿特看得热血沸腾，眼里冒出诡异的光芒——女孩子之间的友情真的太棒了，纯粹又美好，就像珍贵的钻石珍珠一样亮晶晶的，特别喜人。

由于同在一个节目组，他们做导师的都必不可免地要和练习生们接触，对她们的实力和平时辛勤程度或多或少都有所了解。

俞如冰是练习生里最为突出的一个，所有导师还有节目组工作人员对她的印象只深不浅。因为她的思维实在太过跳跃，嘴皮子上下一翻，出口就是一套令人又发蒙又凌乱，有时候还觉得颇有道理的诡辩理论。

偏偏就是这样一个人，这么一个杠精，人缘好到令人垂涎三尺。《新星偶像》的练习生们只要是跟她待过一个班的，就没一个是不喜欢她的，一口一个"俞姐"，喊得比糖果还甜。

导师们和节目组究其根本，觉得这个原因大概是她够可爱。

杠是杠，但绝不会无缘无故、不分场合地抬杠，只要对方不惹到她，她就不会语不惊人死不休。

另外就是她的实力足够强，她有底气支撑她做的所有事情。她自信、耀眼、大方，自然而然也就迷人、讨人喜欢。

所以她在阿特心里，完全就是《新星偶像》最强的人，谁都压不住她的气场。万万没想到，他的秋秋姐压住了。

唐寒秋刚刚那凛冽傲气的眉眼，那霸道无比的口吻，还有那瞬间两米八的气场，简直就像是一位帝王！

阿特一回身，就看见了自家兄长阴郁的双眼，满心澎湃浪潮瞬间退了个一干二净，只留下一些惭愧的小水坑。

阿特先冲裴云立笑了笑："哥？事情都谈好了吗？"

裴云立神色缓和了几分，点了点头。

阿特："是有什么事还要和我说吗？"

裴云立进导演室之前，特地让人知会他，让他过来一趟，他当时就知道裴云立是有事要跟他说。毕竟裴云立也不是那种会特地把他叫过去嘘寒问暖一番的好哥哥——至少对他不是。

他倒也承认，他们兄弟俩的关系，着实有点塑料[①]。

想他十几岁时，还会为了自己究竟哪里不如哥哥而感到恼怒烦闷，因此跟父母顶嘴闹矛盾的事他也没少干，后来甚至离家出走，换了个艺名签入如风经纪公

---

① 网络用语，常用于形容某事物虚假，经不起推敲，或表里不一，也用于形容语言水平很低。

司，决意靠自己闯出一片天地。

但几年的光阴如风沙吹拂而过，那些委屈、那些不甘早就被埋在了时间的沙砾之下，他看开了许多，脾气也变得温和不少。

他和哥哥，本就是两个世界的人。不同世界的人，根本就没有可比性。

他们之间也不需要多么兄弟情深，只需要维护表面的和气就够了。就像现在这样。

裴云立的目光投向空空荡荡的长廊，心思并不在这里，目光像是在望着更远的地方，他缓缓开了口："带我去看看她们练习。"

唐寒秋的话他听了，可他……忍不住。忍不住想去看一看俞如冰。

他站在这里时，脑子里还回播着俞如冰手向前抓又指向自己的画面，模样霸道娇俏，那一颦一笑都在勾动着他这颗炙热的心。

寒秋已经走了，他留不住。但如冰还在这儿，他还能……还能去见一见的。

阿特听见这个请求后，眉头皱了一瞬，神色肃然："哥，你实话告诉我，你是想看风霆练习生们的练习状况，还是只为了看俞小姐？"

裴云立别开脸看向窗外，不做回应。

阿特认真提议道："哥，你不可以这样。不论是于公还是于私，你都不可以这样。"

于公，裴云立是风霆未来的接任者，他现在跑来看对家华曜的练习生是怎么回事？而且这事要是传回他们爸爸裴海宁的耳朵里，少不了要发一通火。

于私，就算裴云立想见一见俞如冰，那也不行。一个在风霆一个在华曜，身份本就对立，而且人多嘴杂，难免会被人大做文章，污蔑了两方的名声。

裴云立可以不在乎自己的名声，但是他不能不在乎俞如冰的名声。

而且演艺界里很多好事分子的脑洞和造谣能力强得堪比核弹，毁灭能力一级。人言可畏，难道他想看到喜欢的人出道之后被人戳着脊梁骨造谣，说她勾三搭四，靠潜规则上位吗？

最重要的是，阿特也怕伤到风霆自家艺人的心。未来老板大老远来一趟，结果不是为了慰问她们，而是为了看对家那个优秀的俞如冰，这换谁都会心里不舒服。

阿特虽然是如风的艺人，但骨子里还是流着裴家血液的，不可能真的一点也不替风霆想。而且秋秋姐才宣布了所有权，麻烦不要往上撞啊！

裴云立的提议被否决，正要发作，阿特不慌不忙地劝道："你未来是要接任风霆的，不要让家里的艺人失望，也不要让爸爸失望。"

裴云立闻言，扭头对上他那一双坚定又清澈的眼睛后，怒火竟无端地消了几分，最后妥协道："都看。"

阿特将他盯得更紧了一些。

裴云立不耐地改口："我只看风霆的。"

阿特目光温和了几分："好，我去和导演商量一下。"

练习生们正在准备明天第二期主题曲《我就是主角》的直拍，届时每个人都要面对镜头用唱跳的形式完成主题曲的表演，导师们则是坐在幕后进行考核点评，然后对第一期的评级做最后修正。

阿特和导演商量完之后，导演脑子一转，答应了让裴云立参观一下练习生们的练习状况——就当作拉赞助了。

阿特作为一名亲和力百分之百的偶像兼导师再兼裴云立亲弟，自然担当起了向导，领着裴云立去参观练习室。

他重新扬起笑容："哥想去看哪个班？ A 班？"

裴云立不假思索："B 班。"

阿特微微一笑："嗯？"你别想骗我。

裴云立面不改色地替自己打补丁："B 班也有风霆的练习生，不是吗？"

阿特："是。"你说得还挺对。

B 班的练习生们正在休息玩闹，就见男神阿特领着一个戴着禁欲黑色细框眼镜的大男神走了进来，整个练习室瞬间都亮堂起来，仿佛被大男神无人可敌的外貌照亮了。

众人的目光登时一亮，爆出惊艳之色。又见他的模样和阿特有几分相似，当即就猜出他和阿特的关系。这肯定就是风霆那个帅到惨绝人寰的裴云立没跑了！

风霆的练习生们更是又惊又喜，完全没想到裴云立会来看她们。

阿特也没想到正好撞上了 B 班的休息时间，看着满地本来还挺开心地在聊天，但现在却有几分羞涩和拘谨的练习生们，不禁温和一笑，歉然道："我们打搅到公主们的茶话会了吗？"

阿特说话温柔又好听，试问这么帅的人说你是小公主，哪位少女又不可呢？

众人也露出微笑，回应道："没有没有，随便聊聊，随便聊聊。"

裴云立抬眼扫了一圈，没看见梦中小恶魔的身影，顿时兴趣缺缺。

阿特温暖的笑意浅浅地挂在唇边，亲和力倍增。他自然也发现了俞如冰不在里面，但不会当众点名让别人瞎猜，只道："既然大家在休息，那我们就不打扰了。"

阿特又用手肘不着痕迹地撞了裴云立一下，示意他对风霆的练习生们说点什么，总不能这么突然地来，又半句话不说地走，这跟巡逻有什么区别？

裴云立的剑眉轻蹙，又舒展开来，只平静地对风霆那几位练习生说了一句："好好加油。"然后他转身就出去了，高冷得像座冰山。

阿特留下一个笑容后也跟着走了出去。

B班练习生们休息时间的话题，瞬间又多了一个，风霆练习生们更是被团团围住问裘云立的八卦，四面八方都朝她们投去艳羡的目光。

"天哪，老板亲自来慰问，这也太幸福了吧！"

"裘先生是不是帅得有点过分了呢？能不能给别人留点活路！"

"想进风霆，呜呜呜……"

"我就不一样了，我还是想进华曜，俞姐把唐总吹得那么好，我一没见过的人，都心动得不行！"

"恭喜俞姐手下又添一员大将。不过话说回来，俞姐呢？"

有个声音冒了出来："刚上厕所回来的时候，我看见她往A班去了……"

事实证明，俞如冰的确在A班……门口。

裘云立本不抱希望地跟着阿特来A班看看周君雯，却不料俞如冰就在A班门口。

当时是，她正把面无表情的谭夕堵在墙边，一手探进自己的橘色外套，笑容神秘莫测，语调十分古怪地说："小妹妹，姐姐给你看个大宝贝啊。"

阿特、裘云立：对不起，这话怎么听着有点变态？

然后就看见她掏出了一小袋糖果。阿特、裘云立沉默无语。

俞如冰："来来来。"

谭夕惊讶了一瞬："唐总居然为了世界和平，千里送温暖？"

俞如冰："嗐，谁说不是呢，怪感动的。"项上人头都是她的了。

裘云立一脸疑惑。

周君雯正好从A班练习室里走出来，眼神一下就锁定了站在远处的裘云立，不禁眉开眼笑，语气中带着几分少女的春思喊道："裘先生！"

俞如冰登时一愣，下意识捂住谭夕的眼睛，然后唰的一下看向裘云立，呼吸一窒。这人果然戴着黑色细框眼镜！

她又扭头看着一脸蒙、被自己捂住眼睛的谭夕。

虽然她先前有给谭夕洗脑戴金色细框的更败类，但是无法保证这个洗脑真的能有成效，万一这么久谭夕早就忘了呢？那岂不是功亏一篑，照样悲情结局凉凉？！

俞如冰大脑高速运转起来，将糖往谭夕的手里一塞，低声道："闭上眼睛，先不要睁开，我给你再看个宝贝。"

谭夕：姐姐你宝贝怎么这么多？

虽然满腹疑惑，但谭夕还是很乖地帮她捧住糖果，稀里糊涂地闭上了眼。

周君雯抬脚，正要走过去和裘云立打招呼，身侧却忽然刮过一阵疾风，丝丝凉凉地渗进衣服里，叫她下意识打了个激灵。

俞如冰大步流星朝裘云立走过去，边走边捋起袖子道："我给你们表演个节目吧。"

三人显然被她这气势汹汹的阵势给整蒙了，阿特问道："什么节目？"

俞如冰后脚一定，停在了裘云立面前，然后以迅雷不及掩耳之势，抬起手挡住了他的脸。

周君雯脑门上全是问号："俞如冰？"

视线突然被挡住的裘云立也是一脸蒙，只觉得自己的眼镜忽然被捏住了。

俞如冰装腔作势地吆喝一声："移花接木之术！"

然后她迅速地把裘云立的眼镜扯了下来，戴到了阿特那张白白净净的脸蛋上。

众人惊呆了。

[10]

俞如冰将黑色细框眼镜往阿特脸上戴好后，还不忘帮无措的他整理一下被弄乱的碎发，力求让他做一个干净整齐、全场最靓的小伙子。

然后她端详一番，满意地侧开身子对着一无所知的谭夕道："小夕睁眼，看看大宝贝。"

谭夕云里雾里地睁开眼，入目就是阿特那张斯文败类度爆表的脸蛋，一夕之间仿佛回到了第一次见到他生图时的场景，分外惊艳，分外心动。

"颜控"谭夕：我又好了！

被墙头吸引的谭夕，非常自然地无视了裘云立。

俞如冰：很好，非常自然，一切都没有问题。

谭夕双眸亮亮地对阿特打招呼："阿特老师好。"

阿特、裘云立和周君雯都被俞如冰一套所谓的移花接木操作整得一愣一愣的，直到谭夕清亮雀跃的声音响起，才让他们回过神来。

阿特虽然不知道发生了什么，但职业素养让他本能地弯唇一笑，冲谭夕回礼道："你好啊。"

裘云立缓慢地回过神来，复杂的目光落在满面笑意的俞如冰身上，半晌后，启唇问道："你不喜欢我戴眼镜？"

他只想得到这么一种可能性了。不然她反应为什么这么夸张？

俞如冰坦坦荡荡道："是啊，不喜欢。"

他抿了抿唇，退让道："如果你不喜欢，我也可以不戴。"只要她开心，这副昂贵的眼镜送给她踩着玩都没问题。

周君雯见他目光渐渐温柔下来，满心满眼都只有俞如冰一个人，眼神不禁一黯——自己果然是一点机会都没有吗？

俞如冰露出"凡人"的不屑眼神，话锋一转："非常抱歉裘先生，跟你比起来，我更喜欢看我们唐总戴眼镜。"

"那简直不要太好看，她要我命都行。"粉丝俞如冰如是吹嘘道。

谭夕想了想自己第二墙头唐寒秋戴起金色细框眼镜的样子，心神不由得一荡，也跟着点了点脑袋，算是认同。

阿特微笑地看着俞如冰："请问，你难不成是秋秋姐的粉丝？"

俞如冰紧追不舍："对啊，我们都是粉丝，都眼馋正主，怎么了？"

全场唯一不熟悉这个圈子也不懂梗的裘云立感觉自己抓到了不得了的重点，极其怀疑自己的耳朵出了问题："你刚说馋什么？"

她……她认真的吗？她居然馋寒秋？！

光明磊落的俞如冰，因为有唐寒秋撑腰，气焰一度非常嚣张，她指着自己："我，唐寒秋的粉丝，馋她，怎么了，你这个臭弟弟有什么问题吗？"

她不仅要玩梗，还要借梗彻底掐灭裘云立这个自作多情的小火苗——她俞如冰不会喜欢他裘云立一根头发！

裘云立实在是难以置信。一个看起来柔柔弱弱的女孩子，居然能把馋人的事情说得如此大义凛然、理直气壮，这究竟是人性的缺失还是道德的沦丧？

他嘴都快被气歪了："你居然、你居然馋寒秋？！"

俞如冰顿了一下，终于回过味来，目光里充满审视地盯着他道："臭弟弟你怎么回事，一口一个'寒秋'叫这么亲热！你是不是也馋她了？"

裘云立怔然，没有第一时间否认，心事被突然戳穿反而有些羞赧，以拳掩唇，轻咳一声道："我没有，我那是喜欢……"

俞如冰惊了，万万没想到他真的看上了唐寒秋，以前唐寒秋如痴如狂地爱着他的时候他不要，等唐寒秋醒悟过来离开了，他又对人家产生了情愫。难道男人都喜欢得不到的吗？

阿特也没料到自己亲哥真的走上了"失去才知道珍惜"的路，心里亦是一阵唏嘘，又见情况不妙，赶忙上前拉架，心平气和地开解道："好啦好啦，哥消消气，就是一个梗、一句玩笑话而已，不必当真不必当真。"

谭夕也走上前来，面带微笑地把俞如冰拉了回去："我们队长的性格就是这样，大家谅解一下，因为她这个人比较——"

俞如冰非常有自知之明地接道："杠。"

谭夕：对不起，您对自己的认知真的明确得令我汗颜。

默默站在一旁围观，却始终不能拥有姓名的周君雯陷入了思考。

怎么回事……怎么发展成这个场面的？不对，裘先生什么时候又喜欢唐总了？！他前面不是才满心满眼都是俞如冰吗？

周君雯更加茫然了。世界好乱，谁来帮她理一理？

裘云立被气到不行，可她又太过理直气壮，让人无可奈何，最后只能愤愤地吐出一句："你敢不敢让寒秋知道你说的这些话？！"

他治不住她，难道寒秋身为她的上司还治不住她吗？！他不信，他就等着她认怂！

哪知俞如冰突然伸出手来，镇定应对："手机拿来，我现在就告诉她。"

裘云立：你还挺有胆啊！

拉架二人组：恕我直言，您二位现在真的很像小学生吵架。

小学生一号裘云立挺直身子，拢了拢身上的风衣，试图找回一点优雅的风度，然后对阿特道："把手机给她。"

阿特：这么较真吗？

小学生二号俞如冰毫不退却地伸着手："拿来。"

阿特只好把手机掏出来，替她拨通了唐寒秋的电话递了过去，非常无奈地成全两个小学生把战火烧到唐寒秋那边去的想法。

谭夕：唐总也太难了……

由于是阿特的号码，唐寒秋毫不犹豫就接通了。

俞如冰在众目睽睽之下，说道："唐总，我有件事要跟你说一下。"

唐寒秋好听的声音从听筒里飘出来："嗯？"

对不住了战友！俞如冰咬了咬牙，脱口道："我，馋你！"

[11]

一时间，她无言以对。主要是这个战友有时候的思维……真的与常人不同。而且这次还是在"裘先生的帮助下"。

唐寒秋坐在后座上，闭上眼睛，大感头疼地抬起手捏了捏眉心，缓缓吐出凝聚在胸口的一口浊气，对着手机一字一句地问道："他是不是想死？"

她半睁开眼，又闭上，再一次重重地叹出一口气。

她都忘了，裘云立本来就不是什么正经男主角。

韩薇微抬起眼皮，从车内后视镜里看了一眼自家老板的样子，不知怎的，竟觉得她莫名有点惨。

但她也没有多嘴，很快就收回视线专心开车去了。

俞如冰坚持不懈地"黑"裘云立："是的，他就是想死，不然怎么会唆使我馋您呢？这种人，其心可诛！"

裘云立：当着我的面甩锅，你真好意思？！

俞如冰补充道："他还馋你身子！"

裘云立面色铁青，立马上前两步，一把夺过她手里的手机，转而贴到自己的耳边，旋身就离开此地，想找个安静的地方和唐寒秋好好解释。

俞如冰手机突然被夺，愣了一下，回过神来后低声恶狠狠地爆出一句脏话，然后追了上去："把手机还我！"

裘云立两条长腿的速度瞬间加快，干脆跑了起来。

俞如冰眼睛倏然睁大，跟在后面跑了起来："跑个鬼啊！快停下来！"

两人直接开始了你追我赶的游戏，一溜烟身影就消失在拐角处，依稀只能听见俞如冰怒不可遏的几句粗鄙之语。

谭夕：虽然但是……没想到我有生之年居然能看见风霆的总裁被别人追着跑。

然后她低头看了一眼自己手上的糖，幡然醒悟后拔腿就追了上去："等等！姐姐您先吃颗糖啊！！！"

万一俞如冰一会儿又爆发，裘云立岂不是要"血溅当场"？！

"姐们儿，法治社会！"

看着谭夕的身影也风风火火地消失在转角处，阿特和周君雯都傻了。

阿特：那好像是我的手机才对。

两人为了他的手机打起来是什么情况？

阿特看了一眼周君雯，又看了一眼A班，里面时不时传出《我就是主角》的主题曲音乐，完全没被外面乱七八糟的声音打搅到，不由得松了口气。

他又看了看四周的监控和就在不远处的一个摄影师，霎时又愁苦起来——又要去跟导演交涉，把这些都删掉了。

阿特安慰周君雯道："你先回去练习吧，好好加油，期待你明天的表现哦。"

周君雯愣愣地点了个头。

阿特冲她温柔地笑了一下："还有，这些都是秘密。"

周君雯回过神来，神色严峻地点了点头。什么能说，什么不能说，她还是清楚的。

阿特相信周君雯的为人，坚信她答应了就能做到，于是放下现在的事，扭头也追了上去。

哪知他追上的时候就和谭夕看到了非常刺激的一幕——他亲哥，两手正紧扣着俞如冰的手腕，把她按在墙上。

两个人犹如百米赛跑，奋力迈动自己的大长腿，咻的一下穿过各个监视器和摄像机，只留下两道残影，把工作人员看得一愣一愣的。

裘云立刚跑到一处监控的死角，就被俞如冰追了上来，后领子倏然被她猛地扯住，整个人满脸惊慌地被带着往后连退了几步。

俞如冰劈手夺过阿特的手机，潇洒地将他甩开，他被迫原地转了个圈，脑袋恍惚了一瞬后才将将站稳。

俞如冰拿到手机就告状，也不管自己气喘顺了没有："唐、唐总，裘云立抢、抢我手机！"

那好像也不是你手机啊……唐寒秋有些许无语，道："听到了。"

这两个人……真的好幼稚。身为华曜影视总裁的她，瞬间就成了个要帮小学生主持公道的小学老师。只不过她这个小学老师的心是偏的。

唐寒秋："你开扩音。"

裘云立见势上前一步，俞如冰见状后退一大步，警惕道："你还来？"然后她迅速按下扩音键。

唐寒秋的声音登时传了出来："裘云立，裘家就这么缺钱吗，都穷到要你去抢别人手机了？"

刚经过百米赛跑的裘云立，面色本就红润，经她这么一戳，面色登时更红了："如果她不胡言乱语，我也不会抢她手机。"

俞如冰："我胡言乱语？我哪句话胡说了你说来听听！"

裘云立眼神阴郁："你！"

他别开脸，磕磕巴巴道："你说我，喀，你说我馋寒秋的身子……这还不是胡言乱语吗？！"

俞如冰举起手中虚无的真理杠杆："你不馋她身子吗？"

裘云立怒不可遏。

唐寒秋：我究竟要怎么样，才能跟上她的脑回路？

裘云立忽然抬步上前，恼怒地喊了一声："俞如冰！"

俞如冰避之不及，手里的手机咣当砸在地上，两截细白的手腕乍然被男人死死扣住，身形一晃，后背就贴在了冰冷的墙上，凉得她倒吸了一口气，而后惊愕地瞪向圈着自己的男人。

裘云立英俊的面容突然在她眼前放大，可她毫无鉴赏的心思，反而又慌又烦。

裘云立也不知道怎么了，忽然沉默下来，不言不语地盯着她看。

俞如冰逼迫自己冷静下来，沉着应对，但是根本不行。

没有糖她根本就不能静下心来，而她的糖还在谭夕手里。

砸手机的响动惊到了唐寒秋，她愣了一下，极快地反应过来，急声道："俞如冰？俞如冰你有没有事？发生什么了？"

没有糖充当镇静剂的俞如冰听到唐寒秋的声音后，就如找到了主心骨，连忙求救道："小唐快来救我，他'壁咚'我！"

裘云立却突然开了口："我不会对你做什么的。"

唐寒秋已经吩咐韩薇掉头回来，又对裘云立道："裘云立，别做蠢事。"

知道唐寒秋正赶回来后，俞如冰终于有了底气，她全身都尽力往墙上贴，为了和他拉开距离就差往墙里钻了，面露不快："不会对我做什么，那你还不松开我？"

裘云立正在安静地打量着她，手上的力道是半点也没放松。

他清楚地意识到，他说不过她这三寸不烂之舌，因为她的歪理就像俄罗斯套娃一样，一套接着一套，让人招架不住。

只是……她怎么就变成这样了呢？她从前明明是那么娇弱可人的一个女孩，为什么现在变成这样，总能让他时不时冒出"瞎了眼才会看上她"的想法。

可当他真的打算放弃喜欢她时，她这个小恶魔又会闯进他的世界，蛮横无理地占据了他一半的心。

眼前的她，面容仍旧，清透如水的眼睛里带着怒意，还有点小小的惊惧。

裘云立愣了一下，恍惚间回到了第一次见到她的时候，那时候的她也是这么看着自己，明明有点怕，却还要强装镇定，又惧又怒地望着他。他从未见过那样的眼神，柔弱又坚强，他为此魂牵梦萦，心神荡漾。

今天在这里，他又一次见到了这个眼神。一如当初，轻易就撩动了他那颗摇摆不定的心。前面的气恼、愤怒、不解全在这个眼神里烟消云散。

不论她变成什么样，只要一个眼神，他仍旧会缴械投降。他浑身的戾气都跟着卸了个一干二净，语气温柔似水："如冰，不要闹了，我们静下来聊聊，好不好？"聊过去，聊现在，还有聊他们的未来。

气氛诡异地温情起来，连后面跟上来的谭夕和阿特都不自觉地停下了脚步，僵硬地站在不远处，莫名其妙地有种不好贸然打搅的感觉。

俞如冰顿了一下——哦？当代变脸大师重出江湖？！

她试着挣扎了一下，没有回答他，而是探出颗脑袋冲后面的两个人呼救："愣着干吗？快来救救孩子啊！"

当事人都求救了，谭夕和阿特自然没有愣着的道理，脚步匆匆地赶了过来。

裘云立的目光一直扎在她身上，手上的力度竟也不减弱半点，目光如炬地看着她，问道："如冰，你真的不喜欢我了吗？"

俞如冰看了他一眼："自信点，把'了吗'去掉。"多年轻一小伙子，怎么就这么不自信呢？

[12]

她从来就没喜欢过他。

裘云立目光幽深，如望不见底的深渊，他不敢相信这个答案。

他受尽万千少女的喜爱，过着众星捧月般的生活。无数女人为他痴，为他狂，为了得到他一个眼神而争风吃醋。世界上怎么会有不爱他的女人？

他不信："你在撒谎。"

俞如冰见他还不肯松开自己，脾气也慢慢上来了，目光冷酷道："是你在自作多情。"

她一针见血，直接戳破了他那可笑的心理："你不过是身边爱你的女人稍微多了那么一点，居然就自以为是地认为全世界的女人都爱你——都会爱你，都该爱你。哪来这么荒唐的想法？你做了什么？你又有什么？你自己有什么能拿得出手的东西吗？你没有，你只有一张脸。一旦抛开这张脸，你就只是一具让人提不起任何兴趣的躯壳。"

"我不管你听不听得进去我今天说的话，我都要告诉你。"俞如冰神色严峻、口齿清晰地说道，"我不喜欢你，寒秋也不喜欢你，不论从前发生过什么，至少我们现在确实一点都不喜欢你，请你不要再自作多情地纠缠我们两个人。"

裘云立呆愣地站在原地，脑海里回荡着她的这些话语，目光复杂无比，一时间有点难以接受，就像是三观都被重塑了。

阿特走上前来，抓着他的手，喊了一声："哥。"

他的两只手缓慢地滑落下去，忽又抬起眼望了阿特一眼，不知道在想什么，风衣一拢，眉头紧锁，转身就走了。

阿特是他亲弟弟，有义务看着他，对俞如冰匆匆说了声"抱歉"，拾起地上的手机，关掉扩音后给唐寒秋回复，报了个平安："秋秋姐放心，俞小姐没事，不用担心。你还要过来吗？好的，那我让她等你。"

唐寒秋不放心，去而又回，正好遇见上车的裘云立。

两个人的目光交会了一瞬，又默契地挪开了。

唐寒秋记挂俞如冰，没空去对他放狠话。

裘云立三观重塑，没心情去理别人。

唐寒秋在谭夕的指引下找到了俞如冰，当时是，她正坐在空荡又安静的楼道，自己捧着那袋小糖果边吃边看风景，身边空无一人，凭空生出一丝孤寂感。

唐寒秋对谭夕道了声谢，谭夕回了句"没什么"后遵照她的嘱托，尽职尽责地送韩总助去休息区等候。

俞如冰一个人吃糖，把糖吃得咔咔响，活像是要吃人。

高跟鞋的声音踩在地面上，发出好听的嗒嗒声。

俞如冰这次回身，不再是周君雯，而是印象中熟悉的人。

她扬起笑容，抬手打了个招呼："小唐来啦。"她又垂眸羞涩地挠了挠脸道，"让你又跑一趟，还真挺不好意思的。"

她抬起手时，手腕从外套袖子里微微露出了一点，莹白如雪的手腕上泛着触目惊心的红。

唐寒秋蹲下身去，托住她的手，撩开她的袖子，果然看见了一圈难以忽视的红色，足见裴云立当时有多用力。

唐寒秋眉头轻皱："疼吗？"

俞如冰无所谓道："没事，不疼。"

唐寒秋愧疚道："抱歉，我应该晚点走的。"千不该万不该让俞如冰和裴云立那个烂人待在同一个地方。论力气，俞如冰肯定不是裴云立这个一米八的健康成年男性的对手。

俞如冰笑容开朗："道什么歉，又不是你的错，谁知道他会突然搞这些动作呢。"

唐寒秋垂眸做了个决定，将她的外套拉好，掩盖住她泛红的手腕："我教你一些女子防身术吧。"

俞如冰歪了歪头："现在？"

唐寒秋："当然是以后有时间了再说。"她们两个现在哪有那么多时间聚在一起。

俞如冰舔了舔糖，想了想，点头道："行，辛苦我们小唐啦。"然后她又好奇地问道，"难道当霸总的人都这样，喜欢把人摁在墙上？"

霸总之一的唐寒秋抬起眼，她偶尔会上网，也知道点网络词汇，所以明白霸总是"霸道总裁"的缩写，但是"摁在墙上"又是为什么？

唐寒秋不懂就问："'摁在墙上'是为什么？"

俞如冰眼珠转来转去，边想边道："就……嘻，我给你示范一遍，麻烦你配合一下。"

唐寒秋云里雾里地在她的指挥下站起身，云里雾里地被她按在墙上，手腕被死死扣着，又见她表情邪魅非常："女人，你成功地引起了我的注意。"

唐寒秋：什么玩意？

俞如冰沉迷霸总角色无法自拔："女人，这栋大楼已经被我买下来了，现在你就算是叫破喉咙，都不会有人来救你！"

唐寒秋：怎么听起来这么不正经？

俞如冰双目幽幽，突然逼近了几分："女人，你点的火，你就要负责灭！"

唐寒秋手疾眼快，轻轻松松地挣脱了她的束缚，一掌拍在她脑门上，慢慢地把她推开了。

第一天上岗的霸总俞如冰惨遭滑铁卢，边被无情地推开，边吐槽道："女人，你力气好大。"

她尽职尽责，全身心投入霸总角色，还学了一下裴云立，能多用力就多用力，结果唐寒秋居然轻轻松松就挣脱了——这也太不给面子了！

史上最弱的霸总：俞如冰。

唐寒秋哼笑一声："当然，你这小力气能捏得住谁。"

其实，别说是俞如冰，就是裴云立来了，她也照样轻松挣脱，还能顺道给他两拳，把他牙都给他打下来。

唐寒秋想了想又觉得好笑。她一直以为网上所说的霸总是指那些在商场当中杀伐果断、手段霸道的总裁，她哥和她爸都能称为霸总。万万没想到，网民口中的霸总居然是一口一个"女人"的男人们？

俞如冰问她笑什么，她将所想说了一说，俞如冰道："嘻，那不都是小说那么写的嘛。误会，都是误会。"

普通人哪里能像唐寒秋这样接触到真正的商业圈，更别提碰到真霸总们了。一些小说也就是看着图个乐子，权作消遣用。

只不过，也不能排除真的有这样的小说霸总——裴云立不就是一个最好的例子吗？

唐寒秋："什么小说？"

俞如冰边想边道："嗯……比如什么《豪门邪少：娇妻你别跑》《离婚99次：我的老婆你别跑》《总裁的恶魔小娇妻》《冰山总裁强宠妻》，还有——"

唐寒秋抬手扶额："够了，不用再说了。"这都、都什么东西啊……

俞如冰："我们小唐要打开新世界的大门吗？"

唐寒秋："我拒绝。"

俞如冰笑眯眯地看着她，鼓舞道："加油，唐霸总！"

唐寒秋无情地别过脸往上走："既然没事了，就回去准备你明天的录制吧，好好表现。"

俞如冰莞尔，晃了晃手心里的糖："绝对不会辜负我们唐总心意的。"

第二日，今天练习生们要准备的活动有主题曲直拍，导师们在幕后要负责做评级修正。

二次就业的俞如冰无所畏惧，气定神闲地坐在B班边缘上，嘴里还偷偷含着一块小小的糖果。

而她恰好靠近C班，池暖特地跟人换了个位子，缩成一团靠在她身边，可可爱爱地喊道："队长好。"

俞如冰"嗯"了一声。

华曜的练习生们到现在还习惯喊她队长，习惯这种事情，一时半会也不好改，而且她在她们心里地位不一般，就更不好改了。

池暖激动地搓起手手："队长加油！"

她觉得队长这次肯定能进 A 班!

俞如冰慈爱地看了她一眼:"池小朋友你也要加油啊。"

她一开始进华曜就是为了证明自己,而现在她在 C 班也算是做到了。

她的才情本来就不在这个方面,也就没必要逼自己做到最好,只要不是最差,只要能博得一点关注的声音,就够了。

池暖小朋友备受鼓舞:"嗯!我会的!"

忽然,池暖的肩膀被后面的练习生戳了两下。

两个人回头看去,就看见那个练习生指了指别的地方,然后对池暖霸道地说:"你让一下,I want to sit here(我想坐在这里)。"

俞如冰惊奇地挑了挑眉,感谢这位练习生说的英语不复杂,不然她就要听不懂她是想坐池暖这位子了呢。毕竟这态度真像是要出去约架。

池暖看了看俞如冰,又看了看练习生莉莉。

练习生莉莉平时在她们 C 班就是这样说话,时不时冒出一句英语,偶尔中英混合。池暖英语还不错,但听了她的英语口语,觉得实在是塑料得不能再塑料。偏偏莉莉就喜欢这么说话,因为能显得自己高大上,和别人与众不同。

要是平时,池暖这软性子就让了,但今天不一样,今天俞如冰就在旁边,她想吸收俞如冰的舞台王者之气和蹭点自信,所以不想让步。

池暖摇了摇头:"不好意思,我也想坐在这里。"

莉莉见池暖居然破天荒地驳自己面子,脸上有点挂不住:"池暖,你这是在 refuse(拒绝)我?"

俞如冰:这不是我所熟悉的塑料英语吗?

池暖点了点头:"嗯,我不想换。"说完她还往俞如冰身边挪了挪。

莉莉霸道地说:"不行,没人能 refuse 我,你立马给我 leave(离开)!"然后她拽住池暖的手,蛮横无理地要将对方拉走。

俞如冰一把扣住莉莉的手腕,目光寒冷,当场就将她吓愣在原地。动我们小唐麾下大将的人都得"死"好吗?

嘴里的甜味还在,俞如冰克制道:"她不想换就不要勉强她。不要操着那口塑料英语就以为自己能上天,有点礼貌好吗,小朋友?"

莉莉是最听不得人说自己英语塑料的,俞如冰成功踩在她的雷区上,她当时就炸了:"你、你凭什么说我的英语塑料,有本事你说几句来听听啊!"

俞如冰无所谓地耸了耸肩,大言不惭道:"说就说呗。"

莉莉"哼"了一声,等着看她能说出什么花来!

俞如冰从容不迫地开了口:"You see see you, one day day 的!"

莉莉一脸问号。

　　俞如冰这一句通俗易懂的英文一出，别说是莉莉，就连她们周围一圈的练习生都震惊了。

　　莉莉那张娃娃脸上情绪纷杂，瞳孔微震，足见受了不小的冲击。

　　就、就这？这英语更塑料好吗？！她哪里来的底气说我的英语塑料！

　　莉莉被她气得说话都正常了："这是个什么英语！你、你根本就是在耍我！"

　　俞如冰镇定应对，反问道："这怎么不是英语了？'You see see you, one day day 的'这句话里，除了最后一个'的'字，其余哪个不是英文单词？"

　　莉莉震撼了，但又没办法说不是，只好默认，心里暗想：这人怎么这么不要脸？

　　见她默认，"俞阿基米德"又掏出了自己的真理杠杆："既然是英文单词，那就说明我说的属于英语，你又凭什么说我的不是英语？"

　　池暖悄悄地掩住了嘴，眼珠子滴溜溜地转着，视线在她二人身上来来回回。队长杠人的英姿仍旧飒爽，仍是记忆里熟悉的味道。

　　池暖：看戏 .jpg。

　　莉莉："你狡辩，你说的根本就不是英语！哪有英语是你这样说的？"

　　俞如冰："有啊。"

　　莉莉一脸蒙地看着她。

　　俞如冰轻飘飘道："中式英语。"

　　莉莉朝天翻了个大白眼："拉倒吧你，中式英语算什么英语。"

　　俞如冰反手就是一套抬杠大法："美式英语和英式英语都能算英语，我们中式英语怎么就不能算英语啦？

　　"哪个地方的人说话不带点家乡的味道，我们说英语带点我们本土的味道怎么了？"

　　旁边一圈人都在兴致勃勃地看戏，听到她这番言论之后内心都受到了不小的震撼。虽然知道她是在瞎扯，但是这逻辑听起来完全没问题啊！

　　池暖觉得解气，也放下手，像个小跟班一样附和道："怎么了！"

　　莉莉被撑得头晕目眩，本能地张着嘴，却不知道该怎么接她的话，尤其是她最后的上纲上线——这种事居然还能上纲上线？

　　莉莉红着脸，咬着后槽牙，绞尽脑汁半天终于想出一个对女生来说杀伤力极强的攻击方式。她重重地"哼"了一声，凶狠地瞪着两只眼珠子，狠声吐出六个字："你这个老女人！"

　　周遭瞬间安静下来，众人不由得屏住呼吸，惊恐万状地看向老女人本人俞如冰。

偶像这个行业吃的是青春饭，十几岁出道的艺人屡见不鲜，而且正好是最适合、最好的年龄段。二十几岁才出道，反而有些晚了。

《新星偶像》多的是十几岁的小姑娘，极少有二十岁往上走的，俞如冰这个二十一岁的练习生在这一众小年轻里尤为显眼，仿佛一个大龄考生坐在高三教室里。

莉莉直接拿她年龄说事，就等于和她撕破脸皮了。

莉莉见她沉默不言，自觉找回了场面，扬眉吐气，爽快得不行。

然后她就看见对方缓缓地抬起眼来看着自己，声音轻轻的、淡淡的，没有一点恼怒的味道："知道我老还敢惹我？"

莉莉怔了一下。

俞如冰："你不知道杠还是老的硬吗？"

莉莉：杠还是老的硬是什么东西？

我只知道"姜还是老的辣"啊！

熟悉"阿基米德"梗的池暖和B班的练习生纷纷向俞如冰投去"好！不愧是您"的目光。

池暖转而想想又有点生气，平时性子软乎乎的她，难得拧着眉头道："你太过分了，我们队长才不老！"等我回去写歌骂你！

她的发声，就如石头砸入池水溅起一片水花，陆陆续续有人出来帮俞如冰说话："拿别人年龄说事真幼稚，以为自己多小，舞台上都还没别人一根头发丝少女。"

俞如冰的初舞台走的就是少女风，她在舞台上青春灵动得就如一朵在骄阳下傲然盛放的花，一度让人难以忘怀，叹服她对于曲风的把握度和融合度太过完美。

"比人小几岁又怎么了，跳的舞还是没人好啊，这个节目又不是按年龄选的。"

"都是女孩子，何必拿年龄来互相伤害？"

"一会儿直拍，你可一定要展现得比我们俞姐还要年轻靓丽哦。"

一声声、一句句如尖利的长针刺进莉莉的耳朵，扎得她耳朵生疼，本就红润的娃娃脸霎时间更加红了起来，整张脸就像是番茄。

她今年十六，是家里的宠儿，因为想像哥哥一样成为星光加身的明星才怀着梦想来到了《新星偶像》。

她被家里宠得无法无天，加上涉世未深，不善人情世故，就更不会换位替他人思考，而且还没学会反省自我。

就如现在，面对这么多指责嘲讽，她不觉得是池暖的错，也不觉得是自己的错，更不会觉得是其他练习生的错。

她只会觉得是俞如冰的错，这个全程"攻击"她最厉害的老女人！

俞如冰淡然地瞥了她一眼，对上她那愤愤不平的眼神后就知道她在怪自己，倒也没有多在意，只是微微一笑丢给她一个问题："这真的是我的错吗？"

莉莉迟疑了一瞬，但也没有深入思考，冷哼一声，换了个位子，扎进角落里自顾自生气起来。C班跟她关系好的，或是喜欢她哥哥的，都围上去轻声安慰她。

俞如冰无所谓地收回了视线，又对B班的人开玩笑道："感谢各位好汉，俞某在此谢过！"

一群人又和和气气地闹成一团，等拍摄时间到便开始全身心地投入主题曲表演之中。

直拍是同时进行的，每个班都会出一个人和其他班的人一起进行主题曲表演。

俞如冰恰好和谭夕是一组。

二人视线交会的瞬间，谭夕随口问了一句："您老今天又抬杠了？"

俞如冰笑着背过身去，骄傲道："战绩依旧辉煌。"

谭夕也跟着背过身去做准备："终于要来A班挖矿了吗？"

俞如冰闻言，目光落在A班区域，愣是把她们都盯得头皮发麻、后颈发凉才罢休。

"当然。"俞如冰忽然笑了起来，"一个都不会放过的。"

说罢，她垂下脑袋，与表演无关的东西在一秒之内被她清空，再仰起脸时，她的目光里迸发出自信的光彩，全身心地投入渐渐响起的主题曲当中。力度、表情，就连唇角扬起的角度都恰到好处。

当开始表演时，她就是全场的焦点，是舞台的王者，是世界的主角。练习生们的目光在她身上停留一瞬便再也挪不开了。

主题曲很快就步入尾声，只见她手腕翻转，两手做出拉弓的动作，虚无的弓箭对准了镜头。

她朝镜头抛去了一个狡猾又可爱的wink（眨眼）后，飒然射出了手里的箭，然后以一个干净利落的转身动作作为结尾。

就像真男人从不回头看爆炸一样，她这个小恶魔也不会回头看看自己的爱神之箭射中了谁，只给她的追求者们留下一个永生都值得追逐的骄傲背影。

导师们坐在后台，围成一桌，静静地欣赏完第一组的表演后，不约而同地敲定了俞如冰的评级。这等表现力，不A天理难容！继而又保留了谭夕的A级。

池暖看着自家队长亮眼的表现，一瞬间觉得灵感爆发，又备受鼓舞，决心一会儿一定要好好表现，保C争B！

最后的结果是她没有争到B，但好在保住了C，得到了俞如冰和谭夕欣慰的表扬——原地踏步总比退步好。

评级修正之后，还有主题曲中心位的选拔以及要对观众们公开发布的正规直拍的录制，所以她们这几天比较忙碌。

拍摄期间，节目组也做了很多后台采访，话题度几乎都集中在俞如冰的身上，不过大多是练习生们自己提到俞如冰。

《新星偶像》交际花绝不是浪得虚名。

而B班的人更是神奇，没有一个人表现出不舍，反而对于俞如冰要进A班的事实表露出了相当大的好奇和喜闻乐见。

工作人员有点摸不着头脑："为什么？"

B班某练习生笑容甜美地道："因为想看到A班的人被我们俞姐收入麾下的样子啊。"

工作人员一愣。

B班练习生学着俞如冰的口气，熟练道："向全世界安利最好的唐总！"

工作人员：这是传销头目进了你们B班吧。

节目组自然也没放过俞如冰，对她进行了采访。

工作人员："进A班你有没有什么感想？"

俞如冰歪了歪脑袋，认真看着她说道："有的。"

她兴奋道："我终于可以去A班安利唐总了！"

工作人员：你还真的是个传销头目啊。

[14]

导师们宣布第二次评级结果之后，主题曲的中心位选拔随之而来。

A班全体都将站在公演舞台最闪耀的地方进行表演，但站在舞台中心的人只有一个。

主题曲的中心位投票权，在除A班以外的全体练习生手里。

第二次评级过后，A班练习生们会面向握有投票权的练习生们集体表演主题曲，然后由她们投票选出自己心中的中心位，票数最高者将在第一次正式的主题曲公演中站在最显眼的中心位进行表演。

华曜的练习生们在观众席上坐着，朝两个华曜的骄傲递去鼓励的目光。

不论她们谁站在中心位，都是给华曜长脸！

谭夕抬手朝俞如冰指了指，示意她们一致选表现优异的杠精。

这一环节，说是选出练习生们心中的中心位，其实就是变相选择节目当中人缘最好的，而那个人毫无疑问就是爱挖矿的俞如冰本人。

俞如冰虽然身在B班，但她偶尔会往下面C、D、E三个班跑一跑，暗中观察挖挖矿，当碰上有人向她请教时她也会不吝解惑。

这么一来二去，虽然没和整个节目组的练习生都混个十成熟，但也在大家心中留下了不错的印象。

主题曲的音乐响起，A班练习生们都全神贯注，力求向众人展示最好的自己。

充当观众的练习生们眼花缭乱，哪个都想看，又不知道看哪个，最糟糕的是，有时候想雨露均沾，可目光又不自觉地被俞如冰这个小妖精全吸走了。

就连先前不服气的莉莉都或多或少被吸引了目光，每次都差点陷入俞如冰那该死的魅力里，然后想起自己在生气，又愤愤地收回视线，别扭地低声骂了一句："老女人！"

一曲毕，由导师阿特负责主持带领大家走流程。首先是A班练习生们依次进行自我介绍，为自己拉票。俞如冰站在队末，是最后一个进行自我介绍的。

她接过谭夕递来的话筒，说了声"谢谢"，然后面向观众席鞠躬，长指滑过贴在腰际的名牌："大家好，我是华曜的俞如冰。"

"选我，"她娇俏地朝大家抛了个wink，"你们就能看到'阿基米德'站在中心位，在线为你们热舞哦。"

练习生们被她击中，爆发出一阵欢呼。

谭夕头疼地扶额。虽然但是，我觉得阿基米德迟早要掀开棺材板出来告你。

阿特：不愧是俞如冰，连拉票宣言都如此与众不同！

然后就是练习生们三分钟的考虑时间，之后就进入了投票环节。

池暖等人当然不用说，毫不犹豫地写下俞如冰的名字。

A班练习生们站在投票箱旁边等待投票，负责投票的练习生们坐在观众席上交头接耳，时不时发出几声清脆的笑声，依稀还能听到几声："哎呀，我的字好丑！""我把我女神的名字写丑了，我有罪！""我想看'阿基米德'热舞！"

气氛融洽，一派和气。

练习生们选择完毕后，就要排成长队，将手里的票一张一张地丢进透明的投票箱，中心位获得者将会在第一次主题曲公演现场公布。

谭夕是头一回参加这样的活动，难免有些紧张。第一时间就是抓住俞如冰的袖子，面容凝重。

不怕一万，就怕万一，万一她和俞如冰都落选了呢？公司会不会对她们失望？会不会辜负唐总大老远跑来训练营为她们主持公道的心意？

她越想越慌，眉头紧紧皱着。

俞如冰瞧出她的紧张，安抚地拍了拍她的手背，拖长了语调道："淡定，别怕。"

谭夕看着她，疑惑道："你不慌？"

谭夕这才想起来，自己从没见她在这些事情上面慌乱过。

她永远抱有希望和自信，永远从容淡定，好像没有什么东西能撼动她一样。

俞如冰摸了摸她的脑袋，安慰道："没什么好慌的。"

她是夕阳红二次就业，一回生二回熟，当然就不慌。而且投票结果如何，她都会平静接受。

如果是她自然是最好的，如果不是，那就算了。因为她要争的不是现在这一个小小主题曲公演的中心位，她要的，是成团两年内的中心位。那才是最后的赢家。

不过，她还有一个不甘寂寞的女主角光环呢……这个中心位百分之九十九会落她手里。

她拍了拍谭夕的背，安慰道："别慌，姐姐有女主角光环，这个中心位肯定是姐姐的。"

什么乱七八糟的女主角光环。谭夕无语道："姐姐，我们这不是小说，醒醒好吗？"

俞如冰："嘻，有时候现实可比小说魔幻多了。"

谭夕被她岔开了注意力，倒真的冷静了不少，听见她说这话，自动调整模式顺着她的话讲下去："嗯，您说得对。"

今天，《新星偶像》所有练习生进行正规直拍以及主题曲的公演。

所有练习生都换上了象征少女心的粉色的校服裙装，脸上化着漂亮精致的妆容，尽力地将个人的特色魅力发挥到最大。

本次公演舞台是拼合设计，A班站在中间舞台，其余四个班分站四边舞台，在表演过程中舞台会慢慢拼接在一起，每一处都充满了现代科技感。色调以粉、黑为主，两色相衬相托，视觉效果恰到好处。

兼任主持人的阿特，打扮得光彩夺目地站在A班练习生们的舞台上，面对镜头扬起招牌暖阳笑容："接下来，我们就要宣布主题曲公演中心位的结果了。"

他打开手里的卡片："结果好像是众望所归啊。"

众人齐齐抬头，默契地看向了俞如冰——《新星偶像》的大魔王兼交际花。

阿特："让我们恭喜——俞如冰获得主题曲公演中心位！"

很快，《新星偶像》的第二期就播出了，伴随正规直拍的放出，俞如冰不出意外又吸了一拨粉。

咕咕咕咕：爱神丘比特朝我射了一箭，我没了！投！都给我投她！

不如鹤：我老婆太绝了吧！她怎么穿个普通外套都能漂亮成这个样子？？

你看着我的拳头：你老婆觉得唐总更好看。

醒醒别做梦了：评论区有些人真的很糟糕，总是乱叫老婆，破坏别人的家庭关系，因为这件事，我家如冰哄了我好久。

没时间再见：你好，麻烦看看你自己的 ID。

我来啦！！：你一票我一票，冰冰明天就出道。你不投我不投，冰冰何时能出头！

嘎嘎：我粉了个什么偶像啊！

不仅如此，凡是能在《新星偶像》里拥有姓名的练习生，都能跟她组成搭档，网友们奇妙地觉得她百搭，组合得那叫一个快乐上头。

就连唐寒秋都因为被她多次提到而跟她组成了"鱼塘"组合。

但又因为唐寒秋一直活在俞如冰和其他人的嘴里，没有正式走入大众视野，也没有照片，整个人就是一团谜，所以大家追鱼塘组合的热情并不高。

鱼塘组合也成了俞如冰组合股里末尾的一支。

坐在华曜总裁办公室里的唐寒秋本人看着屏幕上"鱼塘组合"的名字，陷入了诡异的沉默当中。

宣发部部长龙游和韩薇坐在她面前看着她沉默。

龙游：唐总她看起来就像是三观被冲击了呢。

不过转念一想，龙游表示能够理解。

唐寒秋是初次接触演艺界这个圈子，日理万机的她平时上网冲浪肯定也是看看新闻一类的正经内容，像乱搭配组合这种新潮的事情，她老人家一时半会接受不了也正常。

但是……龙游斟酌着开了口："唐总，您要不要考虑营销自己？"

托俞如冰口不离唐总的福，网民们对唐总的好奇心空前强盛，甚至愿意关注华曜官微等着照片，还有热心的打卡群众每天都会来华曜官微底下发上一句：今天唐总发照片了吗？

然后自顾自地回复：没有。

这拨反向操作让华曜官微得到了更多的关注度，也让龙游看到了打响华曜牌子的第二条路——营销唐寒秋。

华曜是唐寒秋的，如果她愿意营销自己，哪怕是放一放照片，肯定都能给华曜带来巨大的正面影响。毕竟我们大老板如此好看！

唐寒秋缓缓地抬起眼皮，无声地望着他。

龙游下意识打了个战，连忙道："不是说让您去上综艺当艺人，就是偶尔露露脸，满足满足网友的好奇心。"

韩薇推了推眼镜，道："唐总，我认为可行。"

华曜想要更快地走进大众视野，光靠一个俞如冰未必够。但现在可以借俞如冰的东风，施行第二个方法。

唐寒秋将手中的平板电脑递给韩薇，淡淡道："不急。"

这条路是可以走，但是她觉得现在不是时候，虽然她也说不好那个"时候"究竟是什么时候。

韩薇接过平板电脑，继续关注着话题，而当她将页面刷新之后，一个新话题飞速冲上了热搜前三。

话题的名称是："偶像练习生俞如冰是第三者"。

第四章

人间富贵花唐寒秋，了解一下？

[01]

韩薇眉间轻蹙，下意识觉得事情不简单。

现在正是俞如冰大热之际，突然爆出这个子虚乌有的话题，绝不可能是偶然，定然是有心之人刻意为之。

在演艺界这个圈子里，用流言蜚语击溃一个艺人可太简单了。

她点进话题去看，发现转发量和评论量飙高的那条微博博主是个叫"瓜葛爱娱乐"的营销号，他这条微博只带了这个话题和一个视频。

韩薇本着探查到底的心点开了视频。

视频里的主人公有三个——裴云立、俞如冰以及唐总本人。

从角度来看，是有人站在唐寒秋身后一段距离拍摄的，周围还稀稀拉拉围着一圈怀中抱书的大学生。

韩薇暂停了一下画面，仔细确认了一下。

唐寒秋被拍到的是背影，她身上穿着一件如烟如雾般飘动的连身浅灰色长裙，头发也是一模一样的大波浪棕色长发，几乎看不见脸。韩薇还是通过她身边的东伯喊了一声"小姐"才辨别出来是她。

唐家就一个小姐，不是她还是谁。

韩薇眉头一跳，继续看了下去。

紧接着她就看见唐寒秋气势汹汹地朝俞如冰走去，二话不说扬手就是响亮的一耳光，当时就把俞如冰打蒙了。

韩薇在屏幕前也愣了一下。

很快裴云立就冲了上来，生气地喊了一声："唐寒秋！"然后他暴怒地推了唐寒秋一把，挡在俞如冰的面前，一副要做她的骑士捍卫她的样子。

裴云立推唐寒秋这一举动显然是用了十成力气的，唐寒秋猝不及防旋身就撞

184

上了一旁的柳树，额角不幸挂彩，站在原地缓了大半天。

东伯急忙上前关切。

视频画面拍得很清楚，连俞如冰站在裴云立身后泪光闪动的可怜模样都让人看得一清二楚，但视频很快就结束了，给足网友们无限的遐想空间。

不出几分钟，这个极具冲击力的视频已经让话题飞速冲上了热搜第二并且稳稳扎根，热度不断攀升，只升不降。

韩薇当时不在现场，不好评定唐寒秋和俞如冰的关系究竟是怎样的，不过唐寒秋身为当事人有权了解网上这场躁动。

平板电脑转而又回到了唐寒秋的手里。

韩薇推了推眼镜："唐总，这个视频真实吗？"

唐寒秋点开了视频。

龙游一脸蒙："什么视频？"

韩薇："你自己上热搜看看就知道了，宣发部正好对此要着手准备公关。"

龙游赶忙上热搜看了看，看完视频后他也是目瞪口呆的。

"瓜葛爱娱乐"这个营销号龙游是知道的，这个营销号经常会爆出一些大料，内容真假不论，但一定能挑起舆论，且还有着诡异的"骨气"，没有名气的艺人的料绝对不爆。

所以他这会儿掐准了爆料俞如冰，龙游也不知道该说好还是不好，只能和韩薇一齐望向唐寒秋，先向她求证视频内容的可信度。

看唐总和俞如冰现在的关系，谁能想到她们过去还如此凶残过。

很快，瓜葛爱娱乐又爆出一条料——唐寒秋和裴云立的订婚在这件事发生后没多久就取消了，唐、裴两家的亲家关系早已破裂。明里暗里都在往俞如冰身上安"第三者"这个名号。

俞如冰的粉丝、"黑粉"以及快乐吃瓜的群众瞬间让战火蔓延开来，在各大评论区形成三大板块，评论热情高涨。

就连《新星偶像》俞如冰的相关微博底下，评论也在随之暴涨，嘲讽之声越来越多，也越来越难听。

各大营销号也疯狂转发相关微博，积极蹭这拨热度，生怕事情不够大。

嘎嘎：别造谣别传谣，我们冰冰和唐总关系很好好吗？

捍卫正义：关系好就是我扇你一巴掌？你们华曜家的"关系好"可真有意思。

醒醒别做梦了：我们如冰在节目里疯狂安利唐总的样子，"黑子"是不是看不见呢？[可爱.jpg][可爱.jpg][可爱.jpg]要是关系恶劣，谁会一直夸对方？

我就看看不说话：谁知道是不是你家这个第三者偶像害怕被针对才疯狂拍马屁？唐氏那么强，轻松捏死她完全没问题吧？还把她签下来了，以后怎么整她，

185

谁都说不准哟。

@bangbang：@华曜影视 出来说话，别装了！立马给我们粉丝一个说法！

战火很快就烧到了华曜影视官微底下，什么声音都有，场面一度很混乱。

唐寒秋面色平静地看完了大部分的评论，将平板电脑搁下，向韩薇和龙游给出了自己的答案："视频是真的。我的确打过俞如冰。"

唯一值得庆幸的是，她还没来得及骂俞如冰是第三者就脱离系统控制了，倒也算是及时止损。

龙游瞪大了眼睛。俞如冰真的是第三者？

唐寒秋扬了扬下巴，对龙游道："先去官博稳定一下粉丝情绪，现在是俞如冰直拍投票时期，不要影响到她。"

她简单地解释了一下："她不是第三者，我和裴云立解除婚约也不是因为她，而是因为裴云立。"

龙游意会，但临到要发布的时候，又愣了一下——他不知道要发什么才能稳定粉丝情绪。

这件事的事态显然不同，已经牵扯到了唐、裴两大家，而且如果华曜官微声明过于官方反倒像是在打太极，很容易反向激起粉丝不满。

发个律师函也需要时间，所以为了最快将风险降到最低，并拖住时间，他们需要一个能让所有人都转移视线，甚至把这片战场全部转移出去的方法才行。

唐寒秋似乎是看出了他的迟疑，抬眼间就给他指了条明路："你就问问那个博主，为什么不把完整的视频发出来。"

龙游惊讶道："这个视频——"

唐寒秋颔首："嗯，后面还有。"

她不受系统控制之后，解除婚约，给俞如冰道歉认错，全被在场的学生拍下来，不可能只有前面起矛盾的这一段。

想到这儿，她用长指轻缓地抚着自己的眉头，心里生出一个疑惑——视频究竟是哪里来的？

那件事情发生之后，唐氏的人就立马出手对视频进行留底和肃清。不想跟他们起冲突的学生们均已乖乖删除视频，现在怎么又冒出了一条漏网之鱼？

按理说，唐氏的人做事不可能会如此不细心。还是说，他们唐氏的清理速度还是慢了？

龙游这头已经遵照唐寒秋所说，直接上官微@第一个爆料此事的瓜葛爱娱乐，简洁有力地质问了一句：我们唐总问你为什么不把完整视频发出来？

这个方法果然比普通的安定更有效，风向瞬间又变了。而且加上"我们唐总问你"这六个字，莫名其妙地有压迫感。

超级爱吃：@瓜葛爱娱乐 唐总让你把视频发完，搞快点！

我不可：加了这六个字，感觉有点可怕。营销号们终于想起了被唐氏支配的恐惧？

捍卫正义：发完又能怎么样，打都打了，洗不白了好吗？

瓜葛爱娱乐并没有回复，华曜又@他，发了一条微博：我们唐总问你，俞如冰插足谁了？

俞如冰粉丝们的情绪渐趋稳定，甚至还有的加入了快乐吃瓜行列——官方自己就能解决，根本不需要他们粉丝出头。这小偶像粉得也太容易了！

而且这件事就说明，传说中的唐总一直在关注这件事，还让官方代替她发声，怎么看都不像是要折磨俞如冰的样子。

见风向被稳定下来，华曜宣发部紧急召开会议，开始着手后续公关。

由于唐寒秋也被拉入了这件事，所以她和韩薇也出席了宣发部的会议。

她坐在最显眼的位子上，手里拿着手机，目光幽深如渊。

半晌后，她才开口问了一句："《新星偶像》把手机还给她们了吗？"

如果没收了还没还给她们自然最好，但如果还给她们了……

唐寒秋眉头微皱，她担心这一盆突如其来的脏水会影响到俞如冰的心情。

按理说，这件事她们两个都算是被系统坑了，于当事人来说，说不委屈都是假的。但是网友不知道，只有她们彼此知道。

人总是容易在乎外界对自己的看法，在乎每一条恶评，而且"第三者"这三个字，实在是太难听了。

所以究竟是谁泼的这盆脏水？谁是这漏网之鱼？

一直关注着微博动态的龙游忽然抬起头来，神色凝重地说道："唐总，瓜葛爱娱乐回应了。"

唐寒秋抬眼。

龙游意会，说道："他@华曜官方，回道：插足了谁你们唐总心里没数吗？"

《新星偶像》拿到手机的练习生们不出意外地也看到了这条第三者的热搜，整个训练营立马变成了一个"猹营"，每个人都把瓜啃得咔吧咔吧响，内心特别想去俞如冰那个练习室看看情况。

俞如冰也看到了关于自己的热搜，在队友们探索的目光下，第一反应就是抬起手挠了挠头，由衷地发出一声灵魂拷问："我插足谁了？"

[02]

《新星偶像》第二期公演结束之后，节目组就紧锣密鼓地进入了第三、第四期的流程之中。

第三、第四期为小组对决，所有人分为十组进行两两比拼，其中 A 班练习生拥有选择队友和曲目的优先权。小组对决的时候，将会有观众到场加油助威以及参与投票，即为第一次正式公演现场。

获胜的小组将会获得加票资格。

队长从五个班先前的勤奋选手和能力选手中诞生，由节目组和导师组挑选。其余的练习生们则是根据自己的想法，选择自己喜欢的那个队长，成为其队员。

俞如冰以 B 班能力选手占得队长一位，谭夕和周君雯获得 A 班勤奋选手和能力选手名额，各担一位。池暖也取得了 C 班勤奋位，当上了队长，再一次得到了俞如冰和谭夕表扬的目光。

选队长的流程很快就走完，然后就是选曲。每组必然有一名 A 班生，选曲的权利自然而然就落到了她们头上。

为了公平起见，十名 A 班生靠猜拳决定选曲先后顺序。

俞如冰猜拳前突然双手合十，朝天拜了三拜。

其余 A 班生不解，谭夕问道："你在干吗？"

俞如冰虔诚道："借运势，让我第一！"

结果她就赢得了倒数第一。俞如冰愣住了。

谭夕精准吐槽："姐姐，看来你这借来的运势不太行啊。"

俞如冰最后选了一个性感俏皮风的曲子，因为可爱在性感面前不值一提，但是两者结合就不一样了。谁不喜欢又性感又俏皮可爱的女人呢？别说男孩子们喜欢，就连女孩子们都看好这样的女人。

组队和选曲完毕之后，就是各组自行练习的时间。俞如冰一如既往担起队长一职，一边练习一边帮队员精进，尽力挖掘对方的潜力，帮助对方展现最好的舞台，以此赢得更多的票数，干掉对方小组。

而到了周六那天，节目组宣布休息一天，并将手机还给了大家，让大家更好地休息放松。

也就是这样，俞如冰才知道《新星偶像》的播出时间从周六晚上调整到了早上，也顺势知道了自己成了第三者。一只快乐的猹瞬间成了别人嘴里啃得咔咔响的瓜。

俞如冰发出灵魂拷问之后就遵从本心，先当猹后当瓜，只有先把瓜吃透了才能知道自己是个什么样的瓜。所以她心态轻松吃起瓜来，弄清楚来龙去脉后，她的心态更轻松了。

队友们犹犹豫豫不知道该说什么好。

营销号放出来的视频里，的确很像是正房怒撕第三者的戏码，但是看到当事人也不知道发生了什么以及华曜官方亲自下场简洁有力地质问营销号时，她们又觉得事情没这么简单。真当了第三者肯定会心虚的，除非俞如冰演技一流。

有人终于忍不住问出来："队长，这个热搜……"是真的吗？

俞如冰点开通讯录："假的。

"华曜官微亲自下场发问，这个废物营销号也不敢直接点名我插足了谁，不就是想打太极，让网友瞎猜，再引起一场粉黑大战吗？"

有人迟疑道："可这个视频……"

俞如冰挑了挑眉，点下唐寒秋的电话号码，笑颜灿烂道："嗐，都是误会，我和唐总情比金坚。"

她拿起手机放到耳边："我打个电话，你们聊。"

唐寒秋正担心俞如冰会被影响到的时候就接到了俞如冰的电话，一时间心情很复杂。

《新星偶像》的官方是不是故意搞事，这个时候把手机还给她们？

唐寒秋接了电话，就听到对方轻松又欢快的声音："嗨，小唐。今天节目组准我们休息一天，还把手机还给我们了，我就给你打个电话问问。怎么样，我们唐总忙不忙？"

唐寒秋听见她这么欢快的声音，眉头顿时皱得更紧了："你……"

唐寒秋不知道她知不知道这件事，犹豫着要不要告诉她。

如果不知道的话，又何必平添她的烦恼呢，还会影响她近期的节目录制。

俞如冰一下就猜出了她在犹豫什么，笑道："我都知道了，小伎俩，稳住，不要慌。"

唐寒秋愣了一下："你不会觉得难受吗？"

俞如冰想了想："不会啊，毕竟我又没有做过。而且，被营销号泼脏水这种事情也太常见了，哪个艺人没被泼过一两盆脏水呢？我早就习惯了。况且，我也不是一个人，有粉丝和你在给我撑腰，我难受什么？"

好名声需要用心去小心经营，但坏掉名声只需要一张嘴，营销号们就是那一张嘴。

但值得庆幸的是，绝大部分的网友有一颗是非分明的心。如果艺人清清白白，终会有人站出来为他们平反，给予他们支持的声音。

现在这种信息发达的时代，营销号要想按头让人当窦娥可不是件容易的事情。

没有人能容忍被愚弄。

唐寒秋怔然片刻，了然笑道："我知道了。"

她朝龙游伸出手，示意他将手机递给自己，龙游照做。

莹亮的屏幕还停在瓜葛爱娱乐那条看似极有底气的"插足了谁你们唐总心里没数吗？"的回复上。

一分钟后，华曜影视官微@了瓜葛爱娱乐。

华曜影视：@瓜葛爱娱乐 那么你对于"造谣转发过五百，我就可以告你"这件事心里有没有数呢？

两方一来一回，营销号瓜葛疯狂打太极，华曜影视步步紧逼，但言辞间又可见其从容不迫的气度，这一场看起来似乎毫无悬念的博弈，仍旧让网友们看得上头又快乐。

太阳啊太阳：有点帅是怎么回事！我怎么会觉得一个官方号帅啊？是我单身久了看谁都充满了魅力吗？！

让我看看是谁在浪：那什么……我可。

AAAA：评论区的朋友们稍微冷静一下，这一条的皮下可能是唐总本霸啊！自称都变了！

学习使我快乐：告他！唐总快点告他！！！给他一点颜色看看！

营销号们经常为了热度不择手段，发一些不负责任的言论和假料，导致很多艺人被中伤，营销号们在事后也不会向他们说一句对不起，仍旧逍遥无比。

这让广大粉丝都气得不行，造谣一张嘴，辟谣跑断腿，很有可能还辟不干净，只能给自家艺人留下莫须有的骂名。

所以他们就等着有一天看到营销号们吃瘪被制裁，唐寒秋此举完全是人心所向。

这头俞如冰又问道："视频的事情你打算怎么解释？"

她真的很想把原主和系统抓出来爆锤一顿，不是他们，就不会走到这个地步！

当然，最主要的是，究竟是哪个人放出这个视频的，唐氏明明已经把俞如冰学校学生手里的视频都清理掉了才是。

在唐氏的威压之下，居然还能有漏网之鱼吗？

唐寒秋正思虑着，就听见她一字一句道："我本来已经说好要和你签订合同，但有一天你看见我和裴云立走在一起，进而误会我要签约风霆，认为我出尔反尔，没有契约精神，大有被愚弄的感觉，于是恼羞成怒地打了我一巴掌？"

她想了想，补充道："我觉得太委屈了，所以两眼泪汪汪？"

唐寒秋顿了一下，见她说得头头是道，差点就信了。

唐寒秋忽然间想起了她之前因为挂了自己电话害怕被骂而瞎编的"反手挂电

话科学理论"，发觉她的瞎编本事真是一如既往强悍。

唐寒秋："你编故事的本领果然没有退步，就用这个。"

俞如冰骄傲地挺胸："好，不愧是我！"

唐寒秋：这都能让你夸自己吗？

俞如冰兴奋道："那我挂了去吃瓜了啊，微信联系！"

唐寒秋："嗯，不要下场，交给我就行。"

俞如冰："嘻，华曜亲自下场后，我就是个路人。路人不下场，下场不路人，放心！"

唐寒秋挂了电话之后，韩薇转告道："唐总，唐董和柳董找您。"

唐寒秋点点头："劳你先帮我回复他们，我回头会给他们二位打电话。"

二老此时打电话给她，她也明白是为了什么，多半是安慰和询问。

但她当务之急还是把俞如冰这个"第三者"脏名洗掉。俞如冰不仅是华曜要打造的作品，还是她的珍贵到无人可以替代的朋友，她绝不会让俞如冰背负这种莫须有的骂名。

他们一定要把那条漏网之鱼翻出来，华曜绝不能不明不白地被搞。而且她第一次管理公司，不能连这件事都处理不了，否则也太丢唐家的脸了。

她再一次打开了视频，试图借此琢磨出点什么来。视频里的影像随着裴云立冲上来的动作晃了一下，拍进去一个人——裴家司机六叔。

唐寒秋迟疑了一下。会是他吗？如果是他，那一切都说得通。

唐氏的清扫活动里根本就不存在漏网之鱼，因为根本就没把对方划入清扫范围。

那天不只有学生，还有她和东伯、裴云立以及……六叔。裴家的司机六叔。

如果是他向在场的学生拷了一份视频回去交给裴海宁，那完全说得通。毕竟她那天当场跟裴云立取消了婚约，裴海宁一定会很困惑，但如果把视频给裴海宁看看，他一定就明白了。

而且六叔跟在裴海宁身边的日子只多不少，裴海宁那样精明的人，六叔耳濡目染，不可能会蠢到连这道弯都转不过来。

随后她嫂子给她发了一条信息更是证实了她的想法：你要当心风霆，视频是他们给的。

嫂子：风霆这次估计是要借着这些营销号搞俞如冰以及打压华曜，你当心点，不要被绕进去了。

唐寒秋："嗯，我知道了，谢谢嫂子。不过嫂子是怎么知道的？"

嫂子：这大概就是隐婚的好处？

是的，目前外界知道江映遥是唐家儿媳的人屈指可数。唐默渊尊重江映遥不想公开的想法，平日出席活动也不会戴婚戒招摇。

唐寒秋看见"隐婚"两个字，无奈一笑，又回了"谢谢"两个字，待她抬起头后，双目中燃起无法磨灭的战意。

既然风霆要借营销号搞华曜，礼尚往来，华曜就借营销号敲打敲打风霆——虽然华曜小，但也不是好欺负的。

她打开了通讯录。

五分钟后，唐氏集团旗下那令人闻风丧胆的律师团上线了。

胜天官微把瓜葛爱娱乐以及每一个转发闹大此事的官微都@了个遍，然后附上一个微笑的表情。

唐氏集团－胜天：请问各位的"五百万"准备好了吗？胜天要准备冲年底业绩了。[微笑.jpg]

[03]

圈外人虽然并不是很了解商业圈，但传闻还是听过的，诸如唐氏集团名下百战百胜的胜天律师团。

胜天律师团里全是律师行业内个顶个的精英人士，随便一个拎出去都可以自成一家，而且多得是人抢着要。

往常胜天处理的都是他们商业圈内的事，所以很少会直接在微博上公开点名要对簿，就连微博都很少打理，发的东西少之又少。

他们和唐寒秋一样，在广大网友心中都是一团神秘的迷雾。

没想到今天因为自家公司的艺人，唐总亲自披官微皮上阵不说，居然还动用了魔鬼律师团胜天来冲业绩，网友们这瓜越吃越觉得震撼，又很解气。

AMP：这好爽的感觉是怎么回事？华曜这么护犊子的吗？我算是明白俞如冰为什么到处安利华曜和唐总了！这安利我吃！我吃还不行吗！

哈喽：@华曜影视 你们家还收人吗？我吹"彩虹屁"的本事也很强的。

醒醒：姐妹醒醒，想靠吹"彩虹屁"进华曜是行不通的，你还得有俞如冰那样的颜值和实力。

咕咕咕：不行！不管后续告不告，反正现在我是爽了！营销号终于被制裁了，胜天冲呀！唐总冲呀！！华曜冲呀！！！

胜天一出手说要冲业绩，叫他们准备五百万元，当先爆出黑料的瓜葛爱娱乐果然慌了，急急忙忙地找上自己在风霆的朋友寻求帮助。

当初他就是和这个在风霆的朋友聊天知道的这些事情。这位朋友给他偷偷发了视频，态度就像是普通朋友间的吃瓜一样，还嘱咐他不要外传。

可是他心痒痒，觉得这不论是真是假，发出去热度绝对能爆，而且有这么大的料不爆是傻子。结果果然如他所想，稳占热搜前三，热度源源不断，给他带来了一拨大流量。

但他绝对没想到唐寒秋会亲自指引华曜方面来打他，甚至亲自上阵问他有没有做好准备被告。就连唐氏的胜天都搬出来了……

有必要吗？他想。这不就是一个热度的问题吗？这热度下去，俞如冰也得到关注了啊，华曜和唐寒秋为什么这么拎不清？

不过现在的情况也不容他多纠结别的，他只能先寻求帮助再说。五百万元事小，被唐氏搞死事大。

但他在风霆的那位朋友却因为他私自外传这事跟他生气，留下一句："如果我老板查出来是我传的，你就等着死吧。"然后就删除了他的微信，大有老死不相往来的决绝。

瓜葛爱娱乐投靠风霆的想法瞬间被掐灭，人生昏暗了，最后只能认命给来势汹汹的胜天送业绩——态度好点，应该还能活着？或者，大不了以后换小号重新来过！

殊不知，他那位朋友却在删除他之后，向风霆宣发部部长报备："已经解决干净了。"

部长问道："嗯，他没发现什么吧？"

朋友道："没有，他人蠢，要是能转过弯来，就不会自爆这些料了。"

部长满意道："嗯，很好。"他转而又去看了网上的评论风向。

虽然唐寒秋的警告和胜天的下场起到了一定的镇定作用，但仍有一部分不小的争议之声弥漫在微博上。

无所谓：虽然但是，华曜方面真的不打算解释一下视频内容吗？

长相思难相守：唐寒秋动手这么狠，裴云立又那么护着俞如冰，说这没猫腻，抱歉我不信。#俞如冰是第三者#

不知鹤：你真好笑，人家的事要你信了？还带话题，你怕不是个黑子？

不可以：带话题的你有事吗？不信你问华曜问唐寒秋去啊，在这里带黑话题现眼给谁看呢？#俞如冰小恶魔##俞如冰绝了##俞如冰冲呀#谁还不会带了。

风霆宣发部部长满意地拿起平板电脑，朝裴海宁的办公室走去，准备汇报战况。

他们老板要的就是这种借刀杀人的方式。兵不血刃，又随时都能挑起血腥的"冲突"。

这些质问唐寒秋自然不会放着不管，她的目的可是把俞如冰身上的"第三者"骂名拿掉，视频的事情不解决清楚，势必会引来更多的猜忌。

而且，这些质疑的声音已经逐渐带动了俞如冰粉丝的情绪。她们既想维护俞如冰，可一个视频明明白白放在那里，道德方面又让她们过不去这道坎。没人会希望自己粉上当第三者的偶像。如果这个偶像还没正式出道，而且第三者的事情是真的，那她们很有可能会联手把还没出道的偶像扼杀在摇篮里。

不仅是唐寒秋感受到了粉丝群体的焦虑，俞如冰也很确切地感受到了，并通过唐寒秋询问华曜下一步的计划。

唐寒秋和宣发部开会之后，敲定了一个方案：问答形式。

华曜官微一会儿会编辑一条微博，表明将在十分钟后发送一条微博，届时网友们可以带着自己的疑问在底下留言，唐寒秋本人将会为前五个最快留言的网友进行解答，且限定每人只能问一个问题。

要唐寒秋一个个回答过去是不可能的，没有这个时间精力，而且问题一旦多起来就会又杂又乱，难免有人乱问问题。

所以龙游就想狡猾一点，让网友们先准备好然后靠手速留问题，而且唐寒秋必答，这样就能防止有人浑水摸鱼。

俞如冰通过微信知道这个方案后，发出了灵魂拷问。

俞不如冰：那么请问我们唐总怎么以本人的身份去解答呢？披官皮吗？

唐寒秋：不然？

俞不如冰：你知道如果我是吃瓜群众会怎么想吗？

唐寒秋：怎么想？

俞不如冰：我会想这个皮下究竟是不是本人。你们官方虽然说了是本人回答，可是披着个皮我怎么知道是不是本人。

俞不如冰：所以我建议……嘿嘿。

唐寒秋看见诡异的"嘿嘿"两字后，下意识觉得不妙。

俞不如冰：开个直播，加个盛世美颜 buff，让全世界看到您的盛世美颜并且色令智昏，你说什么他们肯定都信！

俞不如冰：不管他们信不信，反正我第一个信！

唐寒秋忽然抬起头，看向龙游，问道："龙游，你是不是也想让我开直播？"

俞如冰是混迹网络多年的老手，所以反应快。龙游是这方面的专业人员，应该也反应过来了才对。

龙游顿了一下，不好意思地挠着头："唐总怎么知道的……"

让唐寒秋上官微账号的确无法让大众信服就是她本人，毕竟披着张皮，谁都能说自己是唐寒秋。

但如果开直播，效果就不一样了。不仅能证明是本人、证明华曜对此事的诚意和重视，还能向世界公布他们唐总的绝世容颜，让"颜控"们死心塌地，进而多多关注华曜官微——唐总和他们唯一的媒介。

一举两得，岂不是美滋滋。

只是他不太敢提议，唐总一直说"不急"，那她一定是心里有数，当下属的说再多只会让她嫌烦。让上司嫌烦，可是"社畜"大忌！

但他没想到唐寒秋居然自己接上了这个脑电波，真是又惊又喜。

一头是俞如冰欣然的提议，一头是龙游殷殷期盼的双眼，唐寒秋沉默了。难道这次就是时候吗？

俞如冰又发了一条消息。

俞不如冰：盛世美颜给我冲！！！

看得出来她是认真的。

唐寒秋无奈地叹了口气。

"那就开吧。"她妥协了。

三分钟后，华曜编辑了一条十分严谨的微博，表明十分钟后会发一条征集问题的微博，时间限制是十分钟，之后唐寒秋会在直播间里对前五个人的提问一一进行解答。

网友们一听唐寒秋要开直播，那可就坐不住了。

俞如冰先前把她吹得天上有地上无的，他们这回总算能看看真面目了！

众人纷纷摩拳擦掌，早早准备好问题，就等华曜官微一发博文，拿出手速反手就是一个复制粘贴，势必要抢到前五。

唐寒秋给自家爸妈回完电话后，龙游等人已经将直播间准备好了，就地解决，在会议室里进行。

宣发部的人下意识想让唐寒秋整理一下仪容，但一眼看过去，又觉得没必要多此一举。

唐寒秋一直很注意自己的仪容仪表，根本就不需要别人来提醒。而且就算她现在的头发乱成鸡窝，那也是世界上最美的鸡窝！

唐寒秋走回自己的位子上。

直播即将开始，俞如冰兴奋得搓手手，和队友们看了起来。

直播间画面一片黑暗，进入倒计时，当那个白色的大写"一"消失在屏幕上时，画面随之明亮，一个女人的脸也跟着展现在镜头前。

唐寒秋坐在镜头前，垂眼看着手里的平板电脑，上面显示着宣发部为她整理好的五个问题。

眉眼精美无双，浓密纤长的睫毛就如同蝶翅一般轻轻颤动着。透过屏幕都能感受到她的皮肤好得吹弹可破，嫩滑如牛奶。

当她仰起脸来直面镜头时，那绝美如被匠人精心雕琢而成的五官霎时毫无遗漏地展现在众人的眼前，让每一个在屏幕前的人都不由得发出一声惊叹。

直播间，炸开了。

[04]

唐寒秋的真面目终于藏不住，大大方方地展示在世人的眼前。她的容貌精美得像一幅画，也像上天精心雕琢而成的作品，每一处都是对美的诠释，是世人只能远远地用双眼小心翼翼去观赏的博物馆级别的艺术神颜。

仅仅是一眼，都让人觉得赏心悦目，心情愉悦。直播间观众为此疯狂心动。

这也太漂亮了！！！

华曜还收人不！还收不收人！！！

这颜，就是传说中的明明可以靠脸却偏要靠才华？

我老婆没有骗我，可是我现在心要跑向唐总了怎么办？！在线等，挺急的！

唐总求您出道吧！整天坐在华曜不好的，坐在华曜我们就看不到您绝美的脸了！

俞如冰身边也是一阵惊叹之声，此起彼伏，似乎能为唐寒秋这样的神颜惊叹上一整天。

看见战友被世人疯狂夸赞，俞如冰与有荣焉，腰杆都不自觉挺直了，满脸写着得意。

俞如冰：看看，看看，我就说我家小唐漂亮吧！

网友们更是连忙登上各大 APP，兴奋地向身边人安利唐寒秋这张惊世脸蛋。有盛世美颜的加成，引得万千网友争先拥入直播间，直播间人数瞬间就冲破了10 万。

唐寒秋看着屏幕下方如流星般一闪而过的评论，一条都看不清，刷得速度太快了，只觉得眼花。

不过她今天的目的也不是跟网友唠嗑，倒也不是很在意，扫了一眼平板电脑上的问题，抬起眼，先和直播间的观众打了个招呼："大家好，感谢大家百忙之中抽空来看我的直播。"

呜呜呜她好有礼貌，呜呜呜好漂亮，声音也好好听！

这声音真漂亮，不是，这脸真好听。

不忙不忙！只要能见到你，忙也不忙了！

好好好，您长得如此好看，我就算不好，也特别好了！

唐寒秋轻咳一声，靠在黑色椅背上，嫣红的唇一开一合："接下来，我会依约对前五位网友的提问进行解答，请各位少安毋躁。"

她微微垂眸，目光投向发光发亮的平板电脑上，忽然勾唇笑了一下。

我没了。

196

这一笑直接把我送走。

我终于明白周幽王为什么愿意为了褒姒戏诸侯了，妈妈她好漂亮！！！

唐寒秋又抬眼看向直播间，贴心道："为了方便各位更好地了解事情经过，我想调换问题顺序，先为各位解答第四个问题，各位应该没有意见吧？"

她说完就认真地看着评论区，努力看清。

没有没有，你开心就行。

都行，都可，都没问题。

得到的答案都是一致的，她细长的手这才拿起平板电脑，口齿清晰地将问题念了一遍："求看完整视频。"

她放下平板电脑，一边朝韩薇伸手一边对直播间观众道："当然可以。"

"视频是不完整的"这一观点，一开始就是华曜方提出的。如果他们到最后都不放出完整视频，反而会让网友们做更多无谓的猜测。

韩薇递给她另一个平板电脑，已经为她调好了视频。完整的视频包括了她当场和裴云立决裂，并向唐鹤天直言要取消订婚，还诚恳向俞如冰道歉认错、问电话号码。

电话号码自然是被后期处理屏蔽掉的。

同时网友们也很清楚地能看出，她和俞如冰当时关系并不熟，至少不像今天那样会到处安利，以及裴云立对她轻蔑又高傲的态度。

裴云立瞎了？唐寒秋不好看？有这么个漂亮的未婚妻不要？

所以是为啥打了俞如冰？

说什么为了身体健康，唐董听了都要感动得落泪。

这一前一后的态度变化，是被撞清醒了吗？

唐寒秋恰好瞥见最后一条，笑着答道："对，撞清醒了。"

视频播放完毕后，她放下平板电脑，给出第五个问题"为什么会动手打人？"的答案。她将俞如冰编的理由转换成自己的角度，稍加润色说出了口："诚如各位所见，我的确动手打了人，这一点我承认并且也向当事人认了错。

"原因很简单，我作为华曜总裁，站在商业的角度看，认为俞如冰对华曜很重要。

"当时，我的助理已经和她谈妥，过几天就要签订合同。但我突然听到风声，有人说她和风霆家的人，对，就是差点成为我未婚夫的那个男人走在一起。我赶到时，看到的画面也确实如此。

"各位觉得我当时会怎么想？觉得她插足了我的婚约？或者我的未婚夫背叛我？这好像更符合现实是吗？

"那我只能很遗憾地告诉各位，并非如此。我当时第一反应是她背叛了华曜，出尔反尔，毫无契约精神，这将会让华曜产生巨大的损失。具体原因，各位看看她在《新星偶像》当中的优异表现就知道了。

"关于我为什么气到动手，主要是因为……我怕输。坦白说，没人不怕输，尤其是你家里人都特别优秀的情况下。"

她的这句话倒是诚挚之言。她的父母和兄长都是行业当中的佼佼者，是无比优秀的领导者，这无形之中就给她立起了榜样和目标。

虽然拼事业是她自己提出来的，但真正去做之后，如果做得太差，或者不如家中长辈，一定会被外界比较、诟病。

面上虽然不是那么在乎，可心底或多或少都会暗暗较着那股劲。她可以不必做到长辈们管理大集团那么好，但一定要让华曜成为唐氏集团旗下鲜亮的一块版图。

唐寒秋语气平静地继续说道："我本想借俞如冰让华曜走入大众视野，结果她转头却和风霆的人走在一起，我怎么能不气？而且我最讨厌没有契约精神、出尔反尔的人，所以就冲动地打了她。

"如前面那位网友所说，我被裴云立推了一把后，撞清醒了。我冷静下来，觉得自己实在太冲动了，也不该随便动手打人，所以主动承认了错误，找如冰要了电话号码，承担她后续的赔偿。

"事后她也向我解释清楚一切都是误会，她并没有要勾搭风霆，也没有要抢我未婚夫，会走在一起也是偶然遇见。至于更具体的原因，你们不如去问问我那个曾经的未婚夫当时在想什么。

"这就是我对第五个问题的解释。"

直播间评论也跟着滚动起来，她随意一瞥，瞥见了其中两条。

太牵强了吧？

怎么感觉有点牵强？

唐寒秋扬了扬眉，无形中带着一种勾人的诱惑："牵强吗？"

那确实有一点，毕竟是编的。但要是诚实回答，把系统什么的吐出来，那比这牵强一百倍。

她注视着屏幕，目光深邃，幽幽笑道："我这是在解释，不是在做题，没有标准答案。如果觉得我说的不可信，可以动动手指退出去，不要为难自己。"

她坐在这个直播间的意义就是要让网友们相信她，如果她先流露出恐慌来，那她后续说什么都没用。要撒谎，就要学会脸皮厚才行。

信信信！唐总别生气！别看那些评论，看我！

您好看您说的都对！

屏幕前的俞如冰看到这一幕都惊了——没想到小唐撒起谎来，竟能如此镇静，她都要信了呢！她莫名其妙地觉得，这样的唐寒秋好迷人。

唐寒秋坐在镜头前，凝望着镜头时，一双眼睛就像有魔法似的，轻易就能把人抓牢，让人不敢逃也不想逃，心甘情愿地沉沦在她深邃迷人的双眸里。

俞如冰心神微漾，问旁边的队友："你有没有心动的感觉？"

惊叹连连的队友："有有有！"这种男女通吃的神颜，谁不会为此心动呢？

唐寒秋接下来要回答第三个问题：你还喜欢裘云立吗？

唐寒秋不假思索："不喜欢。"她又道，"不论从前我有多么喜欢他，那都和现在没关系了，大家也不用去做没意义的脑补。"

她朝屏幕弯唇一笑："不适合、不喜欢就该及时止损。世上男人那么多，我也不缺这么一个。"

一条评论倏然跃入她的眼帘。

这么决绝吗？裘云立长得那么帅，唐总能做到就算全世界只剩他一个男人也不要吗？

唐寒秋撑着下巴，发出灵魂反问："为什么非得男人不可？我就不能单身一辈子？"

她继而笑眼弯弯，水光盈盈的红唇轻启："人一辈子，也不是非要爱情不可。"

啊啊啊啊，好帅！

这言论我爱了我爱了。

别说直播间，就连在现场的宣发部员工们都被她迷得七荤八素。

唐寒秋慢悠悠地进入第二个问题：华曜看起来很护着俞如冰的样子，是因为俞如冰和唐总有着什么不可告人的关系吗？

她念完这个问题都笑了，轻轻的一声，好不撩人。

只见她眼波流转，半合着眼慵懒地看着直播间，只手撑着下巴，唇齿之间轻飘飘吐出一句："资助人与被资助人的关系。"

[05]

此话一出，直播间观众和现场的工作人员都炸了。

身为宣发部部长的龙游：这要咋公关？不对，好大一块瓜！

俞如冰更是一愣，感受到队友们传递过来的目光后，一脸蒙地挠了挠头——不是，我们两个的感情什么时候失去革命的枷锁了？！

紧接着众人就看到唐寒秋泰然自若道："问这个问题的朋友，是不是想听到这个答案？非常可惜，我们不是。我们就是单纯的上司与艺人，以及朋友关系。"

我白震惊了？

不愧是做这个行业的，做标题党的本事浑然天成。

说到这儿，她的目光瞬间变得坚定，直视直播间，好像希望全世界都能相信她接下来的话："如冰是一位非常优秀的艺人，也是我非常有趣善良的一位朋友，希望大家不要再过度揣测那些莫须有的话。她应该因为实力受到关注，而不是这些令人生厌的谣言。"

俞如冰坐在屏幕外看着唐寒秋的眼睛，那双眼明亮璀璨得好像天上的星星，里面写满了认真，写满了霸道和不容置喙。

俞如冰怔然片刻，又垂眼缓缓笑开了。

她不得不承认，唐寒秋真的好可爱，而她很喜欢这份可爱，真挚又纯粹，还很喜欢她保护自己的样子——特别喜欢。

就像是暴雨过后，骄阳在云层后绽现，金灿灿的阳光落在人的身上，照得人全身都暖乎乎的，好不舒服，好不温柔。

系统于她就是暴雨，而唐寒秋就是那个会让她感到舒服温柔的骄阳。

画面上的唐寒秋肃然道："另外，我在此重申一遍，华曜不是护着俞如冰一个人，华曜会护着它的每一个孩子。不论是俞如冰还是谭夕，抑或是华曜每一位辛劳付出的员工，只要有人想造谣生事，污蔑她们任何一位的人格尊严，我和华曜都会出面处理，坚决维护华曜每一个品行端正的人。"

她随意地弄了一下头发，漫不经心道："所以，各位博主制造话题的时候，不要越过道德底线，不然你就是胜天的下一个业绩。"

啊啊啊啊啊，她好帅！我想去华曜上班！！

想去华曜上班嗑颜的都清醒一点，你有那学历、资本离她的办公室近吗？像他们这样的大老板，秘书办人均学历常春藤，OK？

大声说：我们唐总自己也是常春藤的！！！

我酸了，漂亮有钱又聪明，这怎么投的胎啊？

宣发部时刻关注直播间评论区，发现又一次炸锅后，不由得抬起眼看了看淡定垂眼看平板电脑的唐寒秋。

宣发部：大老板好淡定。

他们不约而同地猜想，难道是因为见惯了俞如冰吹的"彩虹屁"，所以才能做到如此多"彩虹屁"炸于面前而心平气和，不慌不忙？

但实际上，只是因为评论区刷屏速度又加快了，对唐寒秋来说过分晃眼，所以就没兴趣一个个去细看，淡定得不行——还是看自己平板电脑上干净整洁的字好。

宣发部同时也在关注各大平台的数据，眼看着华曜微博的官方账号在唐寒秋开直播后，关注数由一开始几千到几万，然后到现在的几十万。

宣发部的人都愣了一下，然后不约而同地想：这个世界果然是看脸的……

淡定自若的唐寒秋抬起头来，对着直播间说道："最后一个问题。"

她干脆将平板电脑上的第一个问题展现在众人面前，只见白色的背景上显示着一排黑色的字，上面写着：@小朋友：我是不是第一！

唐寒秋微微一笑："小朋友，你是第一。"

直播间的人都愣了一下，然后刷起了满屏的"哈哈哈"。

是想笑死我然后继承我的蚂蚁花呗吗？

那个人是我，呜呜呜呜，我刚上线，就是习惯性抢第一……我以前都抢不到的，没想到这次……别说了，我哭晕在厕所。

哈哈哈，我笑死！

宣发部的人都偷偷掩嘴笑了起来，别说直播间的人吃惊，他们整理问题的时候发现第一个问题居然是"抢沙发"，底下还跟起了高层，也吃了一惊，然后觉得很好笑。

但龙游说华曜说到做到，说前五个问题就是前五个问题，大手一挥，就把这个问题放了进来。

就连唐寒秋本人拿到问题时，都忍不住笑了一下。

直播到这里就结束了，唐寒秋感谢了一下网友，工作人员就走上前来帮她关掉了直播，气氛到最后还是很和谐的。

主要一开始大家只是进来吃瓜听解释，后来都没忍住，嗑起了唐寒秋的神颜，加之她说话有理有据，有礼有节，让人好感无限增长，场面一团和气。

百家墙头唐寒秋，就在今日拔地而起！

关掉直播间，俞如冰拿起自己的手机，嘚瑟道："怎么样？是不是绝美？"

队友们疯狂点头，然后转头刷起了微博。

很快就有网友将唐寒秋的直播间内容截取下来，制作成动图，诚邀各位猹品品，仔细品——什么叫举手投足皆风情雅致，什么叫一眼花开，这就是！

而且通过这次直播，外面不平之声也被压了下去。唐寒秋和华曜方面肯直面回复，诚挚地说了这么多，已经证明了他们的诚意。

这就是唐寒秋对这件事的解释，如果还有人觉得不可靠也不用华曜出手，自发成为唐寒秋粉丝的网友们自然而然会帮她压下去。

你觉得你觉得，什么都要你觉得，那你开个直播你来说好啦。

你叫唐寒秋还是人家叫唐寒秋？

这么有想法你还听她和华曜说什么啊，听你自己的就好了啊。

这件事，也就慢慢被揭了过去。没人再去理会那些造谣的营销号，反正他们都成了胜天的业绩，现在只要快乐"嗑颜"，多多支持《新星偶像》的妹妹们就行。

《新星偶像》下面，关于俞如冰的恶评气焰消退，很快就被粉丝们压了下去。

不过直播间的事波及了风霆，有好事的人跑到风霆官微底下去明里暗里地问裴云立是不是渣男，是不是吃着锅里的看着碗里的。

裴海宁让风霆发了个声明然后一概不理。

他坐在办公室内，看到俞如冰的数据又飞速地追了上来赶超周君雯一大截后，眉头紧皱。就连谭夕也如有神助，数据也快超过周君雯了。

将数据丢开，他冷冷哼笑一声。好啊，真是后生可畏。唐鹤天真是生了个好女儿！

俞如冰看着大家快乐"嗑颜"，也不会不识时务地说训练，自己拿着手机走到一旁，在微信上跟唐寒秋聊了起来。

俞如冰：辛苦我们唐总啦！

盛世美颜富贵花：嗯。

俞如冰：小唐也是我最好的朋友，爱您，啾咪！

盛世美颜富贵花：……

俞如冰：这么冷漠？刚刚在直播间里说要养我的人不是你吗？[哭唧唧.jpg]

唐寒秋握着手机，一阵无语，依稀能透过屏幕看见她欠打的样子。

盛世美颜富贵花：你是不是想挨打？

俞如冰：不是你在直播间里说打人不对吗？

盛世美颜富贵花：我说的是人，可你不是杠？

俞如冰：……

俞如冰震惊了。小唐同志举一反三的本事越来越强了啊！

俞如冰：小唐同志，尊老爱幼一下好吗？

盛世美颜富贵花：你是老还是幼？

按俞如冰原先的世界来算，那俞如冰就是老。按现在这个世界来算的话，那俞如冰二十一岁，比她小三岁，那就是幼。故而她老幼全占。

唐寒秋却很快就抓住了她论点的漏洞。

盛世美颜富贵花：按照你的理论来算，那我对你来说，也是老幼全占，那我也麻烦你尊老爱幼点，别总让我想打你。

俞如冰沉默了。她的杠精生涯终于在今天碰到壁了。

一个从一开始还不习惯她"彩虹屁"的人，是如何走到今天这个能借杠精言论反驳杠精的地步的呢？这大概就是传说中的用魔法打败魔法，用杠精打败杠精。

俞如冰想了想，垂眼打下一段话，发送出去。

俞如冰：女人，你果然很有趣，我喜欢。你已经成功地吸引了我的注意力。

果不其然，唐寒秋那边陷入了沉默，三分钟后才发来一句：你是真的想挨打。

言辞之间，可见败状。

俞如冰扬眉吐气。用杠精打败杠精，用霸总打败霸总！

唐寒秋不想再跟她纠结这些乱七八糟的话题，转头问起她在训练营的状况，知道她们已经分小组进行对决后，问了问曲子风格。

俞如冰：性感！

唐寒秋看着这两个字，默声不言。她发觉自己想象不出来俞如冰性感的样子。

俞如冰在她面前过分跳脱，平时的穿衣风格也是舒服简洁，而且时常杠味十足，导致她现在完全无法把充满诱惑力的"性感"二字往对方身上贴。

太难想象了。一根杠，怎么性感？

唐总此时此刻的想象力被一根杠杆严重地阻碍了。

远在训练营的杠精灵敏地嗅到了一丝不信任的味道。

俞如冰：女人，我闻到不信任的味道了。

唐寒秋心想：隔着屏幕都能闻到，你还真是个嗅觉灵敏的杠精。

盛世美颜富贵花：没有。

俞如冰：呵，有趣，女人你等着，我一定会让你爱上我！

盛世美颜富贵花：……

她这是当霸总当上瘾了吗？

热搜风波在唐寒秋、华曜和胜天三方努力之下，很快就平息下来。

《新星偶像》的休息日也很快就过去，练习生们又投入勤奋的小组练习当中，争取在第一次正式公演上博得个好彩头。

时间眨眼就到了公演当日。

阿特照例当主持人负责带领众人走流程，其余四名导师分成两组，各自带领五组小队与对方比拼。

俞如冰组和池暖组都在水木老师组里，谭夕组和周君雯组也就成了她们的对立组齐书老师组。

俞如冰人虽然不是那么正经，但是整个《新星偶像》公认的大魔王，所以齐书老师组的练习生们非常期望是周君雯组去跟俞如冰组对拼。

练习生们：谁都不想被大魔王打啊！请送一个实力差不多的去！

十个组陆续进场，娃娃脸的莉莉踩着高跟鞋进来，不小心在门口崴了一下，险些就要当众出丑时，一只修长的手从旁边伸出，稳稳地扶住了她。

然后她就听见整个备战区的练习生默契地发出一声"哇"。

等站稳后，莉莉抬头就要道谢，却看见一个乌发微卷、眼波温柔撩人的眼睛下点着两颗泪痣、唇色艳红的女人正看着自己。

女人穿着一件只长过大腿根的白衬衣，里面配着一条黑色短裤，莹白如玉的脚上套着一双黑色细高跟鞋，把她两条细长的腿衬得比雪还要白。

整个人在无形之中，散发出一种性感多情的妩媚感。

莉莉看清楚对方的面容后就傻了。

漂亮风情的女人缓缓挑了一下眉，不自觉带出一抹勾人的味道，她朝莉莉微微一笑："小朋友，走路要小心点。"

她今天的妆容极艳，风情万千，还有几分无形中流露出来的媚态，但半点都不俗艳，是一种高傲无比不容玷污的娇艳感，看得人眼睛发直，脸色发烫。

莉莉可耻地脸红了，两脚扎在原地，忘了继续朝前走。

这个老女人……今天居然该死的好看！

俞如冰看着她不动，就开口问道："怎么站着不动？"

她不禁猜想：这个小朋友难道是觉得上次挨的杠太舒服了，所以站在这里想等着我再杠一轮？

噫……现在的小孩怎么思想这么奇怪，还上赶着挨杠。

俞如冰当时就露出了"地铁老爷爷看手机"的表情。

莉莉：她这是什么鬼表情？！

[06]

本是风情俏丽的一位佳人，一转眼，五官拧巴起来，做出一个极其不符合她今天性感人设的"辣眼睛"表情来。美感顿毁。

谭夕：从前觉得她不能开口说话，现在觉得她不仅不能开口说话，甚至还不能做表情。

一做就毁所有，杀伤力堪比她抬杠的时候。

谭夕无语道："姐姐求你，别乱用脸。"

俞如冰闻言，瞬间恢复正常，一本正经看着她问道："小夕你有没有听过一句话？"

谭夕："什么？"

俞如冰神色严峻："如果长着一张漂亮的脸不是为了乱用的话，那将毫无意义。"

谭夕：你这又是哪里来的歪理论啊？！

抛出一个歪理后，一股寒冬冷空气突然扫过她的两条腿，激起她一身鸡皮疙瘩，身体也跟着一颤，连忙松开了莉莉，踩着高跟鞋嗒嗒嗒地跑了进来，直冲向自己的队伍，急声道："快快快，快把朕的大衣拿来！"

她的队友转身从椅子上拿起一件长款羽绒大衣，像是被她的情绪感染到一样，也一脸急色地把羽绒服往她怀里塞。

俞如冰飞快接过，利落套上，瞬间与冰冷的空气隔绝开来，发出一声舒服的喟叹，而后又看了看其他练习生，发觉她们都很乖地穿着演出服，多余的一件保暖衣服都没有。

"天气冷，你们小年轻怎么不多穿点？"夕阳红俞老太太如是问道。

池暖组坐在她们组后边，闻言，乖乖回道："有暖气，很暖啦，不用穿。"

俞老太太皱眉，裹紧了身上的大衣，与周遭清新快活的风格格格不入："你们小年轻也太没有冬天的仪式感了。"

众人：冬天还要什么仪式感？

俞如冰语重心长地教育道："你们虽然年轻，身体还很健康，但也要好好穿衣服，一不小心感冒了，可有的你们罪受。"

两组成员蒙蒙地点着脑袋，觉得自己好像在听爸妈的唠叨，下意识想去看自己穿没穿秋裤。

众人：明明俞姐才二十一岁，为什么却有五十一岁的年迈感？

华曜的练习生们早已经习惯了她这种时不时流露出来的与外表和年龄极度不相符的成熟，此时都噤声，乖乖点头表示自己知道了、听进去了。

俞如冰把自己包成一个球坐在一群穿着鲜亮动人、风格各异的练习生当中，显得格外突兀。

主要还有她今天格外好看的原因——光是一张脸都好看，更不用说她刚刚进来时的那身打扮了。

谭夕组正好坐在她们组旁边，两个人肩靠肩地坐着，谭夕非常真挚地夸了她一声"好看"。

俞如冰理所当然道："毕竟我是杠杆界的门面，不好看点会丢我们杠界的脸。"

谭夕：那您可真是坚守本心、恪尽职守呢。

谭夕转头看着屏幕上播放的现场实况。

主持人阿特今天打扮得很有少年气，腰杆笔直地站在舞台上，露出他那灿若暖阳的笑容，干净又爽朗，让人的心情不自禁地想靠近他。

粉丝之一的谭夕感到非常赏心悦目，心情都分外愉悦。

她缓声开口问道："你是不是也很想和周君雯那一组比？"

俞如冰和她一样看着屏幕："那就看你问的是我的积极想法还是咸鱼想法了。"

谭夕愣了一下："你还分这个？"

她以为就俞如冰这样不论面对什么赛制都信心十足的，应该是从一而终地就想和最好最优的那一个比。万万没想到还有一个咸鱼想法。她什么时候这么不积极了？

俞如冰将自己那无处安放的大长腿悠悠伸长了，露出两截光滑雪白的小腿，闲散道:"冬天使人懒惰啊……"

冬天这个季节带着浓重的寒气呼呼地扫过人的身子,不仅让人觉得冷,还让人觉得身体里的积极性被一下扫走了,浑身上下都变得懒懒的,什么都不想干,只想回到家里,窝进舒舒服服的温暖被窝里,动都不想动。

冬天,根本就是个适合用来睡觉的季节……可惜"社畜"不配——"社畜"惨兮兮。而且她不喜欢下雪天,确切来说是老俞走后她不喜欢下雪天。

谭夕没想到她的积极性居然这么轻易就被季节击溃了,不由得笑了笑:"那请问您老的咸鱼想法是什么?"

最近天气越发冷,这几天还下起了洋洋洒洒的雪。饶是备战室内暖气足够,俞如冰还是往大衣里缩了缩脖子,汲取更多的暖意。她道:"咸鱼啊,咸鱼就是跟你们组打。"

谭夕:"我觉得有被冒犯到。"

积极想法和咸鱼想法一听就是一优一劣,没想到俞如冰居然都把她们组划为劣等了,谭夕不免有些受伤。

俞如冰眨动眼睛,浅红色的珠光眼影亮若星芒,衬得她双目更加明亮动人:"嘻,我跟你打,就不用计较输赢啦,反正咱俩都是华曜的人,谁赢了都没问题。但跟别的组打不行,不赢我觉得愧对华曜父老乡亲。"

谭夕扭过脸来看她——听起来好有道理。但这好像不算咸鱼想法,应该算是保底战术才对。

谭夕采纳了她这个想法:"你说得我都有点心动了。"

"不行!"俞如冰立马道,"你不能有,你必须积极向上!"积极向上才能加油挣钱,为我们小唐开疆拓土!

谭夕真实疑惑了:"凭什么你能我不能?"

俞如冰挺胸抬头:"凭我双标!"

谭夕:"我从未见过如此厚颜无耻之人。"居然能把双标说得如此理直气壮!

俞如冰用自己暖烘烘的手去握谭夕的手,又一次语重心长道:"小夕啊,你们年轻人呢,应该有点蓬勃朝气,多追求刺激和挑战。"

她比了一圈水木老师组的五组练习生,然后直视谭夕的双眼,激励道:"看到这五组人了没有?听我的,全部干掉!"

谭夕:她是不是忘记自己也在这五组之内了?

俞如冰组的组员们看到俞如冰像个卧底似的喊人干掉自己,一时间也无语非常——我们的队长真的是个正常人吗?

谭夕的组员路今琪闻言,探出个小脑袋问道:"为什么呀?"

谭夕大感不妙——为什么少女又来了!

路今琪是她们队里实力强劲的 A 班练习生，擅长 rap，但私下里是个十万个为什么少女，不论什么事都能被她问出十万个为什么，让人大感头疼，至今无人能制裁她。

谭夕顿了顿，看向正和为什么少女对视的杠精本人。

杠精对战为什么少女，好像看见了希望。

俞如冰看着路今琪，她还是知道路今琪的。

路今琪容貌灵动可爱，眼睛很大，水灵水灵的，闪动着无辜的光芒，搞起酷炫的 rap 来无人能及，有一种奇妙的反差萌。

俞如冰时常挖矿，必然也知道她那响当当的"为什么少女"名号。

路今琪睁着两只大大的眼睛看着俞如冰，又问道："为什么你会让她干掉你啊？为什——"

俞如冰霍然起身，打断了她第三个为什么，嗒嗒嗒地踩着高跟鞋走到外边去坐着。

谭夕一脸疑惑。

俞如冰坐在最外头，镇定地对谭夕竖起大拇指，赞扬道："只要我位子换得够快，'为什么'就追不上我！"

谭夕：那你不是很棒棒？

屏幕上正好传来"水木老师组决定派出俞如冰组"的声音，接下来便是齐书老师组做决定要派出哪一组。

众人屏住呼吸等待结果公布，齐书老师组心中更是暗暗祈祷周君雯的名字。

"我们组决定派出——周君雯组！"

周君雯闻言，下意识回头看向俞如冰，却发现她也在看着自己，清透双眼下的泪痣充满着道不尽的魅惑感。

不过只有淡淡的一眼，二人的目光很快就错开了，各自准备登台。

两组分站两个舞台，依次表演，首先进行表演的是俞如冰组的《红玫瑰》。

全场灯光瞬间变暗，一道暖昧神秘的红色灯光从上方落下，照耀在舞台中心的那道孤独又窈窕的身影上。全场寂静。

温柔、暖昧的乐曲响起，穿着白衬衣的女人口中衔着一枝娇艳欲滴的红玫瑰，缓慢又高傲地转过身来。

她在乐曲之中像一朵娇艳的红玫瑰一样尽情绽放，每一个舞蹈动作里都盈满了令人心神激荡的艳丽，瞬间就主宰了舞台。

下一刻，扣合并不是很严实的扣子飞速分开，本来柔软的舞蹈动作登时融入了恰到好处的力度。

她细长的手指在虚空之中慵懒地游走，慢悠悠地从下往上，轻易就将所有人的目光都凝聚在她那莹润的指尖上。

她如同女神，引领众人踏入幽谧的领域，看见更加迷人的风景，指引着在那两片深红的玫瑰花瓣前停下，她做了一个"嘘声"的动作。

人们看见了她的唇，看见了她高挺的鼻梁，也看见了她那双幽深如墨的眼。

倏然，她朝镜头勾动唇角，露出一个魅惑又得意的笑，瞬间引发现场一阵尖叫。

此时此刻，无人可以抵挡她的魅力——她是令人爱不释手的红玫瑰，也是让人不顾一切也要扑向她的欲望深渊！

她拈着玫瑰，唇边还挂着邪魅的笑容，又娇又媚地对着镜头和观众勾了勾手指，而后妩媚转身，纤腰款款摆动，在音乐中往后走去。

舞台倏然明亮起来，群舞时间到！

备战区的练习生们看见俞如冰笑着朝自己勾手指时，集体爆发出一阵尖叫，眼泛桃心，脸上一片发烫。

池暖捂着小嘴，不住地哇出声——队长人间一绝！

就连谭夕的眼中都翻涌起激动之色。哪怕她们现在是对手，也无法阻挠谭夕对于俞如冰每一个舞台的向往和赞叹。

她是百变的，她是无所不能的，她也是无比璀璨夺目的。哪怕在群舞时她站在最边上也让人无法忽视她。她生来就该站在舞台上！

接着又看到俞如冰松松垮垮搭在肩膀上的白衬衣悄然滑落，半边圆润白嫩的肩膀自然且毫无遗漏地与空气发生触碰。

俞如冰毫不在意，媚眼上挑，拈花微笑，美得更加动人心魄。

周遭又是一阵尖叫，谭夕却冷静下来了。

因为她忽然想起这位露肩美人上场前死死裹着羽绒大衣，一副快被冻死的咸鱼模样，整个人就如同被泼了盆冷水，澎湃的激情瞬间被浇熄，冷静得不能再冷静。

谭夕叹了口气。真是生活不易，杠精脱衣。

[07]

表演走到尾声，俞如冰带领队友们，又一次展现了属于她们的最好的舞台，绽放出了最美的自己。

很快就轮了周君雯组的表演，俞如冰组则站在灯光灰暗的另一个舞台上静候她们表演完毕，手持麦克风也全部关闭。

俞如冰沉默地站在队伍边上，拢了拢自己身上的白衬衣，满含审视的目光落在另一个敞亮的舞台上。

周君雯组选的歌曲是酷女孩的风格。和俞如冰一样，周君雯也有一段独舞时间。不过俞如冰是在开头做"启"，而周君雯是在表演中间做"转"。

表演风格自然也是大不一样的，但对于二人来说都驾驭得非常完美。

为了贴合曲风，周君雯今天穿着黑色半高领毛衣，下配一条绿色军裤，裤腿收进黑色的长靴，妆容又飒又英气，跳起舞来时，右耳上的耳钉释放出夺目的光芒，一如她这个人一样耀眼。

周君雯跳起舞来一丝不苟，非常认真，就是可惜了点。

俞如冰想：可惜这表情管理差了点。

周君雯的实力确实够强，但表情管理不到位，永远只会微微笑，无法配合曲风做出最合适、最完美的表情，以达到锦上添花的效果。

不过今天这首歌又恰好巧妙地帮她避开了这一点。

酷女孩，酷就好了，不需要太多夸张的表情，极其适合表情管理还不熟练的她。

不过俞如冰相信，只要有人教她，假以时日，她肯定能练好这表情管理。只要肯用心，总是能学会的，俞如冰自己当年也是这么过来的。

只不过……俞如冰轻轻叹了口气，周君雯不在华曜真的好可惜哦。

实力强劲堪称大魔王的俞如冰突然叹了口气，让她的队友们莫名地心慌了一下。

怎么了？是周君雯她们的舞台太好了吗？！我们要跪了？

靠俞如冰最近的队员，本想直接问她怎么了，结果扭头发现自己只能看见她的脖子。

俞如冰身高一米七，在练习生里是很突出的身高，加之她今天又穿了一双细高跟，生生又让她往上拔了拔。

其实她为了贴近队友们的身高，本来是不打算穿高跟鞋的，但大家考虑到她有一段独舞时间，加上高跟鞋能给她的性感加分，而且她的表现力一向绝佳，只要她够完美够好，那她们的舞台也就成功了一半。

所以，最后大家还是让她穿上了高跟鞋。

小队员望着她的脖子一阵无言，而后才伸手拉了拉她衬衣。

俞如冰收回视线，微微弯腰附耳过去，问道："怎么了？"

小队员问道："俞姐，你觉得我们跳得不如她们吗？"

俞如冰笑道："你觉得我们跳得不如她们吗？"

小队员认真道："没有，我觉得我们跳得很好！"

俞如冰揉了揉她的脑袋："那就对了，我也觉得我们跳得很好。"

队友们的努力她是看在眼里的，训练的这段时间她们每一个人都非常勤奋，一遍不会就练第二遍，第二遍还不会就第三遍，依次递进，直到自己练到肌肉都拥有了记忆为止。

而且遇到不会的就会虚心请教，态度不傲不娇，都是非常可爱的后辈。

俞如冰对她们抱有非常大的信心，坚信她们绝对能把这次的舞台完成得很好，结果也不负她所望。

听到俞如冰这话，小队员开心地笑了笑，然后问道："那俞姐刚刚为什么叹气？"

俞如冰："因为我在可惜啊。"

小队员："可惜什么？"

俞如冰的目光又转到周君雯的身上："可惜周君雯在风霆。"

小队员愣了一下。

俞如冰幽幽道："如果赢了比赛能把人抢回去就好了……"那我们小唐的江山将无比辽阔！

小队员："俞姐你冷静点，不要有这些危险的想法。"

俞如冰无辜道："我只是想把她抢回去进行无比严肃的表演交流，这哪里危险了呢？"

小队员：我觉得我不信呢。

很快就来到了投票表决的环节，由台下的观众们用投票器进行现场投票，票数最多的那方胜出，对应的导师组加一分。

投票的时候，周君雯和俞如冰又不小心视线相撞，彼此又是淡淡的一眼，然后转头直视前方。

屏幕上阿特正问到两队有没有什么想说的，每个人都发表一下感想顺便拉票。

最后轮到俞如冰发言，她从容地举起麦克风："首先非常感谢大家能来到这里支持我们的表演，不知道大家对于我们这次的表演满不满意？"

她将话筒朝观众一伸，观众们极其配合地喊道："满意！"

俞如冰收回话筒，扬起营业的灿烂笑容："既然大家满意，那我就放心了。"然后她扫了一眼观众席，"嗯，看到大家穿得这么暖和，我也放心了。"

下一秒，她画风一变："那就搞快点，孩子也想下去多穿点。"

观众席上发出一阵笑声。

演播厅挺暖和的，阿特好脾气地笑道："辛苦我们的俞队长了，那我们快点投票吧。"

投票通道开启，观众们热火朝天地投入，积极为喜欢的那一方投出宝贵的一票。

俞如冰裹着长长的羽绒服，暖乎乎地坐在备战区。她特地跑到靠着墙的最后一排，整个人以一种"人生真是了无生趣"的咸鱼姿态瘫在长椅上，跟方才在台上魅惑的样子判若两人。

谭夕走过来坐在她身边，吐槽道："姐姐你看起来真的很懒。"

俞如冰散漫道："冬天，我毕生的敌人。"不仅冷，还有不好的回忆。

谭夕："明明是你们赢了，可你这样子看起来反而像是输了。"

赢了比赛的人不是该高兴点吗，怎么她反而一副"随便吧，反正我心已经死了"的感觉？

俞如冰："大智若愚，大赢若咸鱼。"

谭夕头疼地扶额。歪理真是张嘴就来。

俞如冰沉重地叹了口气："别人的同类型节目都是在夏季举办，就这破节目是冬季，花里胡哨的。"

谭夕突然好奇地问道："那要是出道以后，你接到的资源在冬天，你会不去吗？"毕竟她看起来真的很不喜欢冬天。

"我是个有原则的人。"俞如冰缓缓举起右手，搓了搓，"只要有钱，没有什么是不可以的。如果不可以，那就是钱不够。"原则性简直强得过分。

很快就到了下一组对决，池暖组对战莉莉所在的那一组。

池暖站起身来，摩拳擦掌跃跃欲试，但是心里还是无比紧张。

她下意识回头看向舞台王者俞如冰，对方在接收到她的目光之后，懒懒地挪了一下脑袋，发现对战组是莉莉，便抬起手冲她比了个大拇指，扬声道："池小朋友加油，give her some color see see！"

莉莉听到这话差点摔倒，站稳后狠狠地瞪了俞如冰一眼就跟着队友走了。

池暖听到这口塑料英语，"扑哧"笑了一声，心里的紧张感顿时卸去不少，用力地朝俞如冰和谭夕点了点头后，准备登台去了。

华曜办公大楼会议室内，唐寒秋正在相关部门人员的陪同下和电视剧《盛夏》剧方进行会谈。

只要剧方能说动华曜，华曜就会对其进行注资。为此，导演特地带上了全剧组地位最高的男主角严立。

严立，当红小生之一，以其英俊的外表以及可圈可点的演技而闻名。有他在，就等于是自带了一大拨流量。

在唐寒秋的授意下，由华曜相关部门人员和剧方进行讨论。

唐寒秋则是旁听以及看看剧本内容，外加最后对是否注资做决定。

《盛夏》和大部分总裁电视剧八九不离十，男主角也是总裁，女主角是天真无邪小白莲，靠着和妖艳狐媚不一样的清纯人设成功引起霸总男主角的注意，二人由此展开了爱情追逐游戏。

华曜方一开始看到这个剧本是没有兴趣的，因为内容过于俗套，该题材的市场已趋于饱和，获利空间并不可观。

但唐寒秋看完剧本之后，对其中的女二号人设产生了很大的兴趣。

《盛夏》女二号是个黑红女星，性格爽朗热情，不是传统意义上的恶毒女配角。她对霸总男主角一见钟情，继而对他展开了热烈的追求，但后来发觉自己和男主角之间真的毫无可能后，便退出了这场单方面的爱情游戏。

干脆利落，倒让人耳目一新。

唐寒秋坐在会议室里，一心二用，一边听着他们交谈，一边看着自己手上的剧本。

她觉得这个女二号人设很讨喜，但也说不清楚，这个"讨喜"里面有没有她自己也是女配角的原因。

如果有演员能把女二号这个角色演好，定然能为其带来不小的流量。

那么……俞如冰能不能演好她呢？或是，她想不想演？

唐寒秋将剧本翻过一页，安安静静的，一言不发。

严立见两方交谈得热火朝天，自己又插不进去，转而偷偷打量起了传说中的唐二小姐。

唐寒秋那天的直播图，他不是没看过，只是他并不相信真的有人会长得那么漂亮。

毕竟现在科技发达，直播间中加个滤镜谁都是天仙。而且还有化妆，所以镜头里的颜值可信度大大降低了。

可当他今天坐在华曜会议室里，近距离地观赏唐寒秋的颜值时，才发觉自己有多天真。

天外有天，人外有人，唐二小姐不出道简直是对演艺界靠脸吃饭的人的慈悲！这世上怎么能有人好看成这样呢？

严立不由自主地陷进唐寒秋无懈可击的颜值里，一不小心看呆了，直到那双平静无澜的眼睛望向自己，登时回神。

唐寒秋气势威严地问道："严先生有什么事吗？"

严立慌张地"啊"了两声，为了防止场面过于尴尬，他开始努力地没话找话："我听说俞小姐是唐总的朋友……"

唐寒秋将剧本一合，目光里充满了审视。

严立摸了摸自己的后颈，终于想到了怎么接下去："我想说我妹妹莉莉也在《新星偶像》，她很可爱，我相信她和您的朋友俞小姐一定玩得很好。"

严立说完还肯定地点了一下脑袋——莉莉那么可爱，一定能和俞如冰相处愉快的！

唐寒秋"哦"了一声："那恭喜令妹了。"

居然没有被俞如冰杠哭，还成了她的朋友，真是值得贺喜鼓励。

严立：这有什么好恭喜的啊？

[08]

严立一头雾水，摸不着头脑。为什么成为朋友要恭喜？这有什么好恭喜的？你们有钱人的脑回路都这么神奇的吗？

严立一脸蒙："这、这有什么好恭喜的？"

唐寒秋靠回椅背上，眼神淡然地看着他："你跟我说这个，不是想让我说恭喜？那你想让我说什么？"

成为杠精的朋友，难道听起来不是一件很值得恭喜的事情吗？她不说恭喜，还能说什么？难道要跟他聊起来吗？她难道看起来像是跟他们聊天很有兴趣的样子？

整个会议室的人都注意到了大boss（老板）唐寒秋的举动，默契地停下了交谈，会议室内顿时鸦雀无声。

满含审视的视线从四面八方投射过来，如弓箭一样戳在严立的身上，直接把他戳成了一个刺猬，窘迫尴尬地坐在原地。

这明明只是普普通通的搭话，怎么忽然转变成这么严肃的场面了？

他在这一瞬间，终于意识到了——唐寒秋跟普通富婆不一样。

唐寒秋不仅比她们更好看更有钱，还更阴晴不定难以揣摩。

严立以为她是生气了，张了张嘴赔笑道："我没有想左右您想法的意思，当然是您想说什么就说什么。"

唐寒秋没再理会他，黑白分明的眼珠子转向华曜的工作人员："都谈完了？"

领头的人道："都差不多了，如果唐总需要资料，我们现在就可以为您制作出来。"

唐寒秋颔首，放在剧本上的手竖起一指，点了两下剧本，只手撑着脸颊，看着《盛夏》的导演："演员全都定好了吗？"

导演回答道："目前只定了男女主角的演员，其余还未定，唐总是有什么建议吗？"

如果华曜成为投资方，那唐寒秋想塞人进来，也全在情理之中，哪个导演没经历过这种事情。出钱的人最大。就是不知道唐寒秋想换掉谁？男主角，还是女主角？

唐寒秋又问道："有预估过什么时候开机吗？"

导演道："大约来年初。"

来年初，《新星偶像》肯定都结束了，俞如冰还是有时间接这部剧的。就算俞如冰不行，谭夕、池暖，或者别人，总有一个可以。

唐寒秋道："女二号的演员，由我华曜指定，这点你们接不接受？"

华曜的工作人员一听，顿时有些高兴大老板的脑电波和他们接上了。

整个剧本里确实是女二号的人设会更加出彩，只要能演好，再加以适当的营销，自然会有人注意到的。

早就饱和的俗套剧市场，需要不一样的套路来打开新局面。这也是为什么行业里渐渐兴起新奇脑洞剧本的原因。

当然，万事都有利弊两面。如果演员无法驾驭女二号这一角色，诸如用力过度或搞笑不足，那也白瞎。投进去的钱都不知道能不能听见个响。

所以他们没有贸然提议，如果亏了，那可是会让他们在大老板唐寒秋心中的业务能力大打折扣。任何一个决议都应该慎重而后行。

故而，唐寒秋能自己接上他们的脑电波，他们还是很高兴的。

导演一听她看中了女二号的角色而不是男女主角，顿时喜出望外，连声道："可以可以，当然可以。唐总如果手下有优秀的演员，并且愿意贡献出来，我们当然不会拒绝。"

导演是职场老狐狸了，把花钱买角色的事实美化成"贡献"，场面话说得面不红心不跳，完全是信手拈来。

而且，《盛夏》方也清楚自己不是那些一出手就是金牌剧本、金牌制作的剧组方，当然没资格叫板拒绝。

唐寒秋起身："那就好，华曜会好好考虑这件事的。天气寒冷，辛苦你们跑一趟了。"

导演一听到"那就好"三个字，就灵敏地发觉这个投资有戏，而且是百分之八十有戏，脸上登时堆起笑容："不辛苦不辛苦，反倒是辛苦唐总亲自和我们开会了。"

唐寒秋笑了笑："我还有事，就先失陪了。"

剧方的人也不敢拦她，都点头说好。

于是唐寒秋就和韩薇在众人的注目礼下当先离开了会议室。

严立眼一瞥，看见遗落在桌面上的手机，回想起是唐寒秋来时攥在手里的，眼睛微微睁大了些。他转念一想，敲定了一个主意。

他在华曜工作人员发现手机之前，先行拿起手机，朝众人歉然笑道："唐总手机落在这里了，我和经纪人给她送去吧，顺便为刚才的事给她赔个不是，先失陪了。"

他说完，也不等两边的人说好还是不好，拉着经纪人就径直走了出去，步履匆匆地朝唐寒秋离去的方向赶。

唐寒秋和韩薇走到一半时就分开了。公司里有些事等着韩薇这个副总裁去处理，唐寒秋则是乘坐电梯打算亲自去一趟几大部门，看看最近的项目进度如何。

两个总裁，不论职位大小，谁都不闲着。

而就在电梯门快要关闭的时候，一溜烟地蹿进来一个人影。

唐寒秋定睛一看，是严立。

只见他气喘吁吁地将一样东西递到她面前——她的手机。

唐寒秋顿了顿，接过手机，礼貌地说了声："谢谢。"她又道，"不过这可以交给华曜的工作人员，你不必辛苦跑一趟。"都喘成什么样了。

严立慢慢喘顺了气："没事，我主要是、是想给唐总道个歉。"

严立直起身子，目光炯炯地看着她："对不起，唐总，我不是有意惹你生气的。"

然而唐寒秋根本就没把这件事放心上，淡然回道："你想多了。"只是她怎么觉得他这一趟没这么简单呢？

严立"哦"了一声，转而看向电梯门，气氛尴尬了三秒后，他的表情忽然变了变，苦笑着说了一声："唐总，您让我想起了我的初恋……"

唐寒秋不为所动，但是肯定了一个想法——他这一趟果然不简单。奇了怪了，她看起来像是对跟他们聊天很有兴趣的样子吗？

唐寒秋抬眼，看着目标层数越来越近，礼貌地提醒一句："抱歉，我时间宝贵，没空听你的初恋故事，建议你换一个人。"

她话音刚落，正在运作的电梯轰然一响，猝不及防地停下了工作。

电梯，坏了。

严立："现在有空了？"

唐寒秋：看来有人想被扣工资了。

华曜其他练习生的表演，俞如冰一场都没看到，因为池暖上场没多久后，她就被周君雯约出去聊人生了。

俞如冰当时还拒绝了一下："外面这么冷，里面不行吗？"

周君雯巡视周围一圈，摇了摇头："太吵，不合适。"

俞如冰裹紧了自己的小羽绒服，目光沧桑地飘向门口，仿佛身临寒气袭人的冰天雪地之中那样，幽幽叹出一声："可是外面冷啊……"

周君雯："你陪我聊聊，我就了解一下人间富贵花。"

俞如冰一听这话，噌的一下就踩着高跟鞋站了起来，主动挽住她的胳膊往外走，神采奕奕地说道："嗐，妹妹你要是说这个，那我可就不冷了！"

周君雯：真是一个敬业得令人敬畏的传销头目。

临走前她们特地拜托自己的队员们，要是到了后面上场的时间，就请来叫一下自己。

等队员们答应了，两个人才走出去，找到一处离备战区不太远又很安静的地方说话。

周君雯酝酿片刻，这才缓缓转向对方，斟酌着开口："俞如冰我……"然后她顿住了。

只见俞如冰弯下腰，从下往上唰啦一声，就把羽绒服拉了个严实，然后看着她："嗯？你刚说了什么？"

周君雯的话硬生生转了："看来你真的很怕冷。"

俞如冰低头看了一眼自己还露在外面的小腿，抬头道："毕竟我穿得少。"

周君雯身上可是毛衣加长裤、黑靴，比她清凉的大短裤可暖和一千倍！

周君雯："那你注意身体。"

俞如冰比了一个"OK"的手势，又自觉地把话题拉了回来："所以你刚刚想跟我说什么？"

周君雯眼中的光慢慢地暗淡下去，面上显露出几分疲态来："俞如冰，我不知道……我不知道我该不该继续喜欢裘先生……"

这个疑惑从俞如冰和裘云立在A班门口起冲突时她就有了——在裘云立说自己对唐寒秋是喜欢的那一瞬间。

她印象里的裘云立的形象被彻底颠覆。裘先生为什么会这样？他怎么可以同时喜欢两个人？他从前分明如此专一地喜欢着俞如冰，甚至喜欢到了面对样样优秀、家世又好的唐寒秋的示好，他都能不为所动。他从前明明是那么深情专一的一个男人……

所以她疑惑，以至于陷入自我怀疑。

究竟是她喜欢的裘先生变了，还是她一直就看错了这个男人，这个一心二用、根本就不专一的男人？那她还应该喜欢下去吗？她不知道，需要有人来给她指明方向。

突然成为明灯的俞如冰伸出手轻轻地挠了一下自己的脸颊，道："你这个问题，听起来就好像是在问我……你应该喜欢棒槌还是喜欢裘云立。"

周君雯："放过棒槌。"

俞如冰转而轻松道："嗐，搞什么臭男人啊，又不会让你快乐。有这闲心，你看看漂亮大姐姐不好吗？我们人间富贵花她难道不香吗？"

面对突如其来的灵魂拷问，周君雯沉默了。

我找她谈人生，是不是不太理智？

[09]

周君雯无奈地叹出一口气："俞如冰，我是说认真的。"

虽然找俞如冰聊人生听起来不太理智，但她相信如果俞如冰能认真一点，一定可以给予她有效的意见。

俞如冰这个人虽然看上去不正经、不靠谱，但实际上没人能比她更可靠。

周君雯见过她给其他练习生提出意见的样子，有一种奇异的剥离感，与平日里判若两人，无形之中多了一分沉稳，连眼眸里的光都是认真的、耐心的——完全就是一个阅历丰富、态度亲和的偶像前辈。

而且她还是裘云立曾经喜欢的人，对于这种事，她有绝对的发言权，所以周君雯才会决定来向她讨教，而不是心情郁郁地陷入纠结的境地。

却不料俞如冰反问道："你怎么知道我说的不是认真的？"

周君雯顿了一下，微微抬起眼，迷茫的目光倏然撞上她清透明亮的眼眸。

俞如冰将两只手插回暖和的衣兜里，汲取了一点暖意后肯定道："我也是认真的。

"搞臭男人不会让你快乐，那你为什么还要搞？"

周君雯很是不习惯地皱了皱眉头，礼貌道："我们能换个词吗？不要用……'搞'。"

"搞"这个字听起来太过不正经，总会让她觉得自己对裘先生充满了肮脏的想法。

"行吧，"俞如冰无所谓地耸动一下肩膀，周君雯这正直的性子估计也不太习惯这些词汇，于是体贴地换了个词，重新措辞道，"要是喜欢他无法给你带来快乐，那你究竟为什么还要喜欢他呢？"

人为什么会喜欢另一个人，难道不就是因为这份喜欢会带给自己愉悦感吗？如果喜欢一个人，没有半点甜味只有满满当当的苦涩，那为什么还要喜欢？是生活的苦吃得还不够吗？

俞如冰语气认真："我没谈过恋爱，母胎 solo（单身）。但我明白一点，喜欢应该是一种很美好的情感，它能带给你慰藉，就像风雨后的阳光和彩虹，是能让你感到高兴的东西。喜欢这种东西可以不是全糖，它可以是半糖或者少糖，但绝不会是无糖的。如果一份喜欢只让你感到满心酸涩和痛苦，那就不是喜欢，而是折磨。"

俞如冰看着陷入沉思的女孩，突然伸出手放在她柔软的发顶上，像个长辈一样温声道："如果你感到了迷茫，产生了犹豫，那不妨想想你一开始喜欢裘云立的原因，想想他是否真的值得，再想想你是否因为喜欢他而感到开心。"

俞如冰轻轻地摸了一下她的脑袋："如果答案都是'否'，那就痛快放下，满世界都是人，你不是只能选择一个裘云立，不要把自己困住了。"

周君雯在她的循循善诱下，回想了自己当初喜欢裘云立的原因。

她刚进入风霆时，裘云立还没正式进入风霆跟着裘海宁打理事务，只是偶尔来过几次。她就是在这寥寥的几次里对他动心的。远远地、偷偷地、不受控制地喜欢上他。

她第一次见到他时，是为他的容颜惊叹，而后才悄无声息地为他心动。

她喜欢他坐在咖啡厅里，沉静地喝着咖啡的样子，喜欢他安静地注视着人的样子，也喜欢他为爱拒绝别人示好的专情样子。

当初的喜欢，是情真意切的，是只要她想起他来就会心里发暖的，是哪怕知道他们真的不可能也心甘情愿地暗恋下去的。而不是现在这样闷闷不乐，纠结不已。

这份喜欢早在那一天里，就随着裴云立在她心中的形象一起被颠覆击溃了。

她再也没有办法从这份"喜欢"里汲取到半点甜味。

她心中豁然开朗，终于得出了这几日一直想要的答案。

登时一身轻松，眼睛里也焕发出不一样的神采。她心中感激，朝俞如冰弯腰鞠了一躬："我知道我该怎么做了，谢谢你，俞如冰。"

既然不快乐，那就痛快放下。她不是只有这么一个选择，大不了谁也不喜欢，好好地爱粉丝们就好。

俞如冰一秒把手插回兜里，爽快道："大恩不言谢，你立马来华曜？"

周君雯：不得不说，她这见缝插针的本事是真的强。

周君雯感激的情绪一秒收住，惑然道："唐总真的就这么好？"好到能让你无时无刻不在夸她和华曜。

俞如冰欣然道："当然好，我们小唐天下第一好！"然后她又是一通天花乱坠的"彩虹屁"。

周君雯不置可否，转而道："去华曜是不可能的。"

她实力出众，在风霆的待遇还不错，也是重点培养对象。风霆没亏待她，也没做错什么，以她正直的性子，就更不可能会提出解约改投别的公司的怀抱了。

要换公司，也得等她身上五年的合约期过去再做打算。

俞如冰见她竟如此不开窍，当即捋了两下厚厚的袖子，左看右看，像是在找什么东西。

周君雯："你在找什么？"

俞如冰："棍子。"

周君雯："找棍子干什么？"

俞如冰："找棍子看看能不能直接把你敲晕，绑回华曜。"

正直的周君雯听到这话后皱紧了眉头："你这样是在违法乱纪。"

"什么违法乱纪，你别乱说啊！"俞如冰理直气壮道，"我只是说说而已，并没有真正施行，最多只能算是在边缘口头跳大神！"

周君雯："可是你们唐总不是不喜欢没有契约精神的人吗？"

唐寒秋那天的直播她也看了，至今还记得唐寒秋说自己不喜欢没有契约精神的人。

如果她现在和风霆解约去了华曜，那不就是没有契约精神的人吗？不就等于会被唐寒秋厌恶？俞如冰愣了一下。

是哦，都忘记我们小唐现在"不喜欢没有契约精神的人"的人设了！

不过她转念一想，觉得这是全体老板的人设才对。她相信没有哪家老板会喜欢动不动就解约的艺人才是。毕竟她敢跟老东家解约，就敢跟新东家解约。

俞如冰苦恼地挠了挠眉心——嗨呀，挖外面公司的人就是麻烦！还是谭夕和池暖好啊。

周君雯说完便用审视的目光盯着她，半开玩笑地问道："这么说来，你还让我立马去华曜，究竟是何居心？"

俞如冰灵机一动："嗯？我让你立马来了吗？我分明是让你五年后跟风霆合约到期就立马来。"

周君雯：她刚刚是这么讲的吗？

她刚刚说的不是"大恩不言谢，你立马来华曜"？

周君雯疑惑地看着她："你刚刚有说这么多吗？"

俞如冰一脸淡定："我说的省略句，怎么了？"

周君雯惊了："省略句？"

俞如冰厚颜无耻，一通瞎扯："对啊，高中文言文里的省略句，你难道没学过吗？你这个小朋友怎么回事，上课不听课的？"

杠精：你（五年后跟风霆合约到期就）立马来华曜。括号内是省略的句子，难道有什么问题吗？

面对活学活用的杠精，周君雯败了，败得一塌糊涂。

俞如冰满意地拍了拍她的肩膀："那就这么说定啦，五年后你一定要来华曜。"

周君雯愣了一下："我没有答应你啊。"

俞如冰："嗒，伸手。"

周君雯一头雾水地伸出手去，只见俞如冰拿出一颗包装鲜亮的小糖果往她掌心一搁，然后掌心贴着她的手背，将她的手掌握成拳头，使她牢牢地抓住那颗糖："OK，你答应了。"

周君雯一脸蒙。

俞如冰紧紧地包住她的拳头，厚颜无耻地道："这是我们唐总买的，拿了她的糖就是她的人，你跑不掉了。"

结果周君雯的重点完全跑偏，不认可地说道："你们唐总怎么还给你买糖？糖吃多了会让人身材走样的。"她们可是偶像，身材管理是很重要的事情。

俞如冰："别胡说。"

周君雯："我没——"

俞如冰理直气壮："你什么时候见过身材会走样的杠了？！"

周君雯：我真的是在和一个正常人对话吗？

不对，我真的是在跟一个人对话吗？

突然坏掉的电梯让唐寒秋被迫有空，面对不怀好意的严立，她眼中流露出几分不耐烦，上前按下紧急呼叫按钮，维修部很快就给出了回应，正在火速赶来排除电梯障碍。

唐寒秋往后退了几步，靠在了银色的环杆上，百无聊赖地看起电梯外的景致。

值得庆幸的是，华曜的电梯是观光电梯，外部明亮的光线透过透明的轿厢壁照射进来，将狭小的空间照得一片亮堂，不至于让二人陷入黑暗中。

但严立却痛恨起了观光电梯。如果是封闭式，当电梯一停，灯光一灭，四周被黑暗笼罩，他就可以英雄救美，理所当然地保护这位柔弱的女士，也能顺水推舟地发生点什么故事。

虽然他的目的根本不是这个，也没想到电梯会突然坏掉，但这一切看起来，就好像是天意——是老天爷要促成他和唐寒秋。

他不可否认，他对唐寒秋动了心思，就连初恋也是他拿来搭话的借口罢了。

因为唐寒秋实在是太漂亮了——漂亮得让人心甘情愿做她的裙下之臣，不论手段光明与否。

他鼓起勇气，打算继续初恋的话题。

唐寒秋却抢在他前头开了口，问了一句他始料未及的话——"你见过裴云立吗？"

[10]

"你见过裴云立吗？"

简单又颇具深意的一个问题，让严立脑子里关于初恋的搭讪瞬间被击溃了。

他顿在原地，目光里有几分迷茫和疑惑。她这个问题是什么意思？她为什么突然提到那个前未婚夫？难道是她对裴云立还旧情不忘，想借此警告他不要有别的心思？

唐寒秋见他迟迟不回话，又问了一遍："见过，还是没见过？"

严立"啊"了一声，下意识摸着后颈道："见过的。"

裴海宁根本就没刻意隐藏过自己大儿子，风霆的官网上大大方方地挂着裴云立的照片。那颜值确实无人能出其右，一眼就能让人记个长久，是严立所见过的男人中最为完美的容貌。

唐寒秋又问了一句："他是不是所有男人中最好看的？"

裴云立是男主角的设定，拥有着全世界最完美的容貌这点还是毋庸置疑的——就是人蠢又渣。

严立愣了一下，不甘心又无可奈何地点了点头："是。"

他是嫉妒过那张脸的，不，他一直都嫉妒着那张脸。

如果他有那张脸，在演艺界里肯定能混得更好，在这个看脸的世界里也肯定会超级吃香！

唐寒秋："那就对了。"

严立不解："什、什么对了？"

唐寒秋双眸淡然，看他的表情就像是在看空气一样。空气无时无刻不在，但是它透明且永远都不会有新意。

"我连他都看不上，"唐寒秋口气淡淡的，"难道还会看上连他都不如的你吗？"

这一个反问问得现实又狠毒，就像一把森冷无情的刀，一下就捅进了严立的心脏，给他造成一记重创。

他差点没气到喷出一口血。我不是来勾搭她的吗，怎么反被捅了一刀？

唐寒秋猜得果然没错，这个严立不是想跟她聊天，而是想通过跟她聊天产生点什么不得了的东西。

不论他是真心如此，还是怀着异心，她都不喜欢。无礼，冒失，令人深觉不快。

而且她要是对他有兴趣，何至于刚才在会议室对他那么冷漠？那不就是没兴趣的意思吗？既然她都已经表达出自己没兴趣的想法了，他又何必如此没眼力见儿地追上来给她添烦恼？

他以为一味地追求她能得到什么？精诚所至，金石为开？男人，有时候真是很不可爱又擅长自作多情的生物。

杠精都比他们可爱一百倍——哪怕她有时候会让自己想举起拳头。

严立见自己的目的被戳破，还被无情地嘲讽了一番，一时间又气又尴尬，但又不敢去顶撞唐寒秋。

唐寒秋不仅是《盛夏》的投资方，还是唐氏的小公主，惹了她哪有好果子吃。

他连搭讪都只是找个可以轻易撇清关系的借口——聊聊初恋而已嘛，又没什么。

严立急忙撇清关系："唐总误会了，我没有那些不好的想法，我就是想跟您道个歉。"

唐寒秋："然后谈初恋？"

严立："误会误会，就是一时想起一时想起，您不想听，我就不说了。"

唐寒秋却道："你可以说。"

严立惊讶地望着她，仿佛看见了点希望。

唐寒秋漫不经心地说道："我也可以换个男主角。"

她有的是底气做这种狂妄又让人奈何不了的决定。

如果不是女二号人设还不错想给俞如冰留住，她现在能当场撤出，让严立这个男主角深刻地记住，不以身作则注意言行是会祸害到整个剧组的。成年人要学会为自己的言行负责。

被她成功威胁到的严立彻底老实了，为了不被换掉，他歇了心思，乖乖地站在原地和她保持距离，绝对不越雷池半步。

这哪是柔弱的女士啊，这明明就是财大气粗的霸王花！不能跟她杠，至少在《盛夏》开机前不能。

唐寒秋见他老实了，这才低下头去看自己的手机。果然不听话的人都是要敲打的，打一打就乖了。

唐寒秋垂着眼眸，在等待的时间里只能无聊地刷着华曜的官微，粉润的指尖在俞如冰的照片上下意识地停下。

刚刚自己有一瞬间想起了她。唐寒秋抬起头，透过透明的玻璃看向外头。也不知道这么冷的天，她受不受得了。

俞如冰突然别过脸，打了一个响亮的喷嚏，整桌子的练习生都停下手里的动作，关切地看向她。

俞如冰当时就朝节目组杀去一记眼刀。

第三、第四期的录制已经结束，节目组为全体练习生准备了极其丰盛的晚餐，众人高高兴兴一拥而入，按照贴好的指示牌入座。但俞如冰进去前被节目组拦在门口，要她脱下羽绒服再进去用餐。

用餐过程节目组也会录制一些，所以节目组还是希望练习生们在用餐的时候保持着最漂亮的样子，而且屋内的暖气足够，不穿这么厚也不会冷。

俞如冰本不想为了漂亮脱掉自己的"冬日仪式感"，结果女导演说："你乖乖脱了进去快点吃完，就能回去躺进暖暖的被窝里啦，多说一句话就是多浪费一分钟哦。而且你放心啦，里面很暖，不会让你生病的。"

俞如冰一听，这提议居然该死地让人心动！

她难得不抬杠了，乖乖地脱下了羽绒服，走了进去。

节目组：冬天使杠精杀伤力降低。

结果她吃到一半，就打了个喷嚏，然后就送了一记眼刀给他们。

节目组的人纷纷避开她的眼刀，装作不知。

节目组：只要没看到杠精，就算我不知道，那样她就不会抬杠！

俞如冰眼刀技能失效只能收回，抽出纸巾擦了擦鼻子。

有队友关切道："感冒了吗？"

但想想又不大可能，平时全练习生里就她裹得跟粽子似的，而且室内又那么暖，她几乎没什么着凉的可能性。

俞如冰还没说什么，就听见有人开玩笑道："一想二骂三感冒，是不是有人想俞姐了啊？"

俞如冰抬起眼扫了她一眼，又垂下眼说："有。"

几个小女生一听有八卦，顿时眼睛都亮了。

只见俞如冰放下纸，双唇翕动："唐总。"

"肯定是我们唐总在挂念我们的身体！"她自我感动道，"我们唐总真是太善良了。"

小女生们：你们唐总真的有空记挂你的身体吗？

《新星偶像》第三期很快就播出了，俞如冰组的表演恰好是第三期最后一组，周君雯组则在第四期开头，两组对决，留足了悬念。

俞如冰组的《红玫瑰》舞台，毫不意外地又点燃了观众们火热的心，她们每一个人的表现都可圈可点，甚至是更为出色，尤其是一直超常发挥的俞如冰。

从一开始的甜美小恶魔，到这次的性感红玫瑰，观众们看到了她无限的潜力——她是百变的，绝不是单一的，粉她绝不吃亏！

我可以我都行：请俞女士立马停止你的行为，想要我命可以直说，不用这么拐弯抹角，我给你就是了！

哈秋：俞不如冰在今天亲手斩断了我们纯洁的感情！

我的手要冻死了：宝宝把衣服穿好，我不许你这样！

吧唧大台风：我魂穿那朵玫瑰！

我需要暖气：她在诱惑我！

同时还穿插着备战区练习生们对每一场对决的反应，裹成粽子夹杂在一群鲜亮动人的练习生中间的俞如冰，自然而然就被拍了进去，甚至还被拿来做了表情包。

打不了字：[人类的悲欢并不相通，我只觉得好冷.jpg]

被窝好暖哦：[营业，我是被迫的.jpg]

冬天离我远点！：[快乐都是她们的，我只有冷.jpg]

微博的气氛一度很欢快，还有粉丝想给她寄更厚的衣服，不能让凄惨的小偶像冻着。

忙了一天的唐寒秋终于回到家休息，吃完晚饭洗完澡后，她舒舒服服地躺进被窝里，打开了《新星偶像》的第三期。

她一向都是只看自家练习生的舞台，没有时间完整地看完一期。而且她还记得俞如冰上次的霸总发言，所以最新一期出来之后，她就先看了俞如冰的舞台。

她倒要看看俞如冰怎么个性感法。

视频一点开，画面亮度倏然降低，屏幕上只剩下一束暧昧的红色光。光影交错之间，勾勒出了女人曼妙的身姿。

下一刻灯光终于亮了些许，已经足够照亮那衔着娇艳欲滴的玫瑰的人的脸。

这张脸上所有无辜柔弱的颜色都被掩埋，取而代之的是说不尽的魅惑。媚眼如水，眸光如星，舞姿柔媚又充满了力度的美。她扯开自己扣合的衬衣，指尖指引着众人的目光，最后停在那两片娇艳的唇瓣前。她的眼中充满了诱人的色彩，浑身上下散发着一股引人情不自禁靠近的诱惑气息。

唐寒秋的目光已经被她完全抓住，静静地望着屏幕里的她。

[11]

画面上的人又娇又媚地勾完手指后，就扭动纤腰高傲地朝后走去。

镜头跟随着她的脚步，一直拍着她的背影，看起来像是不论如何都追不上她。而这又巧妙地给了每个观众一种感觉——她可以轻易勾动每一个人的心，但是永远没有人能追上她，也永远不会有人得到她。

娇艳欲滴的红玫瑰，永远只在人们的眼前盛开，她看似近在咫尺，实际上远在天涯，没有人能将她采撷下来。

唐寒秋暂停了视频，改去看底下的评论区，发觉俞如冰的粉丝们也都非常强烈地感受到了红玫瑰的吸引。

这是俞如冰舞台力表现绝佳的最好证明——她虽在镜头里，却能抓住每一个人的心。

唐寒秋刷着评论区，自然毫不意外地看到了粉丝们制作的俞如冰的咸鱼怕冷图，配上一两行文字，登时妙趣横生，俞如冰一时间更像是个与世隔绝、超级怕冷的咸鱼了。

唐寒秋为了了解事情来龙去脉，特地把这一期完整地看了一遍。

什么性感的红玫瑰，霎时荡然无存，脑海里只剩下一个裹得跟粽子似的、坐在欢乐气氛里的咸鱼杠精本精。

唐寒秋甚至能从她的脸上明明白白地读出"好冷""不想上班""什么都不想干"的消极信号。

虽然她在备战区时脸上的表情是这么说的，但上台之后的表现仍旧抢眼动人，简直判若两人。也因为她这台下人间真实、台上业务能力强得令人无可挑剔的反差对比，成功收获了一批粉丝。

唐寒秋把她的视频全看完后，脑海里一直浮着一个想法：看来她很怕冷。

唐寒秋拿起手机，打开了微信，找到韩薇，问了个问题。

唐寒秋：韩总助，训练营的练习生们都有人送衣服吗？

韩总助回复得很快。

韩薇：是的，她们的父母会为她们送去足够保暖的冬装。

父母。唐寒秋的目光落在这两个字上。俞如冰哪来的父母？

在她的世界里，属于她的父母早已经离她而去；在这个世界里，属于"俞如冰"这个名字的父母蛮横刁钻，一天到晚只想着怎么吸这个被他们从家里赶出去的女儿的血，怎么会知道给自己女儿送衣服。

这样的父母，有也等于没有。她在这个世界里，就只有她。

唐寒秋：俞如冰的父母靠不住，你安排一下，给她送些衣服过去。不用算入公司用度，刷我的卡。

韩薇那头好像沉默了一下，回复的速度显然没一开始那么迅速。

韩薇：您确定吗？

韩薇：是否只给俞小姐一个人送？

如果只给俞如冰一个人送，就怕有人心怀不轨借题发挥，很有可能还会产生很多乱七八糟的新闻。

韩薇作为总裁助理，自然是不希望唐寒秋的名誉受损，莫须有的污蔑最好是有都不要有，不然宣发部公关会非常辛苦。

送衣服可不像是送糖，送糖还能避开镜头吃，衣服怎么避开镜头穿？

唐寒秋很快就领会了她这个问题的潜台词。

唐寒秋：都买。

韩薇松了口气，幸好他们唐总的领悟力还是很强的。

唐寒秋：多给俞如冰买几件，别让她冻死了。

韩薇：好的。

韩薇回复完唐寒秋，转头看向紧闭着的房门，起身走了出去。

宽敞明亮的客厅内时不时传来俞如冰等人表演的《红玫瑰》曲子。一个温婉的女人窝在沙发里，膝盖上盖着一条温暖的毯子，怀里抱着柔软的抱枕，目不转睛地看着屏幕，就像是屏幕上有魔力一般。

韩薇走到她身边坐下，引得她回了神，露出一个温婉的笑："韩小姐都工作完了吗？"

看着熟悉的面孔在屏幕上大大方方地展现着自己的魅力，饶是已经看过一遍的韩薇也不得不承认，俞如冰是一个绝对优秀的艺人。

她别过脸应道："嗯。"

温语岚笑容缱绻，撩开身上的毛毯，起身道："那你坐着歇会儿，我去给你泡杯热牛奶。"

"不用这么辛苦。"

温语岚拍了拍她的手背："你才辛苦呀，好啦，乖乖坐着。"

温语岚很快就从厨房走了出来，为她递上一杯温热的牛奶。

韩薇轻声道："谢谢。"

温语岚笑道："不用谢我，是我该谢谢你让我住你家。你又不肯收我钱，那我只能多做点事情报答你啦。"

韩薇捧着温热的牛奶，她的唇边挂着淡淡的笑意："你和我之间不用谈钱，我这里你想住多久都可以。"

虽然她不如唐寒秋那般腰缠万贯，但是坐到她今天这样的位置，钱的事，在她这里从来都不是事。

温语岚脸上的笑意不减："那太麻烦啦，等事情解决了，我会尽快搬出去的。"

她因为一些突如其来的麻烦，不得已住进韩薇的家里已经心有愧疚，怎么好意思一直长久地住下去呢。

韩薇并不希望朋友就这样搬走，听到这话不由得眼神一黯，面对这种情况，她所学的一切专业知识通通派不上用场，笨拙地不知道该怎么接话挽留才好。

她看着屏幕上的俞如冰，反倒羡慕起她的伶牙俐齿来。

眼看气氛就快落入尴尬的境地，韩薇正懊恼地在心中责备自己，然后就看见拈花微笑的俞如冰，思路瞬间被打通："你喜欢俞如冰吗？"

温语岚不用去花店以后，一直待在她家里没什么事做，看电视就成了为数不多的消遣娱乐，《新星偶像》非常幸运地被宠幸了。

韩薇还发现，她经常在看俞如冰的 cut（片段），好像被俞如冰"狙击"到了。

温语岚没有否认："她值得人喜欢，不是吗？"

韩薇：那你是不知道她私底下有多杠。

知道俞如冰杠精本性的韩薇面上不显，"哦"了一声，然后问道："那你要不要她的签名？我可以帮忙请她签。"

温语岚眼眸微亮，活脱脱一副小粉丝的模样："真的可以吗？"

韩薇肯定地点了点头。

她身为华曜副总裁，不至于连公司旗下艺人的一个签名都弄不到。而且她和俞如冰还算熟识，就算只靠着这点人情，她也能弄到俞如冰的签名。

温语岚喜出望外，高兴地抱住她："谢谢你啦！"

韩薇面对温语岚的热情有些不知如何回应，急急忙忙起身丢下一句"我想起来我还有个工作没做完"，就逃回了自己的房里。

房门一关，四周俱静。

韩薇的眼中倏然燃起两簇烈火，气势汹汹，大有燎原之势。

这名，俞如冰非签不可！就算温语岚要一箱，俞如冰也得签！

远在训练营的俞如冰忽然顿了一下，愣在原地不动了。

谭夕见状，关切道："怎么了？"

俞如冰表情古怪地摸了摸自己的后颈皮："有种被人捏住了后颈皮的感觉……"

一直被她捏住后颈皮支配的谭夕闻言，微微一笑："您也有今天？"

风水轮流转，终于轮到杠精被支配了！

[12]

《新星偶像》的第三、第四期是一次录制，拆分成两次播放，距离下次录制还有些时间，节目组非常贴心地给了练习生们三天的休息时间。

韩薇和林琳询问过节目组后，购买好练习生们的保暖冬装。

韩薇本不必亲自去，但为了温语岚的签名她坚持要去，左右没什么事情，唐寒秋就没有阻挠她，只留下了林琳给自己当助手。

唐总都没说什么，作为二人下属的林琳就更不会说什么了，在秘书办里选了两个人陪同韩总助一起去。

周一，《新星偶像》训练营招待区内。

俞如冰坐在小圆桌的另一头，目光落在韩薇手里的外观高端大气的装衣袋上，缓缓地呼出一团白气："这是？"

韩薇将袋子伸到她面前，推了推眼镜："冬装，唐总花自己的钱给你们买的，主要是怕你冻死。"

对，主要是怕她冻死——韩薇觉得这才是唐寒秋的重点。

俞如冰那晶莹剔透的眼眸里浮现出一丝困惑，愣愣地接过袋子："昨天不是……送过了吗？"

她还记得那几个人西装革履，个个精英打扮，领头的那位男士眉心还有深深的一道小疤，让人印象深刻。

他们将昂贵的装衣袋子往每一个华曜练习生面前伸，一脸正经地说："这是我们家小姐的心意，请务必收下。"又说道，"请你们继续加油，不要辜负我家小姐一片心意。"

他们还坦承自己不是华曜的人，但也是为唐氏工作的人，唐寒秋有什么委托他们都会照做。

节目组也证明了他们的确是唐氏的人。有节目组的做证，俞如冰这才放下心来，欢天喜地地接受了唐二小姐的心意。

结果今天唐二小姐的人就来送温暖了。

俞如冰苦恼地挠了挠眉心："难不成我昨天收错了吗……"

韩薇刚在她对面坐下，一听见这话，愣了一下，眉头紧皱着，第一反应是有人冒充唐氏。她神色严峻："你还记不记得那些人长什么样？"

俞如冰比画了一下："嗯……大概这么高，都很瘦，领头的人眉心还有一道小疤，看起来却一点也不凶。"

韩薇一听到"眉心小疤"就明白了，脸上的凝重顿时烟消云散，又恢复到先前的平静状态，语气笃定："是唐氏的人。"

韩薇："是我师兄。"

俞如冰顿时轻松道："嘻，原来都是一家人啊。早知道是韩总助的师兄，那我昨天就该多给他签几张。"

韩薇愣了一下："签名？"印象中的工作狂师兄居然还追星？！不是，居然还有空追星？！

俞如冰："嗯，你师兄说他女儿喜欢我。"

她还记得昨天韩薇师兄一本正经地从旁边的人手里拿过一个小本子和笔，然后请她帮忙签个名的样子。那一身正经严肃、干练精明的气质令人无法忽视，请她帮忙签个名的时候正直又诡异。

她当时还有点小小的吃惊——精英人士也追星吗？结果对方完全就是在以公为女儿谋私。

韩薇听完一脸淡定，甚至还得到了一丝安慰——既然师兄都在以公谋私，那她也可以。

俞如冰还在自顾自地揣测："但是你师兄昨天不是已经帮唐总给我们送过衣服了吗，为什么你们又来？难道昨天是有人假借唐总的名义送衣服？"

整个唐氏能如此光明正大挂着唐寒秋大名，随便授意属下做这些事情的人屈指可数，无外乎唐家那三位。

俞如冰："韩总助认为是——做什么？"她看着面前自己的照片和笔愣住了。

韩薇面不改色："签名。"

俞如冰看着她："韩总助又是为了谁？"

韩薇："为朋友。"

俞如冰看了一下照片，足足有十张，还各不相同，她不由得摸了摸下巴，目光里充满了审视："你说的这个朋友究竟是不是你？"

韩薇镇静道："不是，我不追星。"

俞如冰"啧啧"两声，接过那十张照片，低头签了起来。

这两个人果然是师兄妹，在以公谋私方面，都做得非常优秀，而且韩总助更是青出于蓝而胜于蓝——她师兄就一张纸，她可是十张不同的照片！她也太懂了吧！

俞如冰认命签名期间，韩薇走开了一会儿，拿出手机打电话给唐寒秋，将俞如冰收过衣服的事情一五一十上报。

唐寒秋沉思了一会儿，才道了一句："知道了，我会去问清楚的。"她又问道，"衣服都送到了吗？"

韩薇："唐总放心，都已经送到了。"

俞如冰飞快签完后就看见韩薇在打电话，从她恭敬的神色上可以猜测出对方是上司级别。那是华曜的上司还是唐氏的上司？

俞如冰撑着脑袋看韩薇手里的电话，说起来，她好久没听过华曜上司的声音了，怪想念她亲爱的战友的。

最重要的是，她想知道唐寒秋看没看她的《红玫瑰》舞台，如果看了又有什么感想，觉得好不好，性感得够不够成功。

她很在意唐寒秋的看法，谁让唐寒秋当时那么不相信她！杠精的反叛心理和她的职业素养不允许有人质疑她的业务能力！这就跟在质疑杠精抬杠能力不行一样，都能让她激发出无穷的斗志。当然，如果天气不这么冷，那她的斗志能燃烧得更加热烈。

韩薇打完电话回来坐下，检查了一下她的签名。十张，一张都不能少。

俞如冰撑着脑袋看着她，忽然开口问道："韩总助，我《红玫瑰》的舞台反响怎么样？"

韩薇是公司高层人员，对于她们练习生的数据肯定都过了眼的。

韩薇将签名整理妥帖收好："和第一期的舞台比起来，涨粉速度翻了三倍不止。"

俞如冰眼睛亮亮的："粉丝们怎么说？"

韩薇回想了一下："'把衣服穿好''命都给你'，八九不离十。"

俞如冰闻言，十分做作地撩了一下自己的秀发，满脸写着骄傲："可爱在性感面前，一文不值！"

韩薇：隐隐觉得她是在说自己的第一期跟现在的比起来一文不值。还有人这么贬低自己曾经的成果的吗？

俞如冰又问："那唐总怎么评价呢？"

韩薇诚实道："这点我并不清楚，第三期播出当天唐总行程繁忙，我陪同的时候她都没怎么看手机，所以并不知道她对此的评价是什么。"

俞如冰听到"行程繁忙"四个字就将眼睛眯了起来："播出当天可是周六啊，华曜周末不是休息吗？"

韩薇："最近的事情比较多，周六当天唐总带头加了一下班。"

俞如冰："心疼。"她又问道，"有加班费吗？"不给加班费的老板都是在耍流氓！哪怕是人间富贵花也一样，只不过是这个流氓长得很漂亮而已！

韩薇："不用操心这种事情，华曜不会无故拖欠员工工资的。"

华曜是正规公司，而且目前资金运作都很正常，绝对不会出现无故拖欠员工工资、压榨员工劳动力的恶劣情况。

俞如冰"哦"了一声，唇角弯起一个弧度，小心地问道："那……唐总她现在有空吗？"

韩薇抬起腕表看了一眼："午休时间。"

一般这个时候唐寒秋会让自己从烦冗的文件里抽身而退，看些别的调剂一下心情。如果是工作量少的情况，那她想干什么都有可能。

韩薇回想了一下今天的工作量，说道："有空。"

俞如冰笑道："那韩总助借我手机用用？"

吃人嘴软，拿人手短，看在签名照的分上，韩薇递出了自己的手机。

俞如冰接过手机，笑意盈盈地道了声谢，起身离远了些打电话去了。

正如韩薇所说，唐寒秋果然有空。

俞如冰在电话这头嘻嘻笑着："哈喽，我亲爱的战友。"

唐寒秋愣了一下，没想到是她打的电话，回过神后淡淡地"嗯"了一声。

俞如冰裹紧了自己的羽绒服，抬高腔调道："噢女人，你竟是该死的冷漠！"

唐寒秋："好好说话。"

俞如冰："好的老板，没问题老板。"

她期待地问道："你看了我这一期的舞台吗？"

唐寒秋诚实道："看了。"

俞如冰更加期待了，甚至想搓个手手缓解一下激动的心潮："那你喜欢吗？"

[13]

唐寒秋愣了一下："什么？"

"这期的舞台。"俞如冰说。

发觉唐寒秋沉默了，俞如冰以为她没听懂，于是挠了挠脸："就是《红玫瑰》这首歌……给你快乐，你有没有爱上我？"说着说着她就唱了起来。

杠精：对不起，过分顺嘴了。

唐寒秋发现她又开始了思维的疯狂跳跃，不由得头疼地揉起了自己的眉心："为什么问这个？"

俞如冰一秒霸总上身："呵女人，你忘了我曾经说的话了吗？

"我相信，通过这个舞台，你的小心心已经是本霸总的了！"

唐寒秋顿了顿，三秒后给出了自己的答案："没有。"

"啊……"俞如冰可惜地发出一声感慨，"你没有啊……"

唐寒秋皱了皱眉："你还觉得挺可惜？"

俞如冰忽然无比认真道："因为这是对我业务能力的认可。"

一朵在舞台上娇艳绽放自己的红玫瑰，倾尽全身所有魅力让自己的花瓣更加红艳夺目，期待自己的美丽能让人怦然心动，给予肯定的答案。那就是对她业务能力最好的认可。

结果对方完全不心动！要么是对方眼光过高，要么就是她的业务能力达不到，还需要学更多的东西来提升业务能力。

唐寒秋听后才反应过来，俞如冰实际上想要的只是一个再普通不过的认可。

她好笑地摇了摇头，开口道："你的业务能力没问题，《红玫瑰》很好。"

俞如冰歪了歪脑袋，发出一声不相信的"嗯"。

唐寒秋掩着唇，看着桌面上热气腾腾的咖啡，沉默片刻后才轻轻地道："我很喜欢。"

她又担心俞如冰不相信自己的话，担心俞如冰会怀疑自己，继而温声补充道："不用怀疑你的业务能力，你的实力一直毋庸置疑，每一个观众都会喜欢你带来的舞台，包括我。我前面不是在否定你，不要误会。"

俞如冰听着她满含歉意打补丁一样地解释着，眼中突然多了点笑意，心里暖乎乎的，连看到外面洋洋洒洒的白雪都没有那么烦闷了——我们的唐二小姐，是怎么做到相隔这么远都能让人感受到她的可爱的？简直是该死的甜美！

挂掉俞如冰的电话后，唐寒秋静静地坐了一会儿。

想起杠精在电话里头中气十足的语气，发觉这根杠离冻死还有无数个光年的距离，根本不用别人担心。

很好，冻不死就行。她还等着俞如冰给自己血赚呢。只是……会是谁借她的名义给华曜练习生们送冬装？

唐寒秋思索片刻，给唐默渊的助理打了个电话，让他把韩薇师兄的联系方式发到自己手机上，说是有事情需要询问对方。

唐默渊的助理很快就把韩薇师兄的联系方式发送过来，唐寒秋不假思索地拨通了他的电话。

韩薇师兄并未明说，但潜台词里的指向，以唐寒秋的脑子很快就猜测出来了，二人挂断了电话。

唐寒秋给自己在老父亲身边的探子打去电话："东伯，唐董他是不是背着我干了什么事？"

东伯小心地看了一眼正在看财经新闻的唐大董事长，悄声走出屋外，回答道："小姐您指的是？"

唐寒秋："我爸为什么会借着我的名义去给华曜练习生送衣服？"

东伯了然："因为老爷前几天在网络上看到了俞小姐在节目里穿得很严实的图，以为她们很冷，又怕她们冻坏了您会难过，所以就以您的名义给她们送了衣服。"他停了停，补充道，"也给裴云杰先生送了。"

唐寒秋凝眉："怕我难过是什么道理？"

东伯看了看还在专心看报的唐鹤天，收回目光后道："小姐您是第一次管理公司，送去节目的练习生们未来如何都代表着您和华曜的业绩与能力。老爷关心您，就会关注她们，期待她们能给您打下一片江山。

"如果要她们给您打下江山，那身体健康自然就成了重中之重。她们现在要是冻坏了，就等于是半途而废，对华曜定然是一大损失。

"华曜受损，您就一定会难过。老爷心疼您，自然不会想看到您难过。

"但是以老爷的性子，这件事肯定会瞒着您。"

东伯温柔地阐述着，唐寒秋则安静地听着，唇角不禁扬起一丝温柔的笑。

可不是会瞒着她吗？

第一个反对她出来拼事业的可就是他唐大董事长本人，哪怕到了现在，老父亲的心里肯定还是反对她出来拼搏吃苦的。

但老父亲口是心非得很，一边反对，一边又悄悄地帮她的忙。

他还好面子，不肯大大方方地告诉女儿。

唐寒秋握着电话，心再一次被温柔的父爱灌得满满当当。能拥有这样的家人，完全就是上苍的垂怜。

电话里突然传来唐鹤天的声音："你在跟谁打电话？"

东伯不慌不忙："是小姐。"

宠女狂魔唐鹤天不高兴地嘀咕道："我的女儿怎么给你打电话，不给我打……"

老油条东伯机智应对："小姐主要是想通过多个方面关心您。"

东伯这话准确无误地踩中了唐鹤天的开心点，他脸上登时就扬起了点得意的笑，老顽童似的把东伯的电话讨了过来，对唐寒秋远程进行了父爱的叮嘱。

唐寒秋满目笑意，"嗯嗯嗯，是是是"地应着，现在坚决贯彻"老父亲说的都对"方针。

三天的休息期一眨眼就过，第五期录制开始之前，《新星偶像》节目组搞了个新花样——给练习生们发了手机，允许她们给父母打电话聊聊天，舒缓舒缓情绪。

节目组也会将每一个人的通话过程完整地录制下来，然后有选择性地播出。

目前势头大好的几人自然而然就被盯上了，俞如冰不幸包括在内。

她套着极其保暖的外套，手机搁在桌面上，跟固定在桌上的小型摄像机干瞪眼了一分钟后又开始了咸鱼瘫，满脸写着"冬天杀我"的绝望。

打电话给父母是不可能打的，原主父母可不算她父母，而且她跟他们两个打电话的话……那可就是满屏脏话了。

而且冬天好冷，她的十指僵硬，完全不想掏出来。

节目组见重点观察对象俞如冰竟然丝毫没有给父母打电话的意思，还瘫得跟条被冬天凌虐的咸鱼似的，实在是没有女偶像的形象。

节目组：有的人别看她在舞台上绝色迷人，私下里其实就是一条对冬天失去希望的咸鱼。

节目组忍不住派出女导演来当说客。

女导演站在镜头外，轻声问道："俞如冰你好像不想碰手机，为什么呢？"

咸鱼俞点了点脑袋，继续瘫着："我俩不适合，它太冰了。"

女导演：你还跟手机配对上了。

女导演好笑道："那你多捧会儿，它不就会暖和了吗？"

"不行。"俞如冰认真道，"它正在反思当中。"

女导演："反、反思什么？"

俞如冰绝望道："反思它身为一部手机为什么会这么冰。"

杠精：我叫如冰都没冷得跟冰似的，它一部小小的手机凭什么？！

女导演哭笑不得："那你不想给爸爸妈妈打个电话吗？听他们的声音也会暖和很多呀。"

俞如冰淡淡地看了她一眼，懒懒地收回视线："我没有爸妈。"

节目组的人都愣了一下，以为自己戳到了她什么伤口。女导演更是愧疚万分，正要开口说对不起时，就听见她道："事到如今，也瞒不住了。"

节目组的人愣了愣，表情瞬间凝重，都做好准备当她的聆听者。

俞如冰一脸淡定："实话告诉你们吧，我不是人。"

女导演：等一下，突然科幻？！

俞如冰突然坐直了身子，郑重道："我原本是一根独自生活在山中的陈年老杠，修炼千年才化成的这副人形。"

女导演开始在心里忏悔。我真傻，我竟然还会期待她说出什么东西来……我真傻，真的。

俞如冰："我也就不占你便宜让你喊我老祖宗了，就勉为其难地让你喊我一声杠奶奶吧！"

女导演：你这是人说的话？

[14]

女导演在今天，遇见了从业生涯里拦住她去路的一座巍巍大山，不对，应该是庞然老杠才是。

女导演重整旗鼓："好了，不要闹了，你也给你爸爸妈妈打个电话吧。"

俞如冰重新瘫回椅子上："杠奶奶劝你一句，趁早放弃这个想法，这是为了你们节目组好。"

她这一通电话过去，接下来的画面必然充满了真理的"杠味"，搞不好还会有很多肮脏的、不适合在节目上播出的词汇冒出来。

最糟糕的是，现在是在镜头前，她不能公然吃糖冷静。这么一来，原主父母和节目组工作人员的耳朵肯定难逃一死。

她身为一根体贴又有素质的陈年老杠，不为原主的吸血父母着想，也要为自己那可怜的偶像形象和别人的耳朵想想。

女导演沉默了。

其他练习生都在给父母打电话进行温馨的家庭沟通，就俞如冰一个人又咸鱼又抗拒给父母打电话。而她偏偏综艺感强得令人发指，是重点拍摄取材对象。这次和父母打电话的过程多少都要播出点，把她分量全剪掉吧，不像话。不剪吧，她瘫着不碰电话的画面，和别人的温馨画面比起来好像又有点惨。

而且就拍她瘫着的样子给粉丝们看也实在不像话啊！这是一个漂亮女偶像该有的样子吗？她的职业素养难道仅限于上台表演和练习的时候吗？

女导演选择做出让步："你不给爸爸妈妈打电话也可以，那你可以给别人打，比如朋友什么的，又如……"

女导演顺应脑子里一闪而过的名字，脱口而出："唐总？"这个提议简直太有看点了！

俞如冰听见这个建议后，扯了一下嘴角，露出"我就知道"的表情："呵，你们果然觊觎我们唐总的美色。"

女导演：你打电话，鬼能看得到唐总的脸！

俞如冰右手终于从温暖的衣兜里掏了出来，一把抄起桌上反思了大半天的手机："我现在就跟她告状！"

然后猝不及防被手机冰了个透心凉，她愤怒道："这就是你反思的结果吗？我太失望了！"

女导演看得一脸无语。麻烦您不要给自己加戏。

俞如冰愤愤地将手机搁下，转而抬起两手各伸出一指，启用江湖失传多年的

"二指神功"戳起了屏幕，尽最大的努力减小自己手部的受冻面积，然后在微信上疯狂打小报告。

女导演一边看她告状，一边忍不住吐槽道："请问，你身为一根杠为什么还会这么怕冷？"

俞如冰抬起眼，有理有据道："人都有千百种样子，我们杠当然也有，我就是外表比较柔弱禁不起风吹雨打的那种。杠奶奶的柔弱程度你等凡人无法想象。

"嘻，你那不信任的眼神是怎么回事？"

"你不信那你现在碰我一下，我能立马倒地上讹你五百块。"俞如冰说完，跃跃欲试准备碰瓷，十分想讹这五百块钱。

能多赚一点是一点，光明正大碰一回瓷也不是不可以，谁让她不信。

向来以真理服人的杠精不介意用实践检验真理一回。

女导演连忙抬手阻止她："不必不必，我信我信，杠奶奶您说的都对。"她又问道，"唐总同意和你通话了吗？"

俞如冰瞥了一眼屏幕时间，双手离开屏幕："我们唐总专注事业，没空回我。"然后她又瘫了回去，露出一个欣慰的笑容："我感到很欣慰。"

看到唐寒秋专注事业，她身为第一粉丝实在是欣慰得不行。

女导演见状，只能劝她给别的朋友打电话，然后被她无情回绝了："放弃吧，这个温馨环节的分量就送给别的练习生，好吗？

"不然你们就这么把我瘫着的样子播个几秒也行。"充个数？

女导演："这不太好吧？"谁要看偶像怎么瘫了？

俞如冰不满道："'瘫'如此博大精深，怎么不好了？"

女导演震惊了："哪里博大精深了？！"

俞如冰默默掏出了她的真理杠杆："瘫，是融在人类骨子里的一种精神，是我们与生俱来的本事，是能让我们得到无穷快乐的一种姿势！能集精神、本事、姿势于一身，它还不够博大精深吗？！"

女导演深受陈年老杠的歪理荼毒，颇有种身体被掏空的空虚感，为了保命转身默默地走了。算了，放弃了，这虚无的分量就让它见鬼去吧！

却不料她一走，俞如冰的手机屏幕就亮了起来——唐寒秋回复了信息。

华曜近期有往综艺发展的意愿，正在项目筹划当中，所以唐寒秋从早上进公司后，就一直在开会，全神贯注会议内容，连手机发来的消息都没空看。

开了两个小时散会后，她这才碰了碰手机，发现俞如冰几分钟前给自己发过信息，内容是什么"打小报告"，说"节目组的人肖想她的美色"云云。

但最后一句话是让她好好穿衣服，好好吃饭，工作忙也别忘记好好照顾自己，看起来是发现她因为忙才没回信息了。

唐寒秋看着满对话框的消息，不禁挑了挑眉。

唐寒秋：节目组把手机还给你们了？

似乎印证了她的猜想，俞如冰回得很快。

俞不如冰：报告老板，是的呢。

唐寒秋：三天休息期没把手机给你们，现在给你们做什么？

唐寒秋：难道有什么拍摄内容是需要你们用手机的吗？

俞不如冰：好！不愧是您，一猜就中！

唐寒秋：什么拍摄内容？

她回复的速度快得完全不像是在拍摄的样子，哪有拍摄这么轻松，就坐着玩手机回消息？

俞不如冰：嘻，就是打电话给父母舒缓情绪的温馨环节。通话过程节目组会拍下来，之后会播放出去。

唐寒秋愣了愣。她哪来的父母，就算是拉原主父母充数也不行，双方矛盾过大，根本就不是温馨环节，而是吵架环节。那这么一来岂不是整个《新星偶像》就她一个人没有电话可以打了？而且她的亲生父母又那么早离开了她……这个环节对别人是温馨，对她是再忆往事，孤立无援。

唐寒秋：你有没有事？

俞如冰的回复慢了点。

俞不如冰：嘻，没事，我又不会因为别人家温馨满满就哭，那样的话我的眼睛早都哭瞎了。这点免疫力我还是有的，放心！

唐寒秋握紧了手机，看了一眼手机屏幕上显示的时间，离下次会议还早，她扭头对林琳道："你们先回去吧，我要打个电话，整理好的资料放我办公室就好。"

林琳："好的。"

俞如冰惊讶地接通了电话，先出声问道："不是在忙？"

唐寒秋那充满魅力的声音从手机里传出来："总有忙完的时候。"

俞如冰那一对眸光闪动的眼缓缓弯了起来——居然还特地打电话过来替她撑场子，简直感人至深！

俞如冰软着声调道："小唐你真好。"

唐寒秋毫不客气："知道我好，那你就多给我赚点。"

俞如冰瞬间失去笑容，摸着自己的后颈肉道："您不觉得您这个时候谈钱有点伤感情吗？"

搞得她脖子还怪冷的。

唐寒秋："你总惹我想打你的时候，怎么不想想伤感情的事？"现在还反倒指责起她来了。自己欠打伤感情的时候怎么不算呢？

俞如冰立马开始狡辩："那不是因为想跟您促进促进关系嘛！咱俩之间，打是疼骂是爱，不打不骂不相爱嘛！"

唐寒秋顺着她的话，提了一下上次的热搜风波："嗯，按照你这个说法，就上次那个视频，网友应该觉得我非常爱你。"

俞如冰非常自然地跟她一起玩起了梗："嗐，谁说不是呢。"

唐寒秋听见这话没说什么，只是低声笑了一下，就算翻篇了。

俞如冰将下巴搁在桌面上，眼睛瞟向窗外的世界。

银装素裹，雪花还在洋洋洒洒地往下飘，白茫茫的一片，每一处都充斥着寒冬的味道，叫她只看一眼都不禁抖了一下，就像是被外面的寒风吹着了。

"天气真冷。"她说。

唐寒秋微微仰首，皑皑白雪映入眼帘之中，整个世界都是寒冬的色彩。她轻轻地"嗯"了一声。

俞如冰："冷得让人想唱歌。"

唐寒秋："嗯？"这个思维是不是有点不对？

俞如冰灵机一动，坐起身来："我们唐总百忙之中抽空给我打了电话，我总得回报点什么，就给您唱个歌吧！"

唐寒秋倒也不驳她面子："你唱。"

俞如冰一开腔，先是低沉的起调，而后一转，开始欢快地变调："嘟嘟噜嘟，嘟嘟噜嘟，嘟嘟噜嘟，哒哒哒！"

唐寒秋瞬间皱起眉，觉得事情不简单！

俞如冰声情并茂："好冷啊！"

俞如冰："我在东北玩泥巴，我在大连没有家啊。"

唐寒秋：她在唱什么玩意？

结果俞如冰唱不到三句就自己停了下来，严肃地说了一句："糟糕。"

唐寒秋问道："怎么了？"

俞如冰一脸沉重，扼腕叹息："后面的词我没记住！"

唐寒秋：你身为一个少女偶像为什么要去记这些乱七八糟的歌词？

237

第五章

你是我无可替代的朋友

[01]

一直在后台实时观察每一位练习生的节目组，在看见唐寒秋打电话进来时，内心是非常雀跃的。可以的，这个环节的看点又有了！

而且唐寒秋打电话进来后，俞如冰显然都活跃起来了，至少没再咸鱼瘫，还是很值得欣慰的。

但在听到俞如冰唱《我在东北玩泥巴》的时候，众人的脸色又十分复杂，是又想笑又迷茫。她身为一个未来的少女偶像，为什么会如此"鬼畜"？如此好笑？等这一段播出去后，他们相信很快就能在"鬼畜区"看见她的姓名。

但节目组衷心希望这位杠奶奶可以注意一下自己的形象。虽然前面令人瞠目结舌的陈年老杠言论他们不会放出去，但是后面的搞怪"鬼畜"画面也照样能把她的偶像形象毁得一干二净啊！

也不知道是不是唐寒秋听见了节目组工作人员内心虔诚的祈愿，下一秒她就对着俞如冰道："注意形象。"

俞如冰一秒收起"鬼畜"的样子，乖乖坐正了道："好的老板，没问题老板。"

节目组不由得感叹：真是偶像形象维护员唐总。

唐寒秋抬起腕表看了看时间，问道："分量够了吗？"

韩薇已经站在不远处静静地等着她了，像是又有什么事情需要她亲自去处理。

虽然她们通话时间还不足十分钟，但俞如冰已经真切地感到满足了。

唐寒秋能够百忙之中抽空打电话过来给她撑场面，让她在这个温馨环节不至于那么尴尬狼狈，就说明对方是真的替她着想的。

这么好的一个战友，打着灯笼都找不到，她真的越来越喜欢她了！

我们人间富贵花世界第一好！

俞如冰面带笑意，点着脑袋道："够了够了，你有事就快去忙吧，不要耽误了。"

万一错过什么几个亿的合同……那简直是血亏！

"好，比赛加油。"唐寒秋突然想起她表演完《红玫瑰》后在用餐的时候打了个喷嚏，说道，"注意身体。"

俞如冰忽然就被触发了俞老太太模式："安啦安啦，你们小年轻才要注意身体，每天都要多穿点，不要因为贪美不要温度，感冒了可有你受的呀。"

唐寒秋在电话那头沉默了，半晌后道："你说这些的时候熟悉得就像是……"

我家里头的唐大董事长。

唐鹤天就喜欢念叨他们后辈，让他们多穿点，不要得了风度失了温度，要是感冒着凉了，他可少不得一番唠叨——退居幕后的唐董，啰唆和操心的程度连老妈子都比不过。

俞如冰心有灵犀："像极了您的父亲母亲？"

唐寒秋轻咳一声，既没有否认也没有承认。

俞如冰骄傲道："那这四舍五入，我就是商业巨鳄了！"

唐寒秋："你这么用四舍五入，你的数学老师应该不会放过你。好了，不跟你说了，挂了。"

俞如冰："恭送陛下！"

电话一挂，俞如冰就立马将手插回兜里，像是电量耗尽一样又飞速地瘫了回去，脸上重新换上了"冬天杀我"的绝望表情。

从电力满满的杠精到遭受冬天毒打的心死咸鱼，这一来一回的变化全在眨眼之间，堪称收放自如，把节目组的人都看呆了。

她是怎么能做到唐总在就有电，唐总一走就立马电量告急、开启省电的咸鱼模式的？！唐总是她的充电宝吗难道？！

第五期是第一轮顺位公布，俞如冰靠着强劲的实力，不出意外地站在了金字塔的顶端，很多她熟悉的面孔也依次加入了顺位的大队伍，周君雯和谭夕自然也在其中。就连池暖都成功地留了下来——果然只要有坚定的目标，人就能爆发出巨大的潜力，焕发出夺目的光彩。

粉丝们也是几家欢喜几家愁，喜欢的偶像留下了就高兴，没留下就会感到遗憾难过，都是人之常情。

节目组随后也将剪辑完毕的给父母打电话环节的视频放上播放平台。

当粉丝们看到心仪的小偶像给父母打电话调节心情，又忍不住眼中泛泪的时候，心里也难免跟着心疼。一时间气氛温馨，连天气都跟着暖和起来。

唯独俞如冰的片段画风全程跑偏。别人跟爸妈打电话，她跟老板唐寒秋！

在一众欢乐的气氛里自然不乏挑事的人，很快就有人跳出来指责俞如冰不和父母通话而去和老板通话的举动，是在向大众炫耀，是在拉着唐寒秋炒作好以此给自己保持热度，更有甚者还直指她不孝，该给父母一个电话的时候却选择奉承老板。

但这些充满着刻意挑唆的声音并未掀起什么风浪，就像几滴溅起来的小水珠，最后还是要落回江海里去的。

欢乐的气氛很快就盖过了这些声音，粉丝们终于在今天发现自己粉上的偶像不是什么正经人，她还自带"鬼畜"技能！

一束光一个人：明天之前，我要在"鬼畜区"看到这个女人的名字！

这天下终究是姓复的：唐总：她在唱什么鬼玩意？

手有玫瑰心有俞：怎么回事，作为一个偶像怎么能连词都记不住，这业务能力不行啊。[狗头 .jpg][狗头 .jpg][狗头 .jpg]

唐寒秋最近空闲时间比较多，所以有很多时间慢慢翻网友们的评论。她坐在后座上，腿上放着一台平板电脑，安静地翻阅着网友们的评论，但这回翻评论翻出了很多不得了的段子。

五湖四海的粉丝把她和俞如冰通话的那一小段掰开了揉碎了，拿着显微镜进行剖析解读。更可怕的是，这些段子写得有理有据，每个细节明明不是这样，但经她们这么一加工润色好像都可以是这样，堪比她们的偶像俞如冰化身真理杠精的时候——有逻辑地进行瞎掰。

唐寒秋本人一阵无语。

她头疼地抚着额头。麻烦她们学点好的吧……

韩薇从车内后视镜里看到她头疼的样子，出声问道："唐总是不舒服吗？是否需要去医院？"

唐寒秋摆了摆手："不用，我没事，只是有点惊叹于这些人的文字创造能力而已。"

唐寒秋："跟俞如冰一个样，能说会道。"

韩薇：用"能说会道"这个词形容俞如冰，是否过于含蓄委婉了呢？不该是……颠倒黑白？

韩薇眼珠子一转，转动方向盘，将车停在路边，回头道："到了，您请先下去，我将车开过去停好，请不要忘了打伞。"

唐寒秋点了点头，打开车门，撑起一柄红伞挡住飘飘扬扬落下的雪，清丽的面容在这冰冷的雪天里都带上了几分凛冽的冷感。

面前是一家普普通通的餐厅，布局雅致，透过透明的门还能看见里面暖黄色的灯光，流露出诱人的温暖。

唐寒秋刚迈动小腿，就听见不远处传来一声："小偷别跑！快帮我抓住他！

别跑！把我的包还给我！"

唐寒秋扭头看去，就看见一个黑衣男子怀里死死揣着一个粉色的毛绒包包，正死命地朝她狂奔过来，后面还追着一个跑得面红耳赤的清秀少女。

唐寒秋迈出小腿，挡在前面，黑衣男子见状，凶神恶煞地喝道："给老子滚开！"

见唐寒秋还是不动，他顿时恶向胆边生，抱着少女的包就直直地撞了上去。臭女人，让你滚不滚，撞坏了可别哭！

结果下一秒他就看见唐寒秋忽然一个旋身，他的眼前掠过一道残影，脖颈处乍然爆发出一阵剧烈的疼痛，整个人都被踢倒在地，怀里的包甩出去老远。

唐寒秋稳稳地握着伞，慢悠悠地放下自己的大长腿，居高临下地看了一眼那捂着脖子迭声喊疼的黑衣男子，凛冽的眉眼间全是让人不敢侵犯的威严。

路人纷纷停下，瞠目结舌地看着这一幕。

少女赶忙冲上前去拾起自己的包，飞速掏出手机报了警，然后回身去找唐寒秋想跟她道谢，结果发现她已经收起伞走进了街边一家餐厅。

少女站在外面看着她，她的身材高挑窈窕，光是一个背影就能让人感受到她出众夺目的气质。

少女愣愣地站在原地，回想起自己之前跑过来时看到的脸。很漂亮，很惊艳，是一张能让人一眼万年的脸，就像……就像新晋颜神唐寒秋！

少女瞬间睁大了眼睛。

唐寒秋在服务生的引领下来到一间包厢门前，她说了声"谢谢"后服务生就走开了。

她拧开门走了进去，男人正站在窗前看雪景，听见动静后回过头来，挂在高挺鼻梁上的金色细框眼镜泛着金属的光泽："来了。"

唐寒秋将门关好，脱去过膝的长外套，在桌前坐下："刚刚下面有点事耽搁了。"

唐默渊将窗帘拉好："嗯，看到了。"

他坐在她的对面，给她倒了杯热水暖手，问道："把你踢疼没？"

唐寒秋边暖着手边笑道："该喊疼的是他。"

唐默渊一脸严肃："力的作用是相互的……"真是理工男的较真。

唐寒秋好笑道："我早就不怕疼了，不用担心。"接着她打开了菜单，边看边问道，"怎么会来这里吃饭？"

作为妹妹，她很少看到唐默渊出现在街边这些默默无闻的小餐厅里，他更多时候都是在高级餐厅里用餐。

不过唐默渊有一半的时间是一边用餐一边谈工作，吃饭的时间也得招待合作方。反正绝不会是有闲心来这些小餐厅消遣的人。

241

唐默渊看着自己手里的菜单，语调放柔了："你嫂子带我来的。"话里还有些许藏不住的小炫耀。

唐寒秋抬起眼看着他，干脆把点菜的任务都甩给他，自己悠闲地喝水暖身体。

唐默渊毫无怨言，承担起点菜大任，边选边道："有件事我要问一下你。"

唐寒秋凝视他。

唐默渊："晟和想要进华曜。你要不要他？"

唐寒秋干脆利落地拒绝了："不要。"

唐晟和想要当华曜的艺人绝不可能是因为想要回归自家人的怀抱，如果他真有这个想法的话，他当初就不会放弃进自家嫂子的公司。

选择更好的公司这个原因就更不用说了，华曜还在起步，算不上"更好的公司"。

想跟姐姐一起努力的理由也不成立，他在就是个麻烦，毫无契约精神，到处耍大牌，能有什么努力的动力。除了俞如冰。

他那点小算计，唐寒秋用头发丝想想都能猜出来。

看着对面泰然自若的兄长，唐寒秋猜他肯定不知道唐晟和的目的。

给唐晟和十个胆子，他也不敢对着唐默渊说："我去华曜是为了追女人。"否则，他的腿不被唐默渊打断才有鬼。

唐寒秋却不想当什么好姐姐帮他隐瞒目的，直接就在这桌面上跟唐默渊挑开了说："哥，我实话告诉你，唐晟和喜欢俞如冰。"

唐默渊停下了手中的动作，脸上出现意想不到的表情。

唐寒秋继续道："他为了得到俞如冰做了很多蠢事，完全不把我这个当姐姐的放在眼里。所以，不论他来华曜的目的是什么，我都不会接受他，他也休想和俞如冰在一起。"

唐默渊顿了一下，问道："你不想俞如冰进我们唐家的门？"

他越听越觉得像是唐寒秋在生唐晟和的气，气他为了一个女人不把当姐姐的她放在眼里，连带着俞如冰都有被牵连的迹象。

可她们两个关系不是很好？韩薇的确是这么告诉他的啊……

唐寒秋发现亲哥完全想岔了，于是纠正道："我不是拒绝俞如冰进我们唐家的门。我是不愿意她成为唐晟和的人。"

[02]

唐默渊静静地听完她的纠正，沉思片刻，总结道："你还是拒绝俞如冰进我们唐家的门。"

他给完结论后，理工男较真的心蠢蠢欲动，正要给她细细剖析一番时，忽然想到她还没吃饭，就暂时停下，运用线上点餐的功能，先将菜都点了，这才放心地开始给她分析其中的逻辑。

他推了推鼻梁上的金色眼镜，藏在镜片后的双眸幽深如墨，表情严肃认真，仿佛是要进行一场学术报告抑或是商业发言："小秋，我们唐家能将俞如冰领进门来的男人只有三个。爸是不可能的，我也不可能。剩下的晟和，是你不愿意。"

唐默渊不知道想到什么，腰杆倏然挺起来，宽厚的背笔直，成了一条直线，端正地坐在她对面，面色越发严肃起来："小秋，趁着今天有空，哥哥要跟你好好聊聊。"

唐寒秋被他严肃的样子感染，脸上的笑意随之散去，面色严峻地看着他。

唐默渊刻意将身上肃杀威严的气场往下压了压，让自己看起来更加亲和，有令人敬爱的兄长的样子："在未来的时间里，无论你想做什么，或是喜欢谁、讨厌谁，哥哥都不会阻挠。哥哥会是你永远坚实的后盾。"

从前是他工作太忙，没什么时间亲自关心这个从国外回来的妹妹。

而且她之前一腔孤勇追逐裴云立的时候，就已经吃很多苦头了。

他不希望自己的妹妹再受一次伤，也不愿她走入孤立无援的境地。无论如何，他这个做兄长的都会无条件站在她身边，支持她一路走下去。

唐寒秋一言不发地听着兄长说话，感觉身边好像多了一股力量，这股力量很温柔也很有力，足够支撑她往前一直走，不用担心会陷入孤立无援的绝望境地。

她的家庭环境可以称得上是令人艳羡的，亲生父母和亲生哥哥都疼爱她，支持她。

她忽然想起了往事。她被迫如痴如狂地追逐着裴云立的身影，无时无刻不想将他这一轮月亮搂入自己的怀里。那个时候她的父母和哥哥其实并不看好他们，因为裴云立对她太冷漠了，就好像看一团空气一样，透明的。

可成了傀儡的她仍是死心塌地地爱着裴云立，还因此没少和父母哭闹，就像疯了一样说自己只喜欢裴云立，只想嫁给他。唐鹤天疼她，所以后来才会向裴海宁提出两家定亲，万万没想到的是裴云立真的答应了。

他的父母和哥哥都想着，既然裴云立答应了，那就让他们好好过日子，唐氏会一直盯着裴云立，绝不会让家里的小公主受半点委屈。但监视条件很快就因为她犹如泼妇一般的哭闹收了回来，就因为裴云立说不喜欢被监控，他很生气。

"深爱"的丈夫生气了，所以她就将火气撒在最爱她的家人身上，大吵大闹，毫无教养可言，弄得一家人都心力交瘁。

唐寒秋想着想着，眼眶就不受控制地红了起来。

她觉得愧疚，哪怕做那些事情不是她出于自己的本意。

她觉得难受，凭什么她的家里人要因为爱她就受这些委屈？明明错的人是她啊……

"对不起……"她忽然说。

唐默渊愣了一下，眼睁睁地看着她眼眶里掉出两滴晶莹的泪珠来，他霍然起身走到她身边坐下，拿起纸巾轻柔地替她擦去眼泪，放柔了声音询问道："是哥哥太凶了吗？"

虽然说他的确有过说几句话就让对方掉眼泪的经历，但那时候是因为他气场太强、口气严厉，可刚刚他有刻意收敛气场了啊，怎么还是把小秋吓哭了？

唐默渊试探地安慰道："那我回去以后练练怎么说话。"尽量做到不凶。

看到亲哥这笨拙慌乱的样子，唐寒秋很快就止住了眼泪，破涕为笑道："没有，不凶。"

唐默渊："那你哭什么？"

唐寒秋坦诚道："我觉得对不起哥哥和爸妈对我这么好。"

唐默渊凝眉："胡说什么。"一家人之间，哪来的对不对得起的见外话。

唐寒秋顺势往他宽厚的胸膛上一靠，拍着他的手掌笑道："谢谢哥。等我有了喜欢的人，我一定第一个告诉你。"就像他当年第一个告诉妹妹，自己有喜欢的女生一样。

唐默渊摸着她的脑袋，道："一定要喜欢一个对你好的、关心你的，能让你高高兴兴过一辈子的人。如果找不到就算了，唐家也会对你好，关心你，让你高高兴兴过一辈子的。"

唐寒秋握住他的手，开玩笑地道："好，我一定会按照唐总您的择偶标准找的，找不到就不结婚了。"

唐默渊揉了一把她的脑袋，问道："你生日也快到了，有没有什么想要的？"

唐寒秋思索片刻，用力地握紧了他的手："想要唐氏的代言。"

她离开兄长的怀抱，笑眼弯弯地道："我们唐总给自家公司留几个代言应该不是问题吧？"

拿下大集团的代言，能让艺人身价倍增，而且唐氏旗下的产业涉及范围广，手里的代言权只多不少，比如珠宝玉石、服装设计，每一个在行业内都是赫赫有名的。

所以她想走个后门，直接讨几个过来，为俞如冰的星途添砖加瓦。

她相信俞如冰凭着自己的本事，也能走出原来那一位的辉煌，甚至更好更夺目。所以作为统一战线上的朋友及老板的她，自然能帮就帮，资源能给就给。

俞如冰好，华曜就好，而且最后受益的也会是总部唐氏。既然三方都有利可图，那这代言给得……何乐而不为呢？

她能想得到的，唐默渊当然也能，只是他不像她那样对俞如冰充满自信，也不确定她是不是连代言人是谁都定好了。不过既然这是她想要的生日礼物，那他给就是了。

"但你不能全要了，"他说，"得给我老婆留几个……"

唐寒秋："放心，我不会全抢了的。"

拿两三个也够了，往后还有别的代言，她的目光可不会只放在自家唐氏身上。

眨眼之间，《新星偶像》已经拍完了第八期，人气高的练习生们已经陆陆续续开始接广告，上节目露脸，逐步地打开了自己的星途。

俞如冰和周君雯这两个分别代表着华曜和风霆的实力派，手中的广告数量比其他练习生的要更多一些。

最后还有个团体广告，按目前的顺位十一名练习生都有受邀。

俞如冰拍完自己的单人广告，礼貌地向周围的工作人员道辛苦后，跟着华曜给她们派来的助理一同上了车，往下一个目的地赶。

一进车中，她就长出一口气，干劲十足地看起了下一个广告的要求。

俞如冰的华曜随行助理是个女生，看起来很乖，此时就坐在另一边，一言不发，只是时不时用眼睛瞟她，像是有点好奇。

俞如冰指尖在屏幕上一滑："有什么问题吗？"

随行助理愣了一下，脸上浮起两团红晕，声音很温柔："我就是好奇……"

俞如冰："好奇什么？"

随行助理："你不是很怕冷吗？在《新星偶像》里一下台就……瘫着。"

跟现在这干劲十足的样子看起来完全不一样啊！

俞如冰笑了笑，眼眸中闪动着光："嘻，我是很怕冷，但架不住我这个人原则性很强啊。

"只要钱到位，我就不冷了。"

随行助理：对不起，我没想到您的原则竟是如此庸俗现实……

"而且忙是好事，"她朝后一仰，澄澈的双眼望着随行助理，"忙才代表没有被人遗忘。"

演艺界里谁会讨厌自己太忙呢？没有人。

因为清闲下来，就有被众人抛弃的可能。除了那些功成名就，不以此喜、不因此悲的艺人。

最重要的是……她还得给唐寒秋赚钱呢，不忙点，头就要没了！

下一秒，她忽然坐了起来，"啪"地拍了一下光洁的额头："差点忘了！"人间富贵花的生日快到了！然而她对于送什么礼物完全没有头绪。

唐寒秋可是富家千金，什么贵重的礼物她没见过，怕是看得都要吐了。所以俞如冰想给她送一个她从来没见过的、从来没有收到过的，能让她这辈子都忘不了的生日礼物，这样的生日礼物，才更有意义！

随行助理就这么茫然地看着她从一惊一乍到陷入沉思，最后豁然开朗，整个过程还不到五分钟。

随行助理：害怕，我跟的是个正常的偶像吗？

正处于上班时间，韩薇突然收到了俞如冰的信息。

俞如冰：韩总助在吗？

俞如冰：唐总的生日快到了，我给她准备了一个毕生难忘的生日礼物，但没办法亲手给她，能麻烦我们敬爱的韩总助帮帮忙吗？

俞如冰：签名照我可以给你签二十张！

看到二十张签名照，韩薇立马就回复了。

韩薇：可以。

韩薇：什么礼物？会不会对唐总造成伤害？

送给唐寒秋的东西，她必然要检查一番，以免像之前的裴云立一样，送了一捧花来，直接把唐寒秋激怒了。

俞如冰：核武器很贵，我没钱，请组织放心。唐总花粉过敏我也知道，请放心，我的礼物绝对是安全的东西。

韩薇：什么东西？

俞如冰：等到了你可以先偷偷看一下。

俞如冰：[嘻嘻嘻嘻 .jpg]

韩薇沉默地看着最后这个一只狗捂着嘴微微露出牙齿嘻嘻嘻笑，充满着欠打气息的表情包，不知道为什么，心里忽然有种非常不妙的感觉。

她不会……送根杠过来吧？

[03]

华曜最近连续启动了好几个影视项目，又签了几名新人，统一的科班出身。华曜准备将他们全部安排到这些影视项目去，广撒网式经营方法，就等着看他们当中能有谁会掀起水花，一举成名。

各大部门也来了几个实习生，宣发部的实习生是个少女，背着一个粉色的毛茸茸的斜挎包，长相甜美可爱，说出来的话也十分讨人喜欢，名字叫宋真真。

宋真真来华曜不仅仅是为了攒工作经验，还是为了见唐寒秋——那天一脚就帮她制伏了凶恶歹徒的神颜唐寒秋。

为此她非常勤快，宣发部一有什么往总裁秘书办送的文件，她就会立马毛遂自荐，揽下这份跑腿的活。

要知道，秘书办和总裁办公室可是挨在一起的，能去秘书办就意味着有希望见到神颜唐总！

实习生勤快乐意做事，老前辈们当然喜闻乐见，也不推辞，就全让她去送了。

宋真真喜不自胜，眉梢都沾着喜意，怀抱着宣发部的文件一次又一次地踏上自己最熟悉的、通往秘书办的路。

结果不如人意。她一次也没看见唐寒秋。

文件会由秘书办的精英秘书们接手，做好整理后才会送进总裁办公室，交由唐寒秋过目批阅。有时候甚至都不会送进总裁办公室，而是改送副总裁韩薇处理。

副总裁办公室也是跟秘书办挨着的，反正大、小两个总裁，谁都别想闲着。

宋真真不是秘书办的人，也不是各部门部长，没资格敲开总裁办公室的门进去叨扰唐寒秋——她就连副总裁办公室的门都不能随便敲。

所以她每次都是兴冲冲地去，意兴阑珊地回来。但是她转念一想，觉得自己既然能在街上和唐寒秋偶遇，那就说明她们是有缘分的。

有缘总会再见。故而她又精神焕发，重整旗鼓，等待下次的机会。

宣发部的老前辈们看出了她的心思，又想起自家老板在网上受欢迎的程度，也就不奇怪她这么想见老板了。

宣发部：老板长这么好看，谁不想看呢！

有前辈就告诉宋真真："其实唐总经常会和我们部门开会，次数还不少呢。你这么努力，说不定下一次部长就准你进去旁听了。"

宋真真的眼里忽然有了希望，满怀期待地问道："真的？那、那唐总都是什么情况才会跟我们部门开会啊？"

女前辈摸了摸下巴："嗯……这倒不一定，都有可能。"她停了一下，像是想起点什么，"俞如冰上热搜的时候。"

宋真真愣了一下："这唐总也要亲自管吗？"不可能每个艺人上热搜唐寒秋都要召集宣发部开一次会吧？这也太……敬业了！万事亲力亲为？

女前辈："也不是每个艺人的她都会管，只有俞如冰的，她才每次都管。"

宋真真问："为什么？"

女前辈摸着自己的下巴边想边道："因为俞如冰对唐总意义非凡？"

有个男前辈听了一耳朵，也靠了过来："难道不是因为俞如冰对华曜意义非凡？"

女前辈扫了他一眼："什么废话，对华曜意义非凡，不就是对我们唐总意义非凡嘛！华曜可是唐总的欸！不过俞如冰跟我们唐总的关系，是真的好。"

宋真真配合地"噢"了一声，低头开始狂刷热搜。

老天不负有心人，居然真的被她刷出了一条关于俞如冰的热搜，目前稳扎热搜前十，热搜关键词是"俞如冰好咸鱼"。

宋真真心里瞬间燃起了希望——宣发部是不是要开会了？颜神是不是要来了？

她激动地把屏幕朝女前辈一转："前辈，我们是不是要开会了？"

只见下一秒，龙游部长忽然从部长办公室里走了出来，怀里还抱着一盒茶叶。

女前辈看完热搜之后，抬头看了一眼部长，顺口问了一句："部长您老要做什么去？"

龙游将手里的茶叶盒子拍得啪啪作响："上去和唐总喝茶。"

女前辈笑了一下："然后回来开会？"

龙游摇了摇头："回来不开会。"

他晃了晃手里的茶叶："会要在这里开。"然后他就走出了宣发部。

意思就是唐寒秋不是喊他去喝茶，而是喊他去开小会议，这次不打算劳师动众拉上一整个部门开会了。

宋真真见希望落空，双肩不由自主地垮了下去，像只蔫耷耷的小猫咪。女前辈见状，怜爱地拍了拍她的肩膀，安慰道："没关系少女，还有下次！"

唐寒秋叫龙游过来，当然不是为了那条咸鱼热搜。俞如冰在冬天里的确咸鱼度爆表，热搜又没说错。她是为了给龙游打预防针。

唐寒秋转着手里的紫砂茶杯，闻着淡淡的茶香："龙部长，前段时间我注意到有人想拿俞如冰父母做文章，所以这次叫你来，是为了给你透个底。"

她拿出一份文件，上面详细记载了原来的俞如冰的过去，十分翔实。包括原俞如冰被后母刻薄对待，被亲生父亲赶出家门，自力更生上了大学后又打工给家里寄钱养家的事。

"了解她，你能更好地带领宣发部对以后的突发情况进行公关。"她将文件递给龙游。

龙游接过，扫了几眼，没想到现在这个百毒不侵的俞如冰过去竟是如此草包憋屈。他心中惊讶，面上收下文件，肃然道："唐总放心，我会做好的。"

唐寒秋颔首，又道："其余艺人的资料，等秘书办制作完成，我会让他们送到你办公室去的。"

艺人的基本情况公司有权知晓，以免出现什么问题时，公司救不回来，或是说，不能及时丢掉——劣迹斑斑的艺人，哪个公司都不想要。

龙游说了声"好"。

唐寒秋视线落在冒着袅袅热气的茶上，道："龙部长还挺喜欢喝茶的？"还自备茶叶。

龙游嘿嘿笑道："喝茶去火嘛，多喝点也好。"

部长不好当，动不动就要上火上头，艺人要是整出什么幺蛾子，他们宣发部还要想尽办法去公关，公关不好就要被上头和网民骂，可不是会上火嘛。

唐寒秋闻言，放下茶杯，起身道："那正好，你来挑一下。"

总裁办公室有一个贴墙放置的黑色柜子，透过上头透明的玻璃，能看到里面堆叠着各式各样的文件。

唐寒秋走到柜子前，微微弯腰，推开了下侧的柜门，露出里面各种各样名贵的茶叶。

龙游登时眼睛都瞪圆了。

唐寒秋敲了敲柜门，示意他过来："我爸给我送的茶太多了，我喝不完，正打算给各部部长送一些过去。既然你在这里了，就直接挑两盒喜欢的带走吧。"

商业巨鳄唐鹤天喝的茶，没有最好，只有更好。

龙游又惊又喜："唐总您说真的啊？"

他认得出这些茶叶牌子，都是贵得让人脚发软。他买上一盒都要如珍宝般地细细品味很久，绝不会立马就把它们全部喝完——肉会疼。但今天老板大手一挥，说送就送——超级有钱真好！

唐寒秋点头。

龙游喜滋滋地给自己挑了两盒，然后又按照自己对其他部门部长的了解，给了唐寒秋一些送茶建议，均被采纳后，他就美美地抱着文件和茶盒走了。

龙游：男人的快乐，就是这么简单。

龙游走后，唐寒秋拿起其中最贵的一盒，往韩薇的办公室走去，打算将茶叶送给她，算是犒劳她在自己身边辛苦这么久。

韩薇正在整理快递盒子，唐寒秋就走了进来，她一眼就看见对方手里那个长方形的盒子，下意识问了一句："什么东西？"

韩薇从容不迫地将快递盒子收好，如实道："您毕生难忘的生日礼物。"

唐寒秋面带微笑地将茶叶盒放在她桌上："韩总助还给我准备了生日礼物？还毕生难忘？能不能给我看看是怎么个毕生难忘法？"

韩薇摇了摇头："不是我，是俞如冰给您准备的。等您生日那天，您就知道了。"

韩薇看着她的眼睛，笃定道："我敢保证，您绝对毕生难忘。"

反正她先看过后，是挺难忘的。

唐寒秋：忽然有点不想过生日了。

唐寒秋的生日是十一月二十三日，正好是在《新星偶像》第八期播出的前一天，也是俞如冰她们拍团体广告的当天。

这天是周五，唐寒秋还有工作，所以就把生日推迟，打算周六再回唐家大宅和家人一起庆祝。

而俞如冰那毕生难忘的生日礼物，唐寒秋是在临下班前才看到的。

韩薇说这个时候拿出来，是为了给她换个心情，让她能愉快地回家。

韩薇说任谁看了这个礼物，都会笑出来的。

唐寒秋越发好奇，靠在办公桌前，等着韩薇拿出俞如冰送的生日礼物。

韩薇面无异色地打开了长方形盒子，把生日礼物拿了出来，唰啦一声，当着唐寒秋的面展开了一面锦旗，只见锦旗上面写着几行金色大字：

祝：绝美颜神唐寒秋

吃好喝好，长生不老

颜神本人愣住了。

五秒后，唐寒秋终于被气笑了。生日送锦旗，亏她想得出来！

[04]

唐寒秋看着那面锦旗，看着上面威风凛凛的几个金色大字，一时间觉得哭笑不得。

难忘吗？这确实是挺难忘的。

她长这么大以来，谁敢送这种礼物给她？或者都不用说敢不敢，别人想都想不到送这样的礼物给她。

俞不如冰的思维果然是凡人难以想象、难以企及的。

韩薇举着威风八面的锦旗，贴心道："唐总放心，这家店铺我去询问过了，所用材质均对人体无害。而且俞如冰买的是最贵的那一档，材质和工艺是最好的，不会出现什么问题。"

"最贵的那一档？"唐寒秋双手环胸，"那是多少钱？"

一根勤俭持家、能少花一点是一点的杠，会舍得在这个生日礼物上花多少钱，她还是很好奇的。

韩薇如实道："六百。"

唐寒秋困惑了，这东西居然贵到这个价位吗？她再一次气笑了。

这个俞不如冰知道替她省钱，怎么不知道替自己省点钱。六百块的锦旗，她倒是很舍得下血本订购啊。

唐寒秋觉得好笑，但又无可奈何。说实在话，一个平时不乱花钱的人，舍得用钱在这种事上独出心裁，的确会更加让人感动些。

　　她往年收到的都是什么名贵的手表、珠宝，早已经产生了审美疲劳，这些东西她自己都可以买得起，就显得没什么好稀奇特别了。

　　但这面锦旗不一样，她也买得起，但绝对不会想要去给自己买一面。她不用看明天收到的生日礼物，都能判定俞如冰的礼物在这里面已经脱颖而出、拔得头筹了。

　　唐寒秋不得不承认，有俞如冰这么一个朋友，真的很有意思，她就像个宝藏，永远都能带给人惊喜。

　　韩薇不知道唐寒秋现在是个什么意思，是想把这面锦旗留下，还是丢掉？

　　生日收到一面锦旗的富家千金，她还是头一个？说出去，说不定要被她们名媛圈笑话……

　　韩薇直接问道："唐总，这面锦旗您要怎么处理？"

　　唐寒秋道："收起来，放我柜子吧。"

　　韩薇望着她，试图用眼神问出点原因。

　　唐寒秋意会，笑道："这是她的心意，于情于理我都要好好对待。而且这面锦旗价值六百块，我要是直接给她丢了，她知道后会不高兴。"

　　勤俭持家的杠精好不容易大方一回，贸然把这份"大方"丢掉，实属失礼，而且杠精知道后，肯定会不高兴她把六百块钱不当钱——虽然她的确不在乎六百块钱，以她的家境来说。

　　韩薇遵从老板命令，将锦旗慢慢地卷起放回长方形盒子里，替她收进柜子里去。

　　唐寒秋这头则是掏出了电话，随口问道："她们今天好像有团体广告拍摄？"

　　韩薇打开柜子，听清问题后"嗯"了一声。

　　那就是有手机了，唐寒秋想。

　　她打开两个人的对话框，发了一条消息过去，没收到回复。想她大概是没空，唐寒秋没继续发消息，正好下班时间也到了，就打算和韩薇一起走，准备回去。

　　当她们要往外走时，唐寒秋又停了下来，折了回去，把锦旗从柜子里取出来："我还是带回家放着吧。"

　　放在办公室好像不够重视，她知道了怕是要不高兴。珍贵的朋友，不该惹彼此不高兴。

　　而当她们走出去后，发现秘书办的人都没走，其中还混入了各大部门的部长，所有人都睁着一双明亮如星的眼睛看着唐寒秋。

　　秘书长林琳出声倒数："三、二、一——"

　　众人异口同声："唐总生日快乐！"

本来他们是打算在秘书办给唐寒秋办一个生日派对的，但这件事不知道怎的被唐总本人知道了，勒令大家不要在她的生日上费钱，一切如常就好。

所以众人只能琢磨着在下班后给她说个生日快乐，送上最朴实的祝福。

唐寒秋微微笑道："谢谢大家。下班时间已经到了，都快回去吧，路上注意安全，大家能安全到家，就是给我的最好的生日礼物。"

站在这里的每一个人都是她的得力助手，是父母的心头肉、掌中宝，她真挚地希望他们每一个人都能健健康康、长命百岁。正如俞如冰锦旗上的那一句话：吃好喝好，长生不老。

众人笑着应好，秘书办一团和气。

有个男秘书开始喊道："祝唐总在新的一年里能找到喜欢的人！"他又半开玩笑地说，"找不到的话，我也行！我入赘也可以，您说了算！"

这话如石头砸入水中，瞬间激起一片清冽的水花，还伴着一阵清脆的哗哗声。不同的声音此起彼伏，纷纷附和，进行危险发言。

"他可以，我也可以！"

"唐总，您看看我！"

"只要是唐总，我可以做家庭主夫，为您洗手做羹汤！"

"男人的嘴，骗人的鬼，唐总别听他的，他女朋友还在现场呢！"

家庭主夫的女朋友立马出声表态："我宣布跟他情敌三分钟，我也想当唐总女朋友！"

矜持的各部门部长：你们秘书办好糟糕哦……

唐寒秋笑而不语，安静地看着他们自己打闹。自从她上次在网上进行直播后，对于这些发言她已经习以为常。

唐寒秋：你们的世界，我不懂。

大家和和气气地闹了一会儿，就散开下班了。韩薇仍旧是负责送唐寒秋回去，两个人一起走进地下停车场，韩薇去将车开过来，唐寒秋在原地等她。

韩薇临走前，将俞如冰的礼物也一并带走了，打算先放到车上，到地方了再给唐寒秋。

韩薇离开两分钟后，一道人影鬼鬼祟祟地从远处朝唐寒秋慢慢靠近。

宋真真很紧张，胸口处怦怦作响，心脏就像是快要跳出胸膛了。她的手握成了拳，又松开，然后又握紧，怎样都没办法让自己放松下来。

越靠近那道熟悉的高挑身影，她就越紧张，甚至觉得自己很可能会因为激动而当场昏厥，然后再被唐寒秋救一次。

身后传来一阵窸窸窣窣的声音，陌生得让人觉得带着不怀好意的味道，唐寒秋眉尖微蹙，回身一看。

宋真真乍然与她视线相撞，绝美神颜突然展露在自己的面前，她的心跳忽然漏了一拍，就好像是被唐寒秋抓住了心脏，命都要被这份艳丽夺去。

唐寒秋看着她，觉得有几分眼熟，便开口问道："你哪位？"

宋真真停下了脚步，两只手紧张地抓着自己的粉色毛绒包包，一双大眼睛水灵灵的，莫名其妙地有些激动："唐总，我是、我是这个！"她举了举自己手里的包，"我是这个包的主人，您那天帮我踢倒了小偷，这包是您帮我拿回来的。"

说完，她放下包，给唐寒秋深深地鞠了一躬："真的非常谢谢您！"

唐寒秋看着那个粉色的包，这才想起来："哦，是你啊。"她又道，"举手之劳，不用客气。"

宋真真直起身来："还有……"

唐寒秋带着点疑惑随意地"嗯"了一声。

然而就是这么简单的一声"嗯"，都充满了无限的魅力，好听得让人抓心挠肺，也让宋真真两颊泛红，小小的一张脸显得更加可爱："祝您生日快乐！"

各大部长都知道今天是唐寒秋的生日，那么他们的下属自然也会知道，只是他们没有办法去秘书办掺一脚那朴实无华的庆祝典礼。

唐寒秋礼貌地回复道："谢谢。"看她孤孤单单一个人，又忍不住问道，"你难道是特地来跟我说这些的？"

宋真真用力地点了点头——平时她根本碰不到，只能靠今天蹲一拨了，万万没想到真的蹲到了！

唐寒秋道："不用这样。"

宋真真愣了一下，不好意思地摸着自己的脑袋："我平时在公司里都见不到您，想跟您说一声谢谢都很难，只能靠这种方法了。"

远处韩薇已经将车开了过来，唐寒秋看了一眼后，又回头看向她："你是华曜的员工？"

宋真真笑容灿烂："嗯！是宣发部的实习生！"

唐寒秋"哦"了一声，鼓励了一句："工作加油。"

然后没有再说别的，直到韩薇将车停在她的面前，她才回头看了宋真真一眼。一个看起来手无缚鸡之力的瘦小无助的小女生。

唐寒秋红唇轻启："你家在哪里，我们送你回去。"

宋真真听见这话后，眼中倏然绽放出璀璨的光芒。

刚上车时，宋真真不小心坐到了一个长方形的盒子，幸好起身及时，没把盒子坐坏。

唐寒秋见状，直接从她身下抽走了盒子，提醒道："小心点。"

宋真真正要感动，就听见她来了一句："不要坐坏了。"

盒子继而被唐寒秋转送到了副驾驶座上，贵重得独占一席。

宋真真：真是白感动了。

唐寒秋和宋真真坐在后座上，唐寒秋坐姿慵懒优雅，正以手撑着脸颊看着窗外苍茫的雪景。

宋真真一直安安静静地坐在旁边，不敢贸然搭话，主要是不知道该搭什么话。

她们不是一个层面上的人，不论是身份还是学识，唐寒秋都比她高出很多很多，这在无形之中就等于是拉开了两个人的距离。

而且这是下班时间，唐寒秋可能更想要休息，而不是听下属叨扰不休。

宋真真想当个贴心的好下属，所以安心地闭嘴。

然后她就听见唐寒秋的电话响了起来，唐寒秋只瞥了一眼就接通了，结果手指不小心擦过扩音键，一个轻快的声音登时从听筒里冲了出来。

"哈喽，我亲爱的人间富贵花，今天有没有特别想我呀？"

认出这是俞如冰声音的宋真真瞬间呛了一下，声音非常清楚地被另一头的俞如冰听到了。

只听见俞如冰非常愤怒地道："你身边怎么有别的女人？！"

［05］

宋真真忍住心中的惊涛骇浪，试图让自己看起来平静一些。

唐寒秋淡淡地瞥了她一眼，在心里叹了口气，对着电话道："我不小心按了扩音键，你好好说话。"

俞如冰："嘻，这有什么，不就是不小心按了扩音键嘛，我也按一下，就算扯平了。"

唐寒秋：这是重点吗？

俞如冰悠闲地拿着电话，风轻云淡道："好啦，我刚刚说的其实是电视剧台词啦，最近我在补剧，您老要一起看看吗，我给您推荐推荐？"

唐寒秋关掉了扩音，不再理会宋真真，让她独自平静去了。

唐寒秋将电话贴在耳边："你哪来的空看这些东西？"

她们要拍《新星偶像》，又要赶拍广告的，哪里来的时间？

俞如冰轻松道："时间就像海绵，挤一挤就有啦。而且我们也不会一直忙个没完，总有休息的时间，看看剧也是放松心情，顺便……学习一下演技呀。"

唐寒秋答应过她，只要她够努力就给她影视资源。《新星偶像》很快就要走到尾声了，加上她的人气爆棚，唐寒秋必然会践行诺言，那她当然要事先准备准备，多多学习。

她期待地问道："怎么样，我刚刚那句台词说得语气是不是很到位？"

唐寒秋看了一眼如遭雷劈的宋真真，淡淡道："嗯，很到位，现在肯定会有人觉得你和我关系匪浅。"

宋真真愣了一下，怎么感觉自己被点名了？

唐寒秋的确没有忘记俞如冰一直想演戏这件事，但也怕她身体累垮："该休息的时候就好好休息，学习的事情，可以等有更多空闲时间了再做。"

俞如冰笑着应好，又问道："怎么样，看到我的礼物后有没有觉得毕生难忘，特别想念亲爱的战友我？"

唐寒秋好笑道："你为什么不认为我看到礼物后会想打你？"

俞如冰肃然道："因为您是文明人，因为我们是法治社会，最主要的还因为我的礼物送得超级好！"

唐寒秋有点无言："哪里超级好？"

俞如冰立马道："能让您毕生难忘，让您其他的生日礼物黯然失色，让您满心满眼就剩下这面威风凛凛的锦旗。拿着这面旗走出去，您就是整个名媛圈最靓的仔！"

唐寒秋：她瞎扯的功夫果然一点不减。

宋真真就这么听着唐寒秋和俞如冰聊了快一路，她能听得出唐寒秋的语气很轻松，没有半点疲惫，时不时还会发出几声愉悦撩人的低笑。

她想：俞如冰大概真的很讨唐总喜欢吧……

很快，她家就到了，将她送到之后韩薇就立马开着车走了，几乎是一秒也不多停留。

宋真真站在雪地里，嘴里呼出一团白气，看着渐行渐远的黑色车子，想起唐寒秋和俞如冰愉快聊天的模样，她忽然有些羡慕。

俞如冰很快也被喊去继续开工，她们要拍到晚上八点才能收工，然后在酒店过夜休整，第二天拍完最后一个团体广告才回训练营。

唐寒秋挂了电话，闭上了眼睛，静静等着韩薇将自己送到家。

回到家后，唐寒秋就先泡了个舒服的热水浴。在氤氲的水汽里，她闭上了沾着水雾的眼，全身心都放松下来。

十分钟后，她唰一下睁开了眼，惊觉自己忘了问俞如冰的生日。

俞如冰知道她的生日，或许是系统给的原剧情里就有的，抑或是自己去问的。

而她却不知道对方的生日，她没有第三方来告诉她，俞如冰的生日是什么时候，在这个世界里也找不出第二个人知道俞如冰的生日。

在这一点上，俞如冰仍旧是被这个世界隔开来了。

唐寒秋有点懊恼自己的失误，她忽视了这位珍贵的朋友很重要的日子。

她很快就结束了泡澡，擦干净身子，裹上温暖的睡袍走了出去，找到手机后先看了一下时间，还没到晚上八点，意味着俞如冰她们还在忙，没空看手机。

于是她留了一条消息后，就先去吹头发了。

广告商的效率与准时方面都令人称赞，一到八点全部的工作就正式结束，艺人得以按时下班。

练习生们跟在场的工作人员礼貌道谢之后，就跟着助理回了酒店。一下班大家的心情就非常放松，回到酒店以后，扎堆聊天的聊天，玩手机的玩手机，洗澡的洗澡。

俞如冰因为回复消息，所以走得比其他人都慢，跟在队伍后头边回复唐寒秋的消息，边往自己的房间走。

她们一共十一名练习生，十名住双人间，剩下一名住单人间，俞如冰自告奋勇揽下了一个孤独的房间。

她理解小女生们的心，结伴出门时都喜欢和伙伴们在睡前聊聊天。她是老年人了，这种活动不参与也没问题，所以根本不介意是不是自己住。

唐寒秋让她有空就知会一下，她一回复"有空"，唐寒秋的电话就打了进来。

唐寒秋先问道："忙完了？"

俞如冰将高高立起挡风的领子往下拉了拉："是啊，忙完啦。"

唐寒秋开门见山："你生日什么时候？"

俞如冰挠了挠自己的脸，想了一下，轻轻松松笑道："嘻，这不是巧了吗，跟我们唐总同一天。"

唐寒秋愣了一下，完全没想过这么巧，登时更觉得愧疚。明明同一天生日，她记得还送了礼物，而自己却一无所知。

唐寒秋歉然道："对不起，我不应该问得这么迟。"

俞如冰不在意地耸了耸肩膀："嘻，多大点事。"

她能记得来问，就已经足够了。生日过不过，无所谓。

唐寒秋又问道："有没有什么想要的？"

俞如冰回到自己的房间，将门关上，随口说了一句："嘘寒问暖，不如打笔巨款？"

唐寒秋发出了疑问："巨款？几个亿？"

俞如冰惊了，忙道："这倒不必！"

在他们有钱人的认知里，破亿才能称为巨款，但对于贫穷的俞如冰不是——手里的工资没了的时候，五块钱都能称为巨款！

五块钱以上的活动莫挨老子！

俞如冰开玩笑道："不用几个亿，你发个六六六六，贫穷的我都觉得是巨款了！"

唐寒秋"哦"了一声，就把电话挂了。

俞如冰愣住。

五分钟后，她的银行账户里多出六万六千六百六十六块。

俞如冰：这行动力是不是强得过分了！另外，您是不是手误多打了个六？

俞如冰立马打电话回去："姐妹，你是不是打多了？"

唐寒秋道："打少了。"

俞如冰：我说的不是四位数吗，你五位数哪门子打少了？还没有小数点！

唐寒秋坦诚道："要不是你喜欢省钱，我还能多打一位数。"

钱这种东西，唐总本人多的是，还是为了照顾她的想法，才收敛了一下自己打钱的手。

俞如冰：明明应该说声"谢谢您照顾我的感受"，但她后面这句话，我却只觉得好酸。

俞如冰：今天也是不当杠精转当柠檬精的一天呢。

唐寒秋说完没多久就把电话挂了，俞如冰看着这金额五位数的银行消息，再一次明白了有个有钱的朋友是什么感受。

俞如冰：谢邀，人刚下飞机，就是很酸但又很爽的感受。

在门口呆站了半天，她才叹出口气，缓缓地笑开了。

唐寒秋对她，是真的好，好得无可挑剔。

她给唐寒秋回了一个"谢谢"，然后将手机丢在床上，心满意足地去卸妆洗澡了。

三十分钟以后，俞如冰裹着睡衣，犹如冲出死亡线一样冲出了浴室，一头钻进了被窝里——这天气冷得，冻死个杠！

手机再一次响起，她扭头看去，是唐寒秋的电话。她哆哆嗦嗦地探出一指，戳下接听键，就听见唐寒秋问道："你在哪一个房间？"

"什么？"俞如冰愣了一下。

唐寒秋耐着性子重复了一遍："你在哪个房间？"

俞如冰愣愣地问道："你问这个做什么……"

唐寒秋理所当然道："给你过生日。"她又道，"我已经到酒店门口了，房间号报给我。"

俞如冰听见这话后，立马抓着手机冲下了床，走到窗边拉开厚重的窗帘，往下望去，果然在漫天白雪里看见了熟悉的那道身影。

唐寒秋穿着一件黑色的风衣，脖子上围着红色的围巾，一手打着电话，一手提着一个蛋糕盒子，正往酒店里走。

风雪交加，将她的衣角吹得翻飞，长发如波浪般在空中飞扬，却无法撼动她坚定的脚步。

——她赶来给自己过生日了。

俞如冰举着电话，看到这一幕时，呼呼大作的风声霎时被抽走，耳边只剩下跃动的声音。

窗外兀自飘落点点白雪，仿佛整个世界，什么都没有，只有唐寒秋。

她清透的眼眸里慢慢多了点笑意。

"房间号5241。"她笑着说，"我等你。"

唐寒秋说了声"好"，她们切断了通话。

俞如冰站在窗边，目光落向窗外飘扬的雪花上。

她忽然之间觉得，下雪天没那么讨人厌了，还很讨人喜欢，就像唐寒秋一样。

她望向黑夜，目光深邃，像是想穿过层层叠叠的云层，看见想见的人。

[06]

唐寒秋的好，对于身处异世界的她来说，无异于是寒冬暖阳，是让她舍不得、想要追逐的温暖。

"唐寒秋"这三个字，光是让她想想就觉得高兴。

忽然，门铃被按响，俞如冰眉梢飞上一抹喜色，雀跃地站起身来，走向门口。

门铃声又接连响起，一声比一声急促，似乎站在门外的人非常急躁，急迫地想进屋子。

俞如冰表情一变，一股不祥的预感袭上心头。她朝猫眼里望去，却只看见一片漆黑，什么都看不见。她登时心里一惊。

这个猫眼她入住前检查过，明明是好的，现在怎么会看不见东西？除非是有什么东西堵住了猫眼……

她稍一细想，就觉得头皮发麻，四肢发寒，厌恶一股脑地冒出了心尖。

门铃声突然停了下来，外面的人开始粗暴地敲她的房门。

她拿起手机，拨通了唐寒秋的电话，询问对方在哪里。

唐寒秋却告诉她自己还在电梯里。

门外忽然响起一声："俞如冰。"声音非常浑厚，是一个男人。

俞如冰眉头一皱。

那男人又继续敲着门喊："如冰你开开门，让我见见你。如冰我好喜欢你，让我见见你好不好？开开门吧，求求你了，开开门吧。"

俞如冰瞬间明白是什么情况了，她飞速走到客房电话旁边，拨通了前台电话，让他们立马叫保安上来。

电话那头的唐寒秋意识到了事情的不对劲，关切地问了一句："发生了什么？"

俞如冰拿着电话，如临大敌地看着门口："我门口有陌生人。"

话音刚落，她就听见唐寒秋说："嗯，看到了。"

唐寒秋一走出电梯就看到一个身材微胖、穿着一身黑的男人站在一间房间的门前，发了疯似的砸着门，时不时还会贴在猫眼上，试图看见里面，嘴里念念有词，无比深情地说着："如冰我是你的粉丝，我真的很喜欢你，就让我看你一眼好不好？"

唐寒秋感到不适地皱了皱眉头。哪门子粉丝会喜欢到在这里疯狂砸门的？

她对着手机说了一声"好好待着"，就挂断了通话，将手机收入包里，又将包和蛋糕都沿墙放下，边慢条斯理地卷起自己的袖子，边朝男人走过去。

高跟鞋踩在地面上发出有律动的嗒嗒声，和那粗暴的砸门声一起回荡在整条走廊里，在这寒冷的雪夜天里，无端地多出几分诡异和空寂感。

男人终于停了下来，他听见了高跟鞋的声音，戴着面罩的脸朝唐寒秋望去，一眼就认出了她来。

"你是如冰的什么粉丝？"唐寒秋微微抬首，眼若寒星，问道，"什么粉丝会站在这里疯狂砸门说喜欢？"

男人眼露惶恐，下意识地将黑色的兜帽拉得更紧了点，身子往下缩了缩，像是很怕唐寒秋会看清自己的样貌，跟刚才丧心病狂砸门的样子判若两人。他将两手插进兜里，缩着脖子想要溜之大吉。

酒店的两名保安也匆匆赶了上来。

前有保安，后有唐寒秋，男人见自己毫无退路，顿时恶向胆边生，表情狰狞地朝唐寒秋伸出手，想要抓她当人质。结果抓了一团空气。

唐寒秋身形一闪，毫不费力地就躲开了他的袭击，然后以迅雷不及掩耳之势，扬手朝着他的脸就是狠辣的一拳，一击就将他打到脑子蒙圈。

接着唐寒秋又趁他晕晕乎乎没有回神之际，伸手抓住他的衣领，用力拽了过来，然后反手就是一个过肩摔，活生生砸出一声沉重的闷响，把两名保安都看蒙了。

保安们：这力气是真实的吗？

男人痛苦地躺在地上，捂着自己的肚子，只觉得浑身痛得像是骨头都散架了。他的手慢慢往下挪，突然将手伸进口袋里，乍然掏出了一把寒光烁烁的刀，直向唐寒秋刺去！

唐寒秋的表情几乎是变也不变一下，趁他刺过来之前就抬脚朝他手臂狠狠一踹，直接将他的力气踹散。

男人整条手臂都疼得发麻，握在手里的刀无力地砸落在地。

唐寒秋瞥了那刀一眼，将刀踢远了，然后一脚踩在他的另一只手腕上，压制着他的手，防止他再掏出一把刀。

她撩起风衣一手叉腰，微微弯下身子，居高临下地看着他，问道："什么粉丝会带刀来看偶像？"

男人疼得面部狰狞，没有说话。

唐寒秋一字一顿道："今天的事，我华曜，绝对不会放过你。"

她扬手叫两个一脸蒙的保安上前来处理男人，并扯下他的面罩，拍照留底，最后又打电话叫俞如冰的随行助理跟去派出所处理相关事项。

一系列事情处理完后，唐寒秋才发现5241的房门一直开着一条不小的缝，有条咸鱼正裹着一床厚重的被子站在门后面，从缝里暗中观察。

唐寒秋：她这是在干什么？有冷到要裹着被子吗？

唐寒秋无语地问道："有这么冷？"

俞如冰："嘻，这不是因为我刚洗完澡就穿着个浴袍，还没来得及穿衣服嘛。"

唐寒秋："那你刚刚不去穿好衣服？"

俞如冰不赞同道："那不行，我得时刻观察战况，不能走开。万一他有什么可怕的行为，我好出来替我家秋秋挡刀啊！"

为什么她一直不出去，因为唐寒秋看起来完全能自己解决。如果她贸然冲出去玩什么并肩作战，搞不好是在反向操作坑唐寒秋。不怕神一样的对手，就怕猪一样的队友。

所以她一直在暗中观察，只要发现不对，就立马冲出去为唐寒秋挡刀，反正她不怕，大不了就读档重来嘛。

唐寒秋叹了口气，也不知道该说她什么好，转头去拿回自己的包和蛋糕。

俞如冰裹着笨重的被子，动作笨拙地给她开了门，等她进来以后，就立马把门锁死，全部的锁给它上了一遍，那气势像是恨不得把全世界的锁都买来锁上。

锁完之后，她又看了看猫眼，视野豁然开朗——果然是那个该死的男人堵住了猫眼！

唐寒秋走进来才发现这是个单人间，行李也只有一个人的。

她将蛋糕和包都放在桌上，脱下了黑色风衣，转身往椅子里一坐，看着一团白色被子在门口走来走去，这儿检查一下那儿检查一下，严谨得不能再严谨。

唐寒秋撑着脑袋看着那团警惕的被子，动了动嘴唇："你有没有事？"

俞如冰听到这话后，忽然回过身来，裹着被子就朝她走了过来，她的眼前倏然投下一大片阴影。

下一秒，就看见俞如冰双臂一展，打开了被子，表情有点惨兮兮，可怜地看着她说："我有事，我特别有事。寒秋快给我一个安慰的抱抱。"

唐寒秋抬头看着她，能看见她受惊不安的表情，眼睛里带着点迷蒙的水雾，嫣红的唇瓣不高兴地往下撇了撇，看起来好不可怜又好不可人。

唐寒秋无奈地伸出双臂："来。"

俞如冰一脸得逞地抱住了她，然后愣了一下，一秒霸总上身道："女人，你好冷。"

"毕竟我刚从外面过来。"唐寒秋又道，"怕冷别抱我。"

俞如冰"呵"了一声："不抱是不可能的，我今天非要把你抱暖和了！"

［07］

唐寒秋不知道俞如冰是不是被吓到了，将她抱得很紧，好笑道："小心着凉，'感冒了可有你受的'，这句话不是你说的？"

之前那么怕冷，现在怎么上赶着找冷？她是不怕着凉了吗？

俞如冰义正词严："不过小小的感冒，跟伟大的战友情比起来算什么，嗷啊啊啊——"她突然叫了起来。

唐寒秋淡定地将自己的手贴在了她腿上，手心冰得就像是刚从冰窖里出来一样，立马就让这条怕冷的咸鱼嗷嗷叫了起来。

唐寒秋看着嗷嗷直叫的咸鱼，从容道："怕冷还不快去穿衣服？"

俞如冰难以置信地看着她："唐寒秋！女人，你碰了我就要对我负责到底！"

唐寒秋无言以对，这跳跃的思维果然是寻常人等无法窥探企及的。

唐寒秋："正经一点，好吗？"

俞如冰"呵"了一声："女人，你很有趣。"

唐寒秋"哦"了一声："你知道你再这么下去会发生什么吗？"

俞如冰在脑子里翻阅以往看过的霸总小说，然后认真作答："激发您的霸总潜质？"

唐寒秋沉默了一下，头疼地揉了揉自己的眉心，然后道："你再这么坐下去……会感冒。"

俞如冰："过分真实。"

俞如冰起身去穿睡衣，普普通通的一套蓝色斑点加绒睡衣，毫无特色。

她穿衣服之前，还特别贴心地给唐寒秋留下了暖和的被子，生怕冻着了。唐寒秋也不拒绝她的好意，将被子搭在腿上，在她穿衣服的空隙，将蛋糕小心地拿出来摆在桌面上。

这个蛋糕小巧可爱,面上撒满了各式各样的糖果,一看就是能让俞如冰高兴的款式。

俞如冰搬来另一把椅子,看着蛋糕面上的糖果笑了笑,说道:"谢谢。我家秋秋真的是漂亮又体贴!"

唐寒秋没有计较她的称呼,女孩子之间这么叫对方太正常了,自己要是愿意,也能称俞如冰为"我家冰冰"。

她看着俞如冰的眼睛,问道:"你想过几岁生日?"

她不知道俞如冰是想要遵照这个世界的岁数来过生日,还是按照原来的世界来,所以三十岁和二十二岁的生日蜡烛她都准备了,方便对方选择。

俞如冰微微笑着:"没有准备二十五岁的吗?"

二十五,也就是唐寒秋的生日岁数。

唐寒秋愣了一下,似乎没想到她会问这个:"我来帮你过生日,为什么要准备我的?"

俞如冰道:"因为今天也是你的生日。"

唐寒秋道:"我推迟了,明天才过。"

俞如冰摆摆手:"一个人过多没意思。既然这里有蛋糕,那你就把今天份的生日也一起过了吧。"然后她伸出细长的手指在蛋糕上写了一个"二十五"。

她又拿起那两个生日蜡烛,一个一个地往蛋糕上插:"小孩子才做选择,成年人两个都过!"

唐寒秋轻笑一声,没说什么,帮着她将蜡烛点燃,又看着她为了氛围将灯关掉,只留下门口的一盏灯。

房间里一片寂静,只听得见外头凛冽的寒风在呼呼大作。她们坐在黑暗之中,脸半明半暗,只能借着温柔的烛光看清彼此的面庞。

"谢谢你,"俞如冰先开了口,"特地赶来为我过生日。"

唐寒秋微微抬起眼眸看向她,橘黄色的烛光将她的脸晕染得有几分温柔,微微跳动的火苗如同两颗星星掉进了她眼睛里,显得她此时的双眸亮得无比动人。

唐寒秋注视着她的双眼,真诚道:"不客气,我们是朋友,这是我该做的。"

俞如冰扯动嘴角,露出一个灿烂的笑:"对呀,我们是朋友。"无可替代的朋友。

唐寒秋温声道:"许愿吧。"

俞如冰点了点头,然后看着面前的小蛋糕,忽然启唇道:"我希望唐寒秋永远都是我的朋友。"

唐寒秋眉头一皱:"你为什么要说出来?愿望说出来不是就不灵了吗?"

俞如冰有理有据地反驳道:"愿望想要实现就要说出来,不然谁知道你的愿望是什么呢。而且如果不说出来才能实现，那为什么我之前在心里许愿要我家老俞回来，他都没回来？"

唐寒秋：你有没有反思过是你这个愿望有点叛逆，老天爷做不到呢？

但看在她生日的分上，唐寒秋没驳她面子，顺着她的想法走："我会永远是你的朋友。"

俞如冰朝唐寒秋扬起一个笑，许下第二个愿望："希望——"

唐寒秋打断了她："等等，生日愿望不是只能有一个？"

俞如冰一本正经道："生日当天都是寿星最大，寿星说了算，意思就是寿星想许多少个愿望都没问题。"

唐寒秋：我觉得你说得对，但感觉又不是很对。

俞如冰："嘻，你也多许点，别跟这小蛋糕客气！"

唐寒秋被她的歪理打败，沉默了。

寿星俞如冰心安理得地许下第二个愿望："希望我家秋秋接下来的日子都健健康康，心想事成。"

唐寒秋看向她："这一条为什么不给自己许？"

俞如冰挺胸抬头，骄傲道："因为我是女主角，命大，死不了！"

无限读档重来了解一下。

而且，她现在的动力全部来源于唐寒秋。只有唐寒秋好好地、健健康康地活着，随心所欲做自己，做自己想做的事，她才有动力跟系统对抗，以及……留在这个世界，勇敢面对回不去的现实。

唐寒秋对她的意义一直都无比重要，只不过在刚刚变得更重要了。

"你一定要好好的，"俞如冰说，"你好好的，我才能好好的。"

唐寒秋却笑着摇了摇头："你不能只为了对抗系统而活，你该有其他的目标，或是去完成你从前想做却没来得及做的事，甚至是以前没有能力去完成的事。"

"不要担心，你在这里，我会一直陪着你，帮你去完成这些目标。"

说到这个，俞如冰脑子里第一反应就是：演戏。

这个因为小破公司经营不力而破灭的梦想。

唐寒秋似乎看穿了她的想法，开口道："影视资源华曜已经给你找好了，就看你想不想演，有没有时间演。"

唐寒秋将《盛夏》女二号的人设和大致的人物剧情给她口述了一遍，俞如冰听完就拍案道："演，为什么不演！留着留着，给我留着，谁也不能抢！"

唐寒秋微微一笑："放心，一直都给你留着。"

俞如冰双眼一弯，看着面上堆满颜色漂亮的小糖果的蛋糕，不禁放柔语调，轻轻地说道："最后一个愿望，我希望在以后的日子里，我喜欢的人也能喜欢我。"

说完，她看向唐寒秋："我许完了，到你了。"

唐寒秋看着那个蛋糕，不假思索地道："我希望俞如冰愿望成真。"

俞如冰愣了愣，而后望着她，眼中盈满了温柔的笑意："那就借你吉言啦。"

两个人坐在一起愉快地聊了一会儿天。九点半的时候，俞如冰的随行助理给唐寒秋回了消息，告知已经将事情处理完毕，询问她还有什么吩咐。

唐寒秋看了看手机，又看了看正在吃蛋糕的人，问了一句："今天要不要我让你的随行助理上来陪你？"

俞如冰咬着透明的小叉子，想了想，半开玩笑道："你不可以留下来陪我吗？我觉得跟你在一起才有安全感，只有你才可以安慰我受惊的小心灵。"

唐寒秋武力值简直以一当百，谁跟她在一起都会安全感爆棚。

如果她愿意留下，那当然最好不过了！

唐寒秋看了她一眼，垂下眼看向自己的屏幕。

"可以，"唐寒秋说，"我留下来陪你。"

[08]

俞如冰咬着透明的叉子，满目惊愕地看着对面正垂眸认真回复消息的女人。

屏幕释放出来的光芒落在她黑如鸦羽的睫毛上，又将她的脸庞照得光洁如瓷。她的眉眼娇艳又凌厉，如同包裹在红艳欲滴的玫瑰中的森冷刀锋，让人又爱又不敢冒犯。

玫瑰与刀，都是能伤人的。

但现在不一样，这锋利的玫瑰与刀，要为了她对向外界所有令人不安的因素。本是伤人的东西，在此刻却甘愿化作她的守护神，陪着她度过漫漫长夜。

玫瑰与刀，对她是包容的。

这份包容，甚至可以说是无限大的。大到她无数次言语调侃，无数次上赶着挨打的行为都能被唐寒秋轻飘飘地揭过不算。

她自己能把握好在唐寒秋的忍耐边缘作死的度吗？她能。

但她也发现了，唐寒秋在一次又一次地为她扩宽忍耐界限。从百分之五十到百分之一百，然后是现在的百分之三百，她都要怀疑是不是只要自己不背叛唐寒秋，那不管自己做什么，她都不会生气，都会包容答应。

"秋秋。"她试探地喊了一声。

唐寒秋懒懒地抬了一下眼皮子，双眸中莹莹闪动着零星的光芒，看了她一眼后又低头看回了自己的屏幕，一派习以为常。

俞如冰瞬间来劲了："秋秋。"

唐寒秋看着屏幕，懒懒的一声："嗯？"

俞如冰开始得寸进尺："秋秋！秋秋秋秋！"

唐寒秋终于放下了手机："你现在都不当杠了，改当鸟了？"

不然为什么在这"秋"个没完？杠精变异现场？

俞如冰乐呵呵地笑道："嘻，这不是看你不介意我这么喊你，就想多喊几声嘛！"

唐寒秋当然不会在意这些细节。女孩子交朋友，怎么亲热就怎么喊，这都是很常见的事情，她不至于为了这点小事跟对方发脾气，因为她们是真正的朋友啊。

而且她亲爱的母亲到现在还喜欢喊她宝宝呢，一个秋秋算得了什么——宝宝可比秋秋腻歪一千倍。

唐寒秋满不在乎地道："你爱怎么喊就怎么喊，这没什么好介意的。"

俞如冰笑容灿烂："好的秋秋，遵命秋秋。"

她身子忍不住向前倾了倾，满怀期待地问道："你真的要留下来陪我？"

唐寒秋想起俞如冰随行助理的回话，那个男人的确是俞如冰的粉丝没错，而且疯狂迷恋着俞如冰，甚至把她当作自己的妻子看。

关于带刀的事，他多次含糊其词，一会儿说是为了防身，一会儿又说是刚买的刀，忘记放家里了，言辞极其混乱不一。

不过他对俞如冰的行为已经构成了骚扰，而且还主动掏刀袭击唐寒秋，有监控摄像头和保安们的做证，现已被拘留调查，暂时是不会对俞如冰再构成什么骚扰的行为。

可会不会再有第二个、第三个呢？而且俞如冰今天还是自己一个人住，甚至和其他人都不在同一层楼……她肯定还是很害怕的吧。

唐寒秋点了点头，应道："真的。"

明天又是优哉游哉的周末时光，和唐家人庆祝生日也是晚上的事情了，所以她现在留下陪俞如冰也没什么问题。

在没有给她们配备保镖前，她暂时担任一下保镖陪对方一晚也没什么问题。

得到肯定的回复，俞如冰瞬间笑得更开心了。

俞如冰主动去给前台打电话让他们送一套洗漱用具、枕头和一双一次性拖鞋上来，然后看向唐寒秋道："那就委屈我们的唐总今晚睡在这个一般般的酒店里啦。"

像她这样的身份、地位，一般都是住五星级酒店，服务体验都要最优质的，安保方面更是戒备森严，断不会出现刚刚那样疯狂的事情。

让细皮嫩肉的唐二公主住在一般般的酒店，还要和她挤一张床，她光是想想，就觉得愧疚。

唐寒秋随意地解开了胸前的两颗扣子，露出一对精致漂亮的锁骨，五指插入柔软的发丛里拨弄了两下，毫不介意地道："没关系，都能住。"十分平易近人。

唐寒秋又问道："你们明天几点开工？"

俞如冰："上午十点。"

唐寒秋"哦"了一声："那你们休息时间还算可以。"

俞如冰挠了挠脸："还好。"

最近她们都在忙着拍广告，休息时间其实不是很够，也就今天到明天这段时间才能称得上"可以"。

她忽然想起什么，问道："韩总助呢？"

唐寒秋不解地看着她："在家呢，找她有事？"

她更加不解地看了回去："韩总助不在，你怎么来的？你不是不能开车吗？"

这点还是她们签合约的时候她知道的，韩总助还要唐寒秋"藏拙"别碰车，当时气氛一度很紧张，她夹在中间一脸蒙，还以为她们两个要打起来了。

虽然她到现在还不知道为什么韩总助不让唐寒秋开车……

唐寒秋淡淡道："代驾。"

韩薇受命监督她不碰方向盘，给她当司机，平日里都负责她的出行。但她今天突然决定要给俞如冰过生日，不好把韩薇再从家里叫出来开车。

而且她能看出来，韩薇这段时间很期待下班、很期待回家，像是家里有什么人在等，所以她没有打搅韩薇，自己也忍住没碰车，非常理智地叫了个代驾。

正当俞如冰要问她为什么不能开车时，她又淡淡地道："没什么事就洗漱休息吧。你最近广告不少，能多休息一点是一点。"

俞如冰见状，笑着应了声"好"，把吃剩的蛋糕收拾完后，服务人员也将洗漱用具送了上来。

她将拖鞋拿到唐寒秋脚边，然后举起牙刷对坐在椅子上的唐寒秋晃了晃："秋秋快来刷牙。"

唐寒秋给东伯发送了自己的地址，让他明天上午九点半来这个地方找她，开她的车接她回唐家大宅，就不必劳烦韩薇了。

平时上班很辛苦了，周末就好好休息吧，没必要还要出来给老板当司机。

东伯回复，表示自己明天会准时到达。

俞如冰也正好催促她洗漱，她搁下手机，脱下高跟鞋，穿起酒店的一次性拖鞋，然后起身接过自己的洗漱用品，道："你先去吧。"

俞如冰瞥一眼床上的被子："也行。"

她转身走进卫生间，用最快的速度做完了全部的睡前准备工作，然后飞速冲出来，像烟火冲天一样，咻的一下就钻进了被子里，再一次将自己裹成一个粽子。

接着又见她艰难地伸出一只手，比了个请的手势，声音从被子里面传出来："您请，卫生间现在是您的江山了。"

唐寒秋全程旁观，觉得她这个样子真是又好笑又好玩，唇边挂着淡淡的笑意走进了卫生间这片江山，慢条斯理地做起了睡前准备工作。

等她出去的时候，被子已经铺展平整，怕冷的咸鱼半坐在床头，下身盖着被子，朝她拍了拍身旁的位置："唐霸总你快来，我已经给你暖好被窝了！"

唐寒秋走到床边掀起一角，咸鱼自觉给她让了让路，往墙边挪了挪，等她躺下之后，咸鱼忽然问道："你困吗？"

唐寒秋道："不困，怎么了？"

俞如冰："那我们聊天吧？"

唐寒秋态度平和地应道："好。"

俞如冰眼睛弯弯，将自己在训练营碰见的好玩的事，以及周君雯和谭夕都不再喜欢裴云立的事都给她说了一遍。

唐寒秋非常捧场地听着，给的反应也非常到位。

聊着聊着，两个人的话题就从训练营转到了华曜，然后又开始一通瞎聊，科幻、灵异、感情，应有尽有。

不论是聊什么话题，有俞如冰在，两个人都能聊得特别愉快，眉眼间全是淡淡的温柔笑意。

[09]

唐寒秋也跟俞如冰聊起了她先前在国外的经历，在国外的那几年也是她最为怀念的几年，因为在那里没有裴云立，没有系统要她走的剧情，所以被迫当傀儡的她不必像只恼人的苍蝇一样围着裴云立转，那简直是她为数不多的闲暇时光。

俞如冰听后好奇地打听："那你在国外的那几年里，一定有各个国家的人跟你表白吧？"唐寒秋拿的人设可是全世界第一美，不可能没人不对她心动吧？

果不其然，唐寒秋说有，而且还不少，不过全被她拒绝了，或者说是被当傀儡的她拒绝了。但她并不会在这件事上责怪傀儡做的决定，因为如果是她掌控了身体的自主权，她也会拒绝。

傀儡是因为"喜欢"裴云立所以拒绝别人的告白，而她是因为不喜欢对方而拒绝。她尊重每一位对她付出情意的人，不论对方是谁。而对他们最好的尊重就是实话实说，让他们及时止损，不必要再喜欢一个对他们毫无感觉的人。

俞如冰偏过头，看着她令人赞叹的侧颜。

她的思想与观点都是豁达大度的，心胸也是宽广的。这样的人，最不该受那该死的系统的控制，她就该做自己，去绽放属于自己的光华。

俞如冰轻声道："你值得所有的喜欢。"她担得起，她也该得到所有的喜欢。

唐寒秋也别过脸来，二人的目光在这一瞬间相撞，她们在彼此的眼中看见了自己。

唐寒秋忽然问道："你原先……长什么样？"

俞如冰顿了顿，道："怎么了？是我这张脸您老不喜欢吗？那我去整容，三百六十张假照，你喜欢的样子我都可以照着整！"

唐寒秋一脸的无语："我只是好奇，没有不喜欢你现在这张脸。"还三百六十张假照，她挺能啊！

俞如冰了然地"哦"了一声，然后语气古怪道："不知道该怎么给你形容，我原先就长这样。"

"只不过现在的我是开了最大美颜的我，反正我照镜子都觉得自己是在看美颜相机。"

开了最大美颜之后，她觉得自己这张脸的无辜感奇重无比，楚楚可怜的柔弱度几乎快要爆表。

明明是同一张脸，效果却如此奇妙，这大概就是女主角光环的作用吧，她如此想。

她忽然想起一件事，当即问道："原主难道就一直长这样吗？"

唐寒秋看了她一眼，肯定地点了个头。

俞如冰暴躁地骂了一句脏话。

一直困扰在她心头的谜团终于解开了，为什么系统会选中她，因为她不仅和女主角同名同姓，还同一张脸，极其方便她代入女主角！什么破运气，真是绝了！这种害人的"天选之子"她根本不想当好吗？

唐寒秋躺在一旁都感受到了她的悲惨，安慰地拍了拍她的手背。

感受到唐寒秋带着安抚的温度，俞如冰冷静了下来，扭头去看她。

她在这个世界的支撑。有得必有失，唐寒秋就是她的"得"。

"还好有你。"俞如冰眨了眨眼，"真高兴能认识你。"

"嗯，"唐寒秋温柔地拍着她的背回应道，"我也是。"

俞如冰笑了一下："晚安。"

"晚安。"

早上七点，5241屋内漆黑一片，唯有窗帘四角隐隐沾着几缕晨光，象征着黑夜与白昼的交替。

唐寒秋是第一个睁开眼的，拿起手机看了一眼时间，缓了一会儿就起身去洗漱了，打算过三十分钟再叫俞如冰起床。

俞如冰今天十点拍摄团体广告，九点的时候她们就要出发去拍摄地准备化妆等工作，所以七点半起身洗漱然后吃早餐，时间更为充裕些。

然而唐寒秋洗漱完走出来后，就看到了裹着被子坐在床上睡眼惺忪的人。

俞如冰打了个大大的哈欠，一脸的睡不醒，半睁半闭的眼睛看见唐寒秋出来了，嘴里嘀嘀咕咕着向她招手："你过来，让我看看你……"

唐寒秋不明所以地走过去，弯下腰："怎么了？"

俞如冰伸出温暖的双手捧住她的脸，看了一会儿后，感慨了一声："原来是仙女啊……"

她哆哆嗦嗦地将手缩回被子，嘴里念念有词："难怪大冬天起床都不带挣扎一下……"

唐寒秋：这又是什么逻辑？

唐寒秋失笑："不继续睡？你还可以睡个二十多分钟。"

俞如冰精神萎靡不振："我想睡个二十天……"

唐寒秋："睡二十天可不是什么好事。"那估计离死不远了。

俞如冰沉重地叹了口气，哆哆嗦嗦地爬下了床，打算去洗漱清醒清醒。

唐寒秋见她这副哆嗦的样子，忍不住说道："屋里没这么冷吧？"

俞如冰道："我这是对冬天的尊重，不哆嗦一下，就太辜负它在外面冷得这么卖力了。"

唐寒秋："那你还挺善良。"

俞如冰不好意思笑道："嘻，还好了啦。"

唐寒秋：我好像也不是在夸你。

等她去洗漱时，唐寒秋拿起手机给她的随行助理发送消息，看对方是否醒了，若没醒早餐的事情她们可就自己解决了。

随行助理很快就回了消息，说自己会立马买早餐上来，问了她们想吃什么。

俞如冰刷着牙探个脑袋出来，表示自己热乎的就行，吃什么都随便。唐寒秋也没什么想法，表示自己也随便。

俞如冰的随便倒也还好，但唐寒秋的随便让随行助理慌了。君心难测，大老板的随便，到底随不随便？

她害怕且迷茫，第一反应就是向一直跟在唐寒秋身边的韩总助寻求帮助。

二十分钟后，随行助理将早餐送了上来。

又过了二十分钟，门铃再一次被按响了，俞如冰在卫生间里换衣服，不方便开门。

唐寒秋起身去开门，从猫眼里看了一下，结果发现是韩总助本人，她略是惊愕地挑了挑眉："韩总助？"

韩薇沉默地看着她。

俞如冰打开卫生间门走了出来，一下跃入韩总助的视野里，还热切地给她打了个招呼。

[10]

俞如冰的突然出现让韩薇受到了极大震撼。

唐寒秋见状，便把自己来的目的和俞如冰被骚扰的事情，条理分明、逻辑清晰地全给她说了一遍。

俞如冰则是捧着一杯温热的茶水，老太太一般坐在椅子里悠闲地看着，坚决贯彻"秋秋说了算，我能不插嘴就不插嘴"的方针。

这头唐寒秋也说完了，俞如冰见她讲累了，体贴地把自己手里的茶递出去给她润润口。

韩薇接收完全部的信息，思索了片刻后，提出了一个灵魂问题："唐总，俞如冰的资料显示，她的生日是一月一日，可不是十一月二十三日。"

"对啊，"俞如冰从容不迫地开了口，"俞如冰的生日是一月一日，我俞不如冰的生日是十一月二十三日，这有什么问题吗？"

韩薇：你这是什么神奇逻辑？

俞如冰站起身来，抬头挺胸，面色无比严峻："人都是在不断改变不断进步的，过去的俞如冰已经成为过去，现在的我才是我，一个船（全）新版本的我。"

唐寒秋：来了，她又开始了。

虽然是瞎扯，但很有道理。王者俞不如冰一脸肃然地看向韩薇："请韩总助忘却过去那个不好的我，记住现在的我，帮助我告别惨痛的过去，迎接船新的生活，做不一样的烟火！"

韩薇：船……船什么东西？

瞎扯界的王者看见韩总助藏在眼镜片后的眼睛里浮现一丝迷惑，连忙上前握住她的手，登录了自己另一个账号："戏杠双全老艺术家"。

她握着韩薇的手，表情凄然："韩总助你也知道，我爸和我后妈对我实在是……"

她开始控诉原主父母对原主的不公平对待，声声泣血，令人感同身受。情至深处，她的眼眶里还坠下一颗满含悲凉的泪珠。

她的情况，韩薇当然了解，此时看她一副凄凄惨惨的模样，也不由得点了点头，安慰道："我知道的，你别难过。"

唐寒秋拿着热茶慢慢地喝，淡定地看着俞如冰演戏——可以，很强。

唐寒秋信她最近是真的有在认真地学习演戏了。

虽然有点对不住韩总助，但是特殊情况也只能特殊处理，只好委屈韩总助被杠精荼毒一回了。

俞如冰话锋一转："我不想再看别人的脸色活着，不想再委曲求全，我要彻底告别过去，做一个只为自己活着的人，做一个不一样的我！"

"所以我就把生日改了。"俞如冰睁着红红的眼睛望着韩薇，"您还有什么问题吗？"

戏杠双全老艺术家：我准备好继续演了！演戏使我快乐！

严谨的韩总助直接问道："你为什么要把生日改在和唐总同一天？"

俞如冰"哦"了一声："因为唐总完美又有钱，所以我想蹭她一拨热度，表达一下自己对能成为像她这样优秀的女人的美好向往。难道这样做不行？"

韩薇：你这听起来像是在做高中语文阅读题……

被蹭热度的唐寒秋：这个时候都能把我扯进去夸一通吗？

有原主被亲人无情对待的悲惨遭遇做辅助，俞如冰这一番又扯又演的攻势，成功让韩薇信了七成，剩下三成怀疑是因为对她颠倒黑白的本性的熟知。

韩总助：我觉得你在骗我，但又觉得你说得对。

最后在唐寒秋这个顶头上司的加持下，俞如冰一番"我想告别过去，所以我改了名字改了生日"的说辞终于百分之百地攻下了韩总助。

唐寒秋看韩薇没什么问题了，这才开口问道："所以韩总助为什么会大老远跑一趟？"

韩薇这才想起自己来这儿的根本目的，转脸严肃道："您不该出门用车不叫我。"

唐寒秋碰车可是禁忌。

"我没开车，"唐寒秋淡然道，"喊的代驾。"

韩薇表情稍缓："真的？"

唐寒秋："嗯。"

俞如冰的目光在她俩之间来回打量，最后停在了唐寒秋的脸上，终于将埋藏在心底许久的疑惑问出了口："我们秋秋为什么不可以开车？"

韩薇看了她一眼——秋秋？她们的关系果然更亲密了。

唐寒秋将手中的热茶放下，坦然道："因为我一摸方向盘就控制不住。控制不住飙车。"

就好像那方向盘是有魔力一般，她一摸上去，就会产生一些极其疯狂的想法，想随心所欲地将油门踩到底，在路上自由驰骋。所有的车都能被她开出赛车的气势。

她在国外的时候，没少干这种事，后来被家里人知道，就被严令禁止开车了。

也是她少有的放纵的时候。

这条信息在系统给的剧情里是没有的，因为唐寒秋回国以后就配备了司机，根本就没有碰过方向盘，所以这条信息属于对剧情没用的垃圾信息，就没被归入剧情资料里。

俞如冰：垃圾系统，阻碍我了解我家秋秋！

俞如冰难得没有当狗腿，而是表情严肃地道："飙车不好，以后出行要乖乖喊韩总助或者代驾。不然我退圈去考个驾照给您老当司机？"

唐寒秋扯了一下唇角："华曜给你的规划上没有这条路，如果不想当偶像，那我们可以让你去搞喜剧。"

俞如冰："那倒也不必，当偶像挺好的，我爱偶像。"

唐寒秋没理会她，转头去看了韩薇："辛苦你跑一趟了，回去好好休息吧。"

韩薇推了推眼镜："您今天还要回唐家，我送您回去。"

唐寒秋摆了摆手："不用，东伯一会儿来接我，别浪费你的周末，回去吧。"

韩薇起身道："我去跟她的助理处理一下骚扰的事情，还有您出现在这里的事情，处理完就走。"

公司旗下艺人受到这样的骚扰，公司总要做出点行动借机敲打其他人，警告他们不要做出这样疯狂的举动。

唐寒秋出现在这里的事情，她也必须打点一下，避免出现什么乱七八糟的流言蜚语。

唐寒秋也没阻挠她，点点头让她去了。

等韩薇一走，唐寒秋顺口问起了系统的事情，俞如冰刷着手机耸了耸肩："除了给我发布任务以外，还是不肯跟我说话。"

连杠都不敢挨，真是小废物009。

唐寒秋眉头轻皱，道："还是小心点，有什么问题立马给我打电话。"

俞如冰乖乖点着脑袋："知道知道，真是辛苦我家秋秋了，日理万机还要抽空管我。"

唐寒秋看着她的眼睛："我不管你，谁管你？"

俞如冰歪着脑袋，两只漂亮的眼睛忽然弯了起来："那我能不能麻烦一下你，管我久一些？"

"我说过的，"唐寒秋认真道，"只要你在这里，我就会一直陪着你。"

俞如冰笑意盈盈："我记住你这句话了，如果反悔，我可就要跟你要赖了。"

唐寒秋笑了笑："放心。

"我不会给你要赖的机会的。"

俞如冰她们出发前，唐寒秋就让东伯提前过来接自己先走了，完美地错开了她们出发的时间，所以谭夕她们根本不知道她来过。

坐在去广告拍摄地的车上，俞如冰一言不发地看着窗外，然后低下头看着自己和唐寒秋的微信对话框，看到那个备注名，心头一动，指尖落在了屏幕上，给唐寒秋换了一个备注名——一颗糖。

[11]

俞如冰非常满意自己给唐寒秋的这个备注。

她的秋秋就是一颗糖，又甜又迷人。

随行助理看她唇边带笑，心情似乎很不错的样子，好像完全没被昨天的事影响到，忽然间很佩服唐总的安全感，也开始羡慕起了俞如冰。

像唐总这样又有安全感又仗义、长得漂亮还超级有钱的朋友，她也想要拥有！

俞如冰忽然察觉到了来自旁边的炙热视线，空气中还弥漫着一股若有若无、无比熟悉的酸味。她扭脸看去，就看见随行助理化身柠檬精一样，又酸又慕地看着自己。

俞如冰："姐妹快克制一下，我闻到你的酸气了。"

随行助理继续酸酸地看着她："如冰我真的好羡慕你啊。"

俞如冰："羡慕我什么？"

羡慕我被系统看上吗？

随行助理握住她的手，虔诚地搓了两下，就像是她身上有什么可以搓下来的欧气①和福气一样："羡慕你有唐总这样的朋友啊，快分我点欧气，让我以后也能找到唐总这样的人当朋友！"

俞如冰一听她是要搓走自己当唐寒秋朋友的福气，立马无情地收回了自己的手，脸上扬起"社畜"假笑："亲亲，我们这边建议您不要白天做梦呢，脚踏实地您值得拥有哦。"想搓走她身上当唐寒秋朋友的福气，想都不要想！

随行助理追着她的欧气之手不放："不要嘛，你让我蹭蹭！"

俞如冰一掌抹她脸上："姐妹，那我劝你清醒点。"说出来怕吓死你，我的头还在人间富贵花的手上呢！

随行助理不想清醒，仍旧想做梦："那你说我一会儿去那边蹭一下三少的财气行吗？唐家那——么有钱，他的财气应该也很好？"

俞如冰听见"三少"这个称呼时愣了一下，凝眉问道："你刚刚说谁？"

随行助理将她的手拿了下来："唐晟和啊，唐总的弟弟，你难道不知道唐总有个弟弟吗？"

俞如冰肯定是知道的，毕竟这个唐晟和可是拿着男二号剧本的人。还是个为

---

① 代指好运气。

了得到女主角不择手段的反派男二号。

为了阻挠女主角和男主角在一起，唐晟和没少在背后使坏，极其擅长借刀杀人，经常唆使被控制的唐寒秋去当坏人。

唐寒秋刚回国时，会知道裴云立和原女主角走到一起，也是他告的状，所以，原女主角会挨那一巴掌，全是拜唐晟和所赐。

俞如冰对他是一点好感都没有，甚至想给他脑壳来上两拳，教教他什么叫"要尊重姐姐"。

只是她不知道唐晟和为什么会在拍摄地，之前也没说她们这次的团队广告会和什么男星合作。

俞如冰将自己的疑问说出口，随行助理解答道："哦，原来的确是没有的，是后面广告商又决定邀请他代言，临时加的。"

随行助理看着她这副眉头紧锁的样子，问道："怎么了，你好像不想见到他？"

俞如冰耸了一下肩膀，十分诚实："是啊，我不想。"

随行助理惊讶道："为什么啊？那是唐总弟弟欸。"

俞如冰："那是唐总弟弟又不是唐总，臭男人长得还没我家唐总一根头发丝好看，我为什么想要见他？"

"而且，"她挑了一下眉，道，"我想要见他的话，那不是很糟糕吗？"

想想，她就觉得烦。她可不想跟不尊重唐寒秋的人沾上关系。

随行助理了然地"哦"了一声，越发觉得她在这个方面很让人省心。

俞如冰则是低下头给唐寒秋发消息。

俞如冰：秋秋，我一会儿就要见到你的弟弟了，我要不要给你留点面子？

一颗糖：留什么面子？

俞如冰：我杠轻一点，不要让他当众哭出来？

一颗糖：随便你。不过你怎么会见他？

俞如冰：拜广告商的奇思妙想所赐。

一颗糖：那你应该知道他是怎么样的人。

俞如冰：明白，重杠对象，弟中弟。

一颗糖：……

一颗糖：你能不能自己解决他？不能我现在过去找你。

俞如冰：不用，相信我就完事了。外面天冷，你早点回家休息暖暖 jio（脚），不要着凉啦！[爱你.jpg]

一颗糖：好，你也注意保暖。

报备完毕，俞如冰顿时一身轻松。既然唐寒秋不介意她抬杠唐晟和，那事情可就好办多了。

只要唐晟和聪明一点，不主动往她的枪口上撞，那世界就是和平的。

雪停了，但寒风依旧凛冽，俞如冰裹得跟头熊似的下了车，迎面吹来的北风扫得她面上一阵干冷，干得让她觉得脸都像是快要裂开了。

好了，她又不喜欢冬天了——没有秋秋在的冬天果然还是那么讨人厌！

她哆哆嗦嗦地跟助理一起走进拍摄地，十点钟还没到，有别的练习生在化妆，化妆师有限，后来的要稍等一会儿。

然后她就被池暖和为什么少女路今琪两人拽出去加入打雪仗大军。

两脚都陷在雪地里的她摇了摇头，说自己不行，转身又要回去。池暖看她不想玩，也就不逼她。

路今琪却在她转身之后，忽然高声喊了一声她的名字："俞如冰！"

她下意识地回头，脸上啪唧唧砸来了一个冰冷的雪球，路今琪捧腹哈哈大笑。

却见俞如冰忽然双膝一弯，跪到雪堆上，紧接着整个人都倒在皑皑白雪上，一动不动的，就像中弹了一样，这可把其他人都吓坏了，纷纷朝她跑去。结果发现她只是单纯地躺着不想动而已。

池暖顿时松了口气："队长你吓死我了！"

俞如冰看向路今琪："小朋友你冷死姐姐的脸了……"冷得她连动的力气都没有了。

路今琪眨巴眨巴大眼睛，蹲下身子看着她："姐姐，你为什么这么怕冷啊？"开始了开始了，为什么少女又开始了！

俞如冰没有回话，深深地吐出一团白气，忽然朝旁边翻了个身，在众目睽睽之下，毫无偶像包袱地开始朝远处打滚。她连翻了几个滚，成功地滚离了为什么少女的攻击圈。

众人：不存在的，她的偶像包袱是不可能存在的。

而当俞如冰正要起身的时候，面前忽然多了一只手，头顶飘落一个男人的声音："如冰你没事吧？快起来吧。"

俞如冰顺着他的手往他的脸上看去。哦——原来是唐晟和。

俞如冰无奈地吐出一团白气："莫挨老子，谢谢。"

然后她又滚回了为什么少女的攻击圈，接着伸出手："快，扶朕起来。"她穿得太厚了，起不来！

路今琪一边展开了为什么攻势，一边和池暖一起扶她起来。

俞如冰刚站起来，就被通知去化妆，她应了一声，和池暖她们一起回去了，根本没多给唐晟和一眼。

但唐晟和毫不气馁，反而觉得她这个样子越来越可爱了——真是讨人喜欢得不得了。

俞如冰化完妆后，就坐在暖和的休息区里等着别的练习生化完妆。休息区内只有她一个人坐着，空荡荡的，果不其然唐晟和又来了。

俞如冰只是懒懒地抬起眼皮子看看是谁，就收回了视线没再搭理过他。

她作为一个礼貌的杠精，向来都是等对方先皮痒了才会掏出真理之杠给对方狠狠地刮上两下。

唐晟和坐在她对面，先喊了一声："如冰。"他又道："你不记得学长了吗？"

是了，唐晟和和俞如冰是一个戏剧学院的，唐晟和甚至比裴云立更早喜欢上俞如冰。

俞如冰视线不离手机："记得。"

唐晟和温柔地笑了一下，正要开口跟她追忆往昔拉近距离，就听见她说道："我家唐总的弟弟嘛，我知道，你有什么事情吗？"

唐晟和见她这么说话，觉得有点好玩，开始摸着下巴端详她。

她变了，变了很多很多，也变得更好玩了。

唐晟和笑道："学长这次来也没什么事，就是想和你叙叙旧。另外，你如果有什么梦想想要实现的话，学长还可以帮帮你。"

[12]

俞如冰闻言翻了个白眼，摊了摊手："麻烦你反思一下，钥匙三块钱一把，你配吗？"又自己接了下去，"你不配。"

唐晟和笑了起来，她真的很好玩、很有趣。以前柔柔弱弱的样子很招人喜欢，现在这副伶牙俐齿的样子同样招人喜欢。

他心想：这大概就是情人眼里出西施吧。因为喜欢她，所以她变成什么样，他都觉得好。

俞如冰看见他突然笑了起来，警惕地抱住自己，疑惑道："笑什么？难不成是不愿面对自己那可以趋近于零的智商，所以终于疯了？"

俞如冰劝道："不要这样，虽然你的智商是缥缈虚无的，但你还能拥有坚强的品格啊，志残身坚也是一种令人无比动容的精神呢！"

唐晟和的笑容瞬间凝固在脸上，脑内回放了一下俞如冰刚刚说的话，此刻简直怀疑自己的耳朵出了问题，满脸都写着难以置信："停一下，你刚刚……是在人身攻击我？"

俞如冰镇定道："你别胡说啊，我没有人身攻击你。"

俞如冰挠了挠脸，认真思索道："我明明是在阐述事实。"

唐晟和：这还不是人身攻击吗？

唐晟和被气笑了，整个人处于想骂她又舍不得骂她的尴尬边缘，只能连连发出几个气音，最后吐出一句："你这张嘴，可比以前会说太多了。"

俞如冰面露羞涩："过奖了，过奖了。"

唐晟和震惊了："我也不是在夸你。"

俞如冰反手就掏出了自己的真理之杠："都说做人不要太在意别人的看法，所以我为什么要管你是不是在夸我。只要我认为你是在夸我，那你就是在夸我，懂？"

他输了，输得一败涂地。现在这个俞如冰的嘴何止是比以前会说太多，她就连思维都比以前跳跃千百倍，还在不在正常人的思维层面都不得而知。

但是，这个俞如冰比以前更有挑战性了。他好像更感兴趣了，更想得到了。他唐晟和从小到大，想要什么就有什么，就没有他得不到的东西，包括她——他必须得到她！

他的眼神一下子就变了，如同盯上了猎物的猛兽，眼中尽是贪婪与势在必得。

俞如冰对上他这个眼神时，怔然了片刻，而后沉默了。

他这个眼神是什么情况？他难道被她这一通狂撑后更喜欢她了？他这都什么毛病啊！俞如冰立马露出了"地铁老爷爷看手机"的嫌弃表情。

唐晟和：她还当起了表情包？

俞如冰觉得浑身都不舒服，直接站起身走出了休息区。结果还没有走多远，又折了回来，只探出一个脑袋看着他，喊了一声他的名字，等他看向自己后，才说道："好好对你的姐姐和哥哥吧，他们又不欠你的。也要学会替父母着想，不要老是搞事，然后让他们来帮你收拾烂摊子。"

俞如冰将他上下打量一番，看着外表光鲜亮丽的他，语重心长地说了一句："养育之恩，重如泰山。"说完她就打算走人，不再搭理他。

结果唐晟和却像是受了刺激一般追了出来，目光阴冷地叫住了她，几近疯狂地问道："你什么意思？你是不是知道什么？"

俞如冰停下脚步，回身静静地望着他。知道什么？与她相关的人物剧情线她全部拥有，当然什么都知道。

唐晟和，一个根本不姓唐的唐家人，能在唐家有一席之地全拜他的母亲——唐鹤天的姐姐唐翠儿所赐。

当年，唐鹤天与千金小姐柳问卿互许终身，但因为他是个穷酸的农村小子，所以柳家一直不看好他，更不肯认这门亲事，还觉得面上无光，无情地和柳问卿断绝了关系，坚决不给予这对夫妻半点经济上的帮助。

唐鹤天和柳问卿当时正处于创业起步阶段，手头十分拮据，婚后有很长一段时间都过着吃完上顿没下顿的清贫生活。

277

唐翠儿当时因为长得好看又勤劳能干，早早地就嫁给了当地经济状况还算不错的一户钟姓人家当了媳妇。她心底纯善，为人朴实，也一直相信弟弟和弟妹终有一日能成功，便暗中接济让他们撑过了最困难的时期。

可惜她的好并没换来好报，因为婚后肚皮迟迟没有消息，丈夫和婆婆都极不待见她，到最后整个钟家都只把她当个保姆看罢了。

她明明是明媒正娶的儿媳妇，却连自己的亲生弟弟都不敢光明正大地接济，生怕被夫家发现后，自己就再也没办法帮助弟弟夫妇二人。

唐翠儿的人生几乎毫无光彩，阴霾密布，身心的疲惫让她很快就患病不起。

唐鹤天和柳问卿铭记她的恩情，在创业成功赚了第一桶金后，立马就接她去享清福，替她与不把她当人看的夫家划清关系，而她当时已经怀有身孕。

唐翠儿仍存着封建的思想，她想回夫家，不想让孩子出生没有父亲，不想让孩子在往后的日子里因为没有父亲遭受非议。

唐鹤天不愿让她回去受罪，又不想看她在这种事情上纠结，当时就和柳问卿商量敲定收养她腹中的孩子，让孩子跟他们姓唐。

他们两人一定会将这个孩子视如己出，倾尽所有对他好。

结果唐翠儿生下唐晟和没多久就撒手人寰，唐鹤天夫妇该向她报的恩情，也就自然地转移到了尚在襁褓中的唐晟和身上。

唐家对唐晟和可以说是仁义得不能再仁义，对儿子一向都很严厉的唐鹤天甚至都不会苛求他什么，一心纵容，他想做什么就做什么，只要不违法犯罪，那唐氏都会在他身边为他保驾护航。

所以唐晟和本姓钟，没有唐翠儿他就什么也不是，更别说成为庞大的商业帝国掌控者的第三个孩子。

而他并非唐家血脉这一点，唐家每一个人都清楚，也包括他自己。他个人十分介怀这一点，一直很抗拒有人在他面前说他不是唐鹤天和柳问卿的亲生儿子。

他发自内心认为自己就是唐家的一部分，他生来就姓唐。他家就是这么有钱，他爸妈就是唐鹤天和柳问卿——唐翠儿才不是他妈！

就出于这个原因，他对唐家的两条真正血脉都有点反感憎恶，只不过唐默渊气场强大，手段跟唐鹤天一样狠厉，他不敢冒犯。

而唐寒秋之前是被操控，蠢得没边，所以才会被他纵情玩弄还不带一点怜悯。

他对于自己的血脉是偏执又自卑的，只能靠看到唐家兄妹吃苦头来宽慰自己，还为此疯狂地坑自家姐姐。

他会不会偏执到希望唐家兄妹从这世界上消失呢？俞如冰不知道，也没有人知道，不过她知道血脉就是他的暴躁点，她才不会迎面往上撞。

听到他的这个问题以后，俞如冰反而是轻轻巧巧地避开了，一脸无辜地反问道："你觉得我该知道点什么？养育之恩重如泰山不是众所周知的事情吗？"

由于她现在的脸有美颜和女主角光环加成，一旦做出无辜茫然的表情，其效果就是百分之百，没人能不信她是真的无辜。

唐晟和见她这个模样，不疑有他地信了，并意识到是自己的失态险些把自己的秘密捅了出去。

他轻咳一声，脸上重新扬起笑："没什么，学长跟你开玩笑呢。"

俞如冰："哦，是吗？那我现在是不是该笑？哈哈。"真是毫无灵魂、极其敷衍的两声笑呢。

他"啧"了一声，摸着自己的下巴端详着她说道："你对我的敌意，好像很大啊？"

"别胡说！"俞如冰皱眉纠正道，"明明是超级大好吗？"就冲他对唐寒秋的态度，俞如冰对他的敌意大到能吞下整个银河系。

唐晟和不气不恼，又笑了笑，目光里倾泻出万丈温柔："那请问这位美丽的小姐愿不愿给个机会化解敌意，当我女朋友呢？"

俞如冰懒懒地问道："弟弟，你知道我是什么人吗？"

唐晟和狐疑道："什么人？"

俞如冰撩了一下秀丽的长发，一派高傲地道："你得不到的女人。"

[13]

唐晟和又气又笑，完全不知道该拿她这张嘴怎么办才好，思索三秒后，忽然大步朝她走了过去，想把她按在墙上，直接堵住她的嘴。

俞如冰看着他这几大步，心里立时产生了一股不祥的预感，转身撒腿就跑。

唐晟和见她忽然跑了，还愣了一下，而后追上去喊道："站住，你跑什么？"

俞如冰没有回答他，铆足了劲，撒足狂奔，一溜烟跑到开工现场，望着录影棚内满满的工作人员，她心里的不祥预感总算被压了下去。

她站在原地缓缓喘着气，还不忘跟来来往往的工作人员打招呼。

唐晟和气喘吁吁地追了上来，弯腰大口大口地汲取着空气，断断续续地说道："你跑……你跑什么……我又……又不会对你做……做什么……"

俞如冰一脸淡定地原地蹦了两下："嗯。我只是想暖暖身子，也没说你要对我做什么。"

唐晟和愣了一下，嗤笑一声："你行……你真行……"

俞如冰看他大半天喘不上气来的模样，"啧啧"两声："你不行，你真不行。"跑一小段路就喘成这样，这都什么身体素质。真的跟她家身体倍儿棒的秋秋没得比。

俞如冰：弟中弟罢了。

唐晟和一听她说自己不行，男性的自尊心瞬间爆棚，凶狠地扣住她的手腕，逼她直视自己的眼睛："你再说一遍试试看？"

俞如冰看了看他那一脸霸道的表情，又看了看自己被抓住的手，五官忽然皱了起来，发出一声极富灵魂的："噫——"表情和语气要多嫌弃就有多嫌弃。

她毫不退让，用力地抽回了自己的手，挥出一阵凉风扫过二人的下巴。她握着自己泛红的手腕，一脸沉痛地道："我脏了。"

唐晟和蒙了。

俞如冰伸手拦住一个路过的工作人员，问道："有消毒的东西吗？"

工作人员一脸蒙："啊？"

俞如冰伸出自己泛红的手腕："我要消毒。"她又一脸悲痛地道，"不然我只能剁手了……"

唐晟和：她有事吗？

唐晟和觉得好笑："你就这么嫌弃学长？"

俞如冰放走了工作人员，像是在拍灰一样拍着自己的手腕，边拍边道："那可不，我超嫌弃。"诚实得令人心里滴血。

唐晟和又道："我就一点也比不过我姐？"

俞如冰道："你哪怕是小数点后面的数字也比不过她。"

唐晟和眼中积满了阴郁，唇角一扬，笑容里充满了嘲讽："那你就等着看吧。看看我啥时候把你娶进唐家的门。"

俞如冰一听这话那可不得了，满脸兴奋地道："来了来了，豪门狗血爱情大剧终于降临到我身上了吗？"

唐晟和：她一脸兴奋的样子是认真的吗？我怎么感觉她脑子里正在打开什么奇奇怪怪的世界呢。

唐寒秋在唐家大宅过的生日其实非常简单，没有邀请别人，就是唐家人聚在一起吃个饭而已。

唐默渊和江映遥也一起赶了回来，唐晟和拍完广告后也赶回了唐家大宅。

唐寒秋站在台阶前双手环胸，居高临下地看着唐晟和从车里下来，见他什么事都没有，情绪非常稳定的样子，不由得挑了一下眉。看来俞不如冰是真的给她留了点面子，没把他杠哭啊。

唐晟和一抬眼就对上了唐寒秋那充满审视的目光，当先露出一个笑，说道："二姐生日快乐啊，好久不见，你亲爱的弟弟好想你哦。"

唐寒秋见惯了他这虚情假意的模样，此时心里掀不起半点波澜，直接开口道："那家广告商根本就没想过要邀请你。"

她后来去查了，广告商自始至终都没想过再多邀请一个男明星代言，是他自己找上唐鹤天这个靠山，哀求说自己想拍这条广告，唐鹤天疼他这才动用财力给广告商注资，把他插了进去。至于一个平时拍什么都不用心的人，为什么会突然想拍这条广告，答案实在是再明显不过了。

"唐晟和，"唐寒秋冷声道，"别再胡闹了，成熟一点吧。"

唐晟和慢悠悠地踩上阶梯，一点一点地靠近她："我很成熟啊，我对于我在做什么、想要什么都一清二楚。"

"二姐，"他在她身边停下脚步，"让我进华曜吧，怎么样？"

唐寒秋眼眸清冷，眼珠子慢慢转向他："你的合约还有很长一段时间，不要妄想毁约，有点契约精神，别老是给别人添麻烦。"

唐晟和毫不在意地道："毁个约而已，我们家又不是没钱给。"

唐氏家大业大，毁约金那点小钱根本不够看的，唐氏一天赚的可比这要多得多。他可不会把"小钱"当钱。

唐寒秋道："希望你对'不必要的开支'有概念，还有，我华曜不要居心叵测、没有契约精神的艺人。"

唐晟和不高兴道："我是你弟弟。"

唐寒秋反问："你有把我当你姐姐吗？"

唐晟和立马开始虚情假意的那一套："那当然，你可是我最爱的二姐啊！"只是不比以前好操控了。

唐寒秋淡淡地看了他一眼，扯动一下嘴角："那最好是。"

唐晟和继而又搂住她的手臂，亲亲热热地撒起娇来："二姐，我喜欢俞如冰，我想追她，你帮帮我嘛，她就听你的话。"

唐寒秋慢慢地抽回了自己的手，拒绝道："不可能。"他毛病太多，性子有时候过于偏执，不是一个优秀的交往对象，她可不想把俞如冰往火坑里推。她相信俞如冰也有自己的分寸，什么样的人值得喜欢，什么样的人要远离，心里都清楚，不用她来指手画脚。

唐寒秋说完转身就往里走，唐晟和站在后面看着她的背影。

俞如冰变了，他这个二姐也变了，气质越来越出众夺目，气场也变得越来越像叱咤商场的大哥和父亲，光是一个背影就让人想跪下俯首称臣，哪里还有以前那整日绕着爱情转的蠢样子。

他不得不承认，唐寒秋在变好，变得优秀。可他不喜欢，不喜欢她和唐默渊越来越像唐鹤天和柳问卿的样子，更不喜欢自己被人拒绝的样子。

从小到大，他唐晟和想要的东西，就没有得不到的。唐默渊和唐寒秋就算再优秀又能怎么样，只要唐鹤天一开口，他们还不是要乖乖地把"玩具"让给他这个弟弟？

他在她身后开了口："二姐，不论你这次把'玩具'藏得有多深，她终究都会是我的！"

唐寒秋忽然停下了脚步，回身凝望着他，眼底寒星烁烁，分外骇人："她不是玩具。"她是一个很珍贵的人，是一个活生生的、有血有肉的、值得别人去爱去呵护的人。

唐寒秋冷着一张脸："我最后警告你一遍，我不喜欢你这么不尊重她，希望你不要有下次，否则后果自负。"

唐晟和猝不及防被她爆发出来的冷气吓退了几步，一时竟忘记怎么对答。

唐寒秋冷冷地丢下一句："连尊重人都不会，谈什么喜欢。"说完她就直接走了，没有半点留恋。

然而唐寒秋这一通警告反倒让唐晟和感到恼火，并且更想得到俞如冰。

他迟早要把俞如冰娶进唐家，气死唐寒秋！

《新星偶像》第九期的二轮顺位已经播出，留下来的练习生们也已经正式进入第十期的原创曲目对决准备当中。

在这一期当中，获胜组有加票的权利，同组现场得分最高的人有额外的加票权。另外，粉丝的投票将会起到关键的作用。

第十一期就是总选，是成团以及决定团名的日子，所有的成败都会在此公布。

每一个练习生都打起了十二万分的精神投入这些准备中去，日复一日地练习，力求达到最好。

俞如冰自然也没有例外。她实力再强，也要认真练习，提高自己的业务水平，让自己更加优秀夺目。

009辅助系统照旧是给她甩个任务就开屏蔽，完全没有想和她搭话的意思。

第九期播出后的第三天，十二月三号，她接到了系统给的第十个任务。但她不忘初心，说不做就是不做，直接将第十个任务抛之脑后，等零点过了，它自己就会判失败。

这个流程，她是无比熟悉的。

入夜之后，时间飞逝，很快就迎来了新的一天，第十个任务也被判为失败。

她不以为意，打算继续睡觉时，脑海里忽然响起了一个冰冷的机械系统声音。

"判定：失败十个任务，达到触发条件。触发：矫正系统。"

俞如冰倏然睁开了眼，望着黑暗，脑海里的声音还在继续。

"矫正系统正在接入中……矫正系统接入完毕。矫正系统008，为您服务。"

矫正系统008颇有礼貌地跟她打了个招呼："嗨，你好啊，我是系统008。"

俞如冰也颇有礼貌地回道："你好，我是你的新主人。"

（未完待续）

新增番外

唐总的荣誉

十一月二十三日，唐寒秋和俞如冰的生日到了。

二十三号之前这段时间，俞如冰恰好没行程，十分有空地为她家的人间富贵花唐总准备生日。

二十三号当天坐着唐寒秋的车回家时，她还在吹气球。当着寿星本人的面，光明正大地暴露惊喜。

等唐寒秋把车停好后，她还一脸从容地把另一个气球递给唐寒秋："最后一个交给我们唐总。"

唐寒秋看着她手里的气球，又看了看她，忍不住笑了。让寿星自己准备自己的惊喜，哪有这种道理。

笑完她就伸手接过，放在嘴边慢慢吹——很乖很听话。

这是她们共同的生日宴会。是俞如冰给她准备的生日，也是她给俞如冰准备的生日。这场生日宴会只有她们，无第三人叨扰。

俞如冰接过唐寒秋吹好的气球，利落绑住开口，跟着打开车门，一边手搂一个气球，弯下腰满脸笑意地看着车里的人："走，咱们回家过生日。"

唐寒秋看着俞如冰这个模样，眼中笑意更浓了。

她跟着下车，取了后座上的蛋糕和礼物，和俞如冰一起往家走去。

忽然，俞如冰停下不动了。

唐寒秋不解地看过去，发现她皱紧了眉头，似乎是觉得有什么地方不对。

唐寒秋正要开口问，就看见俞如冰将两个气球换成一只手抓着，空出来的那只手不假思索朝她伸来，一把握住她的手。

"嗯，现在对了。"俞如冰满意地笑了一下，"生日快乐，秋秋！"

唐寒秋轻笑一声，回握她的手，眼中笑意温柔："生日快乐。"

真好，她又能与她一起过生日了。好幸运，她们可以遇见彼此，互相陪伴。

两个人一边聊一边乘坐电梯上楼。

她们只要在一起就总有聊不完的话题。唱歌跳舞演电影，签新人签合同投资影视……什么都聊，双方的事业也都顺顺利利。

到家了，俞如冰拉着唐寒秋来到餐桌前。只见桌上绑着一个个飘浮轻盈的气球，有手作的假花当装饰，还有蘑菇一样可爱的小夜灯，热热闹闹地摆了一桌。

"怎么样？"俞如冰笑着向唐寒秋邀功。

"非常好。"唐总表示很满意，很喜欢。

俞如冰把唐寒秋订的蛋糕摆在中间，她们吹的两个气球摆在蛋糕的左右。

摆完后，俞如冰往后退了两步。

唐寒秋以为她是在观察整体布局，非常体贴地往旁边让了让，跟着就听见她指着那两个气球一本正经地说："左右护法。"

唐寒秋顺着她的手指看向护着蛋糕的两个气球，就像被戳到笑点，忽然笑了起来。好一个左右护法。

俞如冰看着她的笑，自己也忍不住跟着笑起来，气氛轻快温馨。

"好了不笑了，我们左护法在公司忙了一天，得吃点东西了，饿坏了可不行。"俞如冰一边说着一边心疼地拍拍唐寒秋的肚子。她家秋秋要一直健健康康的才行。

唐寒秋眼中的笑意还未散去，眉眼盈盈地握住俞如冰的手，轻声应着："右护法晚饭也还没吃，饿坏了也不行。"

俞如冰听见这个称呼，眼睛弯了起来："那快来点蜡烛许愿，许完愿吃蛋糕！"

按照俞如冰的"寿星最大"理论，愿望想许多少许多少。

她们各许了三个愿望。她们的三个愿望里有彼此。

——希望她一直幸福平安，健康快乐，无忧无虑，无病无灾。

在吹灭蜡烛之前，唐寒秋拿手机拍了一张桌面全景，将照片发到自己的微博上，配文：生日，和她。

而后她收起手机，不管评论区如何热闹，只一心一意品尝自己的生日蛋糕，和对方一起。

吃蛋糕时，她们给彼此送上自己准备许久的礼物。

正经的、不正经的，唐寒秋都习惯了。因此，当俞如冰从漂亮的大礼盒里拿出熟悉的、送给唐寒秋的专属礼物时，她已经可以镇定自若地接受，并说："我会好好保存的。"

俞如冰笑眯眯道："放你办公室的展示柜上，和另外的做伴。"

唐寒秋从容点头："行。"惯到了极点。

俞如冰笑得更开心了。

暖阳和煦，唐寒秋的总裁办公室里站着一个女人。她是唐寒秋的朋友，也是华曜接下来的合作方。

她今天来就是和唐寒秋这位好朋友谈谈合作的事情，这也是她第一次来唐寒秋的办公室，忍不住到处走走看看。

唐寒秋坐在办公桌后，一抬眸就看见朋友站在自己的展示柜前。

"你这办公室的装修风格不错嘛。哦？我们唐总这么多奖杯呢，了不起了不起，让我来看看都有什么。"

展示柜里摆了两排奖杯，上层的奖杯比下层的少。

朋友先看了上层的，都是很正儿八经的奖杯，每一个都是华曜的荣誉，是唐寒秋的累累硕果。

朋友一边看一边轻点着头，表示认可佩服：唐家的人，果然就没有不行的。

她看完上层，视线往下落，来到奖杯更多的地方。只一眼，她就愣住了。

她闭上眼，重新睁开眼，脑袋不自觉往前凑了凑，确认不是自己眼花——

最佳生日快乐奖，最佳霸道总裁奖，最佳手指奖，最佳人间富贵花奖，最佳头发丝奖……不是，这都什么玩意？！

朋友大为震撼，转头看向唐寒秋，却见唐寒秋很冷静地看着自己，甚至从容地弯了弯嘴角。

"如冰送的。全是。"她听见唐寒秋这么说。

朋友：不知道该如何形容，但她竟依稀从这简单的六个字里品出一丝名为炫耀的东西。她这位朋友……好像是真的高兴。

懂了。这也是唐寒秋的荣誉。只属于唐寒秋一个人的荣誉。

"真是受不了，"朋友忍不住搓了搓手臂上的鸡皮疙瘩，转身走向椅子，抗议道，"我今天是来跟你谈工作的，不是来受伤的！"

想起俞如冰，笑意在唐寒秋眼中化开，再回过神来看着朋友，她语气温和："请坐，我们开始好好谈工作。"

现在是赚钱时间。

图书在版编目（CIP）数据

她是主角 / 热到昏厥著. -- 广州 ：广东旅游出版

社, 2024. 11. -- ISBN 978-7-5570-3344-6

Ⅰ. I247.5

中国国家版本馆CIP数据核字第20243JE527号

她是主角

TA SHI ZHU JUE

出 版 人：刘志松
责任编辑：何　方
责任技编：冼志良
责任校对：李瑞苑

广东旅游出版社出版发行
地址：广州市荔湾区沙面北街 71 号首、二层
邮编：510130
电话：020-87347732（总编室）　020-87348887（销售热线）
投稿邮箱：2026542779@qq.com
印刷：嘉业印刷（天津）有限公司
（地址：天津市静海经济开发区北区银海道 48 号）
开本：700 毫米 ×980 毫米　1/16
字数：348 千
印张：18.25
版次：2024 年 11 月第 1 版
印次：2024 年 11 月第 1 次印刷
定价：52.80 元